Lena Elfrath
Die Liebe ist ein
Schmetterling
Roman

*Vielen Dank & eine
wunderbare Zeit.*

Die Liebe ist ein Schmetterling

Inhalt

INTRO

DAS GLÜCK   13

TEIL 1

//Kapitel 1: ARBEIT   33

//Kapitel 2: FREUNDSCHAFT   59

//Kapitel 3: ESSEN   79

//Kapitel 4: FEIERN   107

//Kapitel 5: FREIHEIT   138

//Kapitel 6: KLEIDUNG   165

//Kapitel 7: GELD   184

//Kapitel 8: SELBST-BILDER   217

//Kapitel 9: ZUHAUSE   241

//Kapitel 10: LÜGEN UND GLAUBE   255

//Kapitel 11: ZEIT   278

//Kapitel 12: FREMDHEIT   291

//Kapitel 13: DAS ANDERE GESCHLECHT   324

//Kapitel 14: MUSIK   345

//Kapitel 15: SEX   354

TEIL 0

//Kapitel 1: DER AUFPRALL 379

//Kapitel 2: DAS RENNEN 398

// Kapitel 3: DAS ENDE IN DER MITTE 416

//Kapitel 4: DER ANFANG 427

OUTRO 433

INTRO

DAS GLÜCK

//Vormittag: Fiona//

Fade in.

Eine Böe weht durch meinen Mund. Geschmacksnoten Fisch, Rauch und nasser Hund. Hinten raus eher süßsäuerlich. Mein Hals brennt. Die Speiseröhre auch. Entweder kommt das Brennen von dem Zeug, das ich gestern durch die Nase gezogen habe, oder ich hing in der Nacht noch überm Klo. Oder beides. Und was ist das für ein Scheiß mit der Sonne? Im Katerzustand kenne ich ihr Licht normalerweise nur als Pünktchen am Rollladen. Heute ist sie ausgereift zur vollen Größe und abartig gelb, sie brennt mir die Birne weg, weil das Fenster sperrangelweit offensteht. »Model von Bild-Zeitung aufgefunden. Erlitt qualvollen Tod durch Wegschmelzen. Erst ihr wunderschönes Gesicht, dann ihre scharfen Synapsen. Alles im Raum verteilt.«

Umdrehen. Denkversuch.

Ist ja auch egal jetzt.

Und was ist dir nicht egal?

Du stellst Fragen. Ich will jetzt nicht nachdenken.

Doch: denken.

13

Glücklich sein ist nicht egal. Grandiosester Spaß. Was das heißt? Der Kater jetzt nicht direkt, aber was ihn herbeigeführt hat, das Abenteuer von gestern und das High, das bis heute anhält.

Wenn dein Kopf sich nur nicht gerade in alle Richtungen ausdehnen würde.

Die Show war fucking amazing, würde meine Kollegin aus New York sagen. Das Zeug hieß Ready-to-wear, aber in Wirklichkeit war es Haute Couture. Als Rock trug ich eine LKW-Ladung Tüll, auf der Straße wäre ich damit überall hängengeblieben. Haare und Make-up haben fast eine Stunde geschluckt, und die Frisur machte dem Rock Konkurrenz. Ich sah mystisch aus und habe mich auch so gefühlt.

Eigentlich war der Look zu kitschig für dich, aber er machte Eindruck.

Und wie der Eindruck machte! In der Front Row stapelten sich die internationalen A-lister. Nicht, dass ich einen Promi gesehen hätte, aber so hieß es backstage.

Soll ich aufstehen? Da ist noch ein Rest Wodka übrig.

Was soll das bringen?

Die Matratze saugt mich sowieso fest.

Niesen.

Wonach riecht es hier?

Fieses Niesen.

Ist ja widerlich.

Körperwende. So schwerfällig wie ein fettes Steak auf dem Grill. 300 Kopf-PS. Die Bettdecke in unerreichbarer Ferne. Möglichst vollständig unters Kopfkissen passen.

Ich bin kein klassisch schönes Beauty- oder Dessousmodel. Ich werde eher auf Laufstege geschickt. Dort haben die Mäd-

14

chen oft ein markanteres Gesicht und keine Oberweite, die Statur gleicht eher einem Stab auf zwei Stäben aka Angelrute. Das Laufen macht mir auch mehr Spaß, obwohl der Großteil davon aus Warten besteht. Ich liebe das leichte Lampenfieber und die Props, die von einem Live-Publikum kommen. Ich zieh meine Karriere durch, ist mir egal, wenn ich mal Hunger hab. Wie Kate Moss schon sagte: »Nothing tastes as good as skinny feels.«

Als ich gestern auf den Laufsteg trat, haben die Leute die Augen aufgerissen, ich konnt's spüren. Das Laufen fühlt sich an, als würde ich auf Schienen dahingleiten und dabei durch ein Kameraobjektiv schauen. Total surreal. Blicke, die dir zuflüstern, dass du der heißeste Scheiß auf Erden bist. Davon zehre ich.

Dann mach mal, dass du in ein paar Stunden auch noch so denkst. Wenn die Glückshormon-Kurve in den Keller stürzt. Was ist das, was hier so riecht? Chaos auf dem Boden. Nicht zum Aushalten. Wie schaffst du das immer?

Ich brauche jedes Mal Stunden, um ein Outfit für die Aftershowparty zu finden, das stylish und edgy ist, aber nicht zu verkrampft, eher authentisch und cool, undone … so halt. Nach der Show ist die Show. Kollegen, Designer und Fotografen, Paparazzi, Booker und Promoter, alles Leute, bei denen ich den besten Eindruck hinterlassen muss. Kontakte werden ausgetauscht, es wird ein bisschen gelästert und getratscht, gefachsimpelt, angebaggert und abgeschleppt. Manchmal sind die Promille und das gute Essen etwas zu viel nach dem Druck der Vortage. Das grenzt an Nötigung. Und gestern gab es kein Kokain, das mich davor bewahrt hätte. Oder doch, stimmt, es gab welches! Mit Kokain performe ich meinen Seduction Dance immer besonders gut.

Uuuh. Bloß nicht dran denken.

Ich weiß zumindest noch, als die Hütte schon fast leer war, ließ ich mich gehen, aber nicht das Male Model. Wir unterhielten uns. Glaube ich. Wir schauten uns in die Augen. Wir berührten uns mit den Händen zufällig an den Beinen, den Armen, dem Gesicht. Dazwischen ging ich noch zum Büfett. Zur Champagnerbar auch. Haben wir uns geküsst?

Filmriss. Die Sonne da draußen wäre eigentlich was Tolles, wärst du nicht verkatert.

Fuck, und jetzt verbrenne ich und werde es nie erfahren.

So wichtig war der jetzt auch nicht.

Doch doch, total! Neben dem Bett liegt meine Lederhose. Ich strecke mich über die Bettkante, um die Hose mit der rechten Hand greifen zu können.

Bloß nicht den Kopf bewegen.

Five Pockets, und in keiner ein Zettelchen mit einer Telefonnummer. Vielleicht hab ich ihm meine gegeben?

Was hier so riecht ist deine Hand, die gerade vor deiner Nase in den Hosentaschen wühlt. Du hast dir gestern Nacht noch den Finger in den Hals gesteckt.

Das ist Glück: Ich verdiene einen Haufen Asche mit Spaß. Gut, solche Jobs wie gestern gibt es nicht oft, aber wenn es sie gibt … Ich muss nicht wie andere Ordner wälzen, vor meinem Bildschirm leise schnarchen, vor dem Telefon wegrennen und am Kaffeeautomaten anstehen. Es wäre der größte Horror für mich, jeden Tag zu wissen, was am nächsten Tag passiert. Und nächste Woche, und nächstes Jahr. Andere nennen das Sicherheit, ich nenne es Gefängnis. Mir ist aber auch klar: Mein Leben würde anders aussehen, wenn ich nicht entsprechend aussehen würde. Ich bin nicht naiv. Unser Leben ist unser Spiegel. Hinzukommen: Auftreten, Style und Coolness bis zum Kater, mein Leben ist ein einziger sauguter Film, und ich bin Regisseur, Darsteller, Drehbuchschreiber und Ausstatter in einem.

Hoffentlich knallt der Absturz nach deinem Höhenflug nicht zu sehr.

Die Leute aus meinem Heimatkaff denken, ich lebe in einer Blase. Manchmal kriege ich Nachrichten auf Facebook von alten Schulfreunden, die fragen: Was hast du heute Nacht erlebt? Wen hast du getroffen? Oder: Oh, du bist so mager. Mir ist das egal. Ich weiß, wer ich bin. Viele von denen finden sicher auch, es sei total bescheuert, so sinnlos zu feiern. Aber was bedeutet sinnlos in einer Welt ohne Sinn? Ich glaube nicht an einen übergeordneten Sinn für uns oder für die Dinge, die wir tun. »Und die Zukunft? Willst du nicht was aus deinem Leben machen?«, höre ich manchmal. Aber bitte, wer weiß schon, ob morgen nicht alles anders ist? Morgen bin ich alt und hässlich. Nein, wenn es einen Sinn des Lebens gibt, dann kann das nur einer sein: leben. Und das jetzt und maximal. Ich habe keine Lust auf diesen Moralapostelmist. Nicht darüber nachdenken oder diskutieren, sondern es tun. Die meisten Menschen, denen man auf der Straße so begegnet, sehen ihr Leben doch als Dauerjob. Als unfreiwilligen Drahtseilakt, bei dem es darum geht, möglichst ohne Schrammen und vorzeitigen Absturz auf die andere Seite des Abgrunds zu kommen. Mir reicht das nicht.

Du hast total übertrieben. Duschen? Kotzen?

Nein, nein. Mir geht's total gut. Nur noch fünf Minuten. Bis mein Gehirn weggeschmolzen ist. Verfickte Sonne.

Fade out.

DAS GLÜCK
//Vormittag: Aline//

Wie herrlich die Sonne meine Dekoration erhellt. Jugendlich wirkende gelbe Rosen mit Ziergras schauen aus bauchigen Vasen. Chiffontücher in glühendem Orange umschmeicheln die Blumen wie Wolken die untergehende Sonne. Dazu habe ich Glassteine, Servietten und das Geschirr auf dem Tisch arrangiert, alles perfekt auf die Sommersaison abgestimmt. Jetzt fehlt nur noch die zweite Kuchenplatte. Und die Vase hier muss noch einen Millimeter nach links. Oder nach rechts?

Die eine Blüte, die so verträumt Richtung Himmel schaut, noch ein Stück … vielleicht der Stein … oder das Tuch …

Jetzt hör schon auf, es wird nicht schöner.

So ist es perfekt.

Bist du jetzt glücklich?

Natürlich bin ich glücklich! Und so dankbar, ich möchte tanzen vor Freude. Meine Familie wird das Arrangement lieben. Und meine Freundinnen, die gleich zum Tee und Kartenspiel eintreffen, auch. Ich habe ein perfektes Zuhause geschaffen. Es zeugt von Bildung, von Stil. Ich weiß, was sich gehört. Ich bin stets darauf bedacht, dass es meinen Lieben an nichts fehlt. Makellos, wir sind eine makellose Familie. Wir können stolz sein. Mit »wir« meine ich meinen Mann und unser Kind. Ja wirklich, wir erwarten Nachwuchs. Es wird ein Sohn, das ist unsere Bestimmung. Ich nenne ihn Kilian.

Was heißt: deine Bestimmung?

Es mag naiv klingen, aber ich glaube an etwas. Ich glaube an das Gute im Menschen, an Gerechtigkeit, an Liebe. An etwas Höheres und an ein Schicksal. Ich weiß nicht, ob ich das Gott nennen würde, aber es trägt mich durchs Leben wie eine Sänfte und gibt mir einen Sinn. Ich meine, was kann mehr

Sinn haben, als für wohlgeratene Nachkommen zu sorgen? Seit ich vierundzwanzig Jahre alt bin, widme ich mich dem familiären Wohl und stelle egoistische Ansprüche zurück. Nur die Liebsten zählen. Dafür bekomme ich das größte Geschenk zurück: Liebe. Es ist doch so, am Ende tun wir alles nur für Liebe und Anerkennung, für ein Zuhause und Sicherheit. Das Wichtigste für einen Menschen ist die Gewissheit, dass er nicht mehr »ich« ist, sondern »wir«. Wie sehr muss es seine Nerven aufreiben, wenn er weiß, dass seine Einsamkeit Unbestimmtheit mit sich bringt? Wie ungesund muss die Angst vor einer unklaren Zukunft sein? Vor dem richtungslosen Umherflattern. Wie ein fragiler Schmetterling. Ich dagegen habe einen festen Lebensplan. Ich weiß jeden Tag genau, was am nächsten Tag passieren wird. Jeder Mensch braucht Sicherheit und einen Sinn, der das Glück noch vervielfacht. Mein Leben für andere ist wie eines mal x.

Umschauen. Wo ist deine zweite Kuchenplatte?

Ich möchte die Törtchen mit den rosa Zuckerherzchen und der Creme anrichten, kann aber seit einer halben Stunde das Geschirr dafür nicht finden. Im Küchenschrank ist es nicht. In der Spülmaschine auch nicht. Seltsam.

Seltsam.

Tick, tack, tick, tack. Ich kann das Werk der alten Standuhr hören, obwohl die Bibliothek, in der sie sich befindet, weit weg scheint. Und dann, als ich ein Wischtuch in den Mülleimer werfe, entdecke ich es: Weißes Porzellan schwebt in tausend Teilen um Wischtuch-Knäuel im Müll herum. Es ist zerbrochen. Aber wie …?

Vielleicht, weil dein Mann …

Nein, nicht schlimm!

Du unterbrichst mich dauernd …

Es ist gar nicht schlimm. Schnell improvisiere ich, zücke eine meiner vielen anderen Kuchenplatten aus dem Schrank in der Lounge und drapiere die süßen Kunstwerke direkt auf dem Tisch. Ach, wenn ich nicht Hausfrau und Mutter wäre, wäre ich Künstlerin geworden.

Einatmen. Blick über das Teetafelpanorama. Alles ohne Makel. Ausatmen.

Die Sommersonne besucht mich durchs Fenster und legt ihr Licht über mein Dekor wie einen Segen. Danke, liebe Sonne. Eine perfekte Tea-Time steht bevor. Eine warme Zukunft.

DAS GLÜCK
//Mittag: Achim//

»Was? Was ist? Ja, bitte?«

Ich zucke mega zusammen, dabei hat nur mein Assistent Johannes geklopft, um mich nach einem Briefing zu fragen. Mir doch egal, ob der was gecheckt hat. Wie lange hab ich wohl geratzt? Bestimmt nur ein paar Minuten. Noch latent verpennt will ich dem Typ seine Unterlagen geben, werfe dabei die Hälfte auf den Boden, hebe die einzelnen Blätter auf und gebe sie ihm.

Du solltest mal kürzer treten.

Draußen brennt die Sonne, und hier drin kriege ich nur die Klimaanlage mit. Ich arbeite einfach zu hardcore. Nein, nur viel, nicht zu viel. Es geht nicht anders in meinem Job. Ich bin jung und schon Head of Media für Europa, eine Löwenposition, von der andere träumen. Und ich kann nur sagen, Erfolg und Leistung, das brauche ich. Daneben meine beiden Autos – die Elf und den Firmenwagen –, den Bungalow mit Whirlpool, die Designercouch. Ich meine, klar, Money ist nicht alles, es gehören auch Immobilien dazu, wie die Schweizer sagen. Man muss schon auch einen gewissen Lifestyle leben. Und ja, ich entspreche dem Klischee, bei den Mädels aller Altersklassen bin ich auch begehrt. Das ehrt mich. Was will ich mehr?

So müde. Also ist das dein Glück?

Was heißt hier Glück? Das kommt nicht von selbst. So ein Leben ist nur was für Kämpfertypen wie mich, Weicheier können da gleich einpacken. Ich muss auf vieles verzichten, was anderen wichtig ist. Ich kann nicht jeden Abend Party machen oder bis zum Nachmittag pennen. Für Gammelei bleibt null Zeit. Dafür hab ich umso mehr Verantwortung und Druck. Ich muss eine Menge Kohle ranschaffen.

Das Telefon klingelt.

Und klar bin ich auch oft genervt und nervös, weil dies noch erledigt werden muss und das noch nicht steht. Und dann noch dieser BlackBerry, der mich vierundzwanzig Stunden am Tag erreichbar macht. Pausen? Fehlanzeige.

Hey, dein Telefon klingelt schon sehr, sehr lange!

Bei so viel Penetration von außen würde ein anderer Typ kollabieren, braucht sich also keiner beschweren. Meine Meinung. Ohne Fleiß kein Preis.

Das Klingeln stoppt.

Sei ehrlich.

Ich sag doch, ich sag's ganz ehrlich! Ich habe jeden Krümel vom Kuchen verdient, bringe aber auch die Voraussetzungen mit. Ich bin der geborene Businessmaker, ein Leader, habe einen Killerinstinkt, langjährige Erfahrung und kenne alle Tricks. Ich bin ehrgeizig und gut gebaut, mache Sport und bin für jeden Spaß zu haben.

Ausgiebiges Gähnen und Breitmachen. Füße auf den Tisch.

Nur kurz, sieht ja keiner.

Die Aufmerksamkeit kippt weg.

Was? Ich bin wieder da! Die Mädchen! Erst gestern wieder: Ein Trainee aus der Ukraine, zwanzig Jahre alt, schön, klug, sexy. Sie war gestern Nacht zum ersten Mal bei mir und wollte partout nicht mit mir ins Bett steigen. Dass die auch immer so kompliziert sein müssen, die Tussis, ganz ehrlich, stellen sich an, als wäre ihr Körper der heilige Gral. Dabei ist Katharina so ein heißes Stück und hat mich einfach verrückt gemacht. Zwei Stunden später hatte ich sie dann endlich, dann hab ich sie verrückt gemacht. Ich schaff es aber auch immer.

Bing. Bing. Bing ...

Das Licht auf meiner Voicemail blinkt gestresst wie eine Alarmleuchte.

Der Anruf von eben.

Ich drücke auf den Knopf »Messages«. Unverständliches Gequatsche, gemischt mit Knistern und Rauschen im Hintergrund, da kann man ja nicht hinhören. Mein Name fällt, ein paar Fetzen, es wird wohl nicht so wichtig sein. Ich will mich gerade wieder an die Unterlagen setzen, als ich mich wundere.

Hör hin.

Die Stimme von dem Typen kommt mir bekannt vor. Ich hör nur halbe Sätze, unterbrochen von Knistern: »Verabschiede dich schon mal ... ihr werdet alles verlieren.« Er klingt aufgeregt. Ist der besoffen? »... Augen und Ohren offen halten ... Pass auf, sonst passiert eine Katastrophe.« Nach einem weiteren Knistern folgt ein saftiges: »Arschloch!« Ey, was will der Typ? Ob ich ein Arschloch bin, das entscheide immer noch ich! Ich will die Nachricht noch einmal anhören, doch etwas läuft schief, als ich auf den Knopf drücke. Die automatisierte Frauenstimme sagt: »Nachricht gelöscht«. Scheiße, blöde Kuh! Versteht alles falsch, was man macht, typisch Frau.

Wo ist Johannes, wenn man ihn braucht? Der Telefonscheiß hier ist seine Aufgabe.

»Johannes!«

DAS GLÜCK
//Mittag: Maik//

Konzentrier dich. Zieh dich zurück. Du bist sicher hinter deinem Schmutz, in deiner Deckung, deiner Rolle. Niemand wird dir etwas tun. Lauf gekrümmt mit hektischen Schritten wie ein crack-getriebener Mann. Sprich mit dir selbst. Finde Schutz in dir selbst. Hier bist du sicher.

Ich habe zwei Stunden gebraucht, um mich äußerlich und innerlich auf diesen Moment vorzubereiten. Jahre, um zu erkennen, dass ich das hier tun muss. Zwei Wochen für einen halbwegs entfremdenden Bart und eine Sekunde, um meine komplette Vergangenheit zurückzulassen. Ein Leben auf Reset.

Vergiss, was war. Schau nicht zurück. Nichts kann dir passieren.

Ich nahm meine Kappe, den Schlafsack und eine Plastiktüte mit ein paar grundlegenden Sachen drin. An der Schwelle der Haustür hielt ich die Luft an, als stünde ich am Rande eines Zehnmeterbretts. Dann folgte der Kopfsprung ins Freie. Menschen, Mengen und Gemenge, Anzugträger in Hektik, Zivilisten in sommerlicher Einkaufsstimmung. Ich bin in die schlechteste Tageszeit geraten: die Mittagszeit. Aber da muss ich jetzt durch und mache mich auf in Richtung Hauptbahnhof.

23

Einfach laufen. Sobald du in der Bahn sitzt, hast du es ge-
schafft. Heb nicht den Kopf, schau weder nach links noch rechts.
Die verwischte Optik im Augenwinkel ist alles, was du brauchst.

Mein Blick flüchtet sich auf meine zerlatschten Turnschuhe und den Asphalt. Um mich herum ist es laut, Farben und Bewegungen. Das macht mich nervös. Was, wenn mich jemand erkennt? Und auch wenn nicht, was denken diese Fremden wohl von mir? Nehmen sie mich wahr als das, was ich darstelle? Nehmen sie mich überhaupt wahr?

Du bist durchsichtig. Wenn die Menschen sich schon unterein-
ander nicht wahrnehmen, wie sollen sie dann dich sehen? Wo
du jetzt noch weniger bist als sie.

Die Konzentration auf meine Füße setzt aus, als ich beinahe mit einer Anzugträgerin zusammenstoße. Wir weichen uns aus, und nun stehen wir für den Bruchteil einer Sekunde voreinander und schauen uns an. Sie trifft mich. Mit ihrem Blick, einer Mischung aus Entsetzen und Verwirrung. Dann renne ich weiter.

Mir ist schlecht.

Du wirst dich daran gewöhnen. Lauf weiter!

Ich laufe ja. Da ich das Ticket schon gekauft habe, stürme ich direkt hinunter zu den Gleisen. Erneuter Schockmoment: Menschen, noch mehr davon. Habe ich denn nirgends meine Ruhe? Wie soll ich meinen Reset bloß ertragen, ohne Menschenpause?

Mach dich zu. Du schaffst das schon.

Als ich in die vollgepackte Bahn steige und die Türen sich schließen, folgt eine hundertachtzigminütige Ewigkeit voller Verkrampftheit. Ich wage mich auf keinen der wenigen Sitzplätze, kann mich in keinem Gang verstecken, keine Ecke ist frei, um mich zu verkriechen und ungesehen zu machen. Stattdessen stehe ich mittendrin, auf engem Raum mit all diesen normalen Menschen, Müttern, Models, Marketingtypen. Keiner von uns kann fliehen. So wenig wir miteinander reden möchten, die Blicke tun es umso mehr. Ich ziehe die Kappe tiefer ins Gesicht und spüre dennoch jeden einzelnen von ihnen. Sie sortieren, sie kategorisieren.

Das ist es: Wahrheit ist eine Frage des Sortierens, der Haltung. Glück ist eine Frage der Haltung. Wie die Identität. Die Menschen merken nicht, dass sie es sich in ihren Klischees bequem gemacht haben. Sie sehen dich, aber sie wissen nicht. Aber meinst du nicht, dass du die Menschen manchmal ein bisschen zu sehr verabscheust?

Da stehe ich drüber. Es ist nur so, die Menschen haben diesen Drang, sich selbst zu belügen und sich über andere Menschen und Lebewesen zu erheben, um sich von ihrer Niedrigkeit abzulenken. Das kleine nichtige Lebewesen Mensch hält sich tatsächlich für etwas Besseres. Im schlimmsten Fall von Selbstsucht meint es sogar, sein Leben hätte einen übergeordneten Sinn. Ich meine, als wären so etwas Dummes wie die Menschen tatsächlich gottgesandt oder gar nach dem Antlitz Gottes geschaffen. Lächerlich. In Wirklichkeit rennen sie kopflos durchs Leben und hinterfragen einfach mal gar nichts. Was Menschen als Glück und Sinn ansehen, kann nur eine Illusion sein. Glück fühlen sie nur kurzzeitig, wenn sie einen bestimmten Zustand erreicht haben. Und dann müssen sie schon zum nächsten Ziel hecheln und spüren so lange einen Mangel, bis sie es erreicht haben. Nicht die Freude am Tun treibt sie an, sondern die Sucht nach dem Erreichen, die Jagd des Ego-Esels nach den Karotten. Und die Karotten haben die kürzest mögliche Haltbarkeit. Diese Form von Belohnung äußert sich in den Karrierestufen hierarchischer Strukturen, in Bewunderung von außen, in Konkurrenzkämpfen und Konsum, im Bessersein, Schönersein, Erfolgreichersein als andere.

Ein bisschen wie in einem Computerspiel. Ein Konzept, dessen Reiz ich verstehe, weil das Belohnungssystem im Gehirn eben so funktioniert, aber bei dem ich die langfristige Kosten-Nutzen-Rechnung nicht nachvollziehen kann, weil es einfach nur eine hirnlose Jagd nach Punkten und Levels ist. Um ihre Ziele zu erreichen, gehen die Menschen über Leichen. Ich meine damit, dass sie die wahren Bedürfnisse und die anderer umbringen und künstlichen Werten unterordnen. Und die Leichen verstecken sie vor sich selbst, bis sie sie vergessen.

Ich stand mehrfach vor der Entscheidung, diesen Planeten zu verlassen. Nicht in dramatischer Manier, im Gegenteil, der Tod erschien mir immer als tröstliche Idee, als Lösung. Je älter ich werde, desto weniger scheint meine Umgebung sich weiterzuentwickeln. Stattdessen wird sie enger, die Konzepte starrer. Und ich drifte automatisch von der Welt ab. Das passiert einfach. Es ist wie mit der Ausdehnung des Universums: Je mehr der eine Planet sich vom anderen Planeten entfernt, desto mehr entfernt sich der andere vom einen. Ein seltsam schwereloser Zustand. Normalitäten wie Karriere, Image, Besitz und Dinge, Wohnen, zwischenmenschliche Erwartungen und vermeintliche Werte werden mir einfach immer egaler. Ich hab ja noch nie eingesehen, warum »egal« nur ein Adjektiv ist, das sich grammatikalisch nicht steigern lässt. Egal, egaler, am egalsten – eine Verschwendung eines herrlichen Wortes, wenn man mich fragt.

Ich drehte mich im Kreis. Eine radikale Änderung musste her, ein irreversibler Schritt. Ich recherchierte wochenlang – nicht mal umbringen darf man sich, ohne nach einem gescheiterten Versuch in einer geschlossenen Anstalt zu landen – und besorgte mir Pillen übers Internet. Gleich fünf der vielen illegalen Händler bemühte ich für eine Menge Geld in der Hoffnung, dass wenigstens einer die echten Produkte schicken würde. Der Plan war simpel, aber recht dekorativ: Ich würde nach Südamerika fliegen, mich mit meinem Schlafsack an einen leeren Strand setzen und dort die Pillen mit einer Flasche Wodka überdosieren. Für den Fall, dass etwas schiefgehen und ich nur komatös oder unzurechnungsfähig werden sollte, hatte ich einen Zettel dabei, auf dem stand, dass man mich in die Schweiz schicken sollte. Dort darf man sich umbringen, soweit ich weiß. Ich kaufte ein One-Way-Ticket, Geld war ja nun auch sehr egal. Und dann, direkt nach der Online-Buchung, nachdem ich den Bezahlbutton geklickt hatte, bildete sich Schweiß auf meinem Rücken. Nun war die Sache beschlossen. Kein Zurück mehr.

Ich lag drei Tage bei runtergelassenen Rollläden auf meinem Sofa, bewegte mich nicht. Das kann ich gut, mich einfach ausschalten. Niemand aus meinem Umfeld wusste etwas von meinem Plan, außer einem Kumpel, und der nahm mir nicht ab, dass ich das tatsächlich durchziehen würde. Aber von meinen Dingen verabschiedete ich mich schweren Herzens. Da war zum Beispiel die Uhr von meinem Vater. Für das Fahrrad und den ekligen Sessel empfand ich plötzlich ein bisschen Liebe. »Macht's gut, Jungs, war schön mit euch.« – »Tschö, Junge, du wirst uns fehlen, verdammt noch mal.« Das war krass. So etwas hatte ich noch nie erlebt, ich schien plötzlich Seelen in den Dingen zu entdecken und begann, mich mit ihnen zu unterhalten.

Dann im Dämmerzustand eine Erleuchtung: Wenn meine Tage ohnehin gezählt waren, wieso sollte ich dann direkt zur letzten Station springen und den Weg dorthin auslassen? Wenn sowieso alles egal war, konnte ich auch erstmal den Sprung in ein anderes Nichts wagen. Ein ehrliches, vom menschlichen Urteil unabhängiges Nichts war schließlich das, was ich immer gesucht habe! Ob es so etwas überhaupt gibt, weiß ich bis heute nicht, aber auch das ist egal, bei so viel ultimativer Egalität. Der Besuch im Niemandsland sollte nur ein Test sein, ein Spiel, ohne die Gefahr einer Niederlage. Dreieinhalb Wochen waren es bis zum Flug. Ich wollte ganz nach unten steigen, mich so richtig in den Bodensatz der Gesellschaft hineinlegen: obdachlos werden.

Du denkst, um die Abgefucktheit der Welt zu ertragen, musst du noch abgefuckter sein. Ein Leben ohne Werte und ohne Moral.

Freiheit ist, wenn ich nichts zu verlieren habe. Ich sehe mein Spiegelbild in einer Fensterscheibe der Bahn und muss mein Selbstmitleid auslachen.

Du siehst wirklich ziemlich abgefuckt aus, dafür, dass du nicht mal seit einer Stunde draußen rumrennst.

Ich komme am Hauptbahnhof der Stadt meiner Wahl an, verlasse den Zug und fühle mich hier draußen sofort wohler. Zum einen werde ich in dieser Stadt niemandem begegnen, den ich kennen könnte. Zum anderen ist es hier nicht so vollgestopft mit Menschen, und die, die da sind, schauen irgendwie netter oder eben gar nicht. Oder liegt das an mir und daran, dass ich mich langsam an mich selbst gewöhne? Ich mache mich auf den Weg, um einen Platz zu suchen, an dem ich meine Zeitung ausbreiten kann.

Einfach den Schildern Richtung Innenstadt folgen. An einer stark befahrenen Straße entlang. Abbiegen, Parkplatz, Videothek. Da hinten tummeln sich Menschen auf einem Platz mit Brunnen.

Hierhin?

Schlecht. Der Platz ist zu groß, hier können die Menschen dich meiden, und dann spenden sie nicht. Weiterlaufen durch eine Altstadt mit Schaufenstern, Eisdielen, Menschen und noch mehr Menschen. *Alles voll und eng. Hier in den Gassen kann dich niemand mehr übersehen. Dort vor dem Schuhgeschäft?*

Ich trau mich nicht.

Du musst.

Jetzt?

Mach schon.

Ich kann nicht. Ich brauche einen Ort mit mehr Sonne, mehr Ausblick und weniger Leuten, die mir auf den Füßen herumtrampeln. Also laufe ich weiter. Blumenladen, Restaurant, Bäckerei, Bankautomat. Und dann kommt mein Platz, eine Hauswand in der Sonne. Rechts daneben lockt ein Modegeschäft mit großem Schaufenster und teuren Klamotten nach Geldbörsen. Genauso nach teurem Konsum sieht eine Mischung aus Café und Bar mit Terrasse schräg gegenüber aus. »Chuches« steht über den Glastüren. Ich schaue mich um. Sollte ich nicht besser auf einen Moment warten, an dem es nicht so voll ist?

Los, los!

Ich halte die Luft an, renne zur Zielmauer, reiße die Zeitung aus meiner Tüte, werfe sie auf den Boden und plumpse hinterher. Ich krame erneut in meiner Tüte und ziehe zwischen klirrenden Glasflaschen, die als Attrappen dienen, einen Pappbecher hervor. Coca-Cola steht drauf. Schnell will ich ihn loswerden und platziere ihn vor mir, als säße eine Spinne darin. Da steht er also, der Becher. Ich hab's geschafft. Ich bettle.

Was für ein Glück.

TEIL 1

//Kapitel 1: ARBEIT

//Nachmittag: Achim//

Immer locker bleiben. Eben war ich noch kurz davor, das Meeting zur Special Edition eines unserer Tablets abzusagen wegen meiner Wut über den Anruf. Aber so viel Raum will ich dem nicht geben, und jetzt sitze ich hier mit drei Leuten von der Digital-Agentur, meinem Assistenten Johannes, der ordentlich mitschreibt, mit einer Juniorin, die für mich spricht, und versuche mich auf die Präsentation der Agentur zu konzentrieren. Und das ist gar nicht so easy, denn die Müdigkeit reißt mich wieder in ein Loch, und der Agenturtyp quatscht megalangweilig, was entweder an seinem verkaufigen Redestil oder am Inhalt liegt, was beides nicht für die Agentur spricht. Überhaupt kann ich Agenturen nicht leiden, die wollen uns nur das Geld aus der Tasche ziehen, berechnen Megabudgets und reden, als würden sie das vierte Weltwunder herbeirufen. Oder das zwölfte. Das geht ja gar nicht. Ich tue so, als würde ich Notizen machen, und zeichne Kreuze in mein Notizbuch. Warum nur wollte der Boss, dass ich an dieser Sitzung teilnehme? Alright, zuhören jetzt, was der Agenturfuzzi sagt:

»Was ist hier also die Challenge? Wir müssen eine sehr anspruchsvolle, trendorientierte, aber finanzkräftige Zielgruppe

33

abgreifen. Wir featuren hier eine Submarke mit limitierten High-End-Produkten auf einer Microsite mit Wide-Lane-Performance ...«

Ääääh ... hat der gerade High-End-Po gesagt? Wie geil, very funny.

»Die Premiumklasse wird sich auch in den Preisen widerspiegeln, die gehen hoch bis zu tausendfünfhundert Euro, in der Grundausstattung – werden aber nicht auf der Microsite kommuniziert, sondern nur, ich wiederhole, nur auf Request.«

Jetzt wird es bestimmt total interessant.

»Für die Wiedererkennung und eine exakte Abgrenzung wird es in der Kommunikation eine spezielle Corporate Language geben, die die Approachability dieser Premium und Lifestyle Brand für die Target Group steigert. Sie kommt locker und trendy daher, aber dennoch erwachsen. Natürlich müssen wir die Brand wie die Microsite in den entsprechenden Networks implementieren. Was die Clickability betrifft, setzen wir interaktive schwarze Elemente ein, die in der Struktur Ansätze von Gamification zeigen. Die Positionierung ...«

Schon wieder Po. Verdammt, null Konzentration hier, null. Und das war schon alles zu den Preisen?

»Denn die Frage ist ja: Was ist für unsere Zielgruppe die Definition von ›attraktiv‹. Was forciert emotionale Identifikation mit der Marke? Was ist die Realität? Was ist Ihre Realität?«

Stimmt sie so, wie du denkst, dass sie stimmt?

What? Ich pack das heute nicht mehr. Ich will zeigen, dass ich ganz Ohr bin, und stelle eine Frage: »Entschuldigen Sie, Herr äh ...., wie lange wird die Präsentation wohl noch dauern?«

Der Agenturtyp spuckt mir entgegen, dass wir doch erst angefangen haben, bitte sehr. Alle schauen mich an, und ich merke erst jetzt, dass ich eine Haltung habe wie ein Esel in der

Prärie zur Mittagszeit. Ich schiebe meinen Rücken von den Füßen ausgehend an der Stuhllehne nach oben, doch kaum dreht der Typ sich zurück zur Wand, an die die Folie der Präsi gebeamt wird, sacke ich wieder in mich zusammen. Und weiter geht's.

Was will überhaupt Marketing? Was unterscheidet diese Special Edition von allen anderen Special Editions? Und vor allem: Was ist die Message? Öffnen Sie all Ihre Sinne, meine Damen und Herren, das vierte Weltwunder beginnt jetzt und zieht immer weitere Schützengräben zwischen die blutigen Fronten. Erleben Sie Premiumqualität voller Innovation in einer neuen Dimension. Es geht hier um Hedonismus vom Feinsten. Die Fusion einer Emotion mit der Kreation einer Vision unserer Mission.

Gleich gibt's hier eine Kollision. Der Agenturtyp schwelgt in einer Story, die von der Selbsthilfegruppe »Digital-Marketing für Weicheier« erzählt, und holt weit aus, wobei er in einen Singsang verfällt und an den unpassendsten Stellen Pausen macht – ein bisschen wie ein Märchenerzähler auf Tonband. Was soll das? Und ganz ehrlich: Stimmt die Reihenfolge der Wörter überhaupt? Das geht gar nicht. Ich bin ein Löwe und er ist es nicht, ein Löwe steht auf Fakten und nicht auf so ein Emo-Geseiere, mit dem die Werbung versucht die Leute zu ködern. Diesen Clickability-Kram sollen gefälligst die Agenturfuzzis machen, die bekommen schließlich einen Haufen Kohle dafür.

Eigentlich ist mein Job mein Leben, und ich hab hart genug dafür gekämpft, um auf die Position des European Head zu kommen. Geht ja nur über Headhunter, so was. Ich spreche europaweit für ein riesiges, global agierendes Unternehmen, das Kommunikationstechnologie herstellt. Ich sag nur, jeder aus meiner Business School wollte in so ein Schlachtschiff mit Sicherheiten, festem Vertrag, Betriebsrat, Betriebsrente, Mitarbeiteraktien, Urlaubsgeld, Weihnachtsgeld und jeder Menge hierarchischer Stufen für die Karriere. Aber dass ich gleich dermaßen abgehe, war jenseits der Vorstellungskraft meiner Kommilitonen. Ich hab mich bewusst auf Big Business eingelassen, denn meine Schokoladenseite ist das Verkaufen und das Repräsentieren. Ich hab nur das Pech, eine Workaholic-Asiatin als Chefin zu haben, die alles umkrempeln will, alles wissen und gemonitort haben will, mir niedere Aufgaben wie die Teilnahme an solchen Meetings aufdrückt und hardcore undankbar ist. Meine Meinung. Sie hasst mich eben. Kann sein, weil ich ein wenig Macho bin. Ein Macho Iberico mit Megacharme zwar, aber dennoch ein Macho, und eine Frau, die mir sagen will, wo's langgeht, das krieg ich nicht auf die Kette. Wenn die gehen würde, wär ich King. Aber das kommt schon noch, das inszeniere ich, ich säge und nage an ihrem Stuhl wie ein Geheimdienst-Profi.

Pause.

Diskutierende Kollegen-Stimmen irgendwo im Hintergrund. Arschloch. Ihr werdet alles verlieren. Denkst du etwa, der Drohanruf von vorhin hat etwas mit der Asiatin zu tun?

Dem Boss? Nein, das geht gar nicht. Der kam von einem eifersüchtigen Typen oder einem Ex-Kollegen, Ex-Partner, whatever. Der Typ meldet sich sicher noch mal. Wenn ich nur wüsste, wer es war. Seine Stimme kam mir so bekannt vor, dass ich jetzt noch Gänsehaut kriege. Das Gequatsche des Agenturtypen beißt sich durch mein Gehirn. Point of of of of Sale? Das hier ist der Point of Hell, ich muss weg. Ich hole meinen BlackBerry raus und verwende das Teil zum ersten Mal gegen meinen Job, um abzuhauen, nicht, um erreichbar zu sein: »Ah, das ist ja mega, ich muss leider weg. Dringender Anruf von einem Partner. Johannes, Sie notieren alles mit, ja?

Danke. Danke auch an Sie für den Vortrag, Herr äh … Kollege, immer locker bleiben.«

//ARBEIT
//Nachmittag: Maik//

Man kann doch nicht sein ganzes Leben lang ums Überleben kämpfen. Unter Druck und mit der Angst, dass alles nicht reicht, was man sich abringt. Wie halten die Menschen das durch? Wieso machen wir das mit und überleben das? Ich weiß es: Es ist die Hoffnung auf Besserung. Die Hoffnung ist gefährlich. Sie kann nur ein Konstrukt des Systems sein. Schon das kleinste Bisschen Hoffnung macht uns zum domestizierten Haustier, macht uns blind, wischt alle anderen Wahrscheinlichkeiten aus unserem Kopf und lässt uns weitermachen, auch wenn wir es besser wissen müssten.

Und du wehrst dich wie ein Tier.

Aber es ist doch so: Die Hoffnung auf eine Art der Erlösung, sei sie noch so erlogen und konstruiert, bringt uns dazu, zu parieren, zu funktionieren, unsere Konkurrenten aus dem Weg zu beißen in ebenjener Hoffnung, dass gerade wir irgendwann zu den wenigen gehören, die es schaffen. Und die Mehrheit zurücklassen. Sollen die anderen doch verlieren, solange wir gewinnen.

Erst der Leidensdruck, wenn die Hoffnung stirbt, öffnet das Tor zur Veränderung. Ähnlich wie bei mir. Jetzt bin ich ganz ohne Druck, verdinge mich meiner Arbeit ohne Zwang: Ich bettle. Ich winkle die Beine an, umgreife meine Knie und verstecke mein Gesicht unter den Oberarmen. Ich sehe nur Füße, Asphalt, Waden und bunte Einkaufstüten. Gelächter und

Stimmen werden zum Hintergrundrauschen, wie ich es als Kind im Schwimmbad oft hörte, wenn ich auf dem Handtuch lag und die Augen schloss. Alle stecken so tief in ihrer Welt fest, dass sie mich kaum wahrnehmen. Das ist gut fürs Eingewöhnen. Trotz Gedrängel sind die so anständig, dass sie nicht gegen meinen Becher treten, sondern drum herum steigen.

Pause.

War ich eben eingenickt? Ich muss mich schon ganz schön wohlfühlen, dass ich mitten in der Öffentlichkeit schlafe. Zwei Stunden sind vergangen, wie ich auf der Armbanduhr sehe, die ich in meiner Tüte verborgen habe. Ich habe noch keinen einzigen Cent erbettelt, aber dafür umgibt mich bereits eine Art Sicherheit. Ich kann jetzt aufschauen und die Leute beobachten. Von außen sehen die Leben der Menschen immer so perfekt aus. Da hinten hocken ein paar Frauen mit Sonnenbrillen auf der Terrasse des Chuches und genießen riesige Kuchenstücke.

Magenknurren.

Ein paar Jungs mit Skaterklamotten und Rennrädern rollen an mir vorbei und finden sich total cool. Und jetzt geht eine junge Frau an mir vorbei, hübsch, lange Beine, ihr Blick irgendwo im Nirgendwo hinter einer großen Sonnenbrille. Früher hätte ich mit den Jungs noch gebiket und der Frau hinterhergeschaut, aber ich gehöre nicht mehr zu ihnen. Das Seltsame ist: Die Leute nehmen mich als Obdachlosen wahr, und in dem Moment, in dem ich das spüre, weiß ich, ich bin auch einer. Aber in meinen Becher schmeißen sie trotzdem nichts. Vielleicht hätte ich mehr von dem schwarzen Lidschatten in mein Gesicht schmieren sollen. Oder vielleicht sollte ich irgendwie sediert gucken.

»Ey, Kumpel, was geeeeht?«

Meine Güte, genau das wollte ich vermeiden, vor allem an meinem ersten Tag: Ein dreckiger, besoffener Typ eiert von der Seite auf mich zu. Er, seine Flasche und seine Fahne lassen sich neben mir nieder. Ich bin genervt und frage: »Macht man das so? Zu zweit dasitzen, wenn einer gerade versucht zu arbeiten und an Geld zu kommen?«

»Kann man machen, wie man lustig ist, Kumpel. Ich wollt mal hallo sagen. Ich hab dich hier noch nie gesehen. Hallo.«

»Hallo.«

»Kochi, und du?«

Zum Glück streckt mir der Typ nicht auch noch seine schwarze Hand zur Begrüßung hin.

»Maik.«

Kochi nickt.

»Und? Schon reich?«

»Nein, nicht so toll heute.«

Stöhnend beugt Kochi sich vor, schaut in meinen Becher und dreht dann seinen Kopf zu mir nach hinten.

»Was los, Junge? Scheiße drauf?«

»Ich weiß nicht, ich bin nicht so in Übung.«

»Ja, du siehst frisch aus. Noch nicht lang auf der Straße, was?«

Ich zucke mit den Schultern. Der Typ lehnt sich noch näher zu mir und glotzt, als wollte er prüfen, ob meine Nase mittig sitzt. Er grinst: »Nein Kumpel, ich weiß, was geht, du bist nüchtern!«

Was ist daran lustig? Zumindest muss Kochi husten vor Lachen und röchelt hinterher: »Komm, Junge. Willst du was hiervon abhaben? Das ist Klarer. Gutes Stöffchen. Hab ihn aus dem Supermarkt da. Da hinten. 'Ne Menge Asche.«

Mir wird schlecht, als er die Flasche mit dem billigen Zeug vor mich hält.

»Nee danke.«

»Komm schon. Mal nippen. Wirst sehen, dann klappt's auch mit der Asche.«

Der Kerl drückt mir die Flasche in den Oberarm und stinkt so nach Schweinestall, dass ich am liebsten meinen Magen auf seine Hand entleeren möchte. Aber der ist schon leer.

»Meine Güte … jetzt hör auf. Ich will nicht, okay?«

Kochi reißt die Augen auf, darin vermischen sich Überraschung und Verachtung.

»Oho, das will er nicht, der Herr. Passt nicht hierher, ist was Besseres, da braucht er keine Asche im Becher.«

Du benimmst dich wie ein arrogantes Mädchen. Verscherz es dir nicht gleich am ersten Tag. Du solltest offener sein, wenn du keine Feinde haben willst. Tu wenigstens so. Außerdem muss was in deinen Magen.

»Na gut, ich trink mal kurz.«

Ich nehme Kochi die Flasche ab und schaue in seine kleinen entzündeten Augen, deren gesehene Bilder ich nicht kennen will. Ich halte seinen Blick aus, während ich den Deckel abschraube und mit meiner Hand über die Öffnung wische.

Besser noch mal wischen.

Das Zeug brennt wie Benzin. Zwei große Schlucke halte ich aus. Natürlich ist es das Billigste, was man kriegen kann. Ich gebe ihm die Flasche zurück: »Danke.«

»Klar, Mann. Hast du bisschen Kleingeld? Ich meine, hast du wirklich gar nichts gesammelt? Komm schon, du hast doch schon was weggesteckt, oder? Das hier ist bester Klarer. 'Ne Menge Holz, Alter.«

Ich lache. Was soll ich tun? Ein bisschen Geld hab ich für den Anfang in meiner Hosentasche. Die Schlucke von Kochis Zeug sind keinen Cent wert, aber ich werde den Typ sonst nicht mehr los.

»Mal sehn.« Aus meiner Hosentasche krame ich eine ordentliche Menge Münzen.

Ich zähle sie in meiner Hand und überlege, wie viel ich Kochi geben will, als seine Griffel zugreifen und alles schnappen.

»Danke, Junge, das passt dann schon.«

Gut. Das war das. Kochi zählt die Münzen mit ungläubigem Blick.

»Und dafür hast du den ganzen Tag geschnorrt?«

»Wie? Das ist doch viel.«

»Quatsch. Besoffen, oder was?«

Wieder eine Mischung aus Kichern und Husten. Schön, wenn ich anderen eine Freude machen kann.

»Im Ernst, Mann, das sind höchstens, fff, na ja, sagen wir mal, drei bis sieben Euro.«

»Ah, du bist ein Mathegenie. Und die ganze Flasche kostet wie viel? Zwei fünfzig?«

»Ich sammle dreißig an guten Tagen. Wenn ich das jeden Tag fett mache, bekomme ich mehr als ein … na, wie heißen die, die nix machen und Geld kriegen?«

»Hartz IV-Empfänger?«

»So was würde ich nie machen, die faulen Säcke. Da bleib ich lieber auf der Straße und schnorre für mein Geld. Manche Typen sprechen die Leute sogar an. Fragen an Ticketautomaten oder im Bahnhof nach Geld. Nerven rum. Werden aggressiv. Ich mag das nicht so.«

»Ja, klingt nach 'ner Menge Spaß.«

Dann dreht Kochi mir sein sonnen- und dreckgebräuntes Gesicht zu.

»Auf der Straße leben und Schnorren ist das Letzte, Alter.«

Pause.

Wieso schockt mich das? Weil es von einem besoffenen Straßenprofi wie ihm kommt, der sich doch schon daran gewöhnt haben müsste? Was habe ich erwartet?

»Ich hatte gehofft, das sei so rockstarstyle, Ghetto, Koks, Frauen, Aliens.«

Wir lachen beide, als Kochi mir noch mal die Flasche hinhält und raushustet: »So oder so, mit ein bisschen von dem Zeug hier geht alles besser.«

Es reicht, du bist gleich betrunken.

Ich wische die Zweifel weg, hab schließlich genug Geld dafür bezahlt, nehme die Flasche, hole Luft und setze an. Während ich meinen eigenen Schluck höre, sehe ich, wie auf der anderen Straßenseite eine Dame steht und mich mustert. Sie ist Mitte dreißig, trägt eine pinkfarbene kurze Jacke, einen großen Hut, eine enge Jeanshose. Sie sieht ganz hübsch aus, stolz und doch unsicher. Ich kann ihren Blick hinter der großen Sonnenbrille spüren. Wie Lichtschwertstiche. Mist. Sie soll aufhören, mich anzuglotzen. Ich trinke weiter und richte dabei die Flasche so aus, dass sie meine Augen bedeckt. Ich darf die Flasche nicht absetzen, zumindest so lange nicht, bis die Frau wegschaut. Oder bis ich betrunken genug bin, um ihre Stiche nicht mehr zu spüren.

Die Menschen nehmen dich als Obdachlosen wahr. Und in dem Moment, in dem du das spürst, weißt du, du bist auch einer. »Auf der Straße leben und Schnorren ist das Letzte.«

»Ey, Alter, sauf nicht alles weg.« Kochi reißt die Flasche an sich. »Alter, ey, Mann, ey, die ganze Pulle …« Er murmelt vor sich hin und pumpt den Rest aus der Flasche ab, da sehe ich die Frau in Pink in unsere Richtung steuern. Wohin genau läuft sie?

Sie kommt auf euch zu.

Was will sie? Was mach ich jetzt?

Beruhig dich.

Ich kehre auf meine Ausgangsposition zurück und suche Deckung unter meinen Armen.

Nicht bewegen. Nicht hochschauen. Dir kann nichts passieren. Einfach nicht bewegen. Und besser auch nicht atmen.

Während Kochi weiter unsinniert und ich die Arme fest um meinen Kopf lege, sackt mir hier unten der Alkohol ins Gesicht. Es scheint anzuschwellen. Von allen Absätzen der Straße höre ich nur zwei, die in großen Schritten auf mich zukommen. Sie bleiben genau vor mir stehen und klappern unruhig auf der Stelle.

Nicht atmen, nicht aufschauen.

Ein Rascheln und ein Klingeln von Münzen in Händen.

Luft anhalten.

Mir wird heiß und schwindelig, als eine ganze Menge schwerer Münzen in meinem Becher landet.

Wie viel ist das wohl?

Muss Luft holen. Kopf hoch, alles dreht sich, ich sehe, wie die Dame mir direkt in die Augen schaut, höre mich sagen: »Danke.«

Das ist alles?

Umso mehr sagt dafür Kochi.

»Ha, danke Lady. Sie sind gutmütig. Warten Sie! Und die rosafff Farbe auf ihrem Kleid, Stil, Sie haben wirklich … warten Sie. Frau … hallo, hallo!«

Die Dame versucht Haltung zu bewahren, aber ihr Gesicht schreit vor Entsetzen. »Diese besoffenen Penner sind furchteinflößend«, denkt sie sicher. Sie nickt, dreht sich um, dann wird aus ihren normalen Schritten ein Rennen, auf das Café Chuches zu. Gut gemacht, wir haben sie vertrieben.

Was soll's? Du wirst sie wiedersehen. Du hast dein erstes Geld im Becher und bist ordentlich betrunken.

Jetzt gehöre ich offiziell hierher.

//ARBEIT
//Nachmittag: Aline//

Fluchtdrang.

Nur ein paar Münzen wollte ich dem Wohnungslosen in die Dose werfen, und jetzt diese seltsame Intimität: Unsere Augen berühren sich. Er sieht nicht aus, als müsste er auf der Straße leben. Er sieht aus wie … ja, wie ein ganz normaler Mensch. Im Gegensatz zu seinem Freund, der mich jetzt auch noch auf meinen Modestil anspricht. Seine Stimme klingt schrecklich. Und er riecht erbärmlich.

Zum Glück befindet sich direkt gegenüber das Café Chuches, in dessen heimeligen Wänden ich gern für ein Stück Kuchen verweile. Ich renne darauf zu und beschließe: Eine kleine Belohnung habe ich mir verdient. Wie immer zur Nachmittagszeit ist es dort gut gefüllt, dennoch erwartet mich mein Stammplatz in der Ecke. Ich lasse mich nieder, stelle meine Einkaufstüten daneben und lege meinen Hut vor mich auf den Tisch. »Einen Café au Lait, bitte«, rufe ich der jungen Bedienung zu. Ich atme tief ein und lange aus. Der Atem führt zur Seele, habe ich neulich gelesen.

Augen zu. Nebenan Geräusche von dem dreijährigen Kind und der jungen Mutter. Sehnsucht. Augen auf.

Die Musik hat Mühe, sich ihren Weg durch die vielen Stimmen zu bahnen. Ich kann kaum meine eigenen Gedanken hören. Die viele Arbeit zehrt an meinen Nerven, und ich bin müde nach dem gestrigen Abend mit meinen drei Bridgedamen. Die Uhrzeit, zu der sie schließlich gingen, hat meiner Gastfreundschaft recht gegeben. Bei Prosecco und Finger Food blieben sie bis in den späten Abend. Da ich das Küken unter ihnen bin, beeindruckt sie meine Arbeit nur noch mehr und sie loben meinen Sinn für das Schöne.

Mein ganzes Umfeld kommt aus gutem Hause.

Das Pärchen an der Bar. Wie glücklich die beiden aussehen.

Alle haben Geld.

Sie ist wunderschön und jung, mit einer Frisur und einem Make-up wie aus einem Magazin, dazu ein enges weißes Minikleid und dicke modische Stiefel. Er ist gutaussehend, stilvoll im Anzug. Und reich.

Mein Mann mag es nicht, dass wir auf dem Konto nicht mithalten können. Ich unterstütze und beruhige ihn, wie es sich für eine gute Lebenspartnerin gehört.

Und Kinder im Anmarsch.

»Unser Sohn wird eine hochgradige Ausbildung brauchen«, erkläre ich ihm immer.

Die perfekte Harmonie, spannende Gespräche und ein inniges Sexleben.

Das zu leisten ist nun mal nicht so einfach.

All das läuft bei dem Pärchen gegenüber wie von selbst, so wie es kuschelt und gestikuliert. Lachend genießen die beiden ihre Zeit bei bitzelndem Champagner und Kribbeln im Bauch. Sie lieben und respektieren sich, nehmen sich, wie sie sind. Sie scheinen wirklich glücklich, so wie sie alles um sich herum vergessen. Wenigstens für den Moment. Das denkst du, nicht wahr? Davon träumst du.

Wir sind auch ohne das hochschwangere Konto eine perfekte Familie.

Achtung, das Mädchen schaut rüber.

Wo ist mein Einkaufszettel?

Nervöser Blick zur Bar, das Mädchen lächelt. Du nickst zurück.

Ich atme ein, atme aus und bin voller Leichtigkeit und Klarheit. Aber etwas beschäftigt mich heute. Als ich am Morgen aufstand, herrschte Unordnung in der Lounge. Dabei war ich mir sicher, dass ich gestern Abend alles aufgeräumt hatte. Ich lasse nie etwas über Nacht stehen, sonst kann ich nicht schlafen. Aber an diesem Morgen, als ich im Nachthemd die Treppen hinunterstieg, klafften die Schubladen des Wandschranks offen und waren leergeräumt bis auf die Knochen. Tischdecken, Teller, zerwühlt und zerbrochen. Sogar die privaten Fotoalben und die Kisten mit Postkarten und Erinnerungsstücken lagen ausgebreitet im Chaos. Man hat nichts gestohlen, glaube ich. Es schien, als hätte man etwas gesucht. Gott weiß, wer das war, vielleicht mein Mann, aber wieso sollte er so etwas tun? Ich klaubte das Gröbste zusammen und ging erst einmal einkaufen.

Was man eben so macht in einer beängstigenden Situation.

Beim Einkaufen bekomme ich wieder Boden unter die Füße.

Nun muss ich meinen Kaffee zahlen, dann nach Hause und weiter aufräumen. Das Pärchen an der Bar zwitschert immer noch.

Sehnsucht, wieder.

Ich krame im Innenfach meiner Celine-Handtasche, um mein Portemonnaie zu suchen, finde stattdessen aber etwas anderes: ein zusammengefaltetes Papier. Das kenne ich! Es ist ein alter Brief. Mein Mann hat ihn mir ganz am Anfang unserer Liebe geschrieben. Aber über der Handschrift steht etwas anderes, etwas Neues, quer mit rotem Filzstift geschrieben. Ich kann es nur mit Mühe lesen:

»*Die Liebe ist ein Schmetterling,*
bunt und wunderschön.
Doch fang ihn ein und du wirst ihn,
gemein vergehen sehn.«

Das ist aber infantil.

Ist etwas infantil, das vom Tod spricht?

Ist hier vom Tod die Rede? Ich kenne diese Schrift. Woher kenne ich sie nur, wer war das, wer hat meinen heiligen Liebesbrief mit seiner Kritzelei entweiht?

Undefinierbares Emotionsgemisch aus Trauer, Wut und Schock.

»Sie möchten zahlen?«

Ich schaue zur Kellnerin auf. »Ja, bitte.«

Bebend suche ich nach Geld, sehe aber nur verschwommen hinter meinem Tränennetz. Ich weiß nicht, was mich mehr bewegt, die Angst, dass jemand bei uns eingebrochen ist oder dass dieser jemand es irgendwie geschafft hat, eine alte Erinnerung in meine Tasche zu stecken.

Oder gar die Erinnerung selbst?

Die Kellnerin schaut sich hektisch um und signalisiert damit, dass sie es eilig hat. »Entschuldigen Sie. Stimmt so.« Ich reiche ihr einen viel zu großen Schein, packe alles zusammen, stopfe den Brief in die Tasche zurück und finde noch genug Ruhe, um der weiblichen Hälfte des glücklichen Pärchens an der Bar zuzunicken. Dann eile ich zum Auto. Ich muss etwas unternehmen.

//ARBEIT
//Nachmittag: Fiona//

OMG! Was so alles abgeht auf so einem VIP-Aftershowparty-Konzert-Modenschau-Dings, auf dem sich die Celebritys die Sektflöten in die Hand geben.

Du fühlst dich doch selbst wie ein Celebrity. Bisschen daneben.

Stimmt. Ich warte im Chuches an der Bar. Immer noch in meinem weißen Minikleid und mit dem Make-up vom Laufsteg. Meine Füße glühen in den dicken Boots, und ich habe noch keine Sekunde geschlafen. Ich möchte auch nicht schlafen. Ich möchte jede Sekunde dieses Moments erleben. Eigenchemie flasht noch, die fremde Chemie wohl auch. Außerdem sitze ich schief, Jesus, ist das der Barhocker? Ich hab in dieser Abenteuerlust eben meinen Fuck Buddy angerufen, na und? Wir trinken noch einen, und dann kann ich irgendwann ins Bett – vielleicht mit ihm, vielleicht ohne ihn, mal sehn.

Der Duft von frisch gebackenem Kuchen wabert durch den Raum, du kannst ihn fast sehen.

Nichts gibt's. Ich habe jetzt fast vierundzwanzig Stunden durchgehalten, da werde ich vorm Schlafen auch nichts mehr essen. Ich war gestern schon dicht und ohne Nahrung, als meine neue Kollegin Zoé und ich bei der Location ankamen. Die Pause hatte ich zu Hause verbracht, wo ich mir extra vor der Show das Essen verkniffen hatte, da das meinen Bauch aufblähen würde. Dafür gab es das letzte Bisschen Kokain. Es waren noch vier Stunden bis zum Showbeginn. Vor Ort räumte das Eventpersonal in der Gegend rum, baute auf, Licht hier, Licht da, Mikrocheck, Gläserklirren. Aber die Styling-Leute waren verschollen. »Jeden Moment müsste der Rest der Crew kommen«, pfiff uns die Organisationstante entgegen und kam mit Halsbändern auf uns zu. »Hier, nachher für die Party, die All-Access-Pässe und die für den Jacuzzi-Bereich.« Und weg war sie. Ich wusste in dem Fall, was »jeden Moment kommt die Crew« hieß. Also nutzten wir die lange Zwischenzeit sinnvoll aus, mit etwas, das wir eigentlich nicht durften: Wir machten uns auf dem Laufstegrand breit, kippten Drinks runter, rauchten Kette und kicherten behämmert vor uns hin.

Meine Kollegin so: »Hast du die Jungs von MTV vorhin gesehen? Der eine war ja süß.«

Und ich so: »Nee, kenn ich nicht. Die sind mir zu jung. Aber der eine von dieser Soap soll kommen … na, dieser schlechten Soap … was weiß ich … der Blonde … genau!«

Und sie so: »Hä?«

Und ich so: »Ja.«

So ungefähr. Andächtig vollzog Zoé einen Rundumblick durch den Raum und schüttelte sich ein wenig vor Ekstase. »Hast du schon gehört? Die Aftershowparty soll der Wahnsinn werden. Lauter Promis, Musiker und Rockstars. Das soll letztes Jahr schon so heftig abgegangen sein.«

Zoé sprach aus, wovor ich Angst hatte. Es scheint vielleicht schräg, wenn man mehr Lampenfieber wegen der Aftershowparty hat als wegen der Show selbst. Aber das ist so: Der Laufsteg ist dein Job, da geht es um deine Rolle, hinter der du dich verstecken kannst. Wenn die nicht funktioniert, ist es nicht deine Schuld und es berührt dich nicht so. Aber auf einer Party bist du allein mit dir selbst, und nur du hast die Verantwortung. In solchen Momenten weiß ich manchmal nicht, wen ich zeigen soll – die Figur vom Laufsteg, die von backstage oder irgendwas ganz anderes.

Ich war erst skeptisch gegenüber Zoé, weil sie so ein vielversprechendes saujunges Teenager-New-Face ist, das für Jobs durch die Weltgeschichte tingelt.

Neid?

Kein Neid, nur ist sie eben so jung.

Im Gegensatz zu dir, meinst du.

Während wir tranken, erzählte sie von einer Agentur in Asien, bei der sie täglich gemessen wurde, und wenn sie zugenommen hatte, bekam sie kein Taschengeld. Im nächsten Atemzug erzählte sie mir wieder, dass sie sich ihre Hosen anfertigen lässt, weil ihr die normalen nie passen bei ihrer Figur.

In ihrem Kükendasein lässt sie sich natürlich beeinflussen und vieles mit sich machen, um vorwärtszukommen.

Gib's zu, du bist trotzdem neidisch und denkst, es lohnt sich.

Dass sie so jung war, war gestern Nachmittag immerhin ein Vorteil für mich, denn so konnte ich sie ganz einfach abfüllen und das Beste aus der Warterei machen. Unsere Kicherfrequenz stieg proportional zum Alkoholkonsum. Plötzlich drückten sich zwei Securitys neben uns rum: »Ey, hi. Also, ihr dürft hier nicht sitzen. Ihr lauft doch nachher?«

Zoé und ich trafen uns mit den Blicken irgendwo im Raum. Dann richtete die Kleine sich auf, als hätte ein Groupie sie um eine Autogrammkarte gebeten.

»Jaja, das sind wir. Das soll toll werden. Wir freuen uns schon.«

Ach was soll's, ich ließ mich einfach von Zoé Superstar mitreißen: »Ja, das sind wir. Da machen auch voll viele andere Supermodels mit, oder Zoé?«

Gott, bist du peinlich.

Die Blicke der Securitys wanderten wohlwollend an uns auf und ab. Die so: »Können wir ein Foto mit euch machen?«

Und ich so: »Weiß nicht. Sollen wir?«

Kurzes Nicken, schon hatten wir jeweils einen von den Typen in unserer Mitte, während der andere das Foto machte. Das Security-Pärchen war aus der Wandschrank-Serie »drei Glatzen kleiner als ich, dafür zwölf Bizeps breiter«. Wie seltsam muss das aussehen neben so zwei stelzigen Riesenweibern. Ich frage mich, was die Kerle von solchen Fotos haben, wenn sie sie nicht gerade auf freaks.de hochladen. Aber gut, es sorgte bei mir für so was wie ein Starfeeling, und das brauchte ich – dringend!

Der kleinere von den Typen war der Sprecher: »Danke, Mädels. Viel Spaß noch. Aber geht mal nach hinten, bald ist Einlass.«

Zoé hampelte rum.

»Oh ja?«

»Oh ja« passte nicht in den Kontext, aber dann fand sie etwas, das sie nachschieben konnte: »Kommen heute wirklich lauter Rockstars?«

»Ja, da haben sich ziemlich viele angekündigt. Slayer, Rammstein, Juliette Lewis.«

»Oh ja?«

Scheiße, Slayer?

Zoé schickte mir ihr schönstes Postkartenlächeln zu und hatte keine wirkliche Ahnung, von wem die Rede war.

»Wir passen nachher auf euch auf, wenn es zu wild wird. Wir stehen immer da hinten.« Der Sprecher zeigte ... keine Ahnung wohin. »Wenn was ist, meldet euch einfach.«

»Danke, total toll«, sagte sie.

Natürlich gingen wir nicht nach hinten, nachdem die Securitys abgezogen waren. Die Zeit verstrich und Zoé hampelte weiter.

Sie so: »Slayer soll kommen? Hihi, hoho«

Sie so: »Und Rammstein? Oh my Gooood!«

Sie so: »Ich muss mal.«

Und ich so: »Wo bleiben nur unsere Leute, verdammte Scheiße?«

Schwenk durchs Café. Da sitzt eine Frau an einem Bistrotisch und starrt entsetzt auf einen Brief.

Wo war ich?

Was da wohl drauf steht? Die Frau ist eine elegante Erscheinung, Klamotten gebrandet, kurzes pinkfarbenes Jackett mit

Blütenprint, ein riesiger Hut vor ihr auf dem Tisch, eine Skinny Jeans von Nudie, Sonnenbrille von Dior, auf dem Boden volle Einkaufstüten aus Edelboutiquen. In dem Luxus möchte man schwelgen.

Wo war ich?

Bei der Arbeit.

So langsam tropften doch ein paar Crew Member in die Location und nahmen uns mit nach hinten. Ich ahnte, das Styling würde knapp und katastrophal werden. Die Nervosität kribbelte am Kopf. Ich versuchte, das Gefühl in Sekt zu ertränken. Eigentlich mag ich ja Lampenfieber, wie erwähnt, aber das war schon unangenehm oszillierend. Oder war's geil?

Die Frau in Pink ist ganz hübsch, nur ein bisschen bieder. Mütterlich. Genau der Typ Frau, den Männer wollen. Sie hat zu Hause bestimmt eine perfekte Familie. Die wunderbarste Harmonie, spannende Gespräche und ein inniges Sexleben. Und Kinder im Anmarsch.

Weiter ging's mit dem Stylingteam, als das endlich vollständig war. Alles lief verdammt hektisch ab. Die Garderobe war eine Zumutung. Paravents standen sinnlos im Weg rum, besoffene Menschen mit Backstagebändchen verirrten sich immer mal wieder in den Raum, standen kopflos in der Gegend und fragten, ob sie Fotos knipsen dürften.

Zuerst kam ein leicht morbides Make-up dran, ein Stück Papier wurde auf meine Wangen geklebt und darüber Rouge in einem metallischen Violett gepinselt. Dann ging es weiter auf den Frisierstuhl, wo Lockenwickler in meinen Haaren landeten. Währenddessen wurde die Musik draußen immer lauter und rockiger, der Moderator sagte was von Verzögerung, und an meinen Haaren rupfte ein standardmäßig genervter Hairdresser rum.

Ich saß immer noch auf dem Stuhl, als sich schon die ersten Mädchen an der Treppe zur Bühne aufreihten. Es macht mich wahnsinnig, wenn ich höre, dass die Moderation uns ankündigt, die Musik losgeht, und ich immer noch nicht fertig bin.

All das Geackere lohnt sich aber am Ende für das kurze Gefühl auf dem Laufsteg. Und es lief super. Die Show war heiß, die Musik herb, die Klamotten knapp. Schon beim Fitting hatte ich den punkigen, aber edlen Style geliebt. Jeans, Leder, Latex, zwischendurch auch mal ein bisschen Seide. Das bin ich! Der sexy, unwiderstehliche Vamp!

Der unwiderstehliche Vamp? Du bist immer noch high.

Arbeit kann man das wirklich nicht nennen, was ich da mache, das ist mein Leben. *Deswegen beschäftigst du dich auch nur damit, deswegen hängt dein Selbstwertgefühl nur davon ab.*

Und die vip-Aftershowparty war großartig. Alle wollten Fotos mit uns machen. Einer von Rammstein hat mich angebaggert. Na ja, sagen wir eher, ein Fotograf und guter Freund von Till. So ist das eben, ich war selbst auch schon öfter die jüngere Schwester von Inga Halström, wenn ich auf eine Party wollte. Nicht, dass so eine Designerin existieren würde, aber hört sich halt gut an. Zoé und ich haben getanzt, getrunken, Drogen konsumiert, uns vom Jacuzzi im Bikini mit lustigen Jungs durchblubbern lassen.

Und wenn du siebenundfünfzigmal von den Gästen hörst »girls, you are amazing«, dann glaubst du es irgendwann auch.

Recht haben sie. Jawohl. Zwischendurch haben wir uns mal gegenseitig fotografiert und auf Instagram gepostet. Als die Lichter angingen, bin ich noch zu ein paar Leuten nach Hause und wir haben weitergefeiert. Bis jetzt.

Die Kellnerin läuft wieder vorbei, und du fühlst dich unsichtbar. Das passt nicht zum Höhenflug.

Eigentlich müsste ich meine Abenteuer dokumentieren und veröffentlichen, aber ich traue mich noch nicht. Ich habe auch niemandem von der Show erzählt. Ich brauche keinen meiner Freunde oder Männer dort. Nicht, dass es mir peinlich wäre oder so. Aber trotzdem. Nicht alle sind so offen wie ich. Viele würden ein bisschen Spaß im Bikini als billig oder imageschädigend ansehen. Oder als Untergang der Sitte, keine Ahnung. Aber ob etwas daneben ist, ist mir doch egal, denn daneben ist es nur für andere. Und interessieren mich die anderen? Ich denke, ein Model ist von Grund auf exhibitionistisch veranlagt. Muss es sein. Manchmal tut es einfach gut, wenn Leute mir auf den Arsch schauen. Ich kann stolz sein auf meinen Körper, warum sollte ich ihn dann verstecken? Verhüllungszwang erachte ich nicht gerade als Fortschritt der Emanzipation.

Ich meine, es war ja nicht wie in China: Es gibt solche Urban-Model-Legenden von Mädchen, die mit Roofies in Getränken sediert und gefügig gemacht werden. Das sind oft sehr junge Mädchen, die von ihren Agenturen in Bars oder auf Partys geschickt werden. Male Models werden oft dazu gebucht, um mit den Mädchen in den Bars zu flirten und sie erstmal schön geil zu machen, während sie die Drogen in ihre Getränke kippen. Bis die Mädchen total im Eimer sind und nichts mehr checken. Dann landen sie auf irgendeinem Hotelzimmer, wo sich der Kunde ihrer annimmt. Oder mehrere Kunden, Geschäftsmänner, irgendwelche Leute, die sich das teure Spiel leisten können.

Aus eigener Erfahrung kenne ich das Ding mit den Roofies nicht. Aber was sonstige Nebengeschäfte mit Models angeht, habe ich genug mitgemacht. Wie einmal mit einem Promoter in New York, wo ich für eine Agentur unterwegs war. Der Aufenthalt in Manhattan war kurz, der Eindruck hielt umso länger. Promoter wie Joshua sind Typen, die Geld dafür kriegen, dass sie Models in bestimmte Clubs holen. In diesem Setting sollen nämlich reiche männliche Gäste sehr viel Geld ausgeben. Die Models genießen durch die Promoter den Vorteil, dass sie als junge abgebrannte Mädchen oder Jungs in einer sauteuren Stadt umsonst die Sau rauslassen können. Das geht so weit, dass Josh den Models Apartments organisiert, in denen seine Mädchen keine der fiesen New Yorker Mieten zahlen müssen.

Ich hatte natürlich was mit Josh und dachte, er mag mich, weil er mich immer dabeihaben wollte und so zuvorkommend war.

War vielleicht 'n bisschen doof.

Anfangs nahm ich die Clubnächte, die mehrmals in der Woche stattfanden, natürlich mit. Josh hatte Kontakte zu Locations, in die kein Normalsterblicher reinkommt. Nach einem dekadenten Promoter-Dinner ging es weiter zur Party, wo oft schon alles voll war mit dünnen wunderhübschen Mädchen, die in Schlauchkleidern und Glitzerheels um die wenigen Anzüge herumtanzten. Ich dachte immer, ich gehörte nicht zu diesen Mädchen mit meinem AC/DC-Shirt vom Thrift-Shop. Aber wie alle anderen gehörte ich eben irgendwie zu dem Promoter-Tisch, auf dem immer ein Riesenkübel mit Gin, Wodka, Tequila und Champagner rumstand, und an dem sich alle bedienen konnten. Die Drogen steckten natürlich in den Taschen der Typen.

Je später die Nacht, desto ekelhafter wurde es. Klar, die Mädchen waren Frischfleisch. Meine Lieblingskollegin in NY und ich nannten es irgendwann nur noch »Tischarrest«. Denn wir sollten immer am Tisch bleiben und nur dort tanzen, wenn nicht sogar gleich auf dem Tisch oder dem Sofa. Die Gäste sollten ja zum Ausgeben von Geld animiert werden. Dafür nahmen sie es sich auch raus, nach den Mädchen so blind und selbstverständlich zu greifen wie morgens nach ihrem Anzug im Kleiderschrank.

So ein ähnliches Milieu gibt es in dieser Stadt.

Klar, das der Stripclubs, wo die Mädchen den Gästen auch das Geld aus der Tasche ziehen müssen. Nur ist ein Stripclub wenigstens ehrlich, den Models in New York wird dagegen die große Welt vorgegaukelt. Man muss es sich so vorstellen: Du kommst als achtzehnjähriges Ding nach New York, einer Stadt, in der du niemanden kennst und dir nichts leisten kannst. Du hoffst auf Jobs und Props. Allein die Skyline macht dich high, und dann kommen die bewanderten Promoter an und wollen unbedingt dich und nur dich. Sie bewerfen dich mit Champagner und Drogen und sagen dir, du seist etwas ganz, ganz Besonderes. Klar ersäufst du in diesem Pool des Hedonismus. Auch ich war zu blöd, gleich zu checken, dass Josh immer aufdringlicher wurde, weil er natürlich auch mit mir Geld verdienen wollte. Geld, von dem ich erst nichts wusste und natürlich nie was gesehen habe.

Eines Abends erzählte mir eine New Yorkerin, dass sie mittlerweile zwei Promoter auf dem Handy blocken musste, weil die jeden Tag angerufen und genervt hätten. Aber sie wollte nicht mehr mitmachen bei diesem besseren Escort-Service und nannte es »modern human trafficking«.

»Halt dich fern von Promotern«, warnte sie mich.

In der Nacht darauf ging ich mit Josh das letzte Mal aus, ins No.8. Er war die ganze Zeit scheiße zu mir und ignorierte mich. Dann warf er mich auf der Tanzfläche den Gästen zum Fraß vor und beobachtete nur noch von Weitem, wie ich einen nach dem anderen abwehren musste. Ich haute ab, ohne mich zu verabschieden. Aus dem Taxi textete ich ihm noch irgendwas von Pimps und Hookers. Sobald eine Frau sexy ist, wird sie nicht mehr ernstgenommen. Im schlimmsten Fall wird sie verkauft. Damit hatte sich das mit Josh dann erledigt. *Jump Cut in die Realität. Ding, ding, ding, dein Date ist da!*

Eben war ich noch woanders, und da steht er vor mir und unterbricht meinen Kopf. Jetzt muss ich mich erstmal wieder in Stimmung flirten und schauspielern.

»Hey Alex, Baby«, begrüße ich den Mann im Hemd. Er setzt sich zu mir und bestellt zu meiner Freude gleich mal eine Flasche Moët. Noch immer angetan von meinem Ego setze ich die Show für die nächste Stunde fort. Ich wickele mich um ihn herum und lulle ihn ein bis zum Anschlag. Was ich rede, weiß ich nicht, irgendwas von … ich weiß es nicht. Mir geht's gut.

Knutschen mit offenen Augen. Zwei Männer direkt vor dir fachsimpeln was von Servern. Die perfekte Familienfrau in Pink am Bistrotisch ist kurz vorm Weinen. Seltsam. Sie hat doch alles. Einen netten reichen Mann, ein stylishes Einfamilienhaus, zwei wunderhübsche Kinder in Markenklamotten.

Vielleicht hat es was mit diesem Brief zu tun, den sie in der Hand hält. Meine Fantasie dreht das Bild weiter, als ich aufhöre zu knutschen und die perfekte Frau anlächele. Sie nickt zurück, stopft den Brief in ihre Tasche und rennt raus.

Eine Dreiviertelstunde und vier Gläser Champagner später rumst meine Energie zu Boden. Ich muss ins Bett. Zum Glück fährt mich der Kerl, den ich nach meiner Performance mit Händen und Füßen abwehren muss. Sorry Junge, ich kann dich nicht mitnehmen. Das Ätzende am Runterkommen ist, dass man total im Arsch ist und gleichzeitig noch dicht.

Als ich meine kleine Einzimmerhöhle betrete, rieche ich Essen. Woher kommt das bitte? Ich folge dem Geruch ins Schlafzimmer Schrägstrich Wohnzimmer Schrägstrich Arbeitszimmer und sehe auf dem Boden neben meinem Bett so etwas wie eine Apokalypse. Burgerreste kleben in ihren Packungen,

Schokolade verschmiert auf glitzernder Folie, Pizzaränder, Croissants, Pommes, von denen nur noch Rotweiß übrig ist. Eine üble Mischung, ein übler Geruch. Und ein noch übleres Gefühl in der Kehle.

Ich stürze zur Toilette, reiße den Deckel hoch und stülpe mich von innen nach außen. Was bitte war das? Scheiße. Der gute Champagner! Wie ich da so lädiert und halb schlafend überm Klo hänge, versuche ich mich zu erinnern. Hatte ich Leute bei mir? Das muss ja eine Zwanzig-Mann-Party gewesen sein.

Nur das Flackern einer Ahnung. So müde.

Ich schleppe mich ins Schlafzimmer und wanke mehr oder weniger ausweichend durch den Reste-Parcours. Ich muss schlafen. Was für eine Show!

//Kapitel 2: FREUNDSCHAFT

//Nachmittag: Achim//

Ich fahre auf dem Heimweg vom Office in meiner Elf durch die Stadt wie durch Butter. Eine Ampel bremst mich. Neben mir ein alter Mercedes G, eckig und schwarz. Rockt eigentlich auch ziemlich, die Karre. Ampel grün. Gas geben, losfahren, mein Sound ist einfach geiler.

Pass auf ... Arschloch. Pass auf, pass auf, pass auf.

Mich beschäftigt der Anruf mehr, als mir lieb ist. Ein Blick in den Rückspiegel zeigt unattraktive Augenringe. Seit zwei Tagen versuche ich herauszufinden, wer das war. Ich hab mindestens genauso viele Feinde wie Freunde. Es gibt einen Haufen Typen, die mich nicht leiden können. Wer weiß, wie vielen ich die Frau ausgespannt hab, ohne es zu wissen. Auch Reichtum und Erfolg wecken Neid und Zorn bei allen, die nicht viel haben außer ... na ja, ihren Zorn eben. Bei Arbeitslosen, Soziologiestudenten, dem Nachbarn und, ganz ehrlich, faulem Pack. Das ist das Problem: wir haben fast nur Faule im Land, die so oder so Geld vom Staat in den Arsch geschoben kriegen. Keiner will was schaffen, aber Big Money machen, so funktioniert das nicht. Meine Meinung. Und ich kann nichts dafür, dass die so sind. Da können nur die was für. Wer nicht rechnen kann, mit dem ist bald nicht mehr zu rechnen. Von nix kommt nix.

Zwar blöde Sprüche, aber ist was Wahres dran. Typen wie die hassen mich also, aber ich hab auch mega Freunde und weltweit Connections durch meine langjährige Arbeit in der Szene und in den Medien. Mein Freund und Freak Rafael aus Trier – CVD bei einem großen Fernsehsender –, Roman aus München – Sprecher und Radiomoderator, auch Freund und Freak – und unzählige mehr auf dem ganzen Globus verteilt. Hier in der Stadt hab ich meine Jungs, die sind eine Horde Verrückter, mit denen man einfach genial partymachen kann. Am dicksten bin ich mit Sascha, der ist auch ein Megatier und seine Einstellung deckt sich so sehr mit meiner, dass wir uns hammeroft in die Quere kommen. Er checkt am ehesten meine Art. In einer Freundschaft ist es wichtig, dass man ehrlich ist und sagt, was Sache ist, auch fürs Vertrauen und so. Damit meine ich nicht die endlose halb wahre Diskutiererei, wie Frauen das immer machen, sondern einem einmal richtig fett die Wahrheit ins Gesicht scheppern. Löwen brüllen und halten ihre Meinung nicht zurück.

Arschloch. Du bist lustig.

Anyway, wenn's um Money, Macht und Muschis geht, dann hören Freundschaften auf. Darum gehören Freundschaften und Privatangelegenheiten auch nicht ins Geschäftsleben. Klar, Feinde kann ich da auch nicht ganz vermeiden, aber man verhält sich zumindest businesslike. Was bedeutet, man nennt niemanden Arschloch. Dass ich ein Arschloch bin, das dürfen mir höchstens Freunde sagen. Bei dem Anruf kann es sich also nur um eine private Sache drehen.

Na dann, welcher deiner Kumpels war zuletzt sauer auf dich?

Also, da war Thomas, der es nicht ertragen hat, dass ich öfter mal »Weichei« zu ihm gesagt hab. Das mit der kompromisslosen Offenheit sehen nicht alle so wie ich, aber es ist auch einfach peinlich, wie der seiner Ex-Tussi hinterherrennt. »Damit machst du dich nur noch mehr zum Idioten«, hab ich ihm gesagt. Das fand er nicht so geil. Aber hey, c'est la vie, wenn man mit mir befreundet ist, muss man die Wahrheit verkraften können. Ein anderer, Ralf, hat mich jetzt zwei Wochen lang genervt, weil ich Jägermeister über die Sportsitze seines Z4 gekippt hab. Aber ganz ehrlich, wenn er auch fährt wie eine gesenkte Frau - das sag ich immer, so funny. Da sehe ich nicht ein, die Reinigung zu bezahlen. Ich sag's nochmal, Money, Frauen und Freundschaft gehen gar nicht zusammen. Und Sascha, der nervt mich einfach so ohne Grund. Ich ihn auch. Aber der ist cool.

Mega hilfreich, deine Analyse. Gähnen. Mach was!

Ich wähle Saschas Nummer. Das Signal aus der Freisprechanlage meiner Elf tönt forever.

»Tach, Achim.«

»Hi, Arschloch.«

»Selber Arschloch.«

»Kannst du das noch mal sagen?«

»Bist du betrunken? Wie war die Nacht mit deinem Trainee?«

»Völlig geil. Aber ich wollte was anderes, ganz ehrlich, sag noch mal Arschloch.«

»Wieso, Arschloch?«

»Scheiße, du bist es nicht. Mir hat jemand auf die Voicemail gesprochen, die Verbindung war so schlecht, dass ich kaum was hören konnte außer …«

»Arschloch?«

»Genau, und noch ein paar Drohungen. Ich hatte gehofft, du wärst es vielleicht aus Scheiß gewesen, weil ich irgendwie die Stimme voll gut kenne. Aber das warst du wohl nicht. Ich will den Typen kriegen, ich bin mega pissed.«

»Ach komm, Bubu, dass jemand dich scheiße findet und es ausspricht, ist ja jetzt nicht gerade was ganz Neues. Was hast du denn wieder angestellt, einem Jungen sein Spielzeug weggenommen?«

»Keine Ahnung. Aber irgendwie hab ich ein komisches Gefühl, und ich kann meinem Hussle-Radar normalerweise ganz gut trauen.«

»Achim, komm, sei kein Emo-Mädchen. Kerle wie wir haben Feinde. Und es wird nicht das letzte Mal gewesen sein, dass dir irgendein Arschloch auf die Voicemail spricht. Jetzt entschuldige mich, ich muss Business machen. Du kannst dich wieder melden, wenn deine Hosen trocken sind. Tschö.«

Sascha hat recht, jeder Gedanke an den Müll ist einer zu viel.

Arschloch, Arschloch, Trainee, pass auf, Arschloch.

Vielleicht sollte ich heute einfach mal richtig früh ins Bett gehen.

//FREUNDSCHAFT
//Nachmittag: Aline//

Ich knie auf dem Boden in unserer Lounge und überlege, ob ich mich freuen oder weinen soll. Ich entscheide mich für nichts. Nachdem ich im Café den Brief mit dem Vers gefunden hatte, konnte ich meinen Mann über das Handy nicht erreichen. Ich setzte mich in mein SUV und fuhr zu seinem Büro. Die freundliche Dame an der Rezeption versuchte ohne Erfolg, ihn zu erreichen. Er hatte sich nicht abgemeldet, musste also im Haus sein. Ich wartete.

Du wartest.

Ich wartete.

Wie ein Haufen Schmetterlingsasche.

Ich wurde ein bisschen nervös, lief hin und her.

Er kam nicht.

Er kam nicht.

Er lässt dich allein.

Ich bin nicht allein. Wir haben wunderbare Freundschaften und wissen sie zu genießen. Aber mit Problemen wie diesen muss man zu seinem Mann gehen, nicht wahr? Darüber rede ich mit meinen Damen nicht. Es ist auch gar nicht möglich: Da ist Vera, eine Freundin aus der Kindheit, die ich aber nur sehr selten zu Gesicht bekomme. Oder meine lieben Bridgedamen, die dermaßen schnattern, dass sie sich selbst kaum verstehen. Die würden mir gar nicht zuhören. Jutta etwa interessiert sich vor allem für Krankheiten. Ihrem Mann Richard geht es wohl nicht so gut, die Prostata. Astrid, die älteste von uns, erzählt wie meine Oma lustige Geschichten von früher, wie sie nachts durchs Fenster nach draußen geschlüpft ist, um sich mit hübschen Männern zu treffen. Ich liebe es, ihr zuzuhören, aber die anderen Damen lassen sie nie ausreden. Sie behandeln Astrid, als wäre sie senil. Die Dritte, Nadine, plustert gern die Federn auf. Sie lebt für die Dinge, die so eine Person eben interessieren: Sylt-Urlaube mit ihrem Ehemann Christian und Rico, dem eigensinnigen Jack Russel. Das Loft am Hang mit Blick auf die Stadt, der Audi mit Sonderausstattung. Und die teure Winterjacke, die so gut passt, weil Nadine rank und sportlich ist. Den Pelz trägt sie heutzutage nur noch innen. Außen wäre es zu offensichtlich.

Für uns ist ein regelmäßiger Sylt-Urlaub im Moment zu teuer. Mein Mann mag Nadine und ihren Mann nicht. Aber ich bin ja tolerant. Ich möchte Menschen akzeptieren, wie sie sind, und leben lassen, wie sie leben wollen, sofern sie niemandem schaden – das gehört sich so bei Freundschaften.

Nadine wird außerdem die Patentante von unserem Kleinen. Auch wenn mein Mann sie nur schwer erträgt. Sie und Christian haben Häuser, Vermögen und keine Kinder. Mein baldiger Sohn wird es mir danken.

Ich fuhr also unverrichteter Dinge wieder vom Büro meines Mannes weg. Dabei muss ich mich verfahren haben, irgendwie tief in Gedanken gewesen sein, denn ich brauchte ewig. Und plötzlich fand ich mich bei der Polizei wieder, wo sie mir einen Polizisten vorsetzten, der mich überhaupt nicht ernstnahm. Er empfand den Brief mit der roten Schrift nicht als Bedrohung. Dennoch konnte ich nach intensivem Flehen zumindest zwei der Beamten überreden, mit zu unserem Haus zu kommen – schließlich wurde es von einem Einbrecher verwüstet! Als ich die Haustür öffnete, mit den Männern im Rücken, hatte ich Angst, das Chaos wiedersehen zu müssen oder gar eine ganz neue Überraschung. Niemand sonst war da. Die Haushaltshilfe hatte frei, und mein Mann …

Ja, wo ist eigentlich dein Mann?

»Hier ist der Eingangsbereich. Bitte kommen Sie. Und das ist das besagte Zimmer, schauen Sie.« Ich öffnete die Tür zur Lounge und fror fest. Ein Raunen ging zwischen den beiden Männern hin und her.

»Rückzug, hier ist nichts, nur ein paar Zeitschriften auf dem Boden!«, rief der eine sehr laut.

Der andere erklärte: »Nun gut, machen Sie sich keine Sorgen. Es ist alles in Ordnung, wie Sie sehen.«

Nichts ist in Ordnung.

»Bitte, ich habe mir das doch nicht eingebildet. Heute Morgen bin ich noch wie ein Storch über Teller und Tischdecken gestiegen.«

»Sie sagten doch, Sie hätten gestern Besuch gehabt. Oder vielleicht war Ihr Mann in der Zwischenzeit da. Oder haben Sie eine Haushaltshilfe?«

»Ja, aber die war doch gar nicht …«

»Sehen Sie. Ohne Anzeichen sind uns die Hände gebunden, da können wir nicht ermitteln. Wahrscheinlich erinnern Sie sich nur nicht mehr. Aber wir haben ja jetzt Ihre Daten. Sie können sich jederzeit melden, wenn doch etwas passiert.«

Dieser Ton. Als sei ich jetzt die senile Person. Die beiden Polizisten schauten sich an und traten ab. Seitdem sitze ich auf dem Boden mitten im Chaos zwischen sauber gefalteten Tischdecken und geschlossenen Schubladen, gerichteten Vasen und gestapelten Tellern. Ich stehe auf, um mein Taschentuch in den Mülleimer zu werfen. Darin hat sich das Universum aus weißen Porzellanscherben um eine leere Wodkaflasche erweitert.

Ausatmen.

Ich kann mich nicht mehr wundern, ich habe mich ausgewundert. Ich vergesse das jetzt und fange den Moment von vorne an. Ich bin leicht und klar. Mit einem lauten Scheppern landet der Müllsack in der großen Tonne vor dem Haus.

//FREUNDSCHAFT
//Nachmittag: Fiona//

Ich liebe es ja beim Frisör, aber muss das dreieinhalb Stunden dauern? Zeug drauf, warten, auswaschen, mischen, wieder Zeug drauf, warten, zwischendrin quasseln.

»Deine Haare, oh my Goood, so kaputt, was haben die Leute am Set damit gemacht, den Boden damit geputzt?«

Der Frisör Schrägstich die kleine Tucke und obendrein mein bester Freund quatscht mehr als meine Mutter. Über die Branche, die Awards, die Modelle, die es in Einzelfällen angeblich schaffen, noch zickiger zu sein als er selbst, und über seine Cousine, die bei ihm wohnt und nicht von ihrem Kerl loskommt. Wieder Zeug in die Haare, Beam-me-up-Lampe drüber. Eine halbe Stunde später weiß ich nicht, ob meine Ohren von seinem Gequatsche oder von der Lampe so brennen. Erstmal abkühlen. Auswaschen mit ganz besonderem Zeug, anderes Zeug drauf, warten. Warten, auswaschen, Zeug drauf. Mein Kopf klebt. Dann geht es ans Schneiden. Ich frage die Quasselstrippe, ob er meine Ohren gleich mit abschneiden kann. Die Anspielung versteht er nicht.

Da komme ich zum Thema Freundschaft: Ich bin froh, dass ich Hendrik hab. Wir haben uns bei den Vorbereitungen für eine meiner ersten Promo-Shows kennengelernt, wo er mir die Haare so versaute, dass ich heulen musste. Wir haben uns direkt ineinander verknallt. Hat er mir damals schon die Storys von seiner Cousine erzählt? Jedenfalls ist er so ziemlich der einzige Mensch auf dieser elendigen Welt, der wirklich für mich da ist. Und der mir das Gefühl gibt, dass ich nicht alleine bin, egal, was passiert. Ich hab Freundinnen, klar, Carina, Natalie, Julia ... oder Jule? Aber diese Freundschaften sind halt so anders. Da gehört es zum guten Ton, auf die Frage »Wie geht's?« etwas Nichtssagendes zu antworten. Alles, was mich in Wahrheit beschäftigt, Antworten wie »Super, ich hatte tollen Analsex« oder »Ich fühle mich gerade optisch wie E.T.« oder »Ich hab gestern auf der Party gekotzt, ich vertrage keinen Wodka mehr« oder einfach nur »Mir geht's beschissen« wäre zu intim. Manchmal, wenn ich abends mit meinen Mädels in einer Bar sitze und wir uns über Nagellackfarben und

Dammbrüche unterhalten, frage ich mich, was ich da überhaupt mache.

Natürlich sind alle meine Freunde cool. Die sehen alle entweder geil aus, oder sie machen was Kreatives, was mit Medien oder Mode, haben 100 k Follower oder ziehen sich einfach krass an. Manche vereinen sogar mehrere dieser Features. Von außen sieht das natürlich toll aus, aber es hat auch seinen Preis. Es ist superanstrengend, weil man immer mitfaken muss. Ich meine, wissen die auch nur einen Furz von mir? Nein. Ich ja aber auch nicht von ihnen. Über Gefühle sprechen wir nicht, das kommt einfach nicht vor. Schon komisch, als Kind habe ich mir geschworen, niemals so oberflächliche Freunde zu haben wie meine Mutter mit ihren komischen Brigdedamen.

Die offizielle Institution der »Mädchenabende« halte ich nicht immer durch ohne depressive Anwandlungen, auch wenn sie an einem anderen Abend schon wieder lustig sein können. Zudem sind Frauen – ich sag's nur ungern – manchmal ein bisschen anstrengend. Da gibt es Neid, Zickereien, Eifersüchteleien, Lästereien, Neurosen. Mädchen vergleichen sich gegenseitig. Und alle sind out of order, sobald sich mal ein heißes Gestrüpp im Umkreis von einem Kilometer aufhält. Nicht, dass ich besser wäre, aber ich bin mir wenigstens dessen bewusst!

Nein, mit meinem schwulen Busenfreund und seinem Knackarsch fühlt es sich anders an. Er ist immer da, wenn ich alleine bin, wenn auch nur imaginär – sogar und gerade am klassischen einsamen Morgen danach. Hendrik ist zwar genauso oberflächlich, neidisch, zickig, sexistisch, intrigant, asozial, voller Neurosen, aber nur anderen gegenüber. Ich kann mit ihm schonungslos jede Geschichte sezieren, und sei sie noch so intim oder genitalbezogen. Hendrik erfährt jeden

Spleen von mir, und das gerne wiederholt, damit er ihn ja nicht vergisst. Darum ist es jetzt auch sein gutes Recht, dass ich zum zehnten Mal die Cousinen-Geschichte anhören muss.

Er so: »Hach Baby, ich weiß auch nicht. Ich mag es mir nicht mehr reinziehen. Sie kann ihn nicht gehen lassen, dabei weiß sie doch, dass er ein mieser Kerl ist. Er behandelt sie wie ein Stück Sch…«

Hendrik schluckt den Rest des Wortes runter und verdreht die Augen, als hätte es geschmeckt, wie es heißt.

»Scheiße?«, vervollständige ich den Satz.

»Genau. Ich sag dir, in meine Wohnung kommt der nicht. Das geht schon seit einem Jahr so.«

Ein Jahr ist eine Ewigkeit, wenn ich bedenke, dass ich erst seit zweieinhalb Stunden hier sitze. Während Hendrik weiter hinter mir mit Schere und Tupfer herumfuchtelt, betrachte ich mich im Spiegel. Ich muss da durch, meine Haare sind mein größtes Kapital. Sie sehen wundervoll aus, lang bis über die Schulterblätter, dicht, nussbraun, leicht wellig, robust, natürlich. Ich hatte vor acht Monaten ein Haarshooting, das besser bezahlt wurde als so gut wie alles, was ich davor gemacht habe. Ich liebe meine Haare. Aber jetzt: Zeug auf dem Kopf, die Wimperntusche verlaufen, sonst ungeschminkt, und was ist das? Der Umhang klebt so am Hals, dass ich … Ist das ein Zwillingskinn?

Du weißt noch, dass Modelle ohne Inszenierung auch nur Normalsterbliche sind.

Ein Sack aus Haut und Fett schwappt über den Kragen und wirft sogar einen Schatten. Ich kann mir das nicht angucken, ich bestehe nur aus Kinn, woher kommt das plötzlich? Und überhaupt sieht mein Gesicht aus, als hätte ich Schweinebacken.

Du denkst wieder, du wärst zu dick. Hör auf damit. Du stei-
gerst dich da rein. Du steigerst dich da rein. Du steigerst dich da
rein.

Ich kann das nicht: »Hendrik!« Ich würge meinen Lieblings-
mann per Spiegelblick. »Halt deine Schnauze jetzt und beeil
dich gefälligst. Ich kann hier nicht mehr lange sitzen!«

»Ja, meine Güte, ich mach ja schon. Also, wo war ich stehen
geblieben? Ach ja, wie der wieder fremdgegangen ist …«

//FREUNDSCHAFT
//Abend: Maik//

Gehirnpresse.

Es ist dunkel, als ich aufwache, immer noch mit dem Kopf
zwischen meinen Beinen. Ich hatte Kochi nach seinem Ausfall
mitgeteilt, dass er seinen stinkigen Hintern gefälligst woanders parken soll, weil er mir das Geschäft vermasselt. Dann
bin ich mit seinem Schnaps in meinem Kopf eingeschlafen.
Im Becher liegen drei Euro fünfzig. Und jetzt?

So fertig.

Ich bin hungrig.

Geschlossene Läden.

Menschen gibt's nur noch auf der Terrasse von diesem Chuches, das gegen Abend zu einer Bar geworden ist. Ich packe
meine Sachen ein, stehe auf und schaue noch mal auf meinen
Platz.

Ab jetzt ist das dein Arbeitsplatz. Gar nicht mal so schlecht
hast du das gemacht für deinen ersten Tag.

Ist das so? Ich habe keinen Maßstab. Und keine Ahnung, in
welche Richtung ich jetzt gehen soll, um entweder eine Schlaf-

ecke oder was zum Essen zu finden. Stadtauswärts vielleicht, ein bisschen durch die Altstadt, über den Brunnenplatz.

Einfach laufen. So schön ist das ohne richtiges Ziel.

Links von mir am Eingang der Sparkasse liegt ein Obdachloser. Das wäre kein Ort für mich, der ist ja beleuchtet wie eine Vitrine.

»Meine Damen und Herren, zu Ihrer Linken sehen Sie den Penner mit Grundausstattung in Schlafposition.«

Nein, danke.

Weiterlaufen.

Die Geschäfte werden weniger, Wohnhäuser, Dönerläden, Fitnessstudios. Links von mir sehe ich eine Bar mit Schaufenstern, hinter denen sich die Leute quetschen. Wie sehr ich eine Abneigung gegen diese ganzen Bars, diese Clubs und insgesamt die ganze Ausgeherei entwickelt habe. Ich habe nie verstanden, was die Menschen dort eigentlich tun. Die Hälfte ihrer Zeit verbringen sie ohnehin nur mit den immer gleichen Reden im Rausch. Ich stand oft daneben oder gleich ganz draußen und schaute mir das an wie eine Doku. Na, wie geht's? – allein für diese Frage müsste man dem Gegenüber eine Ohrfeige verpassen. Auf erlogenes Interesse hin geben sie vor, jemand zu sein – gut, und dir? – und lügen zurück. Ihr Habitus-Mäntelchen, das danach aussehen soll, als seien sie Erhobenes, Zivilisiertes, Moralisches. Das scheint auch noch ansteckend zu sein. Auch ich hatte unter Menschen irgendwann das Gefühl, ich mache nur noch Mist, sehe nur noch Mist, ach, ich weiß auch nicht. Mist halt.

Rechts von mir liegt ein Streifen mit Büschen, zwischen denen die Dunkelheit hervorquillt.

Lieber nicht da rein.

Doch, doch, das ist weniger vitrinenhaft. Ich steige durchs Geäst, stehe in einem kleinen Park mit nichts außer Grünzeug

70

und ein paar Bänken. Perfekt. Was zu essen besorge ich mir dann eben morgen früh. Ich wähle eine Bank in der dunkelsten Ecke, hole meinen Schlafsack aus seiner Hülle und lege ihn mir zurecht. Die Tüte kommt unter die Bank, Schuhe aus, Sweater als Kopfkissen und dann rein ins Nest. Einfach nur daliegen und nach oben schauen.

Stille. Was ist denn da oben los?

Schaue ich nur lange genug hin, komme ich dem Kosmos immer näher.

Hey Himmel, du bist ja Sternsuppe.

Und da oben die Gruppe ist ein Wagen.

Sag, kann ich aus Sternen meinen Namen legen?

Ich sag das sonst nie, aber: »Amen.«

Seit wann reime ich eigentlich?

Vielleicht wenn du verzückt bist, ganz eigentlich, amen eben.

Und »amen«? Ich sage oder denke nie »amen«!

Das ist nur ein Ausdruck der Dankbarkeit.

Als könnte ich in den Himmel tauchen und darin schwimmen. Die erste Nacht unter freiem Himmel, noch dazu im Grünen und nach einem erfolgreichen Arbeitstag – ich hatte nicht erwartet, dass der Ausstieg so herrlich laufen würde. Ich habe das Gefühl, ich tue endlich selbst etwas, statt getan zu werden. Das hier fühlt sich an. Jeder Schritt, jede Tat, jeder Gedanke, der sich von fertigen Konzepten, der sich von Routinen unterscheidet oder zumindest von ihnen so wenig wie möglich bestimmt ist, fühlt sich an. Ich hoffte lange: Es muss sie doch geben, die Erlösung. Diesen einen Ort, der Ursprung und Zuhause ist. Der Ort, wo ich herkomme, wo ich frei und geborgen bin. Wo ich mir sicher bin. Doch dann sagte ich mir: Wahrscheinlich gibt es den Ort inklusive festem Boden gar nicht irgendwo da draußen. Wahrscheinlich bin ich selbst der

Ort. Ein expandierender, sich mit Momenten und Sekunden füllender Ort.

Vor meinem Ausstieg habe ich die Einsamkeit gehasst, und sie hat mich gehasst. Ich war ein Fremdkörper. Diese Art der Einsamkeit hatte für mich ganz eindeutig mit der Koexistenz von Menschen zu tun, denn ein Fremdkörper ist logischerweise nur fremd unter anderen. Ich verfügte über keine Bindungen. Schon als ganz kleines Wesen fühlte ich mich einsam im Beisein der angeborenen Familie, der Farce einer familiären Kulisse, die vor allem aus Worten bestand. Nachts dagegen, wenn ich mich aus dem Haus schlich, um mich ins Feld zu stellen, war die Einsamkeit verschwunden. Von dort aus konnte ich die halbe Welt sehen, so schien es mir, und das Universum. Ich war allein, ein winziges Element in der Endlosigkeit – und gerade dadurch ein Teil des Ganzen.

Später, ab dem Jugendalter erzählten mir sogenannte Freunde immer wieder, ich würde mir das mit der Fremdheit nur einbilden. Ich käme doch so toll bei allen an, wer auch immer diese »alle« sein sollten. Ich wäre doch so und so, und ich hätte doch so viel Charakter und sei so klug und stark und dies und jenes und hier und da. Vielleicht sollte ich mal zum Psychologen. Oder Tabletten nehmen. Und was, wenn ich gar nicht so und so war oder sein wollte? Wäre dann alles eine Lüge? Ja, ich war nicht verhasst, vielleicht mochte mich auch wirklich mal jemand von denen, in deren Runde ich saß, so wie ich war oder zu sein schien. Aber das änderte nichts daran, dass ich ein Atom außerhalb einer Verbindung war. Am Ende saß ich nur noch unter ihnen, diesen Freunden, hörte zu oder eben nicht.

So wurde meine Fremdheit zu einer Krankheit, die alle Bereiche meines Lebens beeinflusste. Sie zog weitere, aber auch tiefere, engere Kreise, die mich einschnürten und verengten.

Ich fragte mich, ob die Fremdheit auf ewig in mir wäre, egal, wo ich mich befände. Oder ob ich verrückt war und geheilt werden müsste. Doch gleichzeitig war ich mir sicher, viele Menschen fühlten sich ähnlich fremd oder einsam, dann und wann. Nur redete man nicht darüber. Auch die anderen einsamen Menschen hatten ihre Nächte auf dem Feld. Aber warum taten sie dann nichts gegen die Lügen? Warum machten sie nicht ihren Mund auf? Warum rebellierten sie nicht?

Es gab nur eine Möglichkeit für mich: zurück in die Nacht. Und diesmal für immer. Die Fremdheit würde ich bei den anderen zurücklassen wie Gepäck, das absichtlich am Gleis stehengelassen wurde. Und nun bin ich hier, wieder eins mit dem Universum.

Freiheit ist, wenn du nichts mehr zu verlieren hast.

Und ihr Suppensterne da oben? Ihr schwimmt da so gemütlich herum. Verschwimmt.

Verschwimmen. Wohlfühlen. Pause.

Tütenrascheln, Flaschenklirren, ein Schnaufen. Ich bin wach und sehe einen Menschen nahe bei mir.

»Ey, was machst du da?«

Jemand klaut mein Zeug, mitsamt den Schuhen, und rennt davon. Ich sofort hinterher, ohne nachzudenken. Barfuß.

»Ey! Bleib stehen!«

Nicht auf die Fußsohlen achten. Lauf schneller, du musst ihn kriegen.

»Du Penner, komm zurück! Nicht meine Schuhe!«

Der Kerl bleibt in den Büschen hängen, verliert etwas Zeit, stürzt dann weiter. Klein ist er, den krieg ich. Ich springe über die Büsche. Und lege an Geschwindigkeit zu. Keine Passanten, die Gegend ist leer. Eine Bushaltestelle. Über die Straße.

Schneller, du holst ihn ein.

Direkt vor ein paar parkenden Autos erwisch ich den Dieb. Ich greife ihn am Rücken und werfe ihn zu Boden. Oder sagen wir besser, er schmeißt sich von selbst zu Boden, so außer Atem ist er.

Was fällt dem ein? Am liebsten würdest du ihm einen Tritt verpassen.

Ich hole mit dem Bein aus, als ich sehe: »Du bist ja ein Kind! Was machst du? Hopp, hopp, ab zu deiner Mama.«

Der Dieb liegt auf dem Boden und lacht. Schön, dass ich seit meinem Ausstieg alle zum Lachen bringe. Dann sagt er: »Hallo, ich bin schon fast neunzehn beschissene Jahre auf dieser Erde. Und du bist ganz schön schnell für dein Alter.«

Ich nehme dem Jungen meine Tüte und Schuhe ab, dann setze ich mich neben ihn auf den Boden, um die Schuhe anzuziehen.

»Nächstes Mal kommst du nicht so einfach davon, dann gibt's Ärger, klar?«

»Ey, sorry, aber wer sich in den Park legt, der bettelt nur so, gefickt zu werden.«

»Ach ja? Und wer Klauen bei mir versucht, der bettelt nur so, erwischt und angezeigt zu werden.«

»Ja genau ...«

Grinsen auf beiden Seiten.

»Abgesehen davon, in meiner Tüte ist sowieso nichts drin. Na ja, außer einer Uhr. Und ein paar Münzen ...«

»Das meinst du. Du weißt ja nicht, was hier im Ghetto alles was wert ist.«

Der Junge richtet sich auf.

»Du musst aber besser aufpassen, Mann. Hau dich lieber mitten in der Stadt hin als in so einem Park, echt jetzt. Was da abgeht, Junkies, Huren, Stricher, denen willst du nicht mal tot begegnen.«

»Ok, danke für die Details. Es war eben so schön auf der Bank und … oh Mist, mein Schlafsack. Der liegt ja noch da. Ich muss zurück.«

»Cool, ich komm mit. Vielleicht müssen wir zusammen den nächsten Assi verkloppen.«

»Schon mal was von deeskalierender Sprache gehört?«

»Deeskalier deinen Arsch, Mann.«

Wir rennen zurück und direkt, als wir am Park ankommen, sehe ich schon den Anlass zum ganz großen Eskalieren: »Scheiße, verdammter Mist, mein Schlafsack ist weg. Das war das einzig Wichtige, was ich hatte. Wo soll ich jetzt schlafen? Der Schlafsack war warm, so was wie ein Zuhause.«

Ich setze mich auf die leere Bank. Der Kleine schaut mich mit erwachsener Miene an.

»Welche Farbe hatte er denn?«

»Schwarz.«

»Irgendwas anderes dran? Muster? Herzchen? Noppen?«

»Hmm, na ja, so rosa Nähte und ein rosa Reißverschluss.«

Der Junge lacht.

»Mann, ernsthaft?«

»Was ist daran lustig? Der war von meiner Ex-Freundin, okay? Den hab ich nicht … Meine Güte, ich muss mich doch nicht für meinen Schlafsack rechtfertigen.«

»Wirst ihn schon wiederfinden, Bruder. Irgendwo auf der Straße. So ein Ding mit rosa Zeug dran fällt auf. Und die meisten hier im Ghetto sind zu dämlich, um darauf zu achten, dass das auffällt. Aber jetzt kommst du erstmal mit mir mit. Ich kenne da eine ganz coole Ecke zum Pennen.«

Ich zögere kurz. Soll ich das wirklich tun?

Eindeutig, ja. Du kannst ihm trauen. So weit zumindest.

»Ehrlich, du nimmst mich mit?«

»Klar, Digger. Schließlich bist du den Schlafsack auch meinetwegen los. Aber nur ein bisschen meinetwegen, du Pfosten.«

»Okay, aber ich komm nur mit, wenn du mir nicht auch noch meinen rosa Stringtanga klaust. Ich bin übrigens Maik.«

»Rainer.«

Schweigen. Laufen.

Ich realisiere: Scheint doch seine Macken zu haben, dieses Straßenleben. Was habe ich mir dabei gedacht? Es wird schon seinen Grund haben, warum Obdachlose in Vitrinen schlafen.

»Rainer, sag mal … Meine Güte, heißt du wirklich Rainer?«

»Klar, Mann, was dagegen?«

»Wer nennt denn einen Neunzehnjährigen Rainer?«

Der Junge verdreht die Augen.

»Damals dürfte ich um die drei Jahre alt gewesen sein. Und um deine Frage zu beantworten: Meine bewichsten Pflegeeltern haben mich so genannt.«

»Ah, ihr hattet ein schönes Verhältnis.«

»Die Pisser.«

»Okay, du brauchst einen Spitznamen, ich überleg mir einen. Aber was ich eigentlich wissen wollte, wieso beklauen die Jungs von der Straße sich gegenseitig? Und betteln sich gegenseitig an? Wir haben doch alle nichts. Viel eher müssten wir die Reichen beklauen, wie moderne Robin Hoods. Helden sein. Gibt es nicht so was wie Freundschaft? Cliquen oder … Gangs? Freunde, die zusammenhalten, weißt schon, wie in den Filmen? Schicksal ist dicker als Geld oder so.«

»Keine Ahnung, Mann. Das gibt's vielleicht bei der Mafia oder in Amerika, aber nicht hier. Bevor ich auf der Straße war, hatte ich ein paar Jungs, aber das ist jetzt anders. In der Szene gibt es kein Vertrauen. Hier hat jeder einen an der Rassel, Frust, Drogensucht, darum ist auch jeder Einzelgänger. Du bekommst nichts ohne Geld, im Gegenteil, du musst aufpassen, dass niemand dich abrippt.«

»Ich hab's gemerkt.«

»Darum hab ich mir fürs Pennen ein Versteck am Stadtrand gesucht und schleppe tagsüber alles mit mir rum. So macht das jeder hier. Nein, Mann, Vertrauen oder Freundschaft, das kannste knicken.«

»Toll. Hier ist es also auch nicht besser als in der normalen Welt.«

»Ist doch klar, Mann. Wir sind nicht in Disneyland. Das hat seinen Grund, dass die Leute auf der Straße hocken. Die suchen sich das nicht mal eben so aus. Die haben einen Schaden.«

»Ich dachte, es gibt Leute, die das wollen.«

»Und wenn's die gäbe, hätten die auch einen Schaden, oder nicht?«

»Ähm.«

»Nein. Höchstens die Alten, die wollen das und kennen es nicht mehr anders. Aber träumen tun die auch von was anderem.«

Anscheinend sehe ich sehr verzweifelt aus, denn als der Kleine mich anguckt, fügt er hinzu: »Aber dafür haben wir hier das Allerwichtigste: Freiheit. Akzeptanz und keine Vorurteile.«

»Das klingt gut.«

»Ja, Bruder. Du musst dich für nichts rechtfertigen, für gar nichts. Keine Vergangenheit, keine dämlichen Fragen, woher du kommst, keine schrägen Blicke. Dass du dich in der normalen Welt dauernd rechtfertigen musst, ging mir auf die Eier – wie du lebst, was du machst, was du denkst, wie du dich anziehst, du Träumer, mach was Anständiges. Räum das Zimmer von dir und dem anderen auf, das nur aus zwei Hochbetten besteht, werd endlich erwachsen – ich hör´s immer noch.«

»Danke. Das ist genau das, was ich nach dem Reinfall von eben hören muss.«

Nach noch längerem Laufen kommen wir in ein Wohngebiet, wo Rainer mich zu einem versteckten und verwilderten Schrebergarten inklusive kleiner Gartenhütte führt. Er liegt zwischen zwei Häusern und vermisst scheinbar seine Besitzer schon länger. Rainer öffnet die Tür der Hütte.

»Hier müssen wir aber morgen früh wieder raus, ich hab keine Lust, erwischt zu werden.«

Geh da nicht rein.

»Komm schon, wir müssen schlafen.«

Tu's nicht, hör auf mich.

»Okay, äh, ich schlaf lieber hier am Eingang. Da krieg ich mit, wenn jemand kommt.«

»Na gut. Aber halt die Schnauze und schnarch nicht so laut, du Freak, sonst rufen die Nachbarn noch die Bullen.«

»Ich schnarch überhaupt nicht.«

»War ein Scherz, Mann. Gute Nacht.«

»Gute Nacht.«

Ich schaue ein wenig ängstlich. Was Rainer nicht weiß: Ich hasse Spinnen.

//Kapitel 3: ESSEN

//Morgen: Maik//

Heuballen könnten durch meinen Magen wehen, so leer ist er. Kein Wunder, seit fast vierundzwanzig Stunden habe ich nichts gegessen. Ich wusste nicht, dass das überhaupt möglich ist. Zum Glück bringt Rainer mich gerade wohin, wo es was zu essen gibt. Falls ich nicht vorher im Gehen einschlafe. Die Nacht war übel da im Türrahmen. Rainer hat die ganze Zeit Geräusche von sich gegeben. Und gerade bei Sonnenaufgang, als ich für fünf Minuten eingeschlafen war, schlug er schon wieder Haken und räumte irgendwas von A nach B. Ich versuchte, es zu ignorieren, aber spätestens als Rainer anfing, ohne Unterlass zu plappern, musste ich aufgeben. Ich ächzte und rieb meine geschundenen Knochen. Rainer schüttelte den Kopf. »Alter ey, Mann, du Pussy, was hast du erwartet? Das ist kein Fünf-Sterne-Hotel. Also echt. Wo hast du denn vorher gepennt?« Er packte unkonzentriert und ewig lange sein Zeug in seinen Rucksack, rein, raus, hin und her, bis wir uns dorthin aufmachten, wo wir jetzt ankommen. Unterwegs entschuldigte er sich, zumindest halbwegs, er könne nun mal nicht lange am Stück schlafen, wegen der Medikamente.

Vor einer Kirche bleiben wir stehen, und mein Fremdenführer wird schon begrüßt.

»Rainer, Diggi, alles klar?«

»Tobi, altes Haus, was geht? Das ist Maik, neu hier in der Hood.«

Tobi steht vor einem Tor, das einen Hof abgrenzt, und hält zwischen gelben Fingern eine selbstgedrehte Zigarette. An den Fingern, an den Haaren, an den Zähnen und an der Haut erkenne ich sofort, dass er auf der Straße lebt. Tobi und ich geben uns nicht die Hand. Stattdessen versuche ich, ein Gespräch anzufangen.

»Na, Kollege, auch auf der Straße?«

Geiler Spruch.

Tobi hebt die Brauen.

»Nein, wie kommst du darauf?«

Oh.

Rainer lacht.

»Sorry, Mann, der Maik ist bei seiner Mudder unterm Freierbett aufgewachsen und hat bis heute mit niemandem gesprochen.«

Nachdenken.

Ich weiß nicht genau, wie ich reagieren soll und kichere kurz. Tobi lacht nicht, aber er nickt.

»Kein Thema. Ich wohne in dem Sozialhaus hinter der Küche.«

»Außerdem arbeitet er in der Bibliothek«, fügt Rainer hinzu.

Ich verstehe nur Bahnhof.

»In der Bibliothek?«, frage ich.

»Ja, Sozialstunden. Egal. Komm, ich zeig's dir. Mann, Alter, du bist ja so was von neu.«

Ein paar Schritte weiter dreht Rainer sich noch einmal zu Tobi um: »Du, wenn du einen Schlafsack siehst mit rosa Zeugs dran, dann sag mal Bescheid. Der gehört Maik, wurde ihm gestern geklaut.«

»Geht klar.«

Als wir durchs Hoftor gehen, dreht Rainer sich erneut um und ruft: »Weißt du schon, was es heute zu essen gibt?«

»Nee, ist auch noch 'n bisschen früh. Wahrscheinlich eh wie immer das Zeug aus Rolands Klo.«

»Ja. Wahrscheinlich.«

Wir laufen durch die Eingangstür an einer Art Empfang vorbei, wo ein Mensch hinter einer Scheibe sitzt, dahinter öffnet sich ein weiter Raum mit hohen Decken. Es riecht nach einer Mischung aus nassem Hund, nassem Mensch und trockenem Auswurf. Überall vergammelte Leute. Manche hängen halb schlafend auf ihren Stühlen an der Wand, zwei spielen Schach am Tisch, einer liest, gutgelaunte Musik dudelt von irgendwoher. Rainer beantwortet meine unausgesprochene Frage, was zum Teufel das hier ist: »Willkommen im Treff! Ich weiß gar nicht, wie das Irrenhaus hier wirklich heißt, aber es gehört irgendwie zur Kirche. Hier können alle abhängen, Penner, Junkies, Zigeuner, Nutten, Transvestiten, Psychopathen, Leute, die nix zu tun haben, Leute wie wir.«

»Und was passiert hier?«

»Na, man trifft sich, unterhält sich, schlägt die Zeit tot. Einige schlafen hier auch. Die Sozialarbeiter kümmern sich 'n bisschen, es gibt was zu essen für 'n Euro, Kaffee für 'n Euro, Klamotten, manchmal, mittwochs, wie heute, gibt es sogar Musik, die bringt der Pfarrer Hinze mit. Der ist sonst cool, aber mit der Musik geht er jedem auf den Sack.«

Lautes Magenknurren.

»Rainer, entschuldige, dass ich dich unterbreche. Aber wollten wir nicht was frühstücken?«

Der Junge schweigt, stellt den Kopf schief und zieht die Augenbrauen nach oben. Dann läuft er los. Ich hinterher. An einer Art Schalter bleibt er stehen und schreit laut hinein: »Roland!«

Essen. Echtes, leibhaftiges Essen.

Ich komme dazu, sehe hinter dem Schalter eine Küche, in der drei Leute mit Nahrung hantieren.

Ein Mann mit einst weißer Schürze und fettigen Haaren, die unter einer Duschhaube hervorzwirbeln, kommt an den Schalter. Das muss Roland sein, der Küchenchef, vermute ich.

»Rainer, Junge, alles klar bei dir?«

»Alles fett, Bruder.«

»Wer's 'n das?« Der Mann nickt in meine Richtung.

»Roland, das hier ist Maik. Ich weiß, es ist zu früh fürs Fressen, aber der Typ ist neu hier und hat ober Hunger. Hast du schon mal 'n Stück Brot oder so?«

Roland schaut skeptisch.

»Du weißt, dass ich das nicht darf. Aber ich mach für dich und Maik mal eine Ausnahme.«

Willst du auch mal was sagen?

Ich sag auch mal was:

»Das ist toll, danke. Ein Stück Brot. Wow. Das ist sehr großzügig, vielen Dank.«

Die beiden schauen mich einfach nur an.

»Nee, ich mein das ernst.«

Rainer zeigt auf eine Uhr, die an der Wand hängt.

»In … warte … zwei Stunden gibt es Mittagessen. Bis dahin muss das reichen.«

»In zwei Stunden?«

Na gut. Akzeptier das. In zwei Stunden.

Rainer setzt seine Führung fort. Nach kurzer Zeit kenne ich die Bibliothek, die Toiletten, die Duschen, die Schließfächer, den Hinterhof. Ich treffe ein paar Obdachlose, ein paar Sozialarbeiter, eine Praktikantin.

»Hier darf kein Schwanz über Nacht bleiben. Aber für tagsüber gibt es den Pennbereich. Komm mit.«

Rainer führt mich an einer Art Computerecke vorbei, ein paar Stufen hinauf bis ganz nach hinten in den dunkelsten Winkel des Raumes.

Schmerzhafte Herzdosen-Musik. Mensch an Mensch, junge und alte Frauen, Kinder. Unter Decken, in Schlafsäcken, auf dem Boden, gestapelt und gestopft bis unters Dach. Tüten, Klamottenberge. Es riecht nach Armut, Krieg, Flucht. Hunger. Und hier wolltest du hin?

»Das sind die ganz armen Schweine. Hauptsächlich Zigeunerfamilien, Flüchtlinge oder halt welche, die irgendwie nach Deutschland kommen. Ein paar von denen gehen nachts anschaffen und kommen zum Pennen hierher, sobald das Ding aufmacht«, erklärt Rainer.

Für die Schlafenden stehen Bänke nebeneinander, die zwar nicht für alle reichen, aber dennoch haben sie versucht, es so angenehm wie möglich zu gestalten. Sogar ein paar Paravents gibt es für so was wie Privatsphäre.

Ich bin ganz schön am Verdauen – leider kein Essen, sondern diese vielen Informationen –, als Rainer fragt: »Willst du 'n Kaffee?«

»Unbedingt, Hauptsache was in den Magen!«, antworte ich.

»Der kostet einen Euro.«

Ich krame zwei Euro aus der Hosentasche, aus der Kochi sich nicht bedient hat, und gebe sie Rainer.

»Hier. Für mich bitte mit viel Milch und viel Zucker. Und hey – danke für alles, ich bin dir was schuldig. «

»Na, wie gesagt, dafür wurde ja auch dein Schlafsack geklaut. Du Idiot, legst dich einfach in den Junkiepark.«

Rainer setzt seinen Rucksack ab und macht den Reißverschluss auf. Griffbereit ganz oben liegt eine buntbedruckte

Kaffeetasse. Rainer nimmt sie heraus und verschwindet. Als ich so alleine rumstehe, merke ich erst, dass meine Halsschlagader zuckt. Direkt hinter mir finde ich ein paar Stufen, auf die ich mich zum Warten setze. »Summer of '69« dröhnt aus dem alten CD-Player. Ein junger Mann mit attraktiven kernigen Gesichtszügen läuft in mein Blickfeld, bleibt plötzlich stehen und zeigt seine kaputten Zähne. Selig lächelt er in die Luft und bewegt dabei seinen Mund, als spreche er mit einer Dame, die ihm schöne Dinge in die Ohren flüstert. Die Augen halb geschlossen. Dabei schaukelt er von den Zehenspitzen auf die Ballen und zurück.

Immer lautere Lieder, schwere Lider, leerer Magen. Und keine Antwort. Egal wo du hinschaust, überall Lücken.

Wieso fühlt es sich an, als hätte ich hier Angst allein?

»Alter, was glotzt 'n so, als hättest du ein Gespenst gesehen?«

Ich schaue Rainer mit seinen zwei Kaffeetassen an in der Hoffnung, dass er seine Frage selbst beantworten kann. Als ich aufstehe und eine der Tassen nehmen will, beschwert er sich.

»Ey, das ist meine!«

Über die Tasse läuft ein gemalter Tiger mit Luftballons in einer Tatze. Darüber steht »RAINER« geschrieben, in großen bunten Lettern.

»Das ist ja eine Kindertasse«, freue ich mich. »Von wem hast du die denn?«

»Gib her!« Rainer reißt die Tasse aus meiner Hand und schüttet dabei etwas heißen Kaffee auf seinen Daumen. Er zuckt vor Schreck zusammen. »Fucking Scheiße, Mann. An deiner Stelle würde ich mir auch eine eigene Tasse besorgen. Am besten sogar eigenes Geschirr, das Zeug hier ist dreckiger als der Sex deiner Mutter.«

»Ganz ruhig. Hast du schon deine Medikamente genommen, Tiger?«

»Halt's Maul, Alter.«

»Ist ja gut, und danke für den Kaffee. «

Die Wartezeit bis zum Essen verbringen wir auf einer der Bierbänke im Hof. Zwischendurch kommt immer mal wer vorbei, der mich, den Neuen, beäugt. Die meisten aber interessieren sich scheinbar für niemanden, sie sitzen einfach nur da und starren vor sich hin oder beschäftigen sich mit irgendetwas, das nicht näher definierbar ist. Mario zum Beispiel hantiert an einem, wie er zu sich selber sagt, »Psychosenstopper« herum, den er gerade dringend bauen muss. Das Gerät besteht aus einem Haufen Drähten, Batterien, Adaptern. Er ist überzeugt davon, dass »die« uns durch die Stromleitungen beeinflussen und kontrollieren, mit den ganzen Ionen und Elektronen, und dass wir uns davor schützen müssen. »Ja, klar«, sagt er in unsere Richtung. »Besonders schlimm ist es an den Bahnhöfen und an den Gleisen, da brauchst du einen Schutz. Nicht umsonst sind die im Weltkrieg immer mit Metallanzügen rumgelaufen.« Cindy ist mehr auf Dialog statt Monolog aus. Sie erzählt, dass sie und ihr Mann gestern fast in einen Kiosk eingebrochen wären, dann aber doch lieber was geraucht haben. »Hier in der Stadt geht einfach nix. Da heulen einmal die Polizeisirenen, und ich freu mich und renne los, um zu gucken, und dann ist das nur einer, der zu schnell gefahren ist. Arschlangweilig. Ein bisschen Töten, danach wär mir.« Schließlich gesellt sich Roland der Küchenchef zu uns, hockt sich auf die Bank gegenüber und raucht eine letzte Zigarette, bevor der Mittags-Ansturm losbricht.

»Na, Maik«, versucht er halblebig ein Gespräch zu eröffnen.

»Na.«

»Biste neu hier?«

»Ja. Ich hab meinen Job verloren, hatte Liebeskummer, weißt du?«

Gerade denke ich mir, was für eine dämliche Geschichte das ist, da stimmt mir Roland zu.

»Ja, ich weiß, ganz oft hab ich das schon gehört. Eheprobleme, Familienstress, Alkohol, Jobverlust, ruckzuck geht das.«

Ich vermute, dass Roland von sich selbst erzählt und will Verständnis zeigen.

»Und du? Wohnst du wie Tobi in einer der Wohnungen da hinten?«

»Sozialwohnung? Nein, um Gottes willen.«

»Entschuldige, ich bin verschlafen und neu und kenne mich nicht aus.«

»Nicht schlimm. Nein, ich bin gelernter Koch.«

»Ehrlich? Und du hast hier einen Job bekommen? Ist ja super«, versuche ich zu loben.

»Nein, ich hab einen Job woanders. Das hier mache ich ehrenamtlich. Einmal unter der Woche und am Samstag stehe ich den ganzen Tag hier in der Küche und koche.«

Okay, okay. Du musst dich nicht schämen. Du hast dich bloß geirrt, du vorurteilsbehafteter arroganter Arsch.

Während ich mich für meine Gedanken schäme, erzählt Roland weiter: »Die meisten hier machen das ehrenamtlich, außer der paar Ein-Eurojobber oder Sozialstundentypen. Hier sind viele Studenten, Leute, die helfen wollen, Praktikanten. Auch bei der Tafel arbeiten fast nur Freiwillige. Gell, Rainer?«

»Bei der Tafel?«, frage ich Rainer.

»Ja, Mann, das sind die Jungs, die uns und den anderen Ausgabestellen den ganzen Shit bringen«, erklärt er. »Die sammeln das Essen ein bei den Spendern, was weiß ich, Metro, Supermärkte, und die bringen das zu uns und zur Caritas und solchen Hartz-Vier-Dingern. Keine Ahnung, aber da kann man für ein paar Euro schon eine ganze Tüte Fressen einkaufen.«

»Das ist gutes Essen, das kann ich mir manchmal selbst nicht leisten«, ergänzt Roland. »Und manchmal bekommen wir so viel davon, dass wir gar nicht wissen, wohin damit. Aber es einfach so rausgeben an die Bedürftigen dürfen wir auch nicht, sonst reißen die uns die Hütte ein. So bescheuert, was Rainer?« Wenn Roland lacht, wippt sein runder Bauch unter der fettigen Schürze. Ich dagegen stecke immer noch ungläubig beim Anfang der Story fest.

»Und du verbringst wirklich freiwillig deinen freien Tag hier und stehst stundenlang rum und kochst.«

»Ja.« Sagt er und zuckt mit den Schultern, als wäre das das Klarste von der Welt. »Bevor ich irgendeinen Blödsinn mache, mache ich lieber was Sinnvolles.«

Pause. Dir wird gerade ein bisschen schlecht.

»Da gibt es eh noch voll coole Freiwillige«, fährt Rainer fort. »Der eine bei der Tafel ist Lehrer und dann haben die noch einen Doktor der Systemanalyse oder so ähnlich.«

Das hört Mario und greift das Stichwort sofort auf: »Du, Roland, kannst du mir den mal vorstellen? Ich muss den mal was über die Ionensysteme und Generatoren fragen, wie das funktioniert mit den kreisförmigen Kabeln.«

Roland schaut in die andere Richtung, zum Küchenschalter.

»Mach ich, Mario. Aber jetzt muss ich los, die Geier stehen schon Schlange.«

Rainer dreht sich zu mir.

»Komm, wir stellen uns auch schon mal an.«

Die Schlange ist eine Viertelstunde vor Essensausgabe schon fast drei Meter lang. Hinter uns stellt sich eine kleine zittrige Oma mit Gehstock an, dahinter wird die Schlange immer länger. »Leute, das dauert noch 'n paar Minuten, wir haben hier ein kleines technisches Problem«, ruft Roland, der sich aber scheinbar nur nicht hetzen lassen will. Ein Raunen geht durch die Menge. Die Oma hinter uns wackelt vor sich hin. Sie sagt: »Dieses lange Anstehen habe ich früher nach dem Krieg schon gemacht. Mein ganzes Leben habe ich geschuftet. Und jetzt bin ich wieder hier.«

//ESSEN
//Vormittag: Achim//

10:00 Uhr. Megamüdigkeit. Frauengeschnatter.

»Hast du schon gesehen, was es heute zu Mittag gibt?«, höre ich eine junge Frau sagen.

»Nein«, entgegnet eine ältere. Beide stehen an der Kaffeetheke und sind so mega busy mit Schnattern beschäftigt, dass sie mich gar nicht bemerken.

»Das klingt unfassbar lecker. Der Nachtisch, so eine Champagnercreme. Und hast du dir schon ein Fleisch vorbestellt?«

»Nein.«

»Mach das lieber mal schnell.«

»Auf jeden Fall, danke fürs Erinnern. Ich kann's kaum erwarten, ich verhungere jetzt schon. Ich hatte bisher nur dieses Müsli mit Obst und Joghurt vom Kiosk, weil ich gestern Abend kaum Zeit hatte, ein Frühstück vorzubereiten, und weil ich meinem Mann noch schnell für seine Geschäftsreise …«

Abbruch. Schweigen. Dann deine eigene Stimme.

»Die Damen!«

Ich stelle mich neben die beiden wandelnden Speisepläne an die Tausendeuro-Kaffeemaschine, platziere die Tasse, drücke aufs Knöpfchen und warte auf meinen doppelten Espresso.

»Haben Sie nichts zu tun? Hühnerschnäbel bestellen, zum Beispiel?« Die Kolleginnen gucken irritiert hin und her. Ganz ehrlich, entweder Frauen schnattern wie wild oder sie kriegen ihren Mund nicht auf. Meine Meinung. Und die Kaffeemaschine macht einen Lärm wie das Raumschiff Enterprise beim Ausparken. Ich nehme meinen Espresso und verlasse die Küche. Die Frauen machen sich nicht einmal die Mühe, so lange mit der Fortsetzung ihrer Schnatterei zu warten, bis ich außerhalb der Hörweite bin: »Also wirklich, wieso ist der immer so von oben herab? Denkt wohl, so bekommt er mehr Respekt entgegengebracht.«

»Von Mitarbeitermotivation hat der jedenfalls noch nie was gehört?«

»Es ist wichtig, was Richtiges im Magen zu haben. Seine Freundin möchte ich nicht sein, die muss bestimmt nur hinter ihm herrennen, hihihi.«

»Ich bin ja immer schlecht drauf, wenn ich Hunger hab, deswegen hole ich um elf Uhr erstmal so ein Schokoladenküchlein mit Kirschen und Sahne und einen …«

Meine nächste Station ist das PR-Office, wo mich immerhin das Strahlen der schönen Pressefrau aufheitert.

»Achim!«

»Guten Tag Anita, alles tutti?«

»Mir geht es super, danke.«

»Haben Sie schon die Unterlagen und das Approval vom Boss für die Digital-Agentur? Wegen des Launchs? Ich brauche die Sachen langsam.«

»Noch nicht. Ich warte noch auf Änderungen von der Chefin, last minute, Sie wissen sicher Bescheid, da sollten noch Infos kommen.«

»Was für Last-Minute-Änderungen?«

»Na, da soll doch noch was kommen ... es wird nichts Wichtiges sein ...«

»Nichts Wichtiges? Die Unterlagen sollten schon längst fertig sein. Ich weiß nichts von zusätzlichen Infos.«

»Dann ist das bestimmt ganz arg geheim.«

Anita will mich wohl mit ihrer Ironie und dem süßen Lächeln aufmuntern. Das klappt aber nicht, ich bin seit dem Drohanruf auf Alarm und Krawall gebürstet. Da lass ich mir nix gefallen und muss gleich mal sagen, wo der Löwenhammer hängt.

»Ich hab gefälligst als Erster informiert zu sein. Wir reden schon beide von dem anstehenden Produktlaunch der Special Edition, oder? Von meinem Projekt.«

»Ja, ich schätze? Die Unterlagen hängen sicher nur in irgendeiner Schleife.«

»Anyway. Sagen Sie mir Bescheid, wenn Sie was erfahren. Damit meine ich auch nur den kleinsten Minipieps. Okay? Danke.«

Beim Rausgehen drehe ich mich noch mal zu Anita um.

»Stimmt es, dass man heute das Fleisch in der Kantine vorbestellen muss?«

»Ja, haben Sie das nicht gemacht? Dafür ist es jetzt zu spät, die Deadline war um elf Uhr. Tut mir leid. Sie hätten aber auch gestern den ganzen Tag Zeit dafür gehabt.«

»Eine Deadline fürs Mittagessen?«

Später in meinem Büro überfliege ich Johannes' Protokoll von der gestrigen Präsentation, aber mein Brain will nicht so wie ich. Was geht hier vor? Was für Infos meint der Boss? Das Miststück ändert was und sagt mir nicht einmal Bescheid. No way, sag ich da nur. Wenn jemand versucht, mich zu verarschen, bekommt er es mit mir zu tun. Das Telefon klingelt.

Auf dem Display steht die Nummer meines Kollegen Andreas von der Förderung. Der ist ein Guter, da kann man rangehen.

»Hello, Andreas.«

»Wieso bist du noch im Büro? Wir sind zum Essen verabredet in der Kantine, remember?«

»Scheiße, fast vergessen.«

»Mach los, ich hab nicht ewig Zeit.«

»Endlich mal jemand, der auch keine Zeit hat. Bis gleich.«

Ich verlasse mein Office und mache mich auf den weiten Weg in die Kantine. Zunächst betrete ich den Aufzug, wo mich die Spiegelwand blöde anglotzt.

Die schwarzen Haare immerhin gut gegelt. Die Zeit rennt und du kommst zu nichts anderem, als alles dubios zu finden. Es reicht nicht, dass der Boss dich übergeht. Ein Kichern, ein Absatzklappern nagt an den Nerven. Fühlst du dich deplatziert? Auch den Leuten fällt das auf. Misstrauische Blicke von allen Seiten.

No way, ich bin nicht deplatziert. Ich richte mich auf, Schultern nach hinten, Handflächen nach vorne, und prüfe meine Haltung im Spiegel. Nur Weicheier lassen ihre Handflächen nach hinten zeigen. Ich gehöre hierher. Ich bin nur übernächtigt und habe einen Löwenhunger. Mir geht's genial. Ich sehe gut aus, habe einen Porsche, eine Löwenposition. Alles tutti.

Der Aufzug öffnet sich im vierten Stockwerk und führt in eine riesige Corporate Fresswelt. Ich passiere zunächst die Cafeteria Deliziosa, wo die Mitarbeiter Latte Macchiato mit möglichst viel Haselnusssirup und Schokoladentörtchen in sich reinschütten, um ihren breit gesessenen Hintern noch mehr zu verbreitern. Hinter der Kaffeebar öffnet sich die große Glastür, durch die man schon die Schlangen geiernder Menschen sehen und die Duftschwaden riechen kann.

Um Punkt zwölf Uhr geht hier jeden Tag die Fütterung los, frische Salate und Suppen, zwei bis vier verschiedene Nachspeisen, Nudelaufläufe mit viel Sahne und Käse, frittiertes Kartoffelzeug und natürlich: Fleisch. Ein Löwe wie ich kann kaum was anderes essen.

Ich gehe zur Theke mit den Hauptgerichten, wo ich eigentlich Jahrzehnte lang anstehen müsste, wenn ich nicht hungrig, mächtig und Macho wäre.

»Lassen Sie mich bitte vorbei, ich will nur was fragen. Der Herr mit der weißen Serviette auf dem Kopf, ich hätte das Steak gerne blutig.«

»Haben Sie vorbestellt?«, fragt der Küchentyp.

»Nicht, wenn mein Assistent es mal wieder versemmelt hat.«

»Dann muss ich Sie enttäuschen, es gibt das Steak nur gegen Vorbestellung. Die Deadline war um elf Uhr.«

»Wollen Sie mich veräppeln?«

»Gehen Sie doch zur Beilagentheke, dort gibt es einen tollen Nudelauflauf.«

»Beilagen? Sehe ich so aus, als würde ich Beilagen essen?«

Ich bewundere meinen Oberarm, als die Stimmen in meinem Rücken beginnen zu nerven: »Würden Sie sich jetzt endlich hinten anstellen? Hier warten noch mehr Leute.«

Da wird mega gezickt, wenn es ums Fressen geht. Und dann tippt mir auch noch jemand auf die Schulter. Jetzt nervt es aber wirklich. Ich drehe mich mit gefletschten Zähnen um und will gerade zum Pöbeln ansetzen, als …

»Andreas!«

»Achim, hi, das wird hier nichts, wir müssen an die Nudeltheke.«

Ewigkeiten später, nachdem ich endlich die monstergeilen Nudeln bekommen habe, streife ich mit Andreas und meinem Tablett durch die dichte Tischlandschaft auf der Suche nach einem Platz. Die anderen Anzüge sitzen schon und machen sich über ihre Teller her, wobei mir auffällt: Jeder, aber auch jeder hat dieses verdammte Steak. Der Berater mit dem Charisma eines Sales Managers für feuchtes Toilettenpapier, der schwule Trainee aus Human Resources und die schwangere Buchhalterin – alle haben den ganzen Tag lang Zeit, um über ihr Menü nachzudenken. Erst speichern sie die Steak-Order-Deadline in ihrem Kalender gleich neben der Deadline für das Millionen-Projekt ab, dann machen sie ein Brainstorming an der Flipchart oder erstellen eine Powerpointpräsentation, um die Beilagen strategisch ausgeklügelt zusammenzustellen. Kurz vor dem Lunch-Launch berufen sie noch ein Meeting am Kaffeeautomaten ein, diskutieren ihren Entwurf wegen eventueller Schwachstellen. Und schließlich erobern sie ihr finales Steak an der Theke im Kampf gegen die drängelnden Loser, die es nicht geschafft haben vorzubestellen – solche wie mich. Andreas und ich lassen uns mit unseren Nudelbeilagen an einem der letzten freien Zweiertische nieder. Ist besser zu zweit, ich könnte jetzt nicht neben einem Steakesser sitzen. Dann werde ich stutzig.

»Woher wissen die das überhaupt alle?«

»Was?«

»Dass sie das Steak vorbestellen müssen.«

Andreas rollt die Augen.

»Das ist wahrscheinlich eine Verschwörung, und nur du hast die Nachricht nicht bekommen. Achim, die Kantine schickt Mails raus, das weißt du doch.«

»Dann war das mein Assistent, der mir das nicht gesagt hat. Im Ernst, Andy, irgendwas stimmt hier nicht. Unser Asiaten-Boss verschweigt mir was über den anstehenden Produktlaunch. Und gestern hatte ich einen Drohanruf auf meiner Office-Voicemail.«

»Was hat das mit dem Steak zu tun?«

»Nichts natürlich. Andy, weißt du was Neues von den Tablets, die kommen sollen?«

»Ich hab doch gar nichts damit zu tun, was soll ich schon wissen?«

»Kennst du jemanden, der findet, ich sei ein Arschloch.«

»Gerade in diesem Moment? Mich.«

»Ganz ehrlich, der Typ auf der Voicemail hat mich hardcore beschimpft, mir gedroht, ich würde meinen Job verlieren und alles, was ich habe. Aber soweit ich mich erinnere, hat er von ›uns‹ als meinen Feinden gesprochen. Wer ist damit gemeint?«

»Hast du die Nachricht noch?«

»Nein, die ist meinem Assistenten verloren gegangen«, lüge ich. »Außerdem hab ich die Stimme irgendwo schon mal gehört. Es gibt 'ne Menge Typen, die mich nicht leiden können, aber ich sag dir, die wissen nicht, mit wem sie sich anlegen. Ich kenne Kopfgeldjäger, die Mafia, Zuhälter, Geheimdienstmitarbeiter …«

»Ah ja.«

Rundblick.

»Da hinten zum Beispiel.«

Andreas' Augen folgen meinem Zeigefinger.

»Das Weichei da hinten mit den dunkelblonden Locken, steht der nicht auf Trainee-Katharina? Die Kleine, die ich mir gegeben hab, du weißt schon.«

»Nein, ich weiß nicht schon.«

Andreas dreht sich wieder zu mir zurück, ein schmales Grinsen im Gesicht: »Das ist der Mann ihrer Schwester, du Idiot. Er hat Katharina das Traineeship verschafft.«

»Ach so. Das ist der Kerl. Das ist perfekt.«

»Was ist perfekt? Achim, was hast du mit Katharina gemacht?«

»Er kommt in unsere Richtung. Sei still, keinen Mucks jetzt.« Während ich versuche, mit Pfeffer und Salz irgendwie Geschmack in mein Essen zu kippen, beobachte ich mit einem Auge den Typ, der auf uns zukommt und meint, eines meiner Mädchen vor mir beschützen zu müssen. Er war das mit dem Anruf. Ist ja auch ganz klar, ich verbringe die Nacht vor der Drohung mit dem Traineemädchen, am nächsten Tag sitzt die Kleine schon mit gebrochenem Herzen bei ihrer Schwester, weinend, weil sie unsterblich in mich verliebt ist. Klar geht da die Sippschaft auf Rachefeldzug. Und der Schwager plappert den Scheiß auf meine Voicemail. Da trabt er durch die Tischreihen, als hätte er die Steaks höchstpersönlich eingetrieben. *Egal, was du vorhast, lass es bleiben.*

Er steuert genau auf mich zu. Angriff ist die beste Verteidigung. In dem Moment, als der Typ an meinen Tisch kommt, springe ich ihm in den Weg.

»Stopp, Kollege. Was ist das hier für ein Theater?«

»Wie bitte?«

»Tu nicht so, ich weiß, was du vorhast. Meinst du, du kannst mich auf den Arm nehmen?«

Achim.

»Äääääh … ich will nur nach dahinten. Mich hinsetzen und mein Steak essen.«

Achim.

»Ja, bist was Besseres mit deinem Steak, was?«

Achim!

»Ich sag dir jetzt mal was, Goldlöckchen, nur zu deiner Information: Mein Sexleben geht dich einen Scheiß an. Mein Privatleben geht überhaupt niemanden was an. Ist das klar?«

»Okay, ist ja gut, hab's kapiert.«

»Und wenn du oder deine Mutter, dein Opa, dein Hamster oder sonst wer aus deiner Sippe meint, er hat ein Problem mit mir wegen Katharina, dann kann ich ihm gerne aushelfen. Ich hab Macht. Ich hab Freunde. Einer davon ist ganz wild darauf, Leuten die Niere bei lebendigem Leib rauszuoperieren.« Ich lache gewinnermäßig.

»Achim! Jetzt setz dich wieder hin!«

Andreas ruft dich schon die ganze Zeit, aber du hörst ja nichts. Verwirrte Blicke.

Was glotzen die Leute an den Nebentischen so dämlich? Ich haue Goldlöckchen auf die Schulter.

»Ist nicht böse gemeint, ich sag's nur ganz ehrlich: Don't mess with Achim!« Dann setze ich mich wieder zu Andreas und rücke meinen Boss-Schal zurecht. Goldlöckchen taumelt davon, nix mehr mit Traben.

Andreas lehnt sich zu mir rüber und flüstert: »Niere rausoperieren? Hast du sie noch alle?«

»Wieso? Ist doch nichts passiert. Manchmal muss man den Leuten eben die Grenzen aufzeigen. Ich sag dir, von dem kommt kein Drohanruf mehr. «

»Ist dir eigentlich klar, was du grade gemacht hast? Du hast einen Kollegen beschuldigt, beleidigt und bedroht, und zwar so, dass es jeder mitbekommt?«

»Quatsch. Ich war nur ehrlich, ist doch nett von mir. Außerdem soll ruhig jeder wissen, dass man sich mit mir besser nicht anlegt.«

»Ich werd wahnsinnig. Was geht mit dir ab?«

»Jetzt komm wieder runter, du Heulsuse, immerhin hat mich jemand am Telefon bedroht, da heißt es proaktiv sein, potentielle Feinde früh aus dem Weg räumen.«

»Du kannst mich mal. Meld dich, wenn du wieder normal bist.«

Andreas wirft sein Besteck auf den Teller, steht auf, nimmt sein Tablett und dann sehe ich nur noch sein Jackett von hinten. Wirkt recht eng, das Jäckchen, Andy scheint etwas fett geworden zu sein.

Die neben mir gucken immer noch blöd und tuscheln. Haben die nichts Besseres zu tun? So eine Scheiße. Hab ich gerade wirklich Mist gebaut?

Du hast Megamist gebaut.

Löwen sind eben impulsiv, brüllen schnell und laut.

Du arbeitest so viel und hast einen derartigen Kontrollwahn, dass du die Kontrolle verlierst.

Gar nichts verlier ich.

Back to Business. Ich nehme mein Handy vom Tisch, rufe Sascha an und verabrede mich mit ihm zum Partymachen. Alles tutti.

//ESSEN
//Abend: Aline//

»Hallo, Schatz!«

Als mein Mann eintritt, stehe ich mit einem Glas seines Lieblingsweins und seiner Zeitung parat. Jeden Tag begrüße ich ihn so an der Tür. Fröhlich. Man muss den Liebsten zeigen, dass man sie wertschätzt, zu oft geht das in der Selbstverständlichkeit des Alltags verloren. Er nimmt Glas und Zeitung aus meiner Hand, geht an mir vorbei in die Lounge und setzt sich auf seinen ledernen Fernsehsessel.

»Hattest du wieder einen anstrengenden Tag?«

Stille. Das einzige Geräusch, das Ticken der Standuhr.

»Ich habe uns etwas Wunderbares gekocht, Schatz, Seelachsfilet von der Markthalle mit Mangoreis. Dazu Tomatensoße, ganz viel Zitrone und frische Kräuter. Und wie immer den herrlichen Spätburgunder.«

Hörst du?

Die Uhr tickt für mich den Takt eines Liedes namens »Summertime« von Gershwin, das ich leise anstimme, als ich in die Küche zurückgehe. Das wird ein feines Diner. Die Idee dazu fand ich in der Zeitschrift Food & Style und wusste sofort, das würde ich ausprobieren. Eine Hochzeit von Wein, Chili und Mango, das mundet sicher fantastisch. Zuvor serviere ich ihm noch eine moderne Tatarzubereitung als Amuse Geule. Den halben Tag habe ich in der Küche verbracht, geputzt und geschnippelt. Jetzt, wo alles vorbereitet ist, meliere ich das erste Filet, tunke es ins Ei und lege es in die Pfanne.

»Au!«

Ein Tropfen heißes Fett spritzt auf meinen Arm. Ich war beim Einlegen wohl zu hektisch. Ich haste zur Spüle, reiße den Wasserhahn auf und halte meinen Arm unter das kalte Nass.

Du bist nervös. Du hast Angst.

Ich bin nervös, ja, ein wenig: Gleich muss ich meinem Mann von den Ereignissen erzählen. Vom Einbruch, von den zerbrochenen Tellern, der Polizei. Davon, dass ich ihn gesucht habe in seiner Firma. Wie wird er reagieren? Ob er wütend wird? Schließlich hatte er wieder einen furchtbar anstrengenden Tag. Er arbeitet so hart.

Ich ignoriere das Brennen auf meinem Arm und fahre mit dem Kochen fort. Mein Mann ist ohnehin nicht so gesprächig, wenn er von der Arbeit kommt, zu viel geht dann noch in seinem Kopf vor. Also warte ich mit meiner Erzählung, bis er ein paar Gläser Wein getrunken hat. Vielleicht wird es dann leichter. Als der Fisch fertig ist, platziere ich ihn auf der Warmhalteplatte und stelle das Amuse Geule zum fein säuberlich angeordneten Nymphenburg-Geschirr auf den Tisch. Ich rücke unsere Weingläser noch ins rechte Verhältnis zu den Wassergläsern.

»Kommst du?«

Besteckklirren.

Ich freue mich. Das Tatar ist wunderbar fein und würzig, genau richtig. Schnell hat die kleine Gabel es vollständig weggeschaufelt, und ich räume die leeren Vorspeisenteller ab.

»Vorsicht heiß«, warne ich meinen Ehemann, als ich den Teller mit dem Fisch vor ihn stelle. Ich drehe den Hauptgang vor ihm noch so hin, wie er sein muss, mit dem Fisch rechts unten, und schenke Wein nach. »Lass es dir schmecken, mein Schatz.«

Ich muss schmunzeln, als die Zitrone leise ächzt unter dem Druck meiner Gabel. Danke, liebe Zitrone. Ich übe mich in Dankbarkeit, das ist der Schlüssel zum Glücklichsein. Das weiße Fleisch schmeichelt Gaumen und Zungenspitze, so zart ist es. Es ist ein Wunder, dass es solche Kostbarkeiten auf unseren Tellern gibt. Ein Petersilienblatt ist nicht minder prächtig als der Duft der Lilie oder der Wechsel von Tag und Nacht. Jedes Exemplar mit seinem Design ist einzigartig, ein Kunstwerk göttlicher Kreativität. Jede pralle Tomate ist ein Geschenk, jedes natürliche Detail ein Geniestreich. Vielen Menschen kommt der Blick für die kleinen und großen Wunder abhanden, die uns umgeben.

Wie deinem Mann. Tief einatmen, lange ausatmen. Essen. Schweigen. Ewigkeiten.

»Schmeckt es dir? Meine Damen haben die kleinen Küchlein geliebt. Weißt du, die vom Rezept deiner Mutter, sie waren begeistert. Weißt du? Leider musstest du wieder so lange arbeiten. Sie sind bis spät in den Abend geblieben. Ich glaube, unser Sohn Kilian wird Astrid mögen, meinst du nicht? Vielleicht kann sie ihm so etwas wie eine Ersatzoma sein, da unsere Eltern so weit weg leben. Sie ist so ein herzlicher Mensch …«

»Sag mal, interessiert dich auch etwas anderes als deine überkandidelten Freundinnen?«

»Aber Schatz …«

»Nenn mich nicht ›Schatz‹, ich hasse dieses Scheißwort. Der Wein ist fast leer, siehst du das nicht?«

Mein Mann streckt sein leeres Glas seltsam nah an mein Gesicht.

»Oh, verzeih. Ich hole eine neue Flasche, ja?«

Du bist ein schwarzer Tintenfleck auf weißem Papier.

Das Besteck meines Mannes ruht schon auf seinem Teller, als ich die neue Flasche zum Tisch bringe. Er nimmt sein Weinglas, die Weinflasche und setzt sich wieder in seinen Sessel. Ich habe noch gar nicht aufgegessen, aber das ist okay, ich habe ohnehin keinen Hunger mehr. Ich werde ihm ein anderes Mal von den Vorfällen berichten. Heute würde es ihn nur aufregen. Jetzt widme ich mich der Küche.

//ESSEN
//Nacht: Fiona//

Ein dünnes, bleichhäutiges Mädchen steht mit runtergelassenen Hosen und dem Slip auf Kniehöhe im Wald. Offensichtlich will es pinkeln. Eine amerikanische Blechkarre leuchtet das Mädchen von vorne an, wobei das Scheinwerferlicht seine Haut noch blasser, seine weißblonde Jungsfrisur noch heller aussehen lässt. Die Augen des Mädchens schauen mich erschreckt und amüsiert zugleich an.

»Na Baby, gefällt's dir?«

Hendrik grinst neben mir dümmlich verzückt beim Anblick des postergroßen Fotos. Der Künstler Schrägstrich Gastgeber dieser Vernissage ist sein neuer Schwarm und der Grund dafür warum Hendrik mich auf die Veranstaltung mitgeschleift hat.

»›Abdrücken‹ bekommt hier eine doppelte Bedeutung«, antworte ich. »Aber ja, ist recht erfrischend im Vergleich zu dem High-Gloss-Kram, mit dem ich oft zu tun habe.«

»Ja, nicht wahr? Die Bilder hat er in den USA geschossen. Dieser Snapshot-Style ist übertrieben trendy. Die Fotos sind einfach am coolsten, wenn sie total ungewollt aussehen. Das sagt aus, ›wir sind jung, wir sind hip und wir brauchen kein Photoshop‹.«

Autsch.

»Sicher, wenn man so jung ist, braucht man auch nichts retuschieren, Baby.«

Hendrik weiß genau, was ich damit sagen will, und schaut mich tröstend an. Und dann er so: »Hach, da ist er, Seiko, hallo! Ich muss dir jemanden vorstellen. Das ist Fiona, mein kleiner Liebling.«

Während ich mich noch frage, ob das Mädchen auf dem Foto nicht pinkeln, sondern kacken wollte, habe ich schon die spannungslose Hand des Künstlers in meiner.

»Und das hier, das ist Karola. Eines seiner Models.«

»Tag, Karola«, sage ich und wende mich wieder dem Künstler zu. »Seiko, ist das angelehnt an das englische ›Psycho‹?«

Seiko lächelt Hendrik an.

»Sie ist gebildet.«

Karola. Lange Arme und dicke Ellenbogen. Dünner Hals direkt auf dem Schlüsselbein. Beckenknochen unterm Kleid. Blutjung. Groß. Fies. Fertig.

»Also arbeitest du ja doch mit Models. Ich dachte, das hier sind nur ganz authentische Schnappschüsse.«

»Teils, teils. Selbstverständlich fotografiere ich auch inszenierte Strecken, die natürlich nach Zufall aussehen. Hübsch sind meine Mädchen aber immer.«

Unangenehmes Grinsen.

»Du kannst dir mehr auf meiner Website anschauen.«

»Gern!«, lüg ich und überlege, ob Karola das Mädchen auf dem Bild ist. Ich strecke ihr meine Hand hin. »Ich bin übrigens Fiona.«

»Hallo. Kennste Seiko von Hendrik?«

»Nein. Ich kenne ihn nicht.«

Standardfragen kriegen nichtssagende Antworten. Ich hab keine Lust über Mädchenkram zu reden, drehe mich weg und verschaffe mir einen Überblick über den Raum. Mehr schwarze Bilder auf weißen Wänden im Kastenraum. Weiße Brüste in einem mondbeleuchteten See. Wolfsschnauze. Teeny mit Trucker-Kappe auf fettiger Matratze beim Jointrauchen. Industrielampen an der Decke. Schwere.

In der Ecke links steht das DJ-Pult, wo ein Typ depressive Beats auflegt.

Oder kommt dir das nur so vor?

Ich hätte vielleicht einfach schlafen sollen.

Gar keine guten Kerle hier. Kunst-Groupies und Künstler oder so, Nerds und Hipster in miefigen Klamotten stehen in kleinen Grüppchen und halten ihre Plastik-Sektgläser weit weg von ihren Körpern. Heute ist mir das alles zu magazinig. Die Anzugträger scheinen das aber wohl saucool zu finden, so zahlreich wie sie sich hierher verirrt haben, ganz arg interessiert gucken, die Kunst diskutieren und überhaupt nicht in diese Welt passen. Gegensätze ziehen hintereinander her. Oder ziehen sie sich nur komisch an? Meinem Outfit nach gehöre ich zu den Anzugträgern. Hendrik, das schwule Mistvieh, meinte nämlich vorhin, ich solle mich unbedingt in ein elegantes Kleid schlängeln und auf High Heels stellen, es würden »feine und reiche Society-Leute« kommen. Hätte mich gleich misstrauisch machen sollen. Dann hat er mir auch noch die Haare hochgesteckt, und jetzt fühle ich mich wie ein schwarz gekleidetes Schaf.

Trinken ist die Lösung. Ich gehe zu einer Biertheke Schrägstich Bar und analysiere das Angebot. Bier und Rotwein. Wahnsinn. Dazu noch ein paar wenige Flaschen Rotkäppchen Sekt im Eiscontainer. Ich nehme mir eins der vorbereiteten Rotweingläser, davon werde ich erfahrungsgemäß am schnellsten besoffen. Daneben das Büfett, das sich als noch schäbiger herausstellt. Würstchen und Brötchen und Kartoffelsalat aus dem Eimer. Das kann doch nicht ihr Ernst sein.

»Det jehört allet zum Thema.«

Seikos Model Karola steht neben mir mit einem abgegrasten Teller, den sie mit beiden Händen festhält. Karola sagt, Seiko sagt: »Wozu den Hochglanz-Luxus mit Champagner und Schnitten, wenn det echte Leben schon Kunst ist? Auf Seikos Fotoreisen gab's nur so wat. Siehste, da hinten auf'm Foto …«

»Ich weiß nicht, was an Analogkartoffelsalat mit Plastikmayonnaise echt sein soll«, unterbreche ich sie. »Außerdem fänd ich ein bisschen Champagner und Schnittchen jetzt gar nicht so verkehrt.«

Karola mustert mich mit einem Du-hast-es-nicht-verstanden-Blick. Dann etwas noch Entsetzlicheres: Das magere Ding geht zum Kartoffelsalat und packt sich zwei fette Kellen von der authentischen Kunst auf den Teller. Dann noch zwei Würstchen, Brötchen und irgendwie alles, was da so auf dem Tisch rumgammelt.

Sie so: »Willste echt nix essen?«

»Willst du das wirklich essen?«, frag ich innerlich. Ich hab Hunger, keine Frage. Ich hab ja extra nichts gegessen in freudiger Erwartung der grandiosen Schnittchen. Aber die Pampe da, die geht nicht. Umso besser.

»Nee, ich muss 'n bisschen auf die Kalorien achten, kennst du ja.«

Karola schaut ungläubig.

»Echt? Nee, ick kann essen, was ick will, ick nehm einfach nich' zu. Wie groß biste denn?«, fragt sie mich nach einer ausgiebigen Ganzkörpermusterung.

»Ach, nicht so groß.«

»Echt? Siehst voll groß aus auf den Heels.«

Innerlich winselnd halte ich Ausschau nach Hendrik, der aber bestimmt gerade darauf konzentriert ist, den Gastgeber zu hypnotisieren. Da stehen wir also, ich und meine neue schmatzende Freundin Schrägstrich Model Karola, die nach diesem Teller doppelt so schwer sein wird. Und sie kann ohne Probleme beim Essen sprechen: »So 'ne Sachen bin ick jewohnt. Solltest mal auf die Locations achten. Keen Glamour.«

Kalorienaufnahme. Kartoffelsalat, Würstchen, Brötchen. Schmatzen. Gurgeln. Sprechen. Gurke, Senf, Mayonnaise. Kauen. Trinken. Sprechen. Matsch. Kauen. Schlucken. Blasen. Zunge, Mundwinkel, Speichel.

Kaum komme ich wieder klar, da hat Carola den Teller schon leer.

»Morgen gibt's schönet Wetta.« Glückwunsch. Respekt. »Ob ick jetzt fertig bin oder ob ick mir noch wat nehme?«, fragt sie sich laut. Oh Gott, bitte nicht. Sie muss wohl meine Gedanken gehört haben, denn sie beantwortet ihre Frage selbst. »Nee, bin fertig.« Dann stellt sie den Teller weg, läuft noch mal an mir vorbei, um mir fröhlich mitzuteilen: »Tschuldigung, muss mal kurz weg, bin gleich wieder da.« Und weg ist sie.

Schräge Mise en Scène. Minimaler Beat mitten in der Stille.

Was würde ich jetzt für einen kunstlosen Champagner tun. Ich muss einen verlorenen Gesichtsausdruck haben, denn die Anzugträger von einem der Grüppchen schauen zu mir rüber. Schnell drehe ich mich weg Richtung Wand und entdecke genau vor mir das rettende Werk von Seiko, auf das ich mich krampfhaft konzentriere. Toll. Aha. Hm. Interessant. Das ist mal Kunst, Alter. Immerhin, wer hätte gedacht, dass zwei Oben-Ohne-Mädchen in einem verranzten Motelzimmer beim Anprobieren von Nylon-Strumpfhosen mich davor bewahren, dass ich einfach nur retarded auf die Wand glotze. Ich verstecke mich quasi darin. Das Foto ist doch inszeniert. Als ob irgendwelche dünnen Models halb nackt so einen Müll veranstalten würden, und dann noch derartig ausgeleuchtet.

Bitte nicht. Nicht ansprechen. In Ruhe lassen. Du bist in deiner Höhle. Du bist nicht existent.

»Ich überlege, ob ich das kaufen soll. Was meinst du?«

Verdammt, jetzt hat mich doch einer von denen erwischt. Der Typ steht neben mir und tut so, als hätte er Zugang zu so einem Trash.

»Mach das«, rate ich ihm, »ist verdammt sexy.«

Ich flüchte. Wo ist Hendrik, Scheiße noch eins! Der kann mich hier nicht alleine umherirren lassen. Und wo ist Karola, was treibt die so lange?

Mute. Eine Böe mit der Geschmacksrichtung süßsauer, fischig und rauchig weht an dir vorbei. Außerdem riecht es nach Toilette. Du siehst es vor dir, so seltsam sieht er aus, dieser Schleim mit Bröckchen. Gefärbt vom Rotwein. Und die anderen, die tun nur so. Stehen rum. Als wüssten sie nicht, was gerade passiert. Spülen sich die Toilette mit runter.

Ich hätte schwören können, dass die Musik eben für einen Moment ausgegangen war. Bin aber doch nicht sicher.

Da ist Hendrik. Er eilt auf mich zu und guckt, als hätte er dasselbe gesehen wie ich. Seine Hände ergreifen meine.

Ich so: »Hendrik, ich muss hier weg.«

»Ich auch.« Dann wird er leiser. »Du, Seiko ist gar nicht schwul. So peinlich. Der hat wohl irgendwas mit diesem Model.«

»Mach Sachen. Ja, dann müssen wir natürlich erst recht hier weg.«

»Und was ist mir dir los? Du hast einen Gesichtsausdruck wie Karola auf dem Bild, als sie beim Pinkeln erwischt wird.«

»Beim Kacken.«

»Wie bitte?«

»Ach nichts. Ich passe einfach nicht hierher, sieh mich doch mal an, du Arsch.«

»Ich finde, du siehst wunderschön aus, meine kleine Diva.«

»Fresse, Schwuchtel.«

»Ach, komm schon. Soll ich dich wohin bringen, wo dein Outfit besser passt?«

Karola kommt mit feuchten Augen zurück.

Ich nicke Hendrik zu. »Hauptsache weg hier, egal wohin.« Er schluchzt wie immer, wenn er sich demonstrativ freut, hakt sich unter und zieht mich davon.

Mach's gut Karola. Pass auf dich auf.

//Kapitel 4: FEIERN

//Nachmittag: Aline//

»Ich freue mich so, dass ihr kommen konntet. Jutta, du siehst toll aus«, begrüße ich meine Gäste und umarme sie dabei. Jutta schaut irritiert.

»Hallo, meine Liebe. Danke. Aber wir erkennen dich kaum.« *Mit Verlaub: Das Miststück.*

Wir lachen herzhaft. Sie meint, man könne mich nicht sehen unter meinem ausladenden Sonnenhut und der ebenso großen Sonnenbrille. Vielleicht stimmt das, aber es ist eine Grillparty. Da sind Hut und Sonnenbrille très chic.

Ich freue mich seit Tagen auf diesen Abend, ach, seit Saisonbeginn. Es wäre eine Sünde, die herrlichen Sommertage und -abende einfach so verstreichen zu lassen. Die Luft mit ihrem Blütenaroma hat eine erleuchtende Wirkung. Manchmal möchte ich der Natur zum Dank einen Liebesbrief schreiben. Es war genau der richtige Zeitpunkt, ein paar Nachbarn und Freunde für ein Grillevent einzuladen. Mitsamt Cocktails, einer aufwendigen Dekoration und natürlich mit raffinierten Speisen. Ohnehin feiere ich gerne draußen, denn hier kann ich dunkle Getränke wie Rotwein servieren, ohne dauernd Angst haben zu müssen, dass jemand etwas auf die hellen Polstermöbel oder den Teppich im Wohnzimmer kippt. Die

Kohle liegt bereit, alles ist vorbereitet. Ich halte meinen Gästen ein Tablett hin.

»Bitte sehr, ihr Lieben. Der Aperitif.«

»Danke, meine Liebe.« Richard, Juttas Mann, nimmt zwei Gläser und reicht eines seiner Frau. »Bitte sehr, meine Liebe.« Das andere behält er.

»Danke, mein Lieber. Aline, kommen Hennings denn auch? Ich habe sie enorm lang nicht gesehen«, fragt Jutta dann.

Ich versuche, mich an das Telefonat mit unseren Nachbarn zu erinnern.

»Nein, sie kommen nicht. Ich glaube, sie sind im Urlaub oder so was.«

»Schade. Und ich soll den Grill heute Abend übernehmen, meine Liebe?«, fragt Richard.

»Ich, meine Liebe, oder Jutta, meine Liebe?«

»Du, meine Liebe.«

»Ja, bitte, mach das. Zusammen mit Christian. Er kommt jeden Moment. Das machst du doch gerne, nicht wahr?«

»Aber natürlich. Christian und ich sind wahre Grillprofis. Wir haben schon die Grillweltmeisterschaften beim Hühnerbrustgrillen am Strand von Marbella gewonnen.«

Erneutes herzhaftes Lachen.

»Und dein Mann? Der kann das nicht übernehmen?«

Jutta blickt suchend über die Terrasse.

»Er ist noch oben«, erkläre ich. »Die Arbeit. Er schuftet so viel, in der Firma, am Haus und im Garten. Da wollen wir ihn mal entlasten, nicht wahr?«

Ich lache noch einmal. Die anderen dieses Mal nicht.

Warum sie wohl so still sind plötzlich?

»Ach ja, soso? Was hat er denn im Garten Schönes gezaubert?«, fragt Jutta, die mich prüfend anschaut, während mein Blick über den Garten wandert.

Am liebsten unterm Hut verstecken.

»Das Beet! Die Sonnenblumen dort hinten und die … sind sie nicht wunderschön?«

»Ja, sehr schön. Das hat dein Mann toll gemacht, Aline. Ganz toll. Ja, hm …« Jutta kneift ihren Mann in die Seite. »Ich finde, du könntest dir mal ein Beispiel nehmen, mein lieber Gatte.«

Sie machen sich lustig über dich und über deine Ehe. Sie denken …

Da klingelt es an der Tür.

»Ah! Die nächsten Gäste kommen. Nicht weglaufen.«

Zurück in meinem Element eile ich zum Empfang. Ich bin leicht und klar.

Eine Stunde später sitzen Nadine und Christian, Vera und Stefan, Jutta und ich um den großen Tisch versammelt, vertieft im Gespräch nach einem Entree mit Foie Gras, bis Richard das Grillfleisch als »weltmeisterlich zubereitet« verkündet.

»Entschuldigt mich, ich hole meinen Mann«, rufe ich und stehe auf.

Auf meinem Weg ins Haus und zum Fuß der Treppe höre ich die Standuhr ticken. Das alte Ding wird immer lauter, wir sollten es entsorgen.

Du bist nervös.

Ich frohlocke in Richtung des oberen Stockwerks. »Schatz, die Steaks sind fertig!«

Dann eile ich wieder in die Küche, zücke ein paar Flaschen Wein und bringe sie zu meinen Gästen.

»Er ist auf dem Weg«, verkünde ich. »Trinkt jemand Rotwein aus der Provence?«

»Aber sehr gerne doch, du weißt immer genau, was wir mögen.« Richard hält mir sein Glas entgegen. »Ach, und da ist ja auch der Herr des Hauses. Hallo, mein Lieber!«

Als wackelte der Boden.

Mein Mann präsentiert sich auf der Veranda wie ein Donnergott. Er winkt, begleitet von einem leisen »Hallo«, in die Runde und setzt sich an den letzten freien Platz.

Du bist nervös.

Ich renne zu ihm. »Was möchtest du denn, mein Schatz? Direkt ein Steak oder erstmal das Entree aus Rosmarinkartoffeln an Blattsalat?« Dabei rücke ich eine Salatschüssel näher.

»Erstmal das Entree.«

»Sehr gute Wahl, mein Schatz.« Er hat gelächelt! Eine kleine Glückswelle treibt mich zum Beistelltisch, wo ich zum letzten Teller mit der Vorspeise greife, um ihn vor meinen Mann zu stellen.

»Und was möchtest du trinken? Deinen Wein?«

»Bier.«

»Na klar. Das Bier ist im Kühlschrank. Einen Moment.«

Ich schaue in meine Gästerunde und hauche ihnen ein Lachen entgegen. Dann renne ich in die Küche. Oft interessiert mein Mann sich nicht so für die feinen Speisen und geht lieber direkt zum Grillgut über. Umso mehr freue ich mich über seine Entscheidung. Sie zeigt, dass er meine Mühe schätzt. Ich möchte nur, dass es ihm gut geht. Das hat er verdient, so viel wie er arbeitet.

Mit einem Tablett in der Hand kehre ich zu meinen Gästen zurück und zähle meine Mitbringsel auf.

»Seht, was der Kühlschrank gezaubert hat. Ein paar köstliche, selbstgemachte Soßen. Mango-Chutney, dann eine Salsa-Soße, Avocadomousse, Preiselbeeren … «

»Was ist mit einer stinknormalen Steaksoße?« Mein Mann muss sich umdrehen, um mich anzuschauen.

Schock durch Mark und Bein.

»Oh. Ich glaube, die habe ich jetzt nicht.«

Wie konnte ich die Soße nur vergessen? Es ist die einzige Soße, die mein Mann mag, und sie stand einfach nicht auf meinem Einkaufszettel. Ohne ein Wort und ohne einen Gesichtsausdruck wendet er sich wieder seinem Essen zu. Während ich noch sprachlos bin, übernimmt Richard einen Teil meiner Aufgaben: »Meine Lieben, wem kann ich denn eines der weltmeisterlich zubereiteten Prachtstücke reichen?«

Nadine antwortet zögerlich: »Ich hätte gerne ein kleines Stück, mein Lieber. Nicht so fett, ganz mager. Und wirklich nur ganz flach. Also wirklich. Und mager. Ich mache gerade so viel Sport. Und eigentlich esse ich ja gar nichts mehr um diese Uhrzeit, schon gar nicht Kohlenhydrate. Oder tierisches Fett. Also, hast du so ein ganz mageres kleines Stück?«

Während alle sich bedienen, essen und trinken, spricht Nadine meinen Mann an: »Na, mein Lieber. Was macht das Geschäft?«

»Läuft so.«

»Und wie geht´s dir sonst? Immer noch der Rekordmeister im Skat?«

»Es geht so.«

Nadine lacht laut. »Ja, uns geht es auch gut. Wir haben jetzt einen Hund, einen Jack Russel. Aline, ich gieße mir noch etwas Wein ein, ja?«

Als jeder versorgt ist, mein Hut beiseitegelegt, jedes Schüsselchen und Sößchen richtig steht, die scharfen Messer durch die Steaks gleiten und die Gabeln die gefüllten Eier zerlegen, wird auch die Uhr endlich leiser. Der Rauch des Grills zieht in den Himmel, um sich zu den rosafarbenen Wolken und der untergehenden Sonne zu gesellen. So lange, bis der Himmel dunkel, die Grillplatten leer und die Bäuche voll sind. Ich liebe diesen Moment.

Aber dein Mann. Er sitzt einfach da, schaut geradeaus und trinkt ein Bier nach dem anderen.

Jetzt ist Zeit für den Abschluss meines Grillprogramms, also unterbreche ich die Gespräche: »Ihr Lieben, wie wäre es nun mit einem Digestiv und Käse vom Markt?«

Christian freut sich auf den Schnaps.

»Aline, du willst wohl, dass wir die ganze Nacht bleiben?«

»Oh nein, ich werde euch doch noch loswerden?«

Nichts macht mich zufriedener, als wenn alle herzhaft lachen.

Warum muss das immer so übertrieben und künstlich sein?

Ich bin darauf bedacht, dass sie merken, wie durchkoordiniert meine Gastgeberolle ist, während ich mit dem vorletzten Gang, Käse, Butter, Brot, Teller, Messer und ein paar Schnapsgläsern herbeitänzele und zwischendurch einen lockeren Spruch bringe. Ich will mich gerade wieder abwenden, um die Flaschen mit den edlen Tropfen zu holen, als ich sehe, dass alle sich an der Käseplatte bedienen, nur mein Mann nicht. Aber ich weiß, was ihn aufheitern wird. Ich trete zurück, stelle ein Schnapsglas vor ihn und sage ihm von hinten ins Ohr: »Schatz, du nimmst sicher den Kirschbrand von meinem Vater. Den magst du doch so gern.«

Mein Mann atmet laut durch die Kehle aus, zieht Zornesfalten auf die Stirn und sagt so laut, dass alle es hören: »Aline, was veranstaltest du hier eigentlich? Hör auf mit dem Theater, das ist ekelhaft.«

Stille.

Ich sinke auf den Stuhl neben meinem Mann, der aufsteht und geht.

Noch mehr Stille. Allein. Siehst du die Blicke der anderen? Sie lachen dich nicht mehr aus, nun bemitleiden sie dich. Und er verzieht sich wieder ins obere Stockwerk, wo er Gott weiß was tut.

Christians Stimme sticht durch den leeren Zeitraum.

»Ich hole den Digestiv, Aline, kein Stress. Ich weiß, wo euer Schatzschrank ist. Wir wollen ja noch den Rest der Nacht durchhalten.«

Alle lachen wieder. Gläser musizieren bis tief in die Nacht hinein. Die Unterhaltungen gleiten ineinander über und folgen dem Rauch des Grills. So problemlos. Genauso wie meine Gedanken, die mit der Nacht flügge werden. Ich bin leicht und klar. Oben im Haus gehen die Lichter aus. Die Uhr schweigt.

//FEIERN
//Nacht: Maik//

Rauchschwaden. Alles mehrfach belichtet. Oder wie viele Augen habe ich? Mein Kinn tut weh und spannt. Es ist Nacht. Ich liege … weiß nicht wo. Irgendwo auf dem Boden. Ist es Asphalt? Nein, was Bequemeres. Oder doch? Rainer neben mir. Glaub ich. Der Spinner. Ich muss mich um den Jungen kümmern. Ich habe ein schlechtes Gewissen.

Reiß dich zusammen, du bist hinüber. Wo ist deine Vorsicht hin? Trink was von deinem Wasser. Trink schon.

Ich wuchte meinen Kopf aus dem Zentrum des Erdkerns und setze die Wasserflasche an, die ich vorhin noch für Rainer geschnorrt habe, um das Blut von seiner Wange zu waschen. Mir geht's nicht wirklich schlecht, ich bin nur lädiert.

Ich hatte an meinem Platz gegenüber der Bar gesessen und war für Passanten wie immer viel zu durchsichtig. Zumindest warf mir kaum jemand etwas in den Becher, was wie immer frustrierend war. Als Rainer dazukam, mit freiem Oberkörper und sichtbar schlechter Laune, war es erst recht vorbei. Ab dem Moment sahen sie uns zwar, aber keiner mochte uns, wir wirkten, glaub ich, gefährlich oder so was. Rainer fluchte über die »Weiber«, über die Zuhälter, über seinen Vater, über seine, meine und alle Mütter. Dabei trank er dauernd aus seiner Tigertasse, in die er immer wieder etwas Hochprozentiges nachkippte. War das anstrengend, ich kann mich eigentlich nur noch an Brüllfetzen erinnern. Als ich ihn fragte, ob etwas passiert sei, was seiner Laune unzuträglich war, antwortete er Sachen wie: »Nix ist passiert, außer dir, Mann. Der ganze Scheiß hier. Und nenn mich nicht Tiger!«

»Hast du deine Medikamente genommen?«

»Was willst du denn, bist du mein Psychodoc? Du hast doch keine Ahnung, wie das ist, wenn man dauernd auf Dope ist.«

»Ich mach mir eben Sorgen um dich.«

Rainer meinte, ich solle mir eher Sorgen um meine Mutter machen. Er sah Feinde an jeder Ecke, als hätte er Verfolgungswahn.

»Guck dich mal um. Wir sitzen hier und jeder Arsch duckt sich ängstlich weg wie eine billige Straßennutte vor ihrem Pimp. Der da hinten, wie der guckt!«, schrie er. »Was denkst du von mir, feiner Chabo, hä? Du denkst doch, dass ich der dreckigste aller Hurensöhne bin, das denkst du doch!«

»Rainer, hör auf damit.«

»Lass mich.«

»Ich bin dein Freund.«

»Sag so einen Scheiß nicht, Mann. Ich kann das nicht ausstehen. Ich hab keine Freunde.«

»Hast du mal daran gedacht, dass die so denken könnten, weil du so von dir denkst? Und dass du dich so benimmst, damit sie so von dir denken. Du bist die perfekte Vorlage.«

»Was laberst du da? Du bist eh voll das Anfänger-Weichei, so ein Intellektueller. Du musst noch viel über die Straße lernen.«

»Dann bring's mir halt bei.«

»Weißt du, auch ich hab Träume, du Wichser, auch so ein dummer, asozialer Scheißtyp wie ich hat Träume. Aber ich schaff's nicht. Weil diese Arschlöcher hier nur an sich denken!«

Ich wollte nachhaken, aber da kam eine blonde junge Frau im Kostüm und kramte in ihrer Tasche. Sie stellte sich vor uns, schaute Rainer an, zog die Hand aus der Tasche und hielt ihm eine Banane hin. Rainer kniff die Augen zusammen, als wollte er das Mädchen fressen. Dann sagte er ganz ruhig und künstlich freundlich: »Tust du mir einen Gefallen? Wenn du das nächste Mal auf Toilette gehst, dann schieb dir deine Banane doch bitte zwischen die Beine und denk dabei an mich.«

Das Mädel schaute entsetzt, ließ die Banane fallen und rannte weg. Ich war genauso entsetzt.

»Was soll das, Tiger?«

»Eine Banane, Alter? Ist das nicht Beweis genug, dass die Leute sich für was Besseres halten und darauf auch noch stolz sind? Und nenn mich nicht Tiger, verdammt!«

»Sie wollte nur nett sein, das hat sie nicht verdient.«

»Quatsch, wollte sie nicht. Sie wollte ihr schlechtes Gewissen mit einem Essensrest aus ihrer Tasche freikaufen und mich dabei zum Straßenaffen dega… de…«

»Degradieren?«

»Ich will raus aus der Scheiße, und die Alte will mir eine Banane andrehen. Wir sind keine Affen. Und wir gehören nicht in einen Käfig. Die hält sich doch für die Großmudder von der Mudder von der Theresa.«

»Okay, okay, ich verstehe deinen Ansatz teilweise. Aber so machst du dir keine Freunde.«

»Was für 'n Ansatz, Mann? Auf so Freunde scheiß ich, die sich kein Stück für uns interessieren, nichts wissen, aber urteilen. Wie viele von den arroganten Schnöseln koksen, weißt du das? Eine Menge. Mich haben schon so viele gefragt, ob ich ihnen was besorgen kann, mitten auf der Straße. Die koksen alle in ihren feinen Apartments oder in den Puffs, tun aber, als wären sie was Besseres und ekeln sich vor uns. Aber wir sind nicht gezüchtet und gezähmt wie die Typen, die sind nämlich im Käfig und merken es nicht mal. Wir sind real, Mann.«

Okay, irgendwie hatte er recht. Aber Aggressionen helfen nun mal nicht. Und Rainer redete weiter. Er trank auch weiter, immer aus seiner Tigertasse, die er beim Reden wie ein Plüschtier an seinen Bauch drückte. Er machte mich derart nervös mit seiner Nervosität, dass ich auch was von Rainers selbstgemischtem Gesöff trinken musste. Rainers Anwesenheit fühlte sich an, als säße da eine tickende Zeitbombe neben mir.

»Wir müssen Feierabend machen, Alter. Scheiß auf das. Lass zur Ecke gehen. Die Sau rauslassen.«

Mit ihm machte es ohnehin keinen Sinn mehr, noch länger dort zu sitzen.

»Die Ecke«, zu der der Junge mich führte, war ein Sammelpunkt für fertige Leute. Mitten am Tag hingen sie dort auf der Straße rum. Sie standen in ihren Grüppchen und redeten, als müssten sie sich noch schnell ganz entleeren, bevor die Nacht einfiel.

»Hey Mona, alles klar?«

»Rainer, ja, mein Süßer. Alles dick. Außer dass der Bobo das Zeug nicht besorgen kann.«

»Ja, Scheiße, Mann. Willste mal was trinken? Selbstgemischt, auch nicht so übel.«

»Bah! Schmeckt ja wie Pisse!«

»Mona, das ist Maik. Ist neu hier, hat null Plan und benutzt nicht solche Wörter wie ›Pisse‹. Ist aber ein ganz tighter Typ.«

»Hi Maik«, die magere Frau mit wasserstoffblondem Pferdeschwanz und schwarz umrandeten Augen hielt mir ihre Hand hin: »Wie geht's? Feierst du?«

»Klar.«

Mona grinste, als hätte ich mit der Antwort alle Tore nach Sodom und Gomorrha aufgestoßen.

Sieh dich mal um, dann siehst du, was die mit Feiern meinen.

Mein Auge ist nicht geschult für so was, trotzdem merkte ich, dass die heitere Stimmung nicht von ungefähr kam. Hochrote Gesichter, Augenlider auf Halbmast, hektisches, zielloses Gerenne, Wanken, wirre Handbewegungen. Entweder die Mimiken waren besonders aktiv, oder die Gesichtszüge hingen bis zu den Kniekehlen. Alle waren high. Ich kenne nur die Namen der Drogen aus den ganzen Serien, Meth, Crack, Heroin, Ecstasy, Speed. Alkohol war jedenfalls nicht das einzige. Aber komischerweise war es trotzdem nett. Ich wurde noch nie so schnell in eine Gruppe aufgenommen. Sie interessierten sich, fragten mich aus, erzählten mir, was sie zutiefst beschäftigte. Mona litt wegen ihres humpelnden Hunds. Sie hatte ein Mädchen mitgebracht, das kaum über zwanzig, aber nicht weniger high war. Bobo versuchte dauernd, irgendwen anzurufen. Jürgen hatte Liebeskummer wegen einer dealenden Halbnutte. Noch vor ein paar Jahren hätte ich jetzt wahrscheinlich herumpolitisiert. Die Leute gefragt, wie sie nur so schwach sein können, ohne Ambitionen, ohne Anspruch, warum sie ihre

Zeit wegwerfen, wenn sie doch so viel Besseres aus sich machen könnten. Ich hätte versucht, sie zu retten und zu motivieren. Heute finde ich das anmaßend. Was heißt schon »ein besseres Leben«? Und was soll Schlechtes daran sein, wenn man sich nicht in fragwürdigen Systemen knechten lässt, nicht nur funktioniert, sondern stattdessen sein Leben wahrhaftig genießt?

Vielleicht, dass man von Drogen sterben kann? Nur mal so ...

Ich fand das da gerade aber gut. Das waren für mich die Rebellen, die Helden des echten Lebens. Ungezähmt wie wilde Tiere, kein stilisiertes event-gerechtes Auftreten. Und ich wollte nicht den zähmenden Priester spielen. Das hier war echt, kein verlogener Small Talk, der mich in der normalen Welt so wahnsinnig machte.

Rainer grub unmöglich an Mona rum: »Ey, Baby, die Weiber sind ja nur bescheuert, aber du bist viel geiler, reif, treu. Ich zieh dir ein Diamanten-Halsband über und du darfst für mich kochen.«

»Haha, Alter, hol dir selbst einen runter.«

Klaus beschwerte sich: »Oh Mann, ich hab kaum geschlafen. Ich war die ganze Nacht auf Arbeit, mein Chef Hochwürden war wieder da.«

Gerade wollte ich loslegen und über die Hierarchien und Strukturen in Unternehmen jenseits moderner Leadership-Konzepte lästern, da fuhr Klaus fort: »Das war so was von anstrengend, die Gäste haben mir total die Bude vollgekackt. Ich arbeite als Hausmeister in einem Pornokino, Maik. Mein Chef steht auf Fäkalpornos. Immer wenn der da ist, laufen solche Streifen, die das Publikum animieren, ihre Kinositze zu markieren.«

Solche Gespräche waren das.

Wir standen den ganzen Tag an der Ecke, tranken und diskutierten. Ich korrigiere, wir *be*tranken uns und blieben im Dauerrausch. Einmal sangen wir sogar ein Lied, das ging so: »Lass uns feiern, Mann. Der Tag ist kurz, die Nacht ist lang.« Irgendwie so, haben das alle nicht so richtig hinbekommen. Aber es machte Spaß. Das Vergessen. Die Sicherheit unter Fremden. Man hörte einander zu. Oder auch nicht, aber man versuchte es wenigstens. Klar waren sie versifft. Aber liebenswert. Manche Leute halten das Leben im Rausch für eine Lüge. Doch ist das wirklich so? Zeigen wir nicht erst dann wirklich unsere sensible Seite? Passanten machten einen Bogen um uns so groß wie der Ozean. Aber das störte von uns niemanden. Außer Rainer.

»Alter, was glotzt der da hinten so blöd? Ja genau, erschreck dich. Ich hab Hundert-Minuten-Eier in der Hose!«

Der Tiger ist schon klug, auf seine Art. So wie er manchmal spricht. Aber er ist auch dumm. Er wollte einfach nicht aufhören zu provozieren. Und er kippte immer mehr in seine Tasse, aus allen Flaschen, die er zu fassen bekam.

Es wird was passieren.

Gerade richtete ich mich gemütlich ein in meinem Pegel, da kam irgendein Typ und die Stimmung kippte. Rambo nannten sie ihn. Um seine linke Hand hatte er einen notdürftigen Verband gewickelt. Er schrie herum, so viel weiß ich noch, auch wenn die Erinnerung verschwommen ist.

»Ey, Leute, ich sag euch, das Ghetto macht 'n Abgang. Ehrlich, das kackt so richtig ab. Schon von Krokodil gehört? Alter, ich sag euch. Mittlerweile verkaufen das ein paar der großen Dealer der Stadt an die Leute hier zum Verteilen. Nach drei Schüssen seid ihr abhängig. Und nach drei Monaten färbt sich die Haut grün. Ihr verfault langsam von innen.«

Gefahr. Das willst du nicht hören. Weg!

»Ja, Bruder«, fachsimpelte Rainer, »von dem Scheiß hab ich gehört. Muss krasser sein als H.«

»Codein ist da auch drin. Kommt aus Russland, der Scheiß, überschwemmt hier die Szene. Ist halt billig. Die Dealer rennen damit rum und verschenken die ersten Shots, die Schweine. Fixen die Leute an, wie das halt so läuft. Ich kenne ein paar Nutten, die das immer von dem Dealer aus der Brooklyn Bar holen und weiterverkaufen.«

»Ja, aber die Mädels sind ja noch cool. Die Scheiß-Junkies machen's nur noch schlimmer«, erzählte Rainer. »Der erste zwackt was für sich ab, streckt das Zeug, verkauft es weiter, der zwackt wieder was für sich ab, streckt es, und so weiter. Mischen impossible.«

»Rainer hat recht«, sagte Rambo. »Den Junkies ist alles scheißegal, die rennen nur dem nächsten Trip hinterher. Entsprechend sieht das aus hier. Macht aggressiv, der Scheiß, sobald Runterkommen angesagt ist. Darum passieren gerade die ganzen Massenschlägereien auf der Straße und in den Clubs. Das Ghetto ist in Aufruhr, sag ich euch.«

Und du sagst gar nichts. Überall Stille.

Rainer nahm einen langen Zug, diesmal nicht aus seiner Tasse, sondern aus irgendeiner Flasche. Klaus wühlte in seinen endlosen Taschen, ohne Ziel und ohne Sinn. Mona rannte von einer Straßenseite zur anderen.

Irgendwas stimmt nicht.

Rainer überlegte laut: »Ob man das wohl mal testen sollte? Ich meine, nur mal eine Dosis, nur mal ausprobieren, um es beurteilen zu können. Und wenn es schlecht ist, hauen wir den Dealern auf die Schnauze.«

Da war dann doch meine Akzeptanzgrenze erreicht.

»Tiger, du spinnst wohl. Du machst das nicht, niemals!«, rief ich. »Wenn ich dich einmal auf dem Zeug erlebe, ich schwör dir, ich prügle dir die Augen aus dem Kopf und stopf dir deine Hundert-Minuten-Eier in die Augenhöhlen!«

Respekt!

So etwas hatte ich noch nie gesagt. Ich war ein bisschen stolz auf mich.

»Hohoho«, blökte Rainer. »Der brave Intellektuelle spielt sich auf. Tut so, als würde er sich für mich interessieren. Als wüsste er, was im Ghetto abgeht. Aber ich sag dir, da wo ich herkomme, da gelten andere Regeln. Da macht man Worte wahr. Da setzt man sich durch. Nicht so wie du, du Pussy.«

Ich verstand die Parolen nicht und wollte mich wegdrehen, aber Rainer ließ nicht locker.

»Alter, bleib hier, Mann. Sieh mich an, wenn ich mit dir rede. Du hast nicht das Recht, mir irgendwas zu verbieten. Ich dachte, ich hab nur zwei Väter und nicht drei.«

Rambo griff ein.

»Nee Mann, hat schon recht der Typ. Lass die Finger von dem Zeug, oder willst du zum Zombie werden? Dann kommen die Bullen und untersuchen deinen Darm schön tief mit ihren Plastikhandschuhen.«

»Fang du nicht auch noch an, Alter! Ich warn dich, niemand, niemand mischt sich ein oder kümmert sich um mich. Ich hau dir auch auf die Fresse. Komm schon, komm schon.«

Die Diskussion ging in ein Handgemenge über. Rainer knallte gegen eine Hauswand, ich erinnere mich nicht mehr genau, wie und warum. Er stützte sich ab und rannte auf Rambo los. Rambo wollte sich nicht prügeln, obwohl er viel stärker war. Doch Rainer wollte.

Der Junge, was macht der nur? Du musst irgendwie versuchen, Rainer festzuhalten.

Rambo und ich hielten den tobenden Rainer fest, der sich aber aus unserer Umklammerung freischlug. Rambo holte aus. Nur ein kleiner, unkoordinierter Schlag, und über Rainers Augenbraue klaffte eine kleine Wunde. Dann erst beruhigte Rainer sich. Er fing an zu wanken. Ich dachte erst, er hätte eine Gehirnerschütterung, aber dann lachte er hysterisch: »Mona, das Zeug aus deiner Flasche ist ja krass. Boah, ich muss mal kurz … mich setzen.«

Was für ein Zeug aus Monas Flasche? Hast du auch davon getrunken? Ja, du hast davon getrunken!

Rainer sackte in die Knie und lehnte sich an die Wand.

»Alter, ich bin ja total dicht. Das Zeug ist der Hammer. Puuh, is ja geil.«

Wirres. Verwirrung. Lichtblitze und Schlangenschatten. Das soll aufhören! Wieso hat Rainer denn Tigerstreifen im Gesicht? Diese Tigerstreifen! Lachen, du musst so lachen. Du willst das nicht. Oder doch? Ausweglosigkeit und Lähmung. Dunkelheit.

Jetzt liegen wir hier wie Untote auf dem Trottoir. Ich erinnere mich noch, dass ich vom Kiosk eine Wasserflasche erbettelte und damit das Blut aus Rainers Wunde abwusch. Es war zum Glück nur ein kleiner Riss.

Rainer windet sich in mehrere Richtungen gleichzeitig.

»Tiger? Rainer, bist du wach? Du musst von dem Wasser trinken.«

»Leck mich, du Penner. Du bist mir in den Rücken gefallen.« Er lacht. »War der Hammer, das Zeug, was? Du warst ganz schön high.«

Und wie du das warst. Ist es das, was du willst?

»Jaja, pass bloß auf, dafür wasche ich dir noch den kompletten Kopf.«

Ich helfe Rainer vom Boden auf und schleppe ihn in unsere geheime Hütte. Nie wieder, beschließe ich, nie wieder. Straßenfreiheit hin oder her. So selbstzerstörerisch darf es nicht sein. Es muss doch noch einen anderen Weg geben. Ab sofort mach ich mein Ding allein. Wenn es sein muss.

Rainer stöhnt, als ich ihn in der Hütte ablege und zudecke. Ein paar letzte gelallte Worte aus dem Halbschlaf: »Hör auf, Mann, lass mich. Bah. Alter, du bist ein ganz tightes Arschloch. Ich kann das nur nicht haben, wenn jemand sich um mich kümmert, das macht mich aggro. Ich will nicht gemocht werden oder anfangen zu vertrauen oder so Pussyscheiß, okay! Vertrauen bringt nur Ärger. Aber du bist eine coole Sau. Weißt du was, Brudi? Du darfst mich von mir aus Tiger nennen. Aber nur, wenn du das äh … wenn du das ›Tigga‹ aussprichst. Das klingt nicht so pussymäßig. Verstanden? Sonst gibt's aufs Maul.«

//FEIERN
//Vormittag: Achim//

Ach sag doch mal ganz ehrlich, wie geil es mir geht, das darf man echt keinem sagen. Es ist Samstagvormittag, ich sitze in meinem Stammcafé in der Sonne, trinke meinen doppelten Espresso und genieße mein Leben. Leider geil, sag ich da nur. Ich hab 'ne Karre und Karriere, einen Bungalow, 'n Designersofa, ich seh gut aus, bin sportlich und hammer beliebt bei den Mädels …

Halt die Schnauze, das hast du deinem Ego und der Welt ungefähr schon hundertmal erzählt.

Ist echt wahr! Ich muss aber sagen, für meine grünblauen Augen kann ich nichts, und die setzen bei meiner Beliebtheit immer noch mal einen drauf. Gestern hab ich es erst wieder gemerkt, wie die Girls nach mir schauen und sich durch die

Haare fahren, das sehe ich doch genau. Das Einzige, was man heute als negativ ansehen könnte, ist mein Kater. Aber ganz ehrlich, das ist eher eine nette Erinnerung an die Hammernacht gestern. Ich war mit Sascha und den Jungs fürs Brilliants verabredet. Das ist eine monstergeile Disko mit luxuriöser Aufmachung und Top-Musik. Mit einem Haufen heißer Girls auf hohen Absätzen.

Die anderen kamen aber erst später zum Club, also bin ich vorher allein zum Warmwerden hierher ins Chuches, das abends eine Bar ist, und setzte mich zu Renato an den Tresen. Drinnen hatte ich meine Ruhe, weil alle anderen Gäste sich draußen auf der Sommerterrasse drängelten. Nur eine Dame saß mir schräg gegenüber an der Bar – auch allein – und hatte einen von Renatos viel zu starken Cocktailexperimenten intus. Sie war ein paar Jahre älter als ich, sah aber ganz sweet aus, war rausgeputzt und schick, soweit ich mich überhaupt erinnern kann. Und da ging schon die Erfolgsstrecke des Abends los: Ich sprach sie an, ziemlich gekonnt, zunächst mit Blicken angepirscht, nervös gemacht und dann – BAAM! – zugeschlagen. Ihr Blick, als ich ihren Unterarm mit meiner Hand berührte, sprach Bände, hammernervös war die. Frauen sind so berechenbar. Und dann ist sie voll schnell weggerannt, war ihr wohl zu gefährlich mit mir. War mir ganz recht, musste eh los, und am Ende hätte ich sie noch an der Backe gehabt.

Nach diesem Strike Number One ging es los und ich traf mich mit meinen Jungs vorm Brilliants. Wir liefen direkt an der Menschenschlange vorbei zum Eingang. Der Selektor vom Club hatte gerade so zwei Sneakertypen abgewiesen und uns dann wie immer locker durchgewunken. Deshalb schätze ich den Club, ich lass ja auch eine Menge Kohle dort. Wir sahen alle mega aus mit unseren Anzügen und unserer löwenmäßigen Attitude.

Mein Kumpel kennt den Geschäftsführer vom Brilliants und hatte spontan eine vip-Lounge buchen können. Das ist auch gut so, weil ganz ehrlich, bei den Leuten da unten neben der Tanzfläche feiern, das muss echt nicht sein. Nicht, dass ich mich für was Besseres halte, das ist mir einfach zu stressig. Anyway. Die haben uns direkt den Champagner und die Wodkaflasche auf den Tisch gestellt, so wie es sich gehört. Es hat keine Viertelstunde gedauert, da kamen schon die ersten Mädels an. Klar, wenn die merken, die Jungs gehen ab und haben Spaß, dann finden die das auch genial. Wenn die dann noch gut aussehen, ordentliche Hemden tragen, Moët wie Wasser trinken, dann stehen die voll auf uns.

Die zweite Tussi, die ich nach Strike Number One klargemacht hab, war der Hammer. Das lief so ab: Ich und meine Jungs standen um den Tisch rum mit unseren Gläsern in der Hand und haben gedanct zu abgefahrener Latino-House-Mukke. So tanzen mit der Hüfte und diesen seitlichen Schritten, das kann ich, da hab ich mal gezeigt, dass ich Rhythmus im Löwenblut hab. Vor mir, auf der anderen Seite der vip-Absperrung, stand ein Mädel, Mann, sah die geil aus. Schön dreidimensionales Dekolletee, süßer Po. Lange blonde, glatte Haare, braun gebrannt. Die Beine gingen bis ins Unendliche mit dem superkurzen Minirock und megageilen High Heels. Ich find's schon wichtig, dass ein Girl sich rausputzt. Sie sah aus wie fünfundzwanzig, war aber grade erst zwanzig geworden, wie sich später rausstellte. Anyway. Sie drehte sich die ganze Zeit zu mir um und lächelte mich an, während meine Jungs und ich aufdrehten und richtig Party machten. Es gibt so ein paar Lieder, bei denen die Crowd immer mitsingt, die muss man schon draufhaben. Wir haben also laut mitgesungen und die komplette vip-Ecke unterhalten. Tja, so bin ich mit meinen Jungs eben. Wenn wir Spaß haben, dann aber richtig krass. Dass ich so abgegangen bin, fand die Kleine noch genialer und hat mich ständig angesmilet. Irgendwann, als ich gemerkt hab, »die ist reif«, bin ich zu ihr hin. Ich meinte voll lässig: »Na, wo ist denn dein Freund? Hat er nichts dagegen, dass du in so einem sexy Outfit feiern gehst?«

»Hihihi, ich hab gar keinen Freund.«

»Nein? Das glaub ich dir nicht. Jeder zweite muss sich doch in dich verlieben.«

»Weiß nicht. Also eigentlich nicht.«

»Komm, du lügst. Ich wette, du checkst das nur nicht, die meisten Typen lassen sich ja nichts anmerken.«

»Ich weiß nicht. Aber ich find auch niemanden interessant.«

»Wirklich niemanden? Bist du sicher?« Ich lachte vielsagend, worauf sie auch lachte.

»Was meinst du genau?«

Pause.

»Komm, trink erstmal was.«

Ich öffnete die Absperrung, mischte der Kleinen einen Wodka Bull, für den man 'nen Waffenschein brauchte, und setzte sie neben mich aufs Sofa. Ich baggerte weiter: »Neben so einer schönen Frau zu sitzen, da könnte ich direkt nervös werden. Wenn ich einer von den Typen wäre, die nervös werden.«

»Hihihi.«

»Also erzähl mal, so eine Süße wie du muss doch sicher nur mit den Fingern schnippen, dann bekommt sie alles.«

»Hm. Weiß nicht. Nein?«

»Na, probier´s mal aus. Schnipp mit den Fingern. Ich sag dir, du bekommst mich sofort.«

Mann, war die hart, dachte ich mir nur. Während ich sie mit meinem Charme und Witz penetrierte wie bei einer Chinesischen Folter, landete meine Hand immer mal ganz leicht und zufällig auf ihrem Knie, ihrem Oberschenkel oder Rücken. Ich spürte, wie sie weicher wurde. Und betrunkener. Ziemlich schnell wusste sie nicht mehr, wo oben und unten ist – falls sie das jemals wusste –, und nach einer halben Stunde wurde ich ungeduldig und wollte ran. Ich wendete einen Trick an, der bricht jede Frau. Als sie besonders ausgelassen kicherte, wurde ich still und schaute ihr verträumt in die Augen. Ihr Lachen verstummte und verwandelte sich in ein irritiertes Grinsen. Sie schaute weg, dann schaute sie wieder zu mir, dann wieder weg. Ich hörte nicht auf, sie mit meinem Laserblick zu bearbeiten, sagte aber nichts. Eine ganze Weile lang ging das so. Es ist megacool zu sehen, wie die Mädels rumzappeln und nicht wissen, was sie machen sollen, die stehen dann kurz vorm Ausrasten. Dann endlich ihre Frage:»Warum guckst du so?«

Als Nächstes kam mein Hundeblick dran.

»Du bist so wunderschön. Du berührst mich.«

Dann hatte ich sie. Ich hielt ihr Kinn ganz leicht in einer Hand, hob ihr Gesicht in meine Richtung und küsste sie. Dabei machte ich die Augen auf und schaute zu den Jungs rüber, von denen mich einer angrinste und den Daumen hochhielt. Ich antwortete mit derselben Geste hinter dem Rücken des Mädchens. Strike Number Two.

»Sandra, komm mal. Das musst du dir ansehen, da ist eine von ›Fashionistas unter sich‹.«

Eine Horde ebenso süßer Girls hampelte plötzlich hinter der Absperrung herum, und die Aufmerksamkeit meines Mädchens war im Eimer. Sandra hieß die also.

»Ehrlich? Von ›Fashionistas unter sich‹? Die Lilly?«

»Ja, genau, Lilly!«

Sandra drehte sich zu mir um.

»Die Lilly ist da. Ich muss kurz weg, ja?«

»Jaja, geh nur zu Lilly. Aber komm wieder, hörst du. Du gehörst mir.«

»Okay!«

Sie kicherte wieder. Ich dachte mir nur: Ach du Scheiße, ist die dämlich. Aber ich finde das ja ganz niedlich, außerdem kommt es viel eher auf den süßen Arsch an. Als ich meiner Beute so hinterherschaute, blieben meine Augen an einem anderen Mädchen hängen, das mit dem Rücken zu mir stand. *Spotlight auf die Neue. Und wer ist eigentlich Sandra?*

War hammer hergemacht, die Kleine, als käme sie von einem Galadiner. In einem sexy rückenfreien Kleid, mit hochgesteckter Frisur, was den süßen schmalen Nacken freigab, dazu hatte sie so eine kleine Tasche in der Hand und krasse Heels. Meine Jungs und ich sagen ja immer, je höher die Absätze, desto leichter ist sie rumzukriegen. Das Girl war etwas älter als Sandra, mindestens fünfundzwanzig, bestimmt einsachtzig groß, keine Titten, kleiner Arsch, dunkle Haare und mega gelangweilter Gesichtsausdruck. Sah komisch aus und fiel auf, weil sie nicht hier reinpasste. Die ganze Zeit flirtete sie mit so einem schwulen, albernen Hipstertypen. Etwas reizte mich an ihr, wahrscheinlich, dass sie sich einfach nicht zu mir umdrehte, egal wie sehr ich sie anstarrte und von hinten mit meiner Willenskraft bearbeitete.

Scheiß drauf, dachte ich mir nur, ich bin ein Jäger. Ich ging zu ihr rüber und stellte mich hinter sie. Sie bemerkte mich nicht. Dann der Hammertrick: Ich pustete ihr in den Nacken, worauf sie sich natürlich umdrehte.

»Was soll das, du Penner, lass die schmierige Nummer und mach 'n Abgang.«

Die Kleine hatte Temperament. Ich musste mir was einfallen lassen, mit den klassischen Methoden brauchte ich bei ihr nicht zu kommen. Das machte mich schon ein bisschen heiß.

Ich ging zurück zu unserem Tisch und goss ein fettes Glas Moët ein, so was kostet ordentlich Money an der Theke.

Ich ging wieder an die Absperrung und hielt dem Girl das Glas vor die Nase: »Als Entschuldigung für die schmierige Nummer.« Das saß. Sie nahm das Glas, worauf ich die Absperrung zur vip-Lounge aufmachte und sie hineinbat.

Sie verzog ihre Rehaugen: »Ist ja wieder typisch. Ihr gebt uns ein Glas aus und denkt, wir bezahlen das die ganze Nacht lang in einer lauschigen Ecke mit euch.«

»Wer ist hier ›wir‹? So was Dämliches denke nur ich.«

Der war gut. Sie grinste immerhin.

»Ganz im Ernst, ich hab heute schon genug Telefonnummern eingesteckt. Ich wollte mich nur entschuldigen und mich nett mit dir unterhalten.« Genial.

Die Kleine grinste sweet und kam in die Lounge. Auf dem Sofa wollte sie mich dann über ihre Konkurrenz ausquetschen: »Erzähl doch mal, wie viele Mädels hast du schon abgezogen heute? Und vor allem: wie?«

»Ach, da waren dieses Model und noch eine Schauspielerin. Aber eine Tänzerin wie du war noch nicht dabei.«

Sie verdrehte die Augen. »Is' klar.«

»Du hast aber so eine Statur und so eine Haltung.«

»Blah …«

»Nein, ganz ehrlich, so interessant waren die alle nicht. Nicht so wie du, so … anders.«

Die Kleine nickte nur ironisch, aber ich ließ nicht locker.

»Erzähl doch mal was über dich. Ich glaube, das ist viel spannender als meine Geschichten.«

»Ich bin Model.«

»Ja, genau.«

»Du hast doch überhaupt keine Ahnung.«

»Zumindest weiß ich, dass du nicht wie ein Model aussiehst, Babe. Sei nicht böse, ich kenne genug davon, und zwar Topmodels.«

»Du bist echt unverschämt. Was für Models kennst du denn? Die von fick-mich-hart.de?«

Ich musste lachen. »Wie, du willst jetzt schon, dass ich dich flachlege? Du bist amüsant, weißt du das?«

»Und du bist ein Arschloch. Das muss ich mir nicht geben.«

Die Kleine sprang vom Sofa auf, aber ich konnte sie noch für einen Moment in meinen Bann ziehen.

»Stimmt, ich bin ein Arschloch. Scheint dir ja zu gefallen, also gibst du mir bestimmt deine Telefonnummer.«

»Leck mich. In Wirklichkeit willst du mich doch unbedingt.«

»Ich bestreite nicht, dass du mich brennend interessierst. Du bist ein anderes Kaliber.«

Ich streckte der Kleinen meine Visitenkarte hin.

»Meld dich. Und dann machen wir mal ein Shooting für fick-mich-hart.de.«

Das Girl knurrte, nahm aber die Karte und zischte ab.

»Nimm das Glas ruhig mit«, rief ich ihr noch hinterher, worauf sie mit ihrem Mittelfinger antwortete. Herrlich. Strike Number Three.

Zehn Minuten später kam Sandra wieder. Ich bin so krass, so einen Doppelflirt hat sonst auch keiner drauf. Wir rockten noch bis vier Uhr alle zusammen partylöwenmäßig. Zwischendurch musste ich ab und zu mal an Sandras Konkurrentin denken, mit der war es echt lustig, aber dafür hatte ich ja jetzt die andere in meinen Klauen. Irgendwann hampelten ihre Freundinnen wieder rum und nervten.

»Sandra, wir müssen los, Micha will fahren.«

»Ich komme!«, rief sie.

Ich hielt sie am Unterarm fest.

»Du bleibst hier und kommst nachher noch mit zu mir. Ich fahr dich auch nach Hause, sobald du möchtest.«

»Nein, ich kann nicht. Ich muss morgen Vormittag zu meinen Eltern.«

»Das ist doch egal. Wir fahren bald los und schlafen dann auch sofort. Ehrlich, ich lass meine Finger bei mir, ich schwöre. Ich hätte dich nur so gerne bei mir.« Ich setzte wieder den Hundeblick auf. »Du kannst jetzt nicht gehen. Bitte. Das kannst du mir nicht antun.«

Natürlich hab ich die Kleine mit nach Hause genommen und natürlich hab ich sie geknallt. Klar. Ich hab es auf dieselbe geniale Weise angestellt, wie ich sie im Brilliants bei mir gehalten hab. »Ich will doch nur deine Haut spüren«, »Ich mag dich einfach so«, »Ich kann nicht anders«, »Nur das hier ausziehen … und das noch« und so weiter. Man muss immer so tun, als wäre man der Frau total verfallen. Voll auf hilflos machen, als könnte man nicht anders, weil sie so toll ist. Quasi ist es ihre Schuld. Das Ende vom Lied: die ganze Nacht poppen und kein Schlaf. Zum Glück musste sie heute schon früh zu ihren Eltern, gechillte Action also.

Anyway. Mein Resümee ist: Das war seit Langem mal wieder ein richtig hammergeiler Abend, genau das Richtige nach dem Abturn mit dem Drohanruf. Nur Strike Number Three war 'ne Challenge, weil sie sich als bockig rausgestellt hat. Interessiert mich ja eigentlich nicht, so was, viel zu anstrengend. Ich bin einfach nur gespannt, wann sie anruft.

//FEIERN
//Vormittag: Fiona//

Ich liege im Bett, diesmal mit unbefriedigend wenig Kopfschmerzen. Vielleicht sollte ich jetzt den Wodkarest trinken? *Nicht aufstehen.*

Horizontale Knotenposition. Ich bin so etwas wie ein Feierprofi. Fast jeden Abend unterwegs, mindestens zweimal pro Woche Party, die anderen verbringe ich in Bars oder mit privatem Kram. Ich muss mich blicken lassen, grandios aussehen, eine Persönlichkeit der Stadt bleiben. Das kann echte Arbeit sein. Auch wenn schon manche meinten, ich sei partysüchtig. Aber was soll das bitte schön heißen? Okay, ich drehe durch, wenn ich das Gefühl hab, ich verpasse was. FOMO galore. Dass meine Leute die Party des Jahrtausends haben könnten, und ich kann nicht mitreden: Nur schöne Jungs, Mädels, Pornostars, Orgien, das beste Zeug, nackt im Pool schwimmen, sich fürchterlich liebhaben und ewige Freundschaft schwören, während ich allein und darbend zu Hause sitze – das halte ich nicht aus. Da geht's mir direkt scheiße, Einsamkeitsgefühl inklusive.

Außerdem hast du Angst, dass die Nacht in der Stadt dich vergessen könnte, sobald du dich mal ein Wochenende nicht blicken lässt.

Na ja, das ist es doch, was man soziales Leben nennt, oder nicht? Ist doch normal, dass ich das brauche, das macht doch Menschen glücklich, oder nicht? Richtig Spaß macht die Feierei halt erst, wenn es ein bisschen ausartet. Die geilste Party war bisher in Kapstadt, glaube ich. Als ich dort für die Saison für ein paar Monate hingeflogen bin, um für einen südafrikanischen Partner meiner Agentur zu arbeiten. Da gibt es während des Sommers viel mehr Jobs, auch wenn sie nicht so gut bezahlt sind. Alle möglichen Firmen shooten dort, die ganze Stadt lebt davon. Viele Models von overseas verbringen die Saison dort. Entsprechend hübsch und partyfreudig sind die Menschen an manchen Orten. Die heißeste Party war wohl die in einer Villa am Strand von irgendeinem reichen Typen. Meine Güte. Die hatten ein Feuerwerk um Mitternacht. Die Musik war nicht mein Fall, aber die hab ich eh nicht richtig mitbekommen. Irgendwann saßen wir zu dritt nackt in einer Badewanne, wie auch immer wir da reingekommen waren. Eine Kollegin erzählte mir am nächsten Tag, dass sie am Morgen, als ich schon weg war, mit irgendwem neben den schlafenden Menschen Sex gehabt hat. Das ist drei Jahre her.

Das war womöglich die Hochzeit deiner Karriere.

Ich werde etwas melancholisch. Hier in dieser spießigen Stadt gibt es solche grandiosen Privatpartys natürlich nicht. Am Ende vom nächtlichen Lied merke ich nach fast jedem Ausgehen, dass ich mir das hätte sparen können. Und so war es auch gestern.

Im Endeffekt war alles Hendriks Schuld, im Laufe der Nacht wurde ich fast ein wenig sauer auf ihn. Erst hatte er mich auf diese turmhohen Schlappen und in dieses Abendkleid gepackt, dann schleppte er mich auf diese Vernissage mit der gestörten Kunst und dem essgestörten Mädchen und dann nahm er mich zur »Wiedergutmachung« auch noch in diesen Puff mit. Allein der Name »Brilliants« ist schon peinlich, und dass da an der Tür auch noch ein Selektor unter einem gebrandeten weißen Schirm nur die stylishsten Leute reinlässt. Da fällt sogar mir kein passendes Fäkalwort ein. Solche Clubs laufen unter dem Motto »Glatze und Glitzer«. »Glatze« steht für die Türsteher, die natürlich böse gucken müssen, und »Glitzer« für die Klamotten hinter der Tür. Und die Lichteffekte. Zugegeben, Hendrik hatte sein Versprechen gehalten, mich an einen Ort zu bringen, wo mein Outfit hinpasste. Dort stand ich dann nämlich in einem Meer aus hohen Hacken und Fönfrisuren. Es liefen abgründige Partykracher, ausgeleierter Chartschrott und Latino-House-Mist, der so kommerziell und flach ist, dass man dazu am ehesten noch schunkeln kann. Vor mir versuchten ein brötchengesichtiger Ralph-Lauren- Schrägstrich Hollister-Typ mit einer Dose Schuhcreme im Haar und eine Longchamp-Taschen-Tussi mit hellblonden spinnenbeinigen Strähnen Salsa zu tanzen. Beide waren übertrieben besoffen.

Warnung: Man sollte nie, niemals denken, dass es nicht mehr schlimmer kommen kann. Das hatte ich nämlich für eine Sekunde gedacht, aber dann spielte DJ Manfred, oder wie auch immer der hieß, eine derartige deutsche Klischeenummer, die einfach nicht ernst gemeint sein konnte. Mir zuckte beim Hören das linke Trommelfell. Das Lied handelte von Liebe, natürlich, der Angebeteten, ihrer Göttinnengleichheit, seinem Leiden, seiner Einsamkeit. Es ging um seine Versprechen an sie, für die ich ihm, wäre ich die Angebetete, schon die Eier abreißen würde, nämlich: Drinks, Diamanten, Lamborghinis. Und weil er so ein geiler Hecht ist, ging es natürlich auch um Sex, bei dem ihr sein Riesenaal eine Dopamin-Keule bis zur Bewusstlosigkeit verpassen würde. Und dann, letzten Endes, darum, dass er eigentlich transsexuell ist und in Strapsen Panflötenlöcher vögeln möchte.

Okay, den letzten Teil hab ich dazu erfunden. Ich gebe zu, ich war etwas destruktiv. Aber nur in Gedanken.

Ich wollte nach Hause. Ich rieb mein zuckendes Ohr und atmete sehr laut aus.

Hendrik so: »Baby, komm schon, so schlimm ist es nicht. Hier sind ganz süße Typen.«

Ich so: »Wehe, du lässt mich hier wegen irgendeiner daher-gelaufenen Schwuchtel stehen, dann gibt's auf die Zwölf, echt jetzt.«

»Man kann es dir aber auch nicht recht machen, weißt du das? Ich seh's an deinem Bitch-Blick.«

»Nicht Bitch, Diva. Du hast mir vorhin diese Rolle verpasst, also leb auch damit.«

Er ist dein Freund! Davon hast du nicht allzu viele.

»Entschuldige Süßer, heute ist nicht mein Tag. Die ganze Woche war schon komisch, und jetzt auch noch diese ganze Geschmacksverirrung hier, das ist mir einfach zu viel heute.«

»Ach Kleines, mir tut's auch leid, wenn's dir nicht gut geht. Aber sieh nicht alles so eng, live and let live.«

Pause.

Wir schauten uns schulterzuckend an in dem Wissen, dass der Abend eigentlich gelaufen war. Doch dann bäumte sich Hendrik noch ein letztes Mal auf: »Wie wäre es, wenn ich uns zu einem schönen Glas Wiedergutmachungs-Champagner einlade?«

»Jaja, oh ja, oh ja!«, zu mehr Artikulation war ich nicht fähig, ich war nicht betrunken genug.

Also stiefelte er los Richtung Bar, und ich versuchte in der Zwischenzeit, meine Augen und Ohren auf Durchzug zu stel-len. Funktionierte nur nicht: Hinter mir Gegröle passend zur Partymusik. Ich drehte mich um und entdeckte direkt hinter mir so was wie eine VIP-Lounge, die sich vom Rest des Rau-mes nur deshalb unterschied, weil sie durch ein Absperrungs-band und eine Stufe markiert wurde. Wieso gehen Menschen in einen Club, um dann hinter einem Band zu feiern? In dem Gehege brüllte der Schmelztiegel der Partylust in uniformer Einheitskleidung. Ein paar Anzugfressen tanzten gruppendy-namisch um ihren Loungetisch Schrägstrich Autoschlüssel-

und-iPhone-Ständer im Kreis. Wie am Ballermann, nur ätzender, weil sie sich für stilvoller hielten. Statt Sangria soffen sie Champagner. Das machte es natürlich gleich ganz anders.

Ich brauchte dringend was Ordentliches zu trinken. Jetzt. Ängstlich, ich könnte eine Verzweiflungstat begehen, hielt ich Ausschau nach Hendrik an der Bar, die überquoll. Das konnte ewig dauern.

Ich liebe es, wenn ich beim Fertigmachen für den Abend nicht weiß, wo die Nacht mich hinführt. Aber das hier, das war es nicht. Und mitten zwischen all den Bürohacken, cremeweißen Bügelhosen und dunkelblauen Polohemden, Perlohrringen und Make-ups, für die es einen Airbrush-Preis geben müsste, machte mich einer von den Deppen aus der VIP-Lounge an. Die peinlichen Methoden, mit denen er versuchte mich anzubaggern, habe ich verdrängt, ich weiß nur noch, dass ich danach das Bedürfnis hatte zu duschen. Aber es gab eine Belohnung: ein Glas Champagner.

Zurückspulen. VIP-Lounge. Sofa. Arroganz. Prüfende Blicke. Wut. Mittelfinger.

Ich saß tatsächlich in der VIP-Lounge neben dem Typen auf dem Sofa. Und der hat irgendwas Fieses erzählt, irgendwas, worüber ich mich richtig krass geärgert habe. Was war denn das noch mal?

Mit einem Mal bin ich wach, springe aus der Kiste und schmeiße den Laptop an. Während der so halb hochfährt – und damit meine ich meinen Kopf –, wühle ich in meiner Clutch, die ich im Brilliants dabeihatte. Dem Typen zeig ich's. Der hat behauptet, dass ich nie im Leben ein Model sein könnte, hat sich aufgespielt, als wäre er der Agent schlechthin. Ich sähe nicht so aus, hat er gesagt. Er würde Models kennen. So ein Müll, wenn der was kennt, dann doch nur so vollgebräunte Assitoastertussis, und auch die nur aus der Entfernung. Ich hab doch seine Karte hier irgendwo, wenn ich sie im Hate-Modus nicht schnell noch aufgegessen hab.

Nachdem ich sie finde, stelle ich am Rechner eine schöne Auswahl von Bildern zusammen und packe sie in eine Mail. Null Text, nur ein guter, alter Eight-Letter-Gruß, damit er genau weiß, woran er ist.

Send.

//Kapitel 5: FREIHEIT

//Vormittag: Achim//

»Kann ich Ihnen noch was bringen?« Die Kellnerin strahlt mich an mit ihren rosa Lippen. Ganz ehrlich, die Kleine will mich doch auch, sonst würde sie nicht so schauen und sich so tief zu mir runterbeugen. »Ja, unbedingt möchte ich noch was.« Ich lehne mich galant in ihre Richtung, lächele sie an und tue so, als wartete ich auf ihre Antwort, weil sie doch genau weiß, was ich wirklich will. Mit fragendem Ausdruck geht sie zurück in die aufrechte Haltung. Ich reagiere direkt: »Eine kleine Champagnerflasche, zwei Gläser und deine Telefonnummer.« Ich lache. Sie schaut entsetzt.

»Äh, okay. Ich bringe Ihnen gern den Champagner.«

Dann dampft sie ab. Die hab ich ganz schön erwischt. Klar, sie ist mir nicht um den Hals gesprungen, aber sie war meganervös. Die vergisst mich erstmal nicht. Es ist alles ein Game. Es geht im Leben nicht darum, die Dinge von anderen zu bekommen. Freiheit ist für mich, mir zu nehmen, was ich will. Ich kann einfach handeln: springen, weil ich es will, durch eine Tür gehen, weil ich sie öffnen will, kämpfen, weil ich es will. So hab ich das auch mit meinem aktuellen Megaprojekt gemacht. Ich hab überall kommuniziert, dass ich dafür der

Beste bin und das unbedingt machen muss. Ich hab frühzeitig, proaktiv und ohne große Laberei erste Schritte angestoßen, zum Beispiel die Chefredakteure der wichtigen Magazine angesprochen, mit den besten Designern, Digitalern und Kommunikationsleuten am Konzept gearbeitet. Später hat es keinen Sinn mehr gemacht, dass jemand anderes übernimmt. Da musste mein Asiaten-Boss mitziehen, ob ihr das passte oder nicht. Sie meinte einmal so von der Seite: »Das haben Sie sich ja clever unter den Nagel gerissen.« Und mittlerweile bestimme ich Maßnahmen, die nicht nur Europa, sondern auch den globalen Markt betreffen. Ja, so ist das. Nur wenn man sich nimmt, was man will, kommt man auf lange Sicht dorthin, wo man hinwill. Die größte Niederlage ist doch, wenn man sich von vornherein von einer Tat abbringen lässt.

Anyway. Der wahre Hammer ist, sobald man sich von Zweifeln am Erfolg und auch von der Angst vor der Reaktion anderer komplett freimacht und einfach löwenmäßig durchstartet, dann folgen die anderen meistens von selbst. Dann wird aus Freiheit Macht. Banales Beispiel: Ich stehe nicht lange an einer sinnlosen roten Fußgängerampel. Sobald ich die Lage abgecheckt hab, gehe ich rüber. Was die Regel ist, das ist mir in dem Moment dann erstmal egal. Und was passiert? Mindestens die Hälfte der wartenden Leute folgt mir. Das spielt sich im Unterbewusstsein ab. Die spüren an meiner Mimik, meiner Körperhaltung, der ganzen Attitüde, dass ich weiß, was ich tue, dass ich ein guter Führer bin.

Es gibt Leadership-Studien, die sagen, dass das Erscheinungsbild eines Anführers für viele wichtiger ist als Intelligenz. Eigentlich könnte es also jeder so handhaben wie ich und sein Ding durchziehen, die meisten tun es nur nicht. Und wieso? Ich sag immer, es gibt Führertypen und Folgertypen. Es gibt Typen, die immer die Besten sein wollen und dem Dominanz-Prinzip folgen. Zu denen gehöre ich, klar. Dann gibt es solche, die Sicherheit und Gewissheit suchen. Diesem Prinzip folgen mehr, als den meisten bewusst ist. Wie in der Tierwelt. Die Tiere müssen gar nicht erst groß Worte austauschen, sie richten sich sofort nacheinander aus. Manchmal legt sich das devote Tier direkt vor dem dominanten Tier auf den Rücken und guckt doof mit angelegten Ohren. Die meisten Menschen sind dankbar, wenn jemand für sie entscheidet und ihnen sagt, was sie machen sollen. Sicherheit bedeutet Verantwortung abzugeben. Außerdem gibt ein Führertyp seinem Gefolge eine Art übergeordneten Sinn, bis zur totalen Selbstaufgabe wie beim Militär. Auch die Frauen sind so, außer dass sie natürlich nicht die Ohren anlegen. Oft fragen meine Jungs: Wie machst du das, wieso staubst du so viele Girls ab? Ich sag dann immer: Tu's einfach, weil du es bist. Sei der Boss. Sei überzeugt davon, dass du schon gewonnen hast, nur weil du es tust. Das finden die Frauen dann genial.

Wenn ein Dominanz-Mensch und ein Sicherheits-Mensch aufeinandertreffen, kann es auch mal richtig knallen. Das Tier, das auf dem Rücken liegt, hat irgendwie eine aufregende Angst, aber findet es auch richtig, dominiert zu werden. Es will gerissen werden. Sag ich jetzt mal so, und ganz ehrlich, viele Girls sind ähnlich. Die sagen zwar gern mal was anderes und meckern und tun so emanzipiert, aber das meinen die nicht ernst. In Wirklichkeit lechzen sie nach Dominanz. Das flasht mich mega, dem Girl gegenüberzustehen, und wir wissen beide, ich bin wilder als alles, was sie je hatte. Die großen Augen, die zugleich Schrecken, Ekstase und das Verlangen nach mehr ausdrücken. Das macht mich rasend. Sie begibt sich komplett in meine Hand, da sie wie die Leute an der Ampel ahnt, dass ich weiß, was ich tue. Das ist die perfekte

Kombo: Ich bin gerne überlegen und frei, und die anderen schenken mir gerne ihre Freiheit. Win-Win!

Kann aber auch ganz schön anstrengend sein, alles kontrollieren zu wollen. Manchmal hast auch du keine Lust darauf.

Da entsteht Druck, klar. Wie bei den Tieren erwarten die Leute irgendwann von mir, dass ich als Löwe die Führungsrolle übernehme. Die sitzen da wie die Schafe, und wenn ich ihnen nichts vorschreibe, passiert gar nichts. Man trägt Verantwortung für alles, das können eben nur die Wenigsten.

»So, Ihr Champagner und zwei Gläser. Sie möchten sich das sicher selbst eingießen.«

Die Kleine stellt turbomäßig den Kram auf meinen Tisch und will wieder verschwinden, doch ich halte sie auf.

»Moment, das eine Glas ist für dich.«

»Selbstverständlich trinke ich keinen Champagner mit Gästen während der Arbeitszeit.«

»Na dann eben außerhalb der Arbeitszeit. Wann hast du Feierabend?«

Die Kleine rollt mit den Augen und düst ab. Ich lache. Finde ich herrlich, wie die sich immer künstlich aufregen. Mann, geht's mir gut. Ich lehne mich so richtig in die Zentrifugalkraft meines Höhenflugs rein und checke mein Smartphone, jemand hat mir von einer unbekannten Nummer eine SMS geschickt. No way.

»Du hast eine Mail. Viel Spaß.«

Das ist doch sicher die störrische Kleine von gestern. Schon am nächsten Tag? Ich bin so genial, ich wusste, die kann mir nicht widerstehen. Sofort hole ich mein Tablet aus der Tasche, um meine Mails zu checken. Nach einem Haufen Jobmails kommt endlich eine große Datei rein. Das blöde Teil lädt ewig, es sind Fotos. Die Kleine hat mir richtige Modelpics von sich geschickt. Das erste zeigt nur ihr Gesicht, es folgt ein Bild mit

Jeans und wilden Haaren, eins im Anzug in Schwarz-Weiß und eins im Bikini. Megaprofessionelle Shots, auf denen sie immer wieder anders aussieht. Ja, wie geil, Strike Number Three ist wirklich ein Model. Wenn ich mit mir selbst einschlagen könnte, ich schwör, ich würd's tun. Kein Wunder, dass die so zickig war, als ich ihr das nicht abnehmen wollte mit dem Modeln. Mann, sieht die heiß aus, das Bikinifoto, hätte nicht gedacht, dass so eine Figur mit nix vorne und nix hinten so hammer aussehen kann.

Am liebsten würde ich sie direkt anrufen. Oder soll ich sie ein wenig zappeln lassen? Ganz ehrlich, ausbleibendes Feedback auf Fotos, das würde mich auch wahnsinnig machen. Auf der anderen Seite brauche ich solche Spielchen nicht. Ich will sie ja einfach nur bald ins Bett kriegen. Mir nehmen, was ich will, das ist Freiheit.

Unter dem letzten Foto steht ein Abschiedsgruß: »Fick dich.«

//FREIHEIT
//Früher Abend: Fiona//

Dröhnender Beat aus billigen Boxen. Wonnige Einsamkeit in unterkühlter Betonwelt einer Einzimmerwohnung. Telefonklingeln.

Ich stürze aus der Dusche Schrägstrich Wannenkonstruktion, leg mich beinah auf die Fresse, schnappe ein Handtuch, während ich renne und CSS leiser stelle, werfe mich in einer dreifachen Schraube inklusive Rittberger und einarmiger Landung aufs Telefon, das wiederum auf der Matratze liegt. Das Display zeigt eine Nummer, die ich keinem Namen zuordnen kann. Der Typ, wie ich mal annehme, hat vorhin bereits angerufen. Das Handy landet wieder auf der Bettdecke. css auf laut. Ich latsche zurück ins Bad, um mich intensiv meinem existenziellen Beautybusiness zu widmen. Da klingelt es wieder. Kann man sich nicht einmal abtrocknen, um dann in Ruhe und nackt eine Matschpackung auf die strapazierte Gesichtshaut zu schmieren? Ich begutachte die ersten Fältchen im Spiegel. Wenn ich die rechte Wange zur Stirn ziehe, den Mundwinkel nach außen, und dabei traurig und geschockt zugleich gucke, ist es besonders schlimm. So ein Dreck. Dann schleiche ich zurück zum Handy.

Es ist Alex. Was will der denn? Dauernd die Typen, die aus heiterem Nichts mal ihr Gemächt irgendwo reinhängen müssen, ich bin doch kein Penissitter. Ich lasse das Handy in der Bettdeckengrube vor sich hingurgeln. Erstick doch. Der dritte Kandidat kriegt eine Waschmaschine.

Zurück vor dem Badezimmerspiegel öffne ich die Matschpampe, die ein bisschen aussieht wie ein Darmprodukt, und beginne herumzusauen.

Ich lasse das Telefon heute einfach komplett weg. Freiheit bedeutet für mich, mich bewusst gegen das zu entscheiden, was von mir erwartet wird. Einfach dagegen. Basta.

Das ist nicht Freiheit, das ist Anti. Und genauso fremdgesteuert wie Mitlaufen.

Das kann schon anstrengend werden, wenn es zum verkrampften Ding wird. Aber das ist es bei mir nicht. Ich mag es einfach, das Gegenteil zu tun von dem, was in einer Situation erwartet wird – Schmusen mit dem Kampfköter, Poledance auf dem Kinderspielplatz, Latexlaken aufs rosarote Himmelbett, so was in der Art, beinah eine Kunstform. Das heißt nicht, wie so viele behaupten, dass ich keinen Respekt gegenüber anderen hab. Ich finde vielmehr, die anderen haben keinen Respekt vor mir, wenn sie von mir verlangen, dass ich mich anpasse. Schließlich verbieten sie mir damit, ich zu sein.

Ich bin selbst eine einzige Gegenteiligkeit. Ich bin nicht so süß, wie ich manchmal aussehe. Ich erfülle nicht die Standards eines genormten Vorzeigeweibchens, mein Rock ist zu kurz, meine Lebenspraxis zu wild, meine Freunde zu schräg und mein Denken … ja, das ist ja der Ursprung des ganzen Übels. Das Gegenteilige sehen viele als Provokation an. Hendrik meint immer, mein Verhalten wäre ein Schutzpanzer, damit ich niemanden an mich heranlassen oder keine Schwächen zeigen muss. Das ist die Küchenpsychologie meiner Lieblings-Schwuchtel. Aber ich bin wirklich so, echt, authentisch und wirklich. Ich nehme mir die Freiheit, ich zu sein.

Und in ganz wirklicher Wirklichkeit?

Das Telefon klingelt zum dritten Mal. Hallo der Herr, Ihre Waschmaschine geht heute in den Versand. CSS leise, Handy bergen, Display sichten. Huch! Elisabeth von meiner Agentur.

Herzklopfen, bis der Hals fast platzt.

»Elisabeth?«

»Fiona, hallo, ich komme gleich zur Sache. Halte dir bitte nächste Woche Dienstag frei.«

»Okay …?«

»Da findet ein Casting statt für Thing Tank.«

»Jetzt … echt?«

»Es geht um ein sehr geiles avantgardistisches Fashion-Editorial, wie man es kennt von dem Magazin. Das wird für die Novemberausgabe sein.«

»Oh Gott …«

»Die haben natürlich noch bei anderen Agenturen angefragt und ich schicke die Setkarten von zwei, drei Mädchen hin. Der Kunde trifft schon eine Vorauswahl für das Casting. Du passt aber ganz gut mit deinen Charakterzügen und deiner

Nase. Ein junges perfektes Puppengesicht ist da nicht so der Shit. Und du hattest jetzt fast zu lange keinen guten Job für dein Book mehr.«

Serotonin überschwemmt kurzen Anflug von Irritation.

Charaktergesicht?

»Fuck, Thing Tank? Ach du geile Scheiße ...!«

Eloquent, wirklich und echt.

»Fiona, benimm dich bitte vor Ort. Diesmal kommst du nicht zu spät, ich mein's ernst.«

»Scheiße, klar, Tschuldigung.«

»Das ist eine wichtige Sache. Wer von euch das Shooting kriegt, ist auf jeden Fall ein Stück weiter.«

»Natürlich, ich werde alles geben.«

»Eckdaten wie immer per Mail.«

»Okay, geht klar.«

»Bis dann, Große.«

»Bis dann.«

Erstmal schlucken. Fashion-Editorial. High Gloss. Pop. Punk. Design. Avantgarde. Porno. Donnergrollen von unten. Lawinenrollen von oben. Stärker, höher, ausrasten.

»Aaaaaaah! Oh mein Gott, oh mein Gott, oh mein Gott!«

Ich springe rum, ich liebe dieses Magazin. Verflucht, ich werde so professionell und cool und in super Shape sein, dass die mich nehmen müssen. Mein Traum geht in Erfüllung, der Durchbruch ist nah.

CSS lauter. Handtuch fällt. Weiterspringen splitternackt. Haareschütteln. Braune Pampe spritzt im Kreis. Tropft auf den Boden. Das Telefon, die Haare, die ganze Welt ist vollgeschmiert.

//FREIHEIT
//Nacht: Aline//

Um mich herum ein endloses, weites Bett. Neben mir, weit weg, liegt mein Mann. Er schnarcht. Ich muss dringend schlafen, aber meine Gedanken können von dem Abenteuer nicht lassen, das ich vor ein paar Stunden erlebt habe. So muss sich Freiheit anfühlen.

Ich hatte noch einmal das Haus verlassen, um eine kleine Runde um den Block zu drehen. Eine fixe Idee, ich weiß. Schließlich kann ich mich nicht erinnern, wann ich das letzte Mal nachts allein spazieren war. Es war schon spät, die Standuhr muss gerade dreiundzwanzig Uhr geschlagen haben. Auch mein Mann wunderte sich und hielt es für nötig, Witze zu machen, ob ich einen Liebhaber hätte.

Er lacht nie, aber das fand er lustig.

Da hatte ich erst recht das Bedürfnis, nach draußen zu gehen. Doch schon direkt hinter dem Zaun unseres Vorgartens ereilten mich erste Bedenken.

Wo gehst du hin? Weitermachen wie bisher?

Ich war einfach losgelaufen, ohne mir Gedanken zu machen. Muss man sich des Ziels immer bewusst und sicher sein?

Solange du weiterläufst und das Verharren nicht mit deinem Ziel verwechselst.

Ich zwang mich zu einer Entscheidung, dem Gefühl nach, stadteinwärts. Ich verließ unser beschauliches Stadtviertel mit den wohlsituierten Familien und unsichtbaren elektrischen Hundezäunen. Seltsam war, dass sich jeder Schritt neu anfühlte, obwohl ich die Gegend schon seit fast einer Dekade kenne. Als liefe ich hier das erste Mal. Ob es daran lag, dass die Nacht anders ist als der Tag? Oder ob es die Sommerluft war, die mich schwindelig machte?

Fuß vor Fuß. Du bist es, die anders wird.

Gott, ich liebe Sommerluft. Ich hatte keine Zeit nachzudenken, denn eine neue Gabelung bahnte sich an. Diesmal zögerte ich nur kurz und ließ einen Impuls entscheiden, um dann jene Straße zu wählen, die ich weniger gut kannte. Verlaufen konnte ich mich nicht, es gab genug Orte der Orientierung.

Dabei wäre Verlaufen auch einmal schön ...

Von Haus zu Haus schien die Gegend belebter, lauter und blinkender zu werden. Rechts lag hinter Büschen ein dunkler Park, welchen ich nachts lieber meiden wollte. Links passierte ich eine düstere Bar mit vielen Menschen hinter schaufenstergroßen Glasscheiben.

Was dort wohl geredet wurde?

Sie schienen sich zu amüsieren. Nach kurzem Hineinstaunen ließ ich mich weitertreiben. Autotüren, Stimmen, Absatzklappern, ein Pärchen. Der elegante Herr im Anzug und die recht, sagen wir, ausdrucksstark gekleidete Dame waren in einen Streit vertieft. Sie fuchtelte mit den Händen und wimmerte hochstimmig, während er auf sie einredete und versuchte, sie zu greifen. Irgendwann wimmerte sie leiser. Als ich die beiden hinter mir ließ, hatten sie sich längst vertragen und lehnten innig küssend am Auto. Erst nach ein paar Sekunden bemerkte ich, dass ich die Romanze beobachtete.

Einfach mal schauen und schwelgen. Das sieht nach leidenschaftlicher Liebe aus.

Ich drehte mich wieder weg und beschleunigte in die andere Richtung.

Seltsam, so neugierig kannte ich mich gar nicht.

»Wie komme ich denn hierher?«, fragte ich mich, als ich mich nach einer Weile direkt vor den Stufen meines Stammcafés wiederfand. Drinnen war es leer, denn die jungen Cliquen tummelten sich auf den begehrten Terrassenplätzen. So schön war diese Nacht. Gläserklirren, Gelächter, Musik.

Leben?

Bildete ich mir ein, dass mich manche der Menschen anstarrten?

Angst?

Als fragten sie sich, was eine erwachsene Frau wie ich hier zu suchen hatte.

»Buenos días, wie geht es Ihnen?« Den Kellner und Betreiber des Cafés kannte ich vom Sehen. Er stand mit einem Tablett am oberen Stufenrand und winkte mir zu.

»Hallo, ja, mir geht es großartig.«

»Sehr gut. Allein hier?«

»Nein! Äh. Ja. Das war überhaupt keine Absicht, ich war nur spazieren und …«

»Warum setzen Sie sich nicht an die Bar?«, unterbrach er mich bei meinem Versuch, mich dafür zu verteidigen, dass ich alleine dort aufgetaucht war. Ich wollte seine Einladung ablehnen, aber hatte so schnell keine Antwort parat.

»Kommen Sie, ich lade Sie ein. Kommen Sie.« Er frohlockte wie die Schlange im Paradies.

»Ich weiß nicht …«

»Renato, heiße ich.«

Dann drehte er sich um und hechtete ins Innere des Cafés, wobei er sich noch mal nach mir umdrehte und winkte: »Na, kommen Sie.«

Ich seufzte. Wie würde ich da nur wieder rauskommen?

Sei höflich, mach, was du möchtest.

Ich saß noch nie abends alleine an einer Bar, was würden die Leute denken?

Du bist nicht alleine an der Bar, Renato ist da.

Nun gut, dieser Sommernacht konnte ich kaum einen Unsinn ausschlagen. Augen zu und durch. Ich lief die Stufen hinauf und mit Riesenschritten ins Innere der Menschenmenge, quer über das Mienenfeld der Blicke auf der Terrasse, durch die offene Glastür in die Bar und setzte mich an den Tresen. Nur auf einen Kaffee, aus Höflichkeit.

Auf meinem Barhocker musste ich erst einmal eine stabile Position für mich und meine Füße finden und meine Tasche und Sommerjacke verstauen.

»Bitte sehr.«

Renato hatte mein Ringen mit dem Barhocker genutzt, um schon ein Getränk für mich auszuwählen, und setzte mir ein Longdrink-Glas mit einer orangefarbenen Flüssigkeit vor.

»Aber das hab ich gar nicht bestellt …«

»Ich sagte doch, ich lade Sie ein. Probieren Sie! Ist einmalig. Meine eigene Kreation, nicht viel Alkohol. Zum Wohl!«

Na gut, ich konnte das Geschenk ja schlecht ablehnen. Schon stieß er mit dem gleichen Drink an, und der erste Schluck rutschte durch meinen Hals. Aus Höflichkeit.

»Und?« Renato schaute gespannt.

»Hmm … gut!«

Und stark!

»Sehen Sie? Hauptsache, es schmeckt Ihnen.«

Das Leuchten von Renatos Lächeln. Dann wandte er sich von mir ab und den anderen Bestellungen zu. Wie nett manche Menschen sind. Und wie offen. Ich blickte mich um. Links hingen Drucke moderner Gemälde an der Wand, Designerlampen und -vasen, Siebzigerjahre-Möbel, ein Spiegel, vor mir Reihen voller Flaschen, rechts ein junger, attraktiver Mann, der mich anlächelte, und eine weitere, ganz besonders interessante Vase direkt vor mir.

»Schön haben Sie es hier, Renato.«

Er schaut zu dir.

»Die Vase hier ist auch hübsch, das ist sicher Bauhaus.«

Er sieht dich immer noch an.

Im Augenwinkel bemerkte ich, dass der Fremde mich wirklich ansah. Das war etwas aufdringlich und respektlos.

Er sieht dich an. Er zieht dich an. Er sieht gut aus.

Renato war zu sehr mit dem Mixen eines Cocktails beschäftigt, um mir zu antworten. Und ich war mir gar nicht sicher, wie Bauhaus-Vasen eigentlich aussahen.

»Ach Renato, wollen wir nicht ›du‹ sagen? Ich bin Aline.«

»Renato, habe ich ja schon gesagt.«

Der Kellner stand plötzlich neben mir mit einem Tablett in der linken Hand und mit meiner Hand in seiner rechten.

»Aline, ich muss raus auf die Terrasse.«

»Was? Nein! Sie können jetzt …«

Renato rannte weg. Da saß ich ganz allein, und der Starrer ließ nicht von mir ab. Aber es war alles in Ordnung, ich versteckte meine Blicke ganz einfach in meinem Getränk. Das war eine tolle Mixtur. Ich entdeckte hinauffrieselnde Bläschen. Platzend. Ping! Die frische Farbe der Flüssigkeit, die Rillen im Glas. Und wenn ich mit dem Strohhalm darin rührte, dann bildete sich ein kleiner Strudel, der mich immer weiter einsog.

Er schaut immer noch.

Der junge Mann störte meine Konzentration.

Sieh hin. Das ist spannend.

Jetzt reichte es! Ich nahm einen großen Schluck von meinem Drink und drehte mich ungeduldig zur Terrasse. Wo ist Renato?

Sieh hin.

Beim Zurückdrehen streifte mein Blick wie zufällig den Fremden. Ich erschrak und suchte sofort wieder Schutz in meinem Glas. Wieso war es so schwer, nicht dorthin zu sehen? Wo waren denn meine Augen zuvor, in Gottes Namen?

Er ist wirklich attraktiv.

Was der nur von mir dachte? Sicher wunderte er sich, warum eine erwachsene Frau wie ich alleine Alkohol trinkt.

Alleine.

Bestimmt dachte er, ich wäre bemitleidenswert und verzweifelt so an einer Bar.

Vielleicht flirtet er aber auch mit dir?

Ich ärgerte mich, ich benahm mich wie ein pubertierendes Mädchen.

Dann zeig ihm doch, wie selbstbewusst du bist.

Schließlich bin ich eine stolze Dame, glücklich gebunden und kein Freiwild, ich habe ein wunderbares Leben, ehrenvolle Ziele, einen erfolgreichen Mann und bin werdende Mutter. Ich trank die orangefarbene Flüssigkeit in einem Zug aus, richtete mich auf, legte ein charmantes, aber distanziertes Lächeln über mein Gesicht und drehte meinen Kopf in seine Richtung.

Huch!

Mindestens fünf Jahre jünger als ich schien er zu sein. Er trug einen gut sitzenden Anzug, war groß gewachsen, hatte dichte schwarze Haare, markant geschwungene Brauen, einen kantigen Bart und Augen, wassergrün wie Seen. Nichts Besonderes also!

Unglaublich besonders.

Er prostete mir zu. War er frei oder frech? Als führte eine dritte Person meine Hand, antwortete ich mit derselben Geste. Danach wandte ich mich wieder von ihm ab. Dem hatte ich so richtig gezeigt, dass er mir keine Angst einjagen konnte.

Du bist betrunken.

Meine Augen sahen im verschwommenen Winkel, wie der Unbekannte sich von seinem Barhocker erhob.

Haltung aufrichten. Hoffentlich kommt er zu dir.

Hatte ich das gerade wirklich gedacht? Ich hielt die Luft an und versenkte den Blick in mein leeres Glas. Er würde nicht kommen, nein, würde er nicht. Er trat den Heimweg an, ganz bestimmt.

»Möchten sie noch so einen?«, fragte jemand.

Als ich aufschaute und meinen Blick zur Seite richtete, fiel ich in seine grünen Seen.

Küsst er dich jetzt?

»Wie bitte?«

»Renato, machst du uns noch zwei?«, rief der junge Mann. Er stand ganz nah neben mir und duftete nach Freiheit.

»Kommt sofort.« Renato, der wieder hinter die Bar geschlichen war, grinste komisch.

»Was haben Sie da gemacht?« Der Fremde führte seine Hand auf mich zu und streifte mit der Rückseite seiner Finger ganz zart meinen Unterarm. Die Bläschen aus dem Glas rieselten über meinen Rücken. Ich schaute hinunter auf meinen Arm, wo zwei rote Flecken zu blinken schienen wie Alarmleuchten: Die Fettspritzer. Meine Familie rief nach mir.

»Nein, Renato, entschuldigen Sie beide. Ich muss nach Hause.«

Die grünen Augen des Fremden trafen mich erneut.

»Sie können gehen, aber Sie müssen nicht.«

Pause. Bleib hier.

Ich seufzte: »Doch, ich muss. Zu meinem Mann und meinem Sohn.«

Die wichtigen Worte sprach ich besonders deutlich aus.

Bleib hier.

Ich sprang vom Hocker, wühlte in meiner Tasche und warf irgendeinen Schein neben mein leeres Glas. Im Gehen, bevor ich die Bar verließ, schaffte ich es gerade noch so zu rufen: »Vielen Dank für alles, es war wunderbar.«

Der Rückweg erschien mir viel kürzer als der Hinweg. Vielleicht, weil ich nicht mehr so sehr auf den Weg, auf die Zeit und die Welt da draußen achtete. Im Nu war ich in meiner kleinen Welt zu Hause. Jetzt, in diesem breiten, sicheren Bett, erscheint mir alles wie nie gewesen. Und ich bin mir sicher, wer immer frei sein muss, kann in Wirklichkeit bloß nicht erwachsen werden und will keine Verantwortung übernehmen. Bemitleidenswert und bedeutungslos. Freiheit bedeutet Haltlosigkeit und Angst vor morgen. Ich bin glücklich mit den klaren Werten, denen ich folge. Ich liebe die Gewissheit und Sicherheit, dass alles richtig ist, wie es ist, und dass es das auch bleiben wird. Ich will gar nicht frei sein. Glaube ich.

//FREIHEIT
//Nacht: Maik//

Der Mensch hat Angst vor der Freiheit und möchte einfach nur fertigen Werten folgen, die Verantwortung abgeben, ohne zu hinterfragen, das ist es doch. Er lässt sich auf ein winziges Fragment seines Universums reduzieren, der Identität. Er lässt sich formen, und je geschmeidiger er in die Schablonen passt, desto mehr belohnt ihn das System.

Im allgemeinen Glauben widersprechen sich Freiheit und Sicherheit.

Dass Sicherheit und wahre Freiheit sich widersprechen ist eine Fehleinschätzung. Ich glaube, die Unzufriedenheit und die Angst der Menschen rührt von ihren unrealistischen Konzepten, nach denen sie ihr Leben und ihre Werte ausrichten. Sie wollen unbedingt Gewissheit und suchen sie im Außen. Sie versuchen, die Sicherheit festzunageln anhand von schriftlichen oder mündlichen Verträgen, auf die sie sich angeblich verlassen können. Den Arbeitsvertrag, den Ehevertrag, den Bausparvertrag, den Generationenvertrag, den Knigge, Regeln und Überzeugungen, aber auch Definitionen wie »Ich bin Manager«, »Ich bin deutsch«, »Ich bin eine Frau«, »Ich bin ein Mann«, »Ich bin in einer festen Beziehung«. Das sind alles Verträge, versiegelte und nie mehr angezweifelte Verträge.

Das Problem ist aber, dass die Dinge sich nicht nur nicht definieren lassen. Sie verändern sich auch und entwickeln sich. Es gibt so viele Möglichkeiten, wie es unterschiedliche Menschen und Tiere und Dinge gibt. Dieses Faktum läuft konträr zur allgemeinen Kontrollsucht, es kann einfach nicht funktionieren. Und das macht Angst. Es ist, als wolle man einen Haufen Sand mit den Armen festhalten. Wenn die Menschen merken, dass die Nummer bröselt, werden sie panisch und erfinden noch mehr manipulative Mittel, um Macht und Kontrolle auszuüben. Sie werden aggressiver, je mehr Bodenlosigkeit sie spüren. Der Mensch ist motiviert, wenn nicht sogar getrieben von der Angst vor Verlust.

Nein, die Kontrollsucht hat nichts mit Sicherheit zu tun, sondern mit Abhängigkeit. Das Gefühl der Geborgenheit in der Liebe, in der Familie, in der Arbeit mag ja etwas Schönes sein, meine Güte, von mir aus. Aber warum können die Menschen nicht anerkennen, dass es die Natur der Dinge ist, sich zu verändern? Wieso können sie die Dynamik der Momente nicht einfach genießen, ohne sie durch Verträge gleich wieder für die Ewigkeit festnageln zu wollen? Es ist, als könnten sie die farbenfrohe Schönheit und Lebendigkeit eines Schmetterlings erst dann schätzen, wenn sie ihn eingesperrt haben und sich einbilden, er bliebe für immer. Stattdessen geht er im vermeintlich sicheren Käfig sogar noch schneller ein, weil es nicht seine Natur ist zu bleiben. Außerdem laufen die Menschen Gefahr, den schönen Wandel zu verpassen. Schließlich war der Schmetterling vorher mal eine Raupe.

Wahre Gewissheit kann nur im Innen existieren, und zwar dann, wenn die Ungewissheit und die Dynamik der Dinge als Geschenk und nicht als Bedrohung gelten. Erst wenn die Menschen lernen loszulassen und die Angst vor dem Wandel ablegen, sind sie sicher. Das Einzige, was garantiert ist, ist, dass nichts garantiert ist. Wirklich frei sind Menschen dann, wenn sie sich in dieser inneren Sicherheit inmitten des Flusses der Dinge unabhängig machen vom Außen.

Und wie willst du das Menschen beibringen, die panische Angst vorm Verlust haben?

Wieso ist das so verdammt schwer zu kapieren? Wahrscheinlich fängt es wieder beim System an. Ein System, das auf Macht und Kontrolle aufgebaut ist, wird es tunlichst unterlassen, die Angst, die ja sein Fundament ausmacht, zu kurieren. Was aus der Schablone guckt, wird als Makel angesehen und wegoperiert oder versteckt. Wir haben uns nicht weiterentwickelt. So wahnsinnig dämlich.

Du und dein dualistisches Denken. Du hasst Menschen, das ist es doch. Gib es zu. Und überhaupt, wie ergeht es dir denn? Fühlst du dich jetzt so richtig schön frei?

Ich bin ein hervorragendes Beispiel: Ich genieße die Freiheit, nichts zu verlieren zu haben.

Du glaubst vielleicht, dass dein Befreiungsschlag schon eingetreten ist. Aber das ist er nicht.

Zumindest habe ich nicht mehr den Anspruch, zwanghaft etwas verändern, etwas verbessern zu wollen. Ich will nur meinen Frieden haben.

Du bist ängstlich, du bist schäbig und frustriert. Du hast resigniert.

Ich denke, ich hatte mittlerweile genug Zeit, um die Menschen zu beobachten und die Hoffnung zu verlieren. Nehmen wir einmal die Mittagspause, wenn die Massen aus ihren Büros quellen und alles überfluten. Sie laufen somnambul in gleichförmigen Strömen, als befänden sich irgendwo unsichtbare Fließbänder. Nach einer Stunde ertönt ein lauter unhörbarer Gong, und die schwarzen Massen strömen alle zusammen wieder zurück. Dann sind sie weg, einfach verschwunden. Das ist eine beängstigende sich tagtäglich wiederholende postapokalyptische Szenerie. Die Gleichförmigkeit ist ihre Definition von Sicherheit, sie haben Angst davor, frei zu sein. Wenn alle anderen es so machen, dann muss es richtig sein, nicht wahr?

Menschen können sich trotzdem ändern.

Menschen können sich ändern, sie sollen sich ändern, tun es aber nicht. Wofür gibt es denn das heilige System, dass ihnen die Entscheidung abnimmt, ob sie etwas tun dürfen oder nicht? Wieder bin ich das beste Beispiel: Es brauchte erst den Radikalschlag.

Pause.

Warmer Wind. Rainer und ich sitzen unter einer Brücke, ohne Schlafsack, nur mit zwei filzigen Decken, und schweigen. Wir hatten nach unserem Rausch im Katerdelirium den halben Tag verschlafen und wurden unsanft von den Besitzern aus der Hütte gejagt. Sie drohten mit der Polizei. Aber was sollten die schon machen? So erklärte das Rainer anhand voriger Erlebnisse: Dass »die Bullen einen für eine Nacht mitnehmen, und das war's dann auch«. Das war es dann aber auch mit der Hütte. Also hingen wir den Rest des Tages auf der Straße, aßen im Treff, kauften uns von den wenigen geschnorrten Münzen ein paar Bierdosen, klauten die beiden gespendeten Decken aus dem Treff und setzten uns kurz vor Sonnenuntergang unter die Brücke. Zwischen den Schweigeminuten erfahre ich viel von Rainer, etwa, dass er unter Dauermedikation steht wegen Schizophrenie. Es fing mit Panikattacken an, dann Psychosen. In Extremzuständen hat er sich dann und wann in Lebensgefahr gebracht.

Ich habe Hunger. Rainer hält mir was hin.

»Die letzten beiden Biers, komm, mach. Prost.«

»Prost.«

Das Bier zischt. Rainer kippt einen Teil seiner Dose in die Tigertasse, ich höre seine Schlucke. Als Kind träumte ich ständig vom Weglaufen, aber so stellte ich es mir natürlich nicht vor. Und Rainer?

»Tiger?«

»Ja, Arschloch?«

»Du bist doch nicht blöd, im Gegenteil, du hast doch ganz schön was in der Birne.«

»Quatsch kein' Scheiß, Alter. Ich bin dumm wie Toast.«

»Hey, das ist mein Kumpel, von dem du da redest. Wieso sagst du das?«

»Weil es so ist. Ich bin in 'ner Tonne aufgewachsen, was soll ich da als Kind schon Nützliches gelernt haben? Vergiss es, Bruder.«

»Na gut, du warst wahrscheinlich nie in der Schule ...«

»True.«

»... aber das heißt ja nicht, dass du nicht klug bist. Du bringst manchmal solche Wortspiele und Weisheiten, irgendwo ist da doch was in deinem Kopf – wenn auch versteckt.«

»Was laberst du? Ich kenne mich höchstens in Aggrowissenschaften aus.«

»Siehst du, schon wieder. Liest du heimlich irgendwelche Bücher?«

»Was weiß ich? Ich denke … ich schnappe die Worte einfach irgendwo auf.«

»Mal ernsthaft, du könntest viel mehr. Willst du nicht was aus deinem Leben machen? Dich muss doch irgendwas interessieren? Irgendwas. Mach mal einen Vorschlag.«

»Ey, ich mach dir gleich 'nen Vorschlaghammer, jetzt komm du nicht auch noch mit dem Mist. Das musste ich mir schon immer von meinem Betreuer anhören, mach dies, mach das, wo willst du in zwanzig Jahren sein. Was heißt 'n das überhaupt, ›was aus seinem Leben machen‹?«

Denkpause.

»Äh, das ist eine gute Frage.«

»Du hast damit angefangen, also sag doch mal!«

»Meine Güte. Sorry, ich weiß es wirklich nicht.«

»Siehste. Ganz abgesehen … guck dich mal an, Alter, die Frage könnte ich dir auch stellen.«

Pause.

»Tiger. Ich wollte dich schon die ganze Zeit was fragen …«

»Was denn noch, du gehst mir auf die Eier.«

Ich zögere und knödele irgendwie raus: »Der Traum, von dem du neulich gesprochen hast. Worum geht's da?«

»Was meinst du?«

»Du meintest: ›Auch ich hab Träume.‹ Ich erinnere mich genau.«

»Glaub mir doch nicht alles, was ich mal so raushaue im Suff. Keine Ahnung, es gibt keinen Traum.«

»Also, lügen kannst du schon mal nicht.«

Rainer zuckt mit den Schultern.

Schweigen.

Die Nacht tunkt den Mond in ihren Himmel. Wassermassen strömen fort. Die Lichter der Stadt glitzern im Fluss. Menschen laufen vorbei, mal mit Hund, mal ein Jogger, mal ein Pärchen Hand in Hand. Wir sitzen da, bis die Zeit rum ist. Eine Stunde lang. Zwei. Bis der Tiger von ganz alleine loslegt: »Weißt du, das ist so. Die ganzen Penner aus dem Ghetto hier, die können mich. Die denken, Freisein ist Highsein, weißt du? Du bist da anders.«

Ich brumme nur zustimmend, will nichts Bremsendes sagen. Rainer macht weiter:»Freiheit ist für mich … Wie soll ich sagen? … Wenn es zu eng wird, weißt du? Wenn du nicht du selber bist. Wenn dir alles auf den Sack geht und du zu einem Roboter wirst, warum auch immer, wegen Drogen, Druck von den Leuten, Tussen, Familie. Dass du dann die Eier hast und gehst. Tight sein, Mut haben, Rückgrat haben. Und vor allem: Die Freiheit haben, deine eigenen Entscheidungen zu treffen. Das ist das Schlimmste, wenn du so tief im Käfig sitzt, dass du keine Wahl mehr hast, dass du den Käfig nur noch wegsaufen kannst.«

Mir fällt nichts Besseres ein, als Rainer mit einem erneuten Brummen zum Fortfahren zu bewegen.

»Ich will gerne so sein wie die ganzen coolen Chabos. Wie die aus den Musikvideos. Stark und mit einem Ziel, für das sie sich selbst entscheiden. Weißt du? Aber ich kann's nicht. Was soll ich machen? Wo soll ich anfangen?«

Brummen.

»Hörst du auf zu brummen und sagst mal was dazu, du Vollarsch? Du bist doch sonst so klug.«

»Du hast nichts zu verlieren, damit genießt du schon mal mehr Freiheit, als die meisten von sich behaupten können. Du kannst quasi ohne Limits anfangen.«

»Ja?«

»Du kannst alles machen, weil du keine Angst haben musst, verstehst du?«

»Ja? Okay, puh, mal sehen …«

»Tiger, spuck's aus, was ist jetzt dein Traum?«

»Also gut, aber lach mich nicht aus.«

»Niemals.«

»Ich spare gerade. Für ein Wohnmobil oder so was. Und dann möchte ich weg. Kann ja nicht so schwer sein. Einfach abhauen ans Meer. Wo die Leute glücklich und freundlich sind. Den Sand anfassen. Und dort suche ich mir dann einen Job.«

»Das klingt … nach einem Traum, ja.«

»Genial, oder? Vielleicht fahre ich nach Spanien. Oder Brasilien. Zu den heißen Bitches mit den geilen Ärschen.«

»Okay, du weißt aber schon, dass Brasilien in Südamerika liegt und dass das ein bisschen schwierig wird, da mit dem Wohnmobil rüberzufahren.«

»Äh. Klar weiß ich das.«

»Und du denkst, Weglaufen bringt was?«

Diese Frage von dir ist verlogen.

»Nach Südamerika wollte ich auch, kurz bevor wir uns kennengelernt haben.«

»Ehrlich? Hattest du auch diesen Traum von einem schönen Leben?«

»Na ja, nicht ganz … Sagen wir mal … Verdammt, Weglaufen ist doch eigentlich feige, besser solltest du wohin laufen. Wie viel Geld hast du denn schon?«

»Hm.« Rainer kramt in seiner Hosentasche. »Darf ich eigentlich keinem sagen. Zehn Euro oder so.«

»Boah, Junge. Und hast du einen Führerschein?«

»Was soll denn die Fragerei jetzt? Klar kann ich Autofahren. Ich flieg einfach los, wie ein …«

»Tiger, sag jetzt nicht ›Schmetterling‹ oder so was, die mögen ja hübsch aussehen, aber die kommen nicht weit, die verrecken auf halber Strecke.« Ich lache kopfschüttelnd.

»Mann, du Arsch. Ich hab gesagt, du sollst mich nicht auslachen. Du glaubst doch eh nicht an mich. Du hältst mich doch auch für einen dummen Versager! Bin ich ja auch. Scheiße.«

»Ich halte dich nicht für einen Versager. Aber ich glaube nicht an Träume vom Paradies. Schau dich doch mal um. Wer im Ghetto aufwächst, kommt da nicht wieder raus, es sei denn, er arbeitet richtig, richtig hart, und selbst dann wechselt er nur von einem Käfig in den nächsten. Wie hast du dir das überhaupt vorgestellt? Du brauchst Papiere. Und was das alles kostet, allein das Benzin. Und die Sprache … Hast du dir da jemals Gedanken drüber gemacht? Bestimmt nicht, du träumst wie ein Kind!«

»Fick dich, du Wichser, warum fragst du mich dann überhaupt, wenn du mich nur fertigmachen willst?«

»War eine dumme Frage, ich geb's ja zu. Aber ich bin nur ehrlich, vergiss es lieber gleich. Mach's wie ich: Die ewig unerfüllte Sehnsucht tut viel mehr weh als das Gefühl der Betäubung, wenn du die Umstände akzeptierst. Hör auf zu kämpfen. Dann bist du viele Sorgen und Enttäuschungen los. Macht alles keinen Sinn.«

Du solltest nachdenken, bevor du so etwas sagst, du bist …

»Kalt, Alter, eiskalt. Innen drin bist du tot. Tot! Tot! Tot!«

Rainer springt auf und greift mit den Händen in die Luft.

»Tot, Mann, tot!«

Er will irgendwohin rennen, dreht sich im Kreis, springt nach oben, weiß nicht wohin. Dann resigniert er doch, kommt zurück und setzt sich wieder. Er nimmt den Kopf in seine Hände und hält ihn fest, als würde der sonst wegrollen. Mit so einer Reaktion habe ich nicht gerechnet. Dann spricht er durch seine Hände: »Scheiße, siehst du? So wie eben gerade läuft das immer ab, wenn ich mal losgehe, ich spring auf und dreh gleich wieder um. Du hast schon recht, einer wie ich hat keine Chance, mit nichts, mit absolut gar nichts. Ach, was soll's, ich glaub ja auch nicht an mich. Mein Vater hat's auch immer gesagt. Er weigerte sich zu träumen. So wie du. Er glaubte nur an das, was er sehen konnte. Und was hab ich davon? Ich sehe nichts Gutes. Kein Zuhause, keine Freunde, kein Vertrauen. Ich hab nur gesehen, wie alles das Klo runtergeht. Ich hab gelernt, dass ich schreien kann, aber nicht gehört werde. Dass ich nur bemerkt werde, Respekt ernte, wenn ich jemandem auf die Fresse haue. Wie soll ich an etwas glauben, wenn ich nichts sehe?«

Der Junge sackt in sich zusammen und macht weiter: »Ich will das nicht mehr. Ich will nicht mehr. Ich will hier raus. Ich will hier raus. Ich muss hier raus.«

Toll gemacht. Er steckt in einer Zeitschleife. Sag was, hilf ihm. Lüg, wenn es sein muss.

Ich stehe nicht auf Lügen. Ich bin schließlich hier, weil ich nie mehr lügen wollte.

Mach's dir nicht so bequem. Dein Tiger dreht gleich durch.

Muss ich?

»Okay, okay, warte Tiger, stopp, halt mal den Mund jetzt! Alles, was ich sage, ist, dass es so, wie du bisher geträumt hast, einfach keinen Sinn macht. Wir brauchen einen Plan, aber einen handfesten. Ja? Wir sparen gemeinsam für dein Projekt. Und wir besorgen dir Papiere, dein Betreuer kann dir sicher helfen. Und wir suchen dir einen billigen gebrauchten Bus.

Eine kleine Schrottmühle. Ich helf dir. Komm schon, ist wieder gut jetzt, ich helf dir.«

Rainer hebt seinen Kopf.

»Du verarschst mich nicht? Ehrlich wahr, Mann, das würdest du machen?«

»Klar.«

»Boah, Digger, normalerweise komme ich ja gar nicht klar, wenn mir jemand helfen will. Macht mich total aggro, kann ich nicht haben. Aber bei dir ist das irgendwie anders. Du bist ein cooles Arschloch! Ganz ehrlich, wahrscheinlich bist du auch der Erste, der es wirklich ernst meint. Du meinst es doch ernst, oder?«

»Jaja, natürlich. Aber ich sag nicht, dass ich nicht skeptisch bin. Du musst auch was dafür tun, nämlich keinen Mist mehr bauen. Verstanden?«

Rainer nickt.

»Tiger! Keinen Mist mehr, überhaupt keinen, keine Drogen, keine Schlägereien, kein gar nichts.«

»Jaja, Mann, ich nicke ja. Klar. Aber klauen darf ich noch?«

Er lacht. Nach einer kurzen Schweigeminute fragt er: »Und du? Hast du einen Traum?«

»Nein. Ich bin frei. Sogar frei von Träumen.«

»Glaubst du an gar nichts?«

»Nein.«

»Nicht mal an so einen Scheiß wie das Gute auf der Welt, ein guter Mensch sein oder so? Ich dachte immer, du wärst so einer, der ein guter Mensch sein will.«

»Spinnst du? Vom Gutsein kannst du deine Rechnungen nicht bezahlen, du kannst es nicht essen, du bekommst keine Medaille, im Gegenteil, du leidest nur noch mehr dadurch. In unserer Welt musst du ein Arschloch sein. Moral ist eine Illusion.«

»Scheiße, ja. Stimmt genau! Und deswegen glaubst du ans Freisein.«

»Ja, aber für mich ist Freiheit eher … na ja: Nichts eben.«

»Hä?«

»Die meisten denken, Freiheit sei gleichbedeutend mit Rebellion. Aber ein Tanzen aus der Reihe gäbe es nicht, wenn es die Reihe nicht gäbe. Man kann ja nur ausbrechen, wenn man in einem Käfig sitzt. Der Kampf, die Rebellion, die ist abhängig davon, dass man wo drinsteckt. Unfreier geht's kaum. Ergo: Man muss sich richtig freimachen, einfach nichts mehr haben, keine Referenz mehr. Nur noch auf sich selbst hören. Verstehst du?«

Verstehst du?

»Nein, Mann, kein Wort, du Philosophenarsch.«

»Okay, egal. Um es kurz zu machen, was mich ankotzt: Die vielen Oberflächen lassen die Leute die Oberfläche als Wahrheit ansehen. Und so werden die Oberflächen auf Dauer auch zur Wahrheit.«

»Wowhoh, was geht 'n mit dir ab, Digger? Du laberst ja nur noch Scheiß. Lass pennen jetzt.«

Nachdenklich betrachte ich Rainers Gesicht, das im Profil noch kindlicher wirkt. Die Decken sind unsere Matratzen und der warme Wind deckt uns zu. Und plötzlich bemerke ich eine schockierende, beinahe schmerzhaft beängstigende Gefühlsveränderung.

Du fühlst dich verbunden, nicht mehr isoliert.

Verdammt, das kann nicht sein. Moment mal: »Tiger?«

»Was denn?«

»Du bist ein verdammter Idiot.«

»Was soll denn die Scheiße jetzt, du Spack?«

»Nichts. Ich wollte nur ein Gefühl loswerden.«

»Halt die Fresse und schlaf.«

//Kapitel 6: KLEIDUNG

//Mittag: Fiona//

Surface to Air, Fedora, Rick Owens, Vibskov, Vintage, Chanel. Scheiße, wir waren shoppen. Das Ausmaß realisiere ich erst, als ich die Tür zum Chuches auftreten muss, weil meine Hände voll besetzt sind. Am Tisch die nächste Hürde: Setze ich mich auf den Stuhl oder lasse ich meine Taschen bequem sitzen? Dahinten ist noch ein Tisch mit mehr Stühlen frei. Hendrik und ich gehen rüber, laden unsere Sachen ab und lassen uns fallen. Eine Kulisse aus Tütenbergen wuchert um uns herum. Mein Busenfreund hat, man mag es kaum glauben, noch mehr zugeschlagen als ich. Der spinnt. Ich auch.

Er so: »Hach, man fühlt sich wie nach einer Schönheitsbehandlung, wenn man mal richtig erfolgreich shoppen war.« Hendrik verschluckt sich vor Geilheit. »Ich glaube, ich werde heute Abend nur in den CK-Panties auf Marcel warten. Das wär heiß, oder?«

»Hör mal auf so rumzuhampeln, Hendrik, das nervt. Und sprich bitte nicht über Sex, ich hatte seit Ewigkeiten keinen mehr.«

»Erstens stimmt das nicht. Zweitens: daran musst du was ändern.«

»Ach ja, und wie? Es ist ja nicht gerade so, als würden hier dauernd halb nackte willige Schnitten vorbeihopsen.«

»Baby, mit den neuen Klamotten wird alles anders. Wenn du deinen Style zur Schau trägst, kriechen die ganz von selbst an.«

»Dafür müsste ich die Sachen erstmal draußen in der Welt tragen, und das kann ich nicht, weil ich jetzt pleite bin. Andere Kolleginnen kriegen die geilsten Klamotten zu Promozwecken geschenkt, und ich muss das Geld für den Kram aus der letzten Geldbeutelritze kratzen.«

»Nicht, wenn du diesen grandiosen Editorial-Job bekommst. Und dann heißt es, neue Klamotten, neue Attitude, neue Kerle. Wirst sehen.«

Ich muss lachen über Hendriks albernen Versuch, mich zu animieren. »Gibst du mir das schriftlich als Klo-Deko?«

»Na klar. Da ist sie. Mimi!«

Hendrik winkt Richtung Eingangstür. Ich kenne Mimi von einem Job. Wir hatten uns damals schnell angefreundet. Sie ist eine der Kolleginnen, die auch einen kleinen Proleten in sich tragen. Sehr sympathisch.

»Freundin, komm zu uns, we got shit to show«, frohlockt Hendrik.

Die Kollegin schaut erst uns an und entdeckt dann unser Hab und Gut. Mimis Augen, tellergroß, Mimis Mund, noch größer.

Sie so, hechelnd: »Kinder, bin ich gerannt. Draußen fängt es gerade an zu regnen und meine Frisur geht kaputt. Aber viel wichtiger: Was habt ihr denn bitte für Berge geshoppt? Ihr habt sie ja nicht mehr alle. Ich will zu allem eine Erklärung. Mir ging es neulich auch so, ich hab mein komplettes Konto leergemacht. Ich hab da so einen neuen Online-Shop gefunden. Kennt ihr die Seite, auf der man Nagellackfarben digital ausprobieren kann?«

Innere Schmerzen.

Eine Nagellackanimation? Ich muss feststellen, neben dem Proleten wohnt zusätzlich eine Tussi in Mimi. Mein Kopf schaltet um, und ich lasse die drei auf einem anderen Kanal weiterreden. Irgendwann wird der Fashion-Scheiß sogar für mich zu viel. Früher, als ich noch jung und punkig war, fand ich den Style-Hype bescheuert und oberflächlich. Seitdem ich aber damit zu tun habe, ist Mode für mich genauso wichtig und tiefgründig wie Kunst. Oder so. Es geht immer um Emotionen, um Aussagen, Meinungen, Identitäten, Zeitgeist. Grenzen aufbrechen, experimentieren und neue Wege finden. Für einen guten Klamottenstil braucht man ein ebenso talentiertes Auge wie für Kunst, denn allzu schnell wird es zu kommerziell oder zu platt. Reines Befolgen von Trends ist in Kunst wie Mode ein No Go, finde ich. Das ist mit allem so: Wer etwas nur tut, darstellt oder anzieht, weil es gerade trendy ist, wirkt schnell nicht mehr authentisch. Er wirkt dann, als hätte er eine Verkleidung an. Nur Uniformität ist noch schlimmer.

Dass es heute noch so was wie einen Dresscode in manchen Firmen gibt, ist armselig zurückgeblieben bis unterdrückend. Ich will Vielfalt, Ideenreichtum, Individualität, Neugier, Experimentierfreude. Und Freiheit. Viele finden, ich habe zu wenig an und bin eine Schlampe, die den Feminismus mit Designerschuhen tritt. Diese Leute können mich mal. Für mich bedeutet Feminismus, dass eine Frau die Freiheit hat und gefälligst anziehen oder ausziehen kann, was sie will. Eine Frau, egal welcher Größe, Breite und welchen Alters, sollte im Tigerstring durch die Stadt laufen können, und es geht keinen etwas an. Meine Nacktheit ist quasi mein künstlerisch-politisches Statement. Es kann auch nicht allein darum gehen, möglichst viel Geld in einen Look oder ein Kunstwerk zu investieren. Im Gegenteil. Mit begrenzten Mitteln, Vintage-Buys und einem DYI-Anteil etwas Großes schaffen, das ist es. Bis einer heult.

Mimi und Hendrik veranstalten bei jedem Teil, das Hendrik aus den Tüten zaubert, eine Parade.

Sie so: »Oh mein Gott, Hendrik, das Teil ist ja cool. Schau mal, das passt genau zu meinen Schuhen.«

Er so: »Wenn du willst, leih ich dir das mal mit der passenden Unterhose.«

Sie so: »Äh, nee. Aber du wirst sehr sexy in dem Fetzen hier aussehen, darf ich mit dir mal ausgehen? Alle werden mich beneiden und denken, wie cool ich doch bin mit so einem Arm-Candy.«

Hendrik kringelt sich, dann schreite ich ein: »Aber Leute, es geht doch bei den Klamotten auch darum, dass das Ganze irgendwie intelligent ist, oder? Nicht nur cool und sexy und der ganze Scheiß. Oder?«

Und Mimi so, abwinkend: »Quatsch. Es geht darum, dass dich alle ficken wollen.«

Mimi hat recht. Wenn ich ehrlich bin und von meiner eigenen Modephilosophie von Freiheit, Liebe und Weltfrieden absehe, sind Klamotten ein Ausdruck von Status und Image. Kleide dich und ich sag dir, wer du bist und was du hast, wer deine Freunde sind, in welche Szene du gehörst, wie informiert und up-to-date du bist, wie selbstbewusst, wie charakterstark, wie cool. Jeder will geliebt werden und hofft, dass die Hülle dabei hilft. Klar ist das total dumm und behindert, aber ey, ich war in der Schule immer der Idiot mit ausgeleierten Pullis und zu kurzen Hosen. Ich hab mir geschworen, ich räche mich irgendwann. Ich mach sie platt mit einem Style, der sich gewaschen hat. Und mit Shootings und Editorials, die

mich in A-list-Sphären heben. Dann wollen sie mich alle. Auf-
essen wollen sie mich.

»So Fiona, jetzt bist du dran mit Trockenmodenschau.«

»Muss ich?«

»Jetzt mach schon.«

»Ich glaube, ich häng mich auf, wenn ich mich jetzt damit
konfrontiere, was ich alles in einem Anfall von Umnachtung
gekauft habe. Dafür brauch ich dringend Alkohol.«

»Och Fiona, sei nicht so destruktiv. Freu dich lieber.«

»Seit wann benutzt du Fremdwörter? Nee Mimi, weißt du
was? Deine Geburtstagsparty ist doch demnächst, da freu ich
mich eh schon drauf. Wir treffen uns einfach vorher und testen Outfits, inklusive Beratung und Cremant.«

Und sie so: »Hui, ist gebongt.«

//KLEIDUNG
//Nachmittag: Aline//

Dichte, aufgeregte Luft herrscht hier draußen. Als ich loslief,
strahlte die Sonne noch so friedlich, und jetzt ziehen die Wolken zusammen, versammeln und formieren sich, um in einer
Armee loszustürmen. Zu einem Akt der Rebellion vielleicht,
einem Aufstand gegen die Autorität, einem revolutionären
Unwetter.

Ich bin zu Fuß unterwegs. Seit der Nacht, die mich ins Chuches geführt hat, habe ich dort nicht mehr gesessen. Heute
aber bin ich guter Dinge, trotzt des Unwetters, ich möchte Renato endlich mal wieder einen Besuch abstatten. Auf dem
Weg dorthin schaue ich mal in dieses, mal in jenes Schaufenster. Bei einer Boutique mit Sommerschlussverkauf-Angeboten

mache ich länger Halt. Ich betrachte ein sportliches Outfit, bei dem die kurze Hose kaum den Hintern bedeckt, und wundere mich. Das trägt doch niemand freiwillig auf der Straße! Das Mannequin – eine brünette Schaufensterpuppe – schaut durch mich hindurch. Sie entspricht vielleicht einem Ideal, aber schön ist sie nicht. Schönheit und Stil entstehen nicht durch die äußere Form, sondern durch zeitloses inneres Strahlen.

»Sie sind glücklich, was?«

Ich zucke zusammen. Der Wohnungslose, der mir neulich schon einen Schrecken einjagte, hat direkt zu meinen Füßen sein Lager aufgeschlagen. Oder sagen wir, meine Füße stehen direkt neben seinem Lager.

»Wie kommen Sie darauf?«

»Ich merke das eben. Außerdem, das Lied, das Sie summen. ›Summertime‹ von Gershwin, oder? Ein schöner Klassiker.«

Ich denke nach und erkenne, dass Denken unsere Fragen nicht beantwortet.

»Ich schätze … ja, Sie haben recht. Ich bin leicht, fröhlich und klar. Vielleicht bin ich auch einfach gespannt auf das Unwetter.«

Während ich das sage, holt der Mann eine Rumflasche hinter seinem Rücken hervor, schraubt den Deckel ab und nimmt einen tiefen Zug.

Das erinnert dich an jemanden.

Mein Magen reagiert sofort.

»Lassen Sie doch das Trinken. Sie können alles verlieren.«

»Ach nein, wirklich!«, ruft er.

Ich möchte flüchten.

»Wissen Sie, das Schöne an einer Existenz wie meiner ist: Man kann nichts verlieren. Das fühlt sich sicher und warm an wie ein Bett.«

»So ist das nicht, ich würde immer kämpfen für das, was ich liebe. Bis zur Besinnungslosigkeit.«

»Und deswegen liebe ich auch nichts. Damit ich nicht tagein, tagaus kämpfen muss.«

»Und das empfinden Sie als erstrebenswert? Ein Leben ohne Liebe und ohne Ziele ist ein totes Leben.«

»Kämpfen Sie nicht so verbissen, das kann derart blind machen, dass Sie irgendwann die Wahrheit und sich selbst nicht mehr sehen können. Die Schwerelosigkeit Gershwins stand Ihnen viel besser.« Er schaut seine Flasche an. »Besinnungslosigkeit ist da das Nächstbeste.« Er lacht, als er mein Entsetzen sieht. »Das war ein Scherz.«

Ohne ein Abschiedswort drehe ich mich um und gehe davon. Diesmal nicht ganz so gehetzt, ich will nicht unhöflich sein, aber ich hätte nicht mit ihm sprechen sollen. Sicherlich betrinkt er sich jetzt hinter meinem Rücken. Ich drehe mich noch einmal nach ihm um, um meine Vermutung zu prüfen, und sehe: nichts! Sein Platz ist leer, kein Mensch, keine Decke.

Zum Glück ist meine beschwingte, beinahe aufgeregte Laune wiederhergestellt, als ich das Café betrete.

Als wärst du verliebt ...

Ich lasse meinen Stammplatz am Tisch links liegen und setze mich direkt an die Bar. Das habe ich zuvor noch nie getan, zumindest tagsüber.

»Hallo, Renato, ich freue mich, Sie zu sehen.«

»Guapa! Ich freue mich auch. Du bist schon so lange nicht mehr hier gewesen. Wie geht es dir?«

Stimmt, wir hatten uns geduzt.

Alle scheinen sich für deinen seltsamen Zustand zu interessieren.

»Ich denke, ja, ich bin recht glücklich.«

»Großartig, darauf stoßen wir an. Was möchtest du trinken? Wieder so einen Cocktail wie neulich?«

Renato lächelt schief, als hätte er mir gerade ein unmoralisches Angebot gemacht.

»Nein, nein, danke. Für dieses mächtige Getränk komme ich lieber noch einmal in der Nacht vorbei.«

Wir kichern, und ich merke, ich rede Unsinn.

»Einen Café au Lait, bitte.«

Als Renato mit der Kaffeemaschine hantiert, schwenke ich wie immer meinen Blick durch den Raum.

Du suchst.

Nichts hat sich geändert, und trotzdem ist alles anders, als hätte ich das nächtliche Erlebnis woanders erlebt oder geträumt.

Er ist nicht da.

»Bitte sehr, Guapina.«

Renato stellt den Kaffee vor mir ab, bevor er wieder auf die Terrasse verschwindet. Ich sitze da und verursache mit meinem Löffel einen Strudel in der Tasse.

Luft tief einatmen. Halten. Luft ausatmen.

Ich versuche, gegen ein kindisches Gefühl anzukämpfen.

Enttäuscht, du bist enttäuscht, dass er nicht da ist.

Wie dumm ich doch bin.

Nein, heute bist du leicht und klar, oder nicht? Was bist du denn nun?

Mein Blick fällt auf den Tisch, der einst mein Stammplatz war. Die Dinge ändern sich. Eine junge Frau hat jetzt den Platz mit ihren Freunden eingenommen. Viele Einkaufstüten versammeln sich daneben. Sie kommt mir bekannt vor. Ja, sie ist dieselbe, die ich neulich an der Bar mit ihrem Freund gesehen habe. Wieder fällt mir auf, wie hübsch sie ist. Schön vielleicht, aber zu dünn, aufwendig, aber provokant knapp gekleidet. Ihr

Kleid geht kaum über die Schenkel. Läuft die Jugend heute so rum?

Noch mal von vorne Fehler machen dürfen. Mit einer aufgeregten Unschuld aufs Leben schauen. Dieselbe Aufregung, die du noch gefühlt hast, als du auf dem Weg hierher warst. Wärst du gerne an der Stelle der jungen Frau?

Ich bin froh, dass ich nicht mehr in dem Alter bin, in dem ich mir mit meinem Kleidungsstil irgendetwas beweisen musste. Wahrscheinlich sucht das Mädchen nach Liebe. Aber so wird sie sie nicht finden, wenn schon die Mode zum schnellen Menschenkonsum einlädt. Da braucht eine Frau sich nicht wundern, wenn sie von Männern direkt in eine Schublade gesteckt wird und als verloren und suchend gilt. So viel Einfluss hat Kleidung auf das Leben, glaube ich. Aus der Wirkung eines Outfits wird Realität.

Während die junge Frau mit ihren Freunden scherzt, schaut sie hoch zu mir und lächelt. Ich lächele zurück.

Sie kennt dich auch noch. Und du wärst doch gerne an ihrer Stelle.

So ein Unsinn.

Du denkst, wenn du so jung und schön wärst, dann würde dein Mann dich sicher lieben. Dann hättet ihr längst euren Sohn. Dann wäre alles gut.

Woher kommt diese Schwere plötzlich, ich sitze doch nur hier, wie ich so oft schon hier saß. Aber warum schäme ich mich beinahe?

Es ist doch nur die Wiederholung eines Musters.

Und doch ist alles anders. Du bist wie ein einsamer Hund, der an einen Ort zurückkehrt, an dem er einst von einem Fremden gefüttert wurde.

Ich bin sehr wohl glücklich, denn ich weiß, wo ich hingehöre. Ich möchte mich um meine Familie kümmern, um meinen baldigen Sohn, und nicht hier an der Bar auf Abenteuer hoffen. Die beiden Freunde der jungen Frau halten Herrenunterwäsche von Calvin Klein in ihren Händen und diskutieren darüber. Ich muss wieder in meine Welt zurück. Das Café, das mir ein zweites Zuhause war, gehört wohl nicht mehr dazu.

»Vielen Dank, Renato! Ich lege das Geld in die Untertasse, in Ordnung? Ich will schnell los, bevor es anfängt zu regnen.«

»Adiós Guapina. Und vergiss nicht, mal wieder abends vorbeizuschauen, ja?«

»Das werde ich.«

Ich gehe über die Terrasse, am leeren Platz des Wohnungslosen vorbei in die Boutique und kaufe mir einen damenhaften, bodenlangen Rock. Den werde ich bestimmt lange tragen. Dann, endlich, beginnt ein heftiger Sommerregen.

//KLEIDUNG
//Nachmittag: Maik//

Wir stehen im Treff an der Schlange zur Klamottenausgabe. Seitdem wir beschlossen haben, gemeinsam an Rainers Projekt zu arbeiten, ist Sparen angesagt. Und wir sind hochmotiviert. Heute haben mir nette Leute schon einiges in den Becher geworfen, und hier essen wir jeden Tag billiger als überall sonst. Außerdem, haben wir uns überlegt, braucht Rainer mal ein paar neue Klamotten. Mode macht Menschen, Einstellung und Haltung.

»Style, Mann, das gehört zu deinem ganzen tighten Auftreten.«, findet Rainer. »Hey Micky, was ist mit meinen roten Strapsen?«, ruft er über die Köpfe der Leute vor uns hinweg in Richtung Schalter. Der Tiger freut sich wie ein König über den

Witz, den er schon siebenundachtzigmal gebracht hat. Dann geht er an der Schlange vorbei bis nach vorne. Ich hinterher. Ein Holzbrett, das zum Runterklappen im Türrahmen angebracht ist, trennt uns von Micky und bildet den Schalter der Kleiderkammer.

»Rainer, stell dich ordentlich an oder verpiss dich«, ruft Micky.

Micky, der die Kleiderkammer leitet, ist so was wie die gute Seele des Treffs. Jeden Tag von zehn bis zwölf und von vierzehn bis sechzehn Uhr gibt er gespendete Klamotten raus und verbreitet gute Laune. Er ist ein recht kleingewachsener Angeber, dem Slang, dem Fäkalwortgebrauch und einem ähnlichen Humor wie Rainer zugetan. Zuerst hat er hier Sozialstunden geleistet. Er hat seinen Job gut gemacht und so viel Spaß dabei gehabt, dass er sich danach auf eine feste Stelle für eins-fünfzig die Stunde beworben hat. Allein dafür, dass er diesen Job liebt, hat er einen Orden verdient. Für die Geduld und den Versuch, sich mit den Leuten hier zu verständigen. Wie gerade bei der zahnlosen Rumänin, die jeden Tag kommt.

»Un Trikot, bitte«, sagt sie.

»Trikot, ausnahmsweise, nur das eine, Tricolore, bitte sehr.«

»Un Pantalon? Bitte, bitte.«

»Maria, ich hab keine andere Hose als die hier. Nemma Pantalon. El grande Pantalon.«

Kein Mensch weiß, was das für eine Sprache sein soll. Aber in dieser Sprache hat Micky für jedes Kleidungsstück ein Wort gefunden, um sich mit den Roma zu unterhalten. Dazu kommt seine eindeutige Gestik und Mimik, die versteht jeder. Er hat Respekt für jeden. Wie macht er das? Ich schaffe es höchstens fünf Minuten, jemandem Respekt vorzuheucheln. Aber bei ihm kommt das ganz natürlich.

Du kannst ruhig mal ein schlechtes Gewissen haben mit deiner Abneigung gegen Menschen.

Ja, ein Hoch auf Micky.

Marias Lachen präsentiert einmal mehr eine einzige, aber dafür mundfüllende Zahnlücke, dann macht sie Platz für den Nächsten. Es folgt ihr Mann, der auch jeden Tag ansteht und nervt. Danach kommt Michael an die Reihe. Michael ist wohl ein Amerikaner, der in der Armee gedient hat und irgendwie hängen geblieben ist, aber noch recht ordentlich aussieht, außer dass er scheinbar in einen heftigen Regen gekommen ist. Er spricht gebrochen Deutsch.

»I need, ich nicht weiß, just eine Pants. Und ein Shirt. Just something to wear, you know?«

»Jaja, klar, und trocken auch, oder? Was willste denn?« Micky schaut an Michael rauf und runter wie ein Stylist. »Eine Jeans? Welche Größe? Long, hä?«

»Jaja, just some Jeans, good.«

Micky verschwindet in den Regalen, um zu wühlen, und kommt stolz mit zwei Jeanshosen zurück.

»Hier, sehr schick und wie neu. Try.«

Micky klappt die Absperrung auf, und Michael läuft durch, hinter den Paravent, zieht sich schnell um und kommt hervor.

»Aaah, bueno.« Micky gestikuliert, fuchtelt und zupft herum, scheinbar um den vermeintlichen Habitus eines italienischen Designers zu kopieren. »Very good, sieht toll aus, passt genau.«

Nach kurzer Zeit ist Michael ausgestattet, zwei Jeans und zwei Shirts.

»Normal I not do this. Only one for one person. But you are nice, Michael.«

»Ah. Very good. Thanks.«

Michael freut sich. Micky freut sich. Alle freuen sich. Dann sind wir dran, sechzehn Uhr, und die Kleiderkammer schließt. Mist.

»Alter, Kacke, ich brauch dringend was Tightes zum Anziehen, weißt du? So mackermäßig.«

Micky legt den Kopf schief.

»Okay, ihr seid zu spät. Aber für euch mach ich eine Ausnahme. Kommt rein.«

Er verscheucht die Leute, die immer noch hinter uns in der Schlange warten, lässt uns rein und schließt die Tür ab. Dann geht es los mit der Modenschau. Micky wühlt alles raus, was er auf Lager hat, um Rainer glücklich zu machen, und erzählt dabei: »Wisst ihr, ich mach meinen Job fast immer gerne …« Dann hebt er den Finger. »Solange die Leute nett sind. Ich mach mir Mühe und alles, dann will ich auch, dass die Leute sich benehmen.«

»Klar, Mann, du bist echt tight«, lobt Rainer. »Hast du noch so 'n Shirt? In groß, irgendwas Cooles?«

»Vielleicht das hier? Ist von Diesel, hat echt mal was gekostet. Wollte ich eigentlich für meine Frau haben, aber ist zu eng für sie.«

»Haha, klar, Mann.«

»Wisst ihr, wann ich weiß, dass mein Job Sinn macht? Manchmal kommt jemand, der sieht so aus.« Micky krümmt seinen Rücken und schaut demonstrativ bedröppelt auf den Boden. »Dann kommt er zu mir und ich staffiere ihn aus. Ich berate den richtig, ja, wie so ein Modeberater. Und wenn er hier rausgeht, sieht er so aus.« Micky streckt seinen Rücken durch, hält die Nase übertrieben in die Luft und läuft wie ein Storch. Wir lachen. »Ja, so sieht das aus. Mit Kleidung und ein bisschen Beratung kann man den Leuten ihre Selbstachtung wiedergeben.«

»Cool, Digger«, beendet Rainer seine Suche. »Ich glaub, ich hab jetzt alles. Das ist echt geil, danke. Jetzt geht unsere geheime Mission los, was Maik?«

//KLEIDUNG
//Abend: Achim//

22:00 Uhr.
Feierabend. Oft arbeite ich länger, aber heute habe ich schon gut was gerissen und meine Konzentration lässt nach. Die komischen Unterlagen vom Boss über den Produktlaunch sind immer noch nicht da. Das ärgert mich. Wir führen so was Ähnliches wie das iPad ein, nur natürlich besser, weniger Schnickschnack, mehr Nützliches. Hammer also. Nicht so ein schwules Design, weniger Konzentration auf Gimmicks, sondern ernsthafter, funktionaler, professioneller. So soll die Message unserer Kommunikation sein. Das iPad hat dagegen das Image eines Kinderspielzeugs.

Ich fahre den Rechner runter. Kein Schwein ist mehr hier außer mir. Ich spiegele mich in der Fensterscheibe in meinem maßgeschneiderten Boss-Anzug und zupfe mein Jackett zurecht, die goldene Omega blitzt. Gut sehe ich aus. Klamotten sind wichtig, sag ich immer, gerade im Business. Das ist wie mit unserem Tablet, klar geht es da vor allem um die Funktionalität, aber die Story, die Verpackung ist mindestens genauso wichtig. Ohne eine Story, die einen großen Traum repräsentiert, ohne eine Vision ist das Produkt quasi nicht existent. Ich sag immer: Stell dir vor, es ist ein Produkt, und keiner geht hin.
Noch ein Fensterscheibenblick.

Die Weiber stehen besonders auf eine designte und teure Hülle, klar. Auch nicht sonderlich clever, aber egal, ich kann es ja nutzen. in meinem ehrenwerten Unternehmen ist das Schwert zweischneidig. Hier herrscht ein Business-Dresscode, dem ich zwar folge, aber trotzdem glotzen die Leute mich dumm an. Aus zwei Gründen: Erstens, weil ich frei denke und meine Meinung äußere, auch wenn sie nicht ins Firmenschema passt. Und zweitens, weil ich mich nicht wie ein alter Sack gebe und Wert auf Fitness lege und enganliegende Anzüge und Hemden trage. Sie sollten sich lieber über den Anblick freuen, stattdessen sind sie nur neidisch. Weicheier.

Handyklingeln. Displaycheck.

Ja, wie geil, das gibt's nicht, das ist die Kleine. Endlich, zwei Tage nach meinem letzten Anruf, meldet sie sich zurück. Am Ende kommen sie halt doch alle an. Ob ich sie jetzt genauso ignorieren soll?

Geh ran, sei straight.

»Hi Kleine. Wie geht's dir?«

»Du nennst mich schon Kleine?«

»Bist du doch, oder? Für mich zumindest, beschützenswert.«

»Hör auf mit dem Gequatsche. Kann man sich auch normal mit dir unterhalten?«

Ich merke wieder, bei der Kleinen muss ich meinen progressiven Style zurückfahren.

»Ich meinte das ernst, du bist was Besonderes. Aber sicher kann man sich mit mir auch normal unterhalten.«

»Hast du die Fotos bekommen?«

»Klar, deswegen hatte ich ja angerufen. Ich wollte mich bedanken. Sind echt megaschön.«

»Ich finde, eine Entschuldigung wäre angebracht. Du warst ein richtiges Arschloch neulich im Club.«

Sie hat recht.

Ich hasse es, mich zu entschuldigen, und sie sieht nun mal in real wirklich nicht sonderlich aus wie ein Model. Anyway, es ist der einzige Weg.

»Ja, verzeih mir. Ich hatte unrecht.« Das tat weh.

»Wow. Das hätte ich jetzt gar nicht erwartet. Na gut. Angenommen.«

»Wie wäre es, wenn ich dich zu einem Versöhnungsdiner einlade? Kennst du das Chuches?«

»Klar kenne ich das.«

»Treffen wir uns doch morgen am frühen Abend dort zum Aperitif, dann ein langes Diner in einer Überraschungslocation, exquisiter Wein, schöne Gespräche, wie wär das?«

Mann, ich könnte den Leuten gebrauchte Seifen andrehen, wenn ich wollte. Sie wird total weich, und als ich auflege, hab ich ein geiles Date in der Tasche. Wie cute die Kleine sich eben noch verabschiedet hat, beinah geflüstert hat sie. Ich hole ihre Fotos aus der Tasche, die ich vorhin ausgedruckt habe. Die ist so hot, ich merke richtig, wie mir die Vorfreude in die Hose sackt. Ganz ehrlich, ich bin so gut, das ist der Coup des Jahres. Was werden meine Jungs dazu sagen?

Ich nicke noch mal meinem Spiegelbild in der Scheibe zu. Dann nehme ich meine Anzugtasche, in der mein Smoking steckt, den ich heute aus der Firmenreinigung geholt habe, und mache einen Abgang.

Ganz allein durch die Räume. Nur das Geräusch der eigenen großen Schritte in den Gängen. Und das Surren der Lampen und Maschinen.

Ich denk mir nur, bin ich echt der Einzige, der hier megalange schuftet? Die Abendbeleuchtung dämmert nur noch leicht vor sich hin. Was man hier jetzt alles anstellen könnte, Trainee-Katharina auf dem Kopierer vögeln und dabei Kopien von ihrem Hintern machen, oder im Treppenhaus vor den

Überwachungskameras zur Unterhaltung der kompletten Security-Abteilung.

Beim Fantasieren bleibe ich zufällig vor der Glastür stehen, die zum größten Einzelbüro des Ladens gehört. Hier residiert unser Boss, die gerade in Japan einen auf repräsentativ macht, als wäre sie die First Lady. Die heimst die Lorbeeren ein, während ich mir hier den Allerwertesten aufreiße.

Mach sie auf.

Wie fremdgesteuert greife ich zur Klinke und drücke sie runter. Zu meiner Verwunderung öffnet sich die Tür. Schließt denn hier keiner ab?

Was stehst du da so bescheuert? Geh rein und finde es.

Soll ich das echt machen? Andererseits: Die Alte verarscht mich, indem sie mir die aktuellen Launch-Daten vorenthält. Das kann ich mir nicht gefallen lassen. Ich schaue mich noch mal im Gang um, die Lage scheint sicher zu sein, dann trete ich über die Schwelle ins Büro.

Tür zu.

Jetzt lege ich unter Adrenalin den Turbo ein. Ich suche. Nach den komischen Infos oder nach Infos über die Infos, nach etwas, was den Drohanruf erklärt, oder irgendeiner anderen Scheiße, die ich gebrauchen kann, um dem Boss die Show zu stehlen. Der Tisch selbst ist clean wie ein OP-Tisch. Im Ablagefach liegt nur Kleinkram, ein paar Businessmagazine, ein paar Quittungen, nur Müll. Kein Wunder, wenn man nichts selbst macht. Die Schubladen sind natürlich abgeschlossen. Im Faxgerät liegt nichts, keine Ordner unterm Tisch, nichts. Nicht mal eine Quittung mit zu vielen Champagnerflaschen drauf. So eine Scheiße.

Geheime Infos liegen nicht einfach so rum. Sei kreativ.

Okay … Ich falle wie ein Sack in den Sessel. Der ist viel bequemer als meiner, so einen werde ich auch ordern. Ich greife ins Ablagefach und hole die Magazine raus, Technik-, Medien-, Managermagazine. Ich wähle ein japanisches Business-Fachmagazin namens Nikkei zum Blättern. Kein Wort versteh ich, klar. Ich will das Magazin in den Müll schmeißen, aber da steht kein Mülleimer beim Tisch. Erst nachdem ich alle Ecken des Büros abgesucht habe, finde ich ihn hinter der Tür zum Büro der Assistentin vom Boss.

Der Mülleimer, voll bis obenhin.

Dann werde ich wieder hektisch. Ich knie mich auf den Boden vor den Mülleimer und wühle darin herum. Blätter, ein paar Briefe und feine Papierstreifen aus dem Aktenvernichter. Eine Handvoll Schnipsel hole ich heraus und betrachte sie. Irgendwie kann ich darauf keinen Text sehen, sondern nur Striche und Zahlen. Vielleicht Skizzen oder ein Bauplan von einem Gerät? Was ist das und warum ging das durch den Aktenvernichter? Und wo stecken diese verdammten Infos, die ich nicht bekomme, obwohl sie vielleicht sogar den Launch verschieben? Ich rieche eine Verschwörung auf zehn Meter Entfernung, die soll sich nicht mit mir anlegen! Eine Schweißschicht bildet sich zwischen meinen Schulterblättern und saut mein schönes neues Versace-Hemd ein.

Sind das Schritte da draußen? Tempo jetzt.

Ich springe auf, hole meine Anzugtasche, öffne ihren Reißverschluss und stelle den Eimer auf den Tisch. Mit einer Hand greife ich hinein und packe möglichst den kompletten Müll in die Tasche.

Wenn du jetzt erwischt wirst, wie du hier im Müll rumwühlst …

Der Raum schrumpft und wird stickig.

Schneller!

Ich ziehe den Reißverschluss der Anzugtasche zu, schnappe mir den Eimer und platziere ihn genauso wie zuvor. Auch der

Rest muss wieder so aussehen, wie er vorher war, Magazin ins Ablagefach, Stuhl ordentlich hinstellen. Nur meine Anzugtasche ist jetzt bescheuert ausgebeult. Auf dem Weg nach draußen werfe ich einen letzten Blick auf den Tatort. Alles tutti.

Weg hier!

//Kapitel 7: GELD

//Vormittag: Maik//

»Kippe, Bier, Pillen, 'n Euro. Dauernd will jemand was.«
Kochi meckert. Ich wollte ihm eigentlich nie wieder begegnen. Aber nach einer durchstrittenen Nacht mit Rainer habe ich dem Jungen zur Versöhnung zugestanden, an den Ort zu gehen, an den ich nicht mehr wollte: die Ecke. Die Ecke und Kochi nerven mich schon nach zwei Minuten. Ich kenne den Kerl mittlerweile in jedem Zustand. Neulich konnte er im Rausch seinen Kopf nicht mehr heben und lag nur rum. Heute ist er high, betrunken und platzt vor Selbstbewusstsein. Rainer nennt ihn den »Alkohooligan«. Und er stinkt, seine Selbstverteidigungshose übertrifft alles, was ich je zuvor gerochen habe. Er kramt in seinen Taschen, immer wieder von Neuem in denselben Taschen, und flucht: »Ey, dauernd will jemand was. Als wär ich die Wohlfahrt, als hätt ich 'ne Million geschissen. Nich' mal fünf Euro, Alter.«

Eine Parallele zu Kochi scheine ich zu erkennen: Ob fünf Euro oder fünftausend, Geld kann ich nicht begreifen. Je mehr es wird, desto weniger Sinn hat es. Die Geilheit auf Luxus kann ich ungefähr so sehr nachvollziehen wie ein homosexueller Mann die Geilheit eines heterosexuellen Mannes auf schöne Frauen: Ist ganz nett, ja, aber macht mich nicht heiß.

Im Gegenteil, ist mir zu stressig und zu kompliziert. Was soll man denn mit einem Porsche, einem Penthouse oder Schmuck anstellen? Noch weniger verstehe ich, warum Geld alle so wahnsinnig macht. Darum wollte ich eigentlich so weit wie möglich weg davon. Hier im Ghetto, merke ich allerdings, ist es ein genauso großes Thema. Die ganze Nacht haben Rainer und ich uns über seinen »Traum« gestritten. Er hatte einen seiner manischen, protzigen Momente, wie er sie schon hundertmal in meinem Beisein hatte: »Alter, wie geil wir schon Asche gesammelt haben. Irgendwann, da schmeiß ich die Hunnis in den Club. Dann spieß ich mehrere Tussen auf einmal im Stehen auf, dann heiß ich nur noch ›der Madelstapler‹.«

Ich versuchte ihn zu bremsen, wie jedes Mal: »Tiger, das bist nicht du, der da spricht. Du brauchst so was nicht.«

»Jeder braucht so was.«

»Du musst dich entscheiden. Entweder du wirst unabhängig und verfolgst deinen Traum. Als cooler, straighter Typ. Oder du wirst eben ein Pimp, der nur noch mehr mittendrin steckt. Und dabei helfe ich dir nicht.«

»Alter, Geld kommt aber an erster Stelle. Zuerst Geld, dann Macht, dann die Bitches und die Träume. Das läuft so im Ghetto.«

Da war ich aber eigentlich schon wieder ausgestiegen, um der ewigen Wiederholung der Dinge zu entfliehen. Dem dauernden Hin und Her zwischen hoch, tief, Schwarz, Weiß, heute ja, morgen nein, und wieder von vorne. Es schien, als gäbe es überhaupt keine Entwicklung. Nirgendwo.

»Aus welchem Musikvideo hast du den Mist schon wieder, Tiger? Ich habe keine Lust mehr, mir deinen Kram anzuhören«, resignierte ich. »Und wer will überhaupt Macht, ob im Ghetto oder sonst wo?«

»Du musst noch viel lernen. Hierarchie, Alter, Darwin und die Starken und so.«

»Möchtest du mit mir wirklich über Darwin diskutieren? Wer gewinnt da von uns beiden wohl, hä? Bei Darwin geht's nicht darum, wer der Stärkste ist, sondern um Anpassungs...«

»Jaja, schon gut, du Philosophenarsch, mit dir diskutier ich nicht.«

Jetzt, an der Ecke, geht es grade weiter so. Rainer reckt sich, als wäre er der Ghetto-Gigant.

»Ich sag euch, ich hab's raus. Ich bin ja nicht blöd, was Maik? Maik findet auch, dass ich's voll drauf hab. Er sagt, ich wär intelligent und könnte voll was reißen, was aus meinem Leben machen und so. Wenn ich erst meinen eigenen Laden aufgebaut hab und dick im Geschäft bin, dann zeig ich's euch allen. Das wird so 'n Club-FKK-Paradies-Ding, da kommen nur die heißesten Bitches rein.«

Keiner weiß, wovon er redet. Ermüdet lasse ich mich auf einem Trottoir nieder. Es riecht, als hätte da vor Kurzem einer hingepinkelt. Ich beobachte Rainer und die anderen. Irgendwann kommt der Typ von neulich an, Rambo. Rainer geht in Habachtstellung.

»Ey, Rambo, was willst du denn hier? Ich hab immer noch einen blauen Fleck im Gesicht von deinem Shit.«

»Rainer, Mann, mach keinen Scheiß. Zwischen uns ist doch alles cool. Ich hab da was für dich. Willst du vielleicht einen kleinen Job machen?«

Gefahr?

»Klar, Mann. Bringt es ordentlich Asche? Die brauch ich grade voll, ich plan da was Großes, weißt du.«

»Geht schon. Ist nur eine harmlose Übergabe.«

»Klar, Digger, was denn?«

»Ich hab hier ’nen Umschlag, der müsste ins Blue Devil gebracht werden, auf der anderen Seite vom Viertel. Ich kann
das nicht machen, weil mich da jede Schwuchtel kennt. Und
du weißt ja, wie das ist. Dann glotzen alle blöd, am Ende noch
die Bullen.«

»Logisch, kenn ich, die Bullen. Ich sag nur: Plastikhand-
schuhe im Enddarm.«

»Ja, stimmt, mit den Bullen hattest du ja schon so einige
Rendezvous. Kennst du denn jemanden im Devil?«, fragt
Rambo.

»Klar, den Kosmo. Und die Jenny, alle die den Club machen.«

»Echt? Woher kennen die dich denn?«

»Na normal, von der Szene halt, weißt ja, ich bin ein bunter
Hund. Von den ganzen Weibern, Exzessen, Prügeleien und
so.« Rainer lacht erst überzeugt, dann verlegen, als er Rambos
skeptischen Gesichtsausdruck sieht.

»Sorry, aber dann geht das doch nicht. Es wird da zurzeit
extrem viel von Razzien gelabert. Die Bullen warten nur drauf,
dass da jemand Bekanntes auftaucht. Mir ist jemand lieber,
den keiner kennt. Und zwar wirklich keiner, ist sonst zu gefährlich, verstehst schon. Du willst doch von niemandem auf
die Fresse kriegen.«

»Hm. Na, so schlimm wird’s schon nicht sein.« Rainer überlegt. »Vielleicht kann ich mich ja verkleiden.«

Gefahr? Gefahr! Hallo, bringst du dich auch mal ein?

Ich bringe mich auch mal ein, mit ermahnendem Unterton:
»Worum geht es denn bitte, wenn der Rainer Gefahr läuft, auf
die sogenannte Fresse zu kriegen? Das ist doch was Illegales.«

Rainer klärt mich auf.

»Mann. Es geht nur darum, dass jemand ein unbeschriebenes Blatt ist. Und gut rüberkommt. Vertrauenswürdig, weißte? Nur für den Fall.«

»Für den Fall, dass was?«

»Na, wenn da Zivilbullen drin sind. Die sollen dich doch nicht kennen. Von einer Prügelei oder dem Jugendamt oder einer Haftstrafe oder so? Oder willst du hochgenommen werden?«

»Wieso ich? Wer hat hier denn eine Haftstrafe? Rainer?«

Rambo und Rainer schweigen, schauen sich erst gegenseitig an und dann mich. Die Lichtschwertstiche schon wieder.

Pause.

»Oooh nein, vergesst es. Nie im Leben. Ich mach das nicht. Vergesst es. Ich muss eh weg. Ich hab ganz vergessen, meine Oma … Nee, nee, nee.«

»Alter, das gibt voll die Asche.« Rainer hält mich fest. »Denk an unser Bus-Projekt, das wär doch genial. Du siehst so schön unschuldig und mädchenmäßig aus. Du bist scheiße perfekt, Mann. Wir vertrauen dir, du wärst der Hero of the Hood.«

Lass es. Lass es, verdammt. Du bist kein Held und willst auch keiner sein. Oder vielleicht doch?

Ich schweige. Auf der anderen Seite wäre es ein Ausbruch aus dieser ständigen Wiederholung.

»Aber das hat nichts mit Drogen zu tun, oder?«

Zehn Minuten später haben Rainer und Rambo mich überredet und mir weisgemacht, dass es »nur« um Schwarzgeld geht. Und ich mache mich, mit einem braunen, zerknickten Umschlag in der Hand, auf den Weg zur anderen Seite des Viertels. Das Kuvert fühlt sich eher an, als steckten da DIN-A4-Blätter drin statt einem Haufen Scheine. Aber ich frage nicht nach. Ist ja fürs Projekt, für die Entwicklung. Rainer hat seinen Rucksack gelehrt, damit ich den Umschlag darin verstauen kann. Ich darf ihn auf keinen Fall verlieren, hat Rambo gesagt.

Das mit dem Nein sagen solltest du noch üben.

Das gibt Ärger, ich kann's riechen, Riesenärger gibt das. Wieso habe ich nicht Nein gesagt?

Der Junge. Der kriegt doch das mit dem Bus nie hin ohne das Geld.

Der kriegt das auch so nie hin, verdammt! Ich glaube doch nicht an Märchen, und schon gar nicht unterstütze ich sie. Jetzt sitze ich schön in der Scheiße.

Du willst nur einen guten Menschen unterstützen, das darfst du schon, oder? Egal wie grotesk seine Idee sein mag, manchmal werden Märchen ja doch irgendwie wahr.

Leck mich!

Du veränderst dich, ist das herrlich. Inklusive Wortwahl. Die toten Hautschuppen fallen ab.

Ja, armselig und inkonsequent bin ich. Wo sind meine Vorsätze hin? Vor Kurzem habe ich mir noch geschworen, dubiose Sachen mit schrägen Leuten nicht mehr zu machen!

Dein Vorsatz ist aber auch, Freunden zu helfen.

Das wäre ja ein ganz neuer Vorsatz. Ich habe schon seit tausend Jahren keine Freunde mehr.

Du hast aber Geld. Du könntest es auch einfach von deinem Konto holen, tust es aber nicht.

Was würde ich denn dann dem Jungen sagen, woher ich das Geld habe? Der würde mir nie mehr vertrauen.

Seit wann suchst du Vertrauen? Was ist mit diesem Leben fern von allen sozialen Gitterstäben? Freiheit ist doch, wenn man nichts zu verlieren hat.

Ich bin eben auch nur ein Mensch.

Neulich konntest du Menschen nicht leiden. Und jetzt bringst du dich in Gefahr, um so einem komischen Zweibeiner zu helfen und dann auch noch für so was Grauenhaftes wie Geld.

Machst du dich über mich lustig?

Natürlich nicht.

Ich drehe gleich um! Wohin das Menschsein mich bringt. Wohin Geld mich bringt. Geld wird zum Selbstläufer wie eine künstliche Intelligenz. Es regiert die Welt und nimmt keine Rücksicht auf die Mehrheit. Es lässt uns uns selbst vergessen und die Zähne fletschen. Geld siegt über Politik, über Moral, über soziales Denken, über das Leben selbst. Es entscheidet über Oben und Unten, über Gut und Böse. Es ist eine Religion. Die Schwachen, ganze Staaten stehen vor der Ausrottung.

Ja, alle sind böse. Deswegen stehst du jetzt hier und bringst Schwarzgeld zu irgendeinem Kriminellen.

Hör auf, dich lustig zu machen! Was treibe ich hier nur? Ich rede mit mir selbst und laufe trotzdem weiter.

Denk mal anders drüber: Was ist schon der ganze Groll im Vergleich zu einem Freund wie Rainer, der plötzlich Hoffnung schöpft?

Zwanzig Minuten lang diskutiere ich mit Rainers Rucksack und komme zu absolut keinem Ergebnis. Bis ich mich plötzlich vor zwei riesigen blauen Engelsflügeln wiederfinde.

Märchenhaft.

Sehr märchenhaft, darunter führt eine Tür ins legendäre Schwulen-, Transvestiten- und Fetischmekka der Stadt. Ich kannte es bisher nur vom Hörensagen, und die Erinnerung an jene Geschichten lassen meinen Puls in die Höhe schnellen. Bass scheppert durch die Flügel, am hellen Tag.

Okay, zieh's jetzt durch wie ein Held. Abgabe, raus und fertig.

Ich laufe durch die Schwingen – sie erinnern mich an eines der magischen Tore aus der »Unendlichen Geschichte« – und komme in einen Gang, der auf einen schwarzen, lichtundurchlässigen Vorhang zuführt.

Nur Schwarzlichtlampen. Blaue Wände reflektieren hell.

Ich werde beinahe blind, als ich ins Licht schaue. Auch die magische Frage des Wächters gilt es zu beantworten: »Was willst du?«, tönt der große Türsteher in Schwarz.

Konsequenterweise hätte der Autor dieses Märchens sich ein richtiges Codewort-Rätselspiel ausdenken können, dem ist aber nicht so.

»Rambo schickt mich. Ich soll euch etwas überbringen«, lautet meine geheimnisvolle Antwort. Die wiederum klingt wie aus einem Agentenfilm.

Ach schön. Märchen und Agentengeschichte in einem. Los jetzt!

Der Türsteher ruft einen Kollegen durch sein Headset und weist mich an, im Gang zu warten. Nach einiger Zeit öffnet sich der Vorhang und lässt spitze Lichterformen auftreten.

Künstliche Nebelschwaden im Tunnel. Eine Silhouette bildet sich im Gewaber.

Die Gestalt schwebt auf mich zu. Ich bin irgendwie high.

»Komm mit«, befiehlt der zweite Agent.

»Okay. Ist ja hier wie in einem Krimi und einem Fantasyfilm zugleich.«

Der Mann lacht nicht über meinen Scherz und führt mich durch den Vorhang in den Clubbereich. Ein paar vereinzelte Menschen drücken sich tanzend rum, räudig vom nachtlangen Feiern. Ob sie wissen, dass es schon Vormittag ist? Ein Mann in einem Ganz-Körper-Latexanzug, nur die Genitalien entblößt, steht neben mir und schaut mich an, soweit ich das durch seine Maske beurteilen kann. Ich rieche eine Parfüm- und Salzmischung mit Chemienote.

Drogenschweißdunst.

Nach ein paar Sekunden der Gewöhnung an die Dunkelheit erkennen meine Augen die Gäste in den Ecken des Raumes. Sie sitzen auf Bänken und Sofas. Knutschend oder auch nicht. Zwei halb nackte Muskelprotze tanzen an einer Stange und lutschen gegenseitig an ihren Nippeln. Es geht ein paar Stufen hinab, dann durch einen weiteren Vorhang, Zigarettenqualm schlägt mir entgegen. Ganz schön verwirrend ist das hier, spätestens jetzt habe ich die Orientierung verloren. Wir laufen durch einen tiefdunklen Raum, ich sehe gar nichts mehr.

Lautes Schmatzen links und angestrengter Atem rechts.

Der nächste Durchgang führt in einen weiteren Clubbereich mit seichterer Musik und rötlicher Beleuchtung.

»Ah, das muss das Red Angel sein«, scherze ich wieder. »Statt Blue Devil, meine ich, Red Angel, hehehe, verstehen Sie?« Keine Antwort. In einer Ecke des Raumes befinden sich mit einem Seil abgesperrte VIP-Tische. Natürlich, auch im Ghetto gibt es Klassen.

Dieser Ordnung kannst du nicht entfliehen.

Dort sitzen ein paar Kerle, manche im Anzug, andere in Biker-Kluft, und trinken klare Flüssigkeit aus teuer aussehenden Flaschen.

Was Rainer gestern noch gesagt hat: Aber Geld ist wichtig. Zuerst Geld, dann Macht. Das läuft so im Ghetto.

Halb nackte Frauen scharen sich um die Kerle wie in einem schlechten Musikvideo. Das würde dem Tiger gefallen.

›*Irgendwann, da schmeiß ich die Hunnis in den Club.*‹

Direkt vor dem Seil stellt mich der Securitytyp ab.

Alle Köpfe drehen sich nach dir um.

Und jetzt?

»Äh hallo. Ich bin, äh, Jürgen.«

Jürgen? Einen dämlicheren Namen hattest du nicht zufällig parat?

»Ich hab was für den Chef dabei. Rambo schickt mich.«

Einer von den Kerlen im Anzug übernimmt das Wort: »Was hast du denn?«

»Na, den Umschlag.«

Lauter Fragezeichen. Die haben keine Ahnung, wovon du redest.

Ich bücke mich, um den Rucksack auf den Boden zu stellen, öffne den Reißverschluss und …

Tack, tack, tack! Das sind Waffen, irgendwer entsichert gerade Schusswaffen!

Als erfahrener Freund des guten Agentenfilms erkenne ich das Geräusch sofort. Aber das kann ja nicht sein, ich bin nicht in einem Agentenfilm. Langsam richte ich mich wieder auf, die Hände über dem Kopf, und meine mäßige Sicht aus dem Augenwinkel heraus bestätigt, dass drei Männer in Anzügen hinter mir stehen und ebenfalls mit Waffen zielen.

»Gott, Leute! Bitte!«

Winsel nicht so rum!

»Ich habe nichts Böses im Sinn. Ich weiß nicht, was das hier ist. Ich gebe euch den Umschlag, und dann vaporisiere ich mich wieder.«

Der Sprecher antwortet: »Ja, hol schon raus dein geiles Teil.« Ein hämisches Lachen. »Was ein Freak«, sagt er zu den anderen. Jetzt lachen sie alle.

Hahaha.

Ich bücke mich nochmals zum Rucksack runter, dieses Mal extrem langsam und vorsichtig …

Tack, tack, tack, tack!

Bitte nicht noch mehr Waffen.

Mit immer noch krummem Rücken sehe ich vor mir die Gesichter der VIP-Typen, die um den Tisch vor mir sitzen. Sie schauen mit verschrecktem Blick an mir vorbei.

Hinter deinem Rücken passiert was. Gefahr?

Noch immer gebückt drehe ich meinen Kopf etwas zur Seite und blinzele zwischen meine Beine hindurch.

Männerschuhe unter schwarzen Anzughosen. Dahinter vier weitere Männerbeinpaare in Jeans und mit Sportschuhen. Auch sie haben Waffen, die sie wiederum an die Hinterköpfe der Anzugträger halten.

Wer sind die Sportschuhtypen? Polizei in Zivil? Freunde des Leichtathletikvereins? Feinde der Mafia? Egal. Die Runde scheint so oder so gerade einen intimen Moment zu erleben. Ich richte mich auf und hebe die Hände, an der einen hängt der Rucksack.

»Äh, Leute, ich will nur Frieden …« Dann renne ich los.

Verschwinden. Nicht umdrehen. Was auch immer sie jetzt tun, es ist egal. Renn, los, los, los!

Ich renne ja! Erstmal zurück durch diesen tiefdunklen Raum.

War das gerade ein nacktes Bein?

»Oh! Tschuldigung.«

Weiter, weiter!

Meine Reise durch den Laden spult sich nun rückwärts ab. Und schneller. Dann: Vorhang, Treppe, Schwarzlicht.

Weiterrennen, Vorhang, Treppe, Schwarzlicht. Nicht durch die Flügel. Gefahr! Über die Tanzfläche. Schweiß-Nebel-Chemiedunst

»Ey, du.« Ich tippe einen der beiden Tänzer von der Stange an. »Wo ist ’n hier der Notausgang? Ich hab einem Typen gerade, na, weißt schon, war uncool, hatte irgendeinen Herpes, jedenfalls, ich muss hier raus.« Der Tänzer schaut sich um, zuckt erst mit den Schultern, zeigt dann aber in Richtung Toilette auf das leuchtende Notausgangschild. »Super, danke.«

Ich bin noch nie so schnell gerannt. An den Toiletten vorbei, durch die Notausgangstür in den Gang, über Stufen, außer Atem. Tür nach draußen, Sonnenlicht. Ich kann nicht mehr. *Renn, renn, renn!*

Als ich nach ein, zwei Kreuzungen etwas langsamer werde, frage ich mich: Was war das denn für ein großer Mist? Und wie bin ich da überhaupt rausgekommen? Die Securitys im Anzug haben mich wohl gehen lassen, weil die Sportschuhtypen kamen.

Bilde dir bloß nichts ein, du Geheimagent. Hauptsache, du bist da weg.

Ich laufe wieder in höherem Tempo weiter, so lange, bis mir die Lunge aus dem Leib hängt, um Ecken, durch Gassen, Zickzack, im Kreis, bis ich vor einer Bäckerei zusammenbreche.

Sie folgen dir nicht. Aber irgendwas stimmt trotzdem nicht.

Ich keuche noch. Was fehlt denn?

Wo ist der Umschlag?

Ich schaue in meine rechte Hand und bemerke zu meinem Schrecken: Die Hand hält noch immer Rainers Rucksack. Und darin steckt braunes Papier.

Du hast den Umschlag wieder mitgenommen.

//GELD
//Mittag: Aline//

»Ich weiß, meine Liebe, du hast lange nicht mit deinem Sohn gesprochen. Er hat so viel zu tun, Ilse, die Karriere, weißt du, das ist schon sehr, sehr anstrengend, ja. Aber ich soll dich ganz herzlich grüßen. Bei unserer Gartenparty hat er sich auch prächtig amüsiert wie alle anderen. Es war wirklich perfekt, ja. Und die Blumen im Garten, du solltest sie sehen. Sie blühen wie, wie soll ich das beschreiben, wie kleine Boten der Freude. Natürlich, meine Liebe, ich werde dir Fotos schicken. Ja, es geht uns großartig. Natürlich. Er wird dich anrufen, sobald er wieder etwas mehr Zeit hat. Ich verspreche es dir. Mach's gut, Ilse.«

Ich lege auf.

Du hast gelogen.

Meine Schwiegermutter freut sich am Telefon, als wäre sie überall selbst dabei. Zu Weihnachten schickt sie immer selbstgestrickte Socken, goldene Plastikbilderrahmen, manchmal noch zwanzig Euro für das Ausbildungskonto ihres Enkelkinds. Mein Ehemann beschwert sich immer, dass sie geizig sei. So ehrlich ist er natürlich nicht zu ihr, nur zu mir. Ich bin da toleranter. Sie meint es gut. Sie sorgt sich nun mal, auch wenn sie anstrengend sein kann. Außerdem werden wir sicher eines Tages die wertvolle Eigentumswohnung erben, alles für den Nachkömmling.

Es ist mittlerweile einige Zeit seit unserer Gartenparty vergangen, und immer noch erzähle ich den Leuten davon. Hennings, die anderen Nachbarn, die wegen eines Golfturniers in L.A. nicht kommen konnten, wissen bereits, was sie verpasst haben. Meine Kosmetikerin hat ein beeindrucktes Gesicht gemacht, als ich ihr die Fotos von meiner kreativen Deko und meinen Gästen gezeigt habe. Sie staunte: »Die sind aber alle elegant.«

Du zeigst die Bilder jedem, einfach jedem, egal, ob derjenige danach fragt.

Auch zwei der weiblichen Gäste haben sich nachträglich noch mal für die Einladung bedankt, die Fotos bestaunt und ein paar Abzüge bestellt. Ich bin leicht und klar und alles ist gut. Doch mein Mann kränkelt, sodass er nicht zur Arbeit kann. Seit gestern Abend röchelt er, hustet und spricht bemitleidenswert schwach.

Das nervt dich schrecklich. Er badet kopfüber im Selbstmitleid.

Oh nein, was ist mit meinen Gedanken los? Wie kann ich so etwas Erbärmliches nur eine Millisekunde lang in meinem Kopf haben? Den ganzen Vormittag liegt er schon im Bett, der Ärmste. Ich habe es mir zur Aufgabe gemacht, mich um ihn zu kümmern und ihm alles zu bringen, was er braucht.

Du hörst mir einfach nicht zu. Du weißt genau, dass ich da bin, aber entweder du hörst mich nicht, oder du glaubst mir nicht, es ist zum Verrücktwerden.

Gestern, spätabends, verlangte er nach mehreren Kannen Tee mit dem edlen Übersee-Rum, den wir einst von einer Bootsreise mitgebracht haben. Das hilft wohl beim Rausschwitzen der Viren. Am Ende war bestimmt die halbe Flasche leer. So langsam müsste es ihm also besser gehen. Ich blieb auf Abruf unten in der Lounge und sortierte noch mal die neuen Fotos für eines der vielen Alben, jene Räume für hübsch arrangierte Erinnerungen, während er wie ein Baby schlief. Im Schlaf ist er so respektvoll, friedlich und liebend, wie ich ihn kenne.

Nicht mal im Schlaf. Geschnarcht hat er, ganze Wälder abgesägt.

Dennoch, sagt er, geht es ihm heute immer noch furchtbar schlecht. Er liegt nur in den Laken, manchmal mit wachen Augen, manchmal dösend. Ich sorge mich. Ich laufe in das Badezimmer neben dem Schlafzimmer, öffne eine Seite des Spiegelschranks mit der Arznei und wühle darin herum. Bis obenhin voll ist der Schrank, da wird sich doch etwas finden. Nachdem ich Unmengen an Döschen und Schachteln, die alle meinem Mann gehören, durchgelesen habe, finde ich endlich eine Flasche aus Amerika mit einer flüssigen Medizin gegen Erkältung, Migräne und Ähnliches und gehe damit ins Schlafzimmer zurück.

»Schatz, ich habe hier etwas für dich, das wird dir guttun.«

Keine Antwort.

Seine Augen stehen halb offen, ohne mich anzuschauen. Ich setze mich neben ihn auf die Bettkante, drehe den Sicherheitsverschluss der Flasche ab und gebe ein paar Tropfen auf einen Löffel: Dreizehn, vierzehn, fünfzehn, das steht zumindest auf der Flasche. Ich stelle sie auf dem Nachttisch ab und schaue meinem Mann, der auf der Seite und mit dem Gesicht zu mir liegt, an.

»Schatz? Schatz, bitte heb deinen Kopf und trink deine Medizin.«

Keine Antwort.

»Schatz.«

Schnauben.

Mit meiner freien Hand fahre ich von hinten unter seinen Kopf und versuche ihn etwas anzuheben.

»Komm schon, Schatz. Schatz, bitte.«

Erneut will meine Hand greifen, da fokussieren mich seine Augen plötzlich und mit diabolischem Ausdruck. Er, der eben noch so sanft dalag, schnellt mit dem Oberkörper ein kleines Stück hoch, gerade genug, um mir den Löffel aus der Hand zu schlagen. Irgendwo hinter mir erklingt das helle Klirren seiner Landung.

»Hörst du endlich auf mit deiner Kümmerei hier? Schatz hier, Schatz da, du bist nicht meine verdammte Mutter. Lass mich in Ruhe, mir geht's schlecht.«

Mir ist sehr heiß.

»Wenn es so schlimm ist, müssen wir zum Arzt. Ich mache einen Termin.«

»Ich geh nicht zum Arzt. Der kann mir nicht helfen, der macht mich nur noch mehr krank. Und du machst mich erst recht krank. Lass mich in Ruhe.«

So darf er dich nicht behandeln. Wehr dich!

»Ich möchte nicht, dass du so mit mir sprichst. Du treibst mich weg von dir.«

Oh Gott, ich habe etwas Schlimmes gesagt!

»Werd nicht lächerlich, du meinst es sowieso nie ernst, wenn du einen deiner Anfälle hast. Wo willst du denn hingehen, zum nächsten Bridgetreffen? Du brauchst mich.«

Er hat recht. Den Oberkörper wieder aufs Bett abgesenkt spricht er ins Kissen, in einem sanfteren Ton: »Wenn du noch ein paar von diesen Tabletten aus Amerika hättest, das wär gut, die würd ich nehmen. Ich sterbe vor Gliederschmerzen.«

»Oh, die habe ich, glaube ich, gerade eben weggestellt. Sie waren abgelaufen.«

»Ist doch scheißegal.«

Die Standuhr tickt viel zu laut.

Mein Mann dreht sich auf die andere Seite, zieht die Decke bis zum Kinn und flüstert fast: »Bring mir die Tabletten und dann verschwinde.«

Ich stehe auf, um den Löffel vom Boden aufzulesen. Danach steuere ich schnell ins Badezimmer, hole die Tabletten und stelle die ganze Packung mit einem Glas Leitungswasser auf den Nachttisch. Zurück am Waschbecken befeuchte ich ein Handtuch, kehre ins Schlafzimmer zurück und suche den Fleck mit der Medizin auf dem Teppichboden.

Das Geld, immer das Geld.

Ich halte das durch. Wie könnte ich jemals ein Baby bekommen ohne einen fürsorglichen Mann?

Angst. Ein Kind von diesem Mann?

Ich glaube an den Zusammenhalt der Familie. Wo ist nur dieser blöde Fleck?

Du fühlst dich abhängig von seinem Geld.

Es geht nicht um Geld, sondern um Emotionales. Um die Vaterliebe. Ich werfe meinen Lebensplan doch nicht einfach so hin aus einer x-beliebigen Schlechtwetterlaune heraus. Ich habe sehr hart dafür gearbeitet. Außerdem ist er nur so ruppig, weil er Schmerzen hat, der Ärmste.

Ich knie an einer Stelle nieder, von der ich meine, dass dort die Medizin gelandet sein könnte. Die Uhr gibt mir einen schnellen Takt vor, wie ein Metronom.

Einatmen.

Ich schrubbe, ich rubbele, reibe und wische, erst im Kreis, dann hin und her, hin, her, immer schneller und fester, im Takt der Uhr, tick und tack, tick und tack, bis ich außer Atem bin und ein großer Wasserfleck auf dem Teppichboden prangt.

Ausatmen.

So ist es besser. Ich richte mich wieder auf und sage irgendwohin in den Raum: »Ich fahre jetzt in die Apotheke und hole uns ein Mittel dagegen. Wir kriegen das schon wieder hin.«

//GELD
//Abend: Fiona//

Diese ganzen perfekten schicken Hemden-Familien, die ihr Zweitausend-Euro-Fahrrad hier anschließen, um dann einen Salat mit Putenbrust für fünfzehn Euro zu essen und eine Weißweinschorle für sieben Euro dazu. Ich muss kotzen.

Was machst du dann hier?

Es ist ein lauer Abend, und eine warme Nacht steht bevor, in der man entweder mit coolen Freunden und einem Joint am See um ein Lagerfeuer sitzen oder auf einer wilden Poolparty Sex im Wasser haben sollte. Stattdessen sitze ich zwischen perfekten schicken Eltern und deren noch perfekteren Gören im Chuches und warte auf den Anzugtypen aus dem Brilliants – ich hab seinen Namen schon wieder vergessen. Er ist eben direkt nach seiner Ankunft hier »für kleine Löwen« gegangen. Nach dem Spruch hätte ich eigentlich schon flüchten sollen.

Ich musste ihn einfach anrufen. Ein Frustrationsloch fesselte mich heute den ganzen Tag lang ans Bett. Nach dem Amokshopping hatte mich ein Konto überrascht, das nicht einfach nur leer war, es stand kurz vor der Implosion. Die Zusage von Thing Tank lässt auf sich warten. Zwei Euro lagen auf meinem Nachttisch, die reichten nicht mal für eine labbrige Sommerrolle vom vietnamesischen Imbiss gegenüber. Hat aber auch was Gutes: Man ist ja jedes Mal froh, wenn man nicht in die Versuchung kommt, etwas zu essen. Den Rest meines Dispos verfeierte ich gestern Nacht schließlich erfolgreich und demonstrativ, zu Hause mit drei Freunden und Koks und so, völlig sinnlos, aber total nötig. Denn um die Abgefucktheit der Welt zu ertragen, muss ich manchmal noch abgefuckter sein.

Das ist dir gelungen.

Um sieben Uhr morgens war ich im Bett und konnte kaum schlafen. Zudem wurde mein Hirn von schlimmen Fragen gefickt, die jetzt, im Normalzustand, wieder absurd und unwichtig sind.

Was willst du von deinem Leben? Bist du glücklich? Welchen Sinn hat das, was du tust? Bist du einsam?

Das liegt an der Schlaflosigkeit, ich denke so einen Quatsch sonst nie. Ein paar Teile von den teuer erkauften Modeschätzen zurückbringen, um das Geld in ein Kontofass ohne Boden zurückzuwerfen? Niemals! Lieber verlag ich den Tag im Betonkasten auf der Matratze, um mich möglichst wenig zu bewegen, weder etwas zu essen, noch draußen anderweitig Geld ausgeben zu müssen. Für jeden Gang aufs Klo braucht man in dieser Welt ja schon ein Vermögen.

Dann meldete sich der Anzugtyp per SMS, genau zum richtigen Zeitpunkt, mit genau der richtigen Intention. Ich denke mal, er hatte vorher schon ein paarmal angerufen und getextet, aber wer konnte ahnen, dass er das war? Dass er entweder den Mumm dazu hat, oder dämlich genug ist, nach meiner Abfuhr überhaupt daran zu denken, mir zu schreiben. Ich hatte gedacht, die Sache wäre gegessen, doch die SMS strafte mich Lügen: »Hey ho, schönes Girl, was geht? Lust und Zeit für einen zwanglosen Kaffee, Weinchen oder Cocktail? Greetz.«

Uff. Erst wollte ich die Nachricht direkt löschen. Dann aber rief ich ihn doch an, den spontanen und tageslichttauglichen Charmeur. Damit er das Girl aus der Einsamkeit holte und fütterte. So armselig das klingen mag, aber ein bisschen Anhimmelung von einem Kerl, Essen und Drinks können Wunder wirken nach einem schlaflosen Koksloch. Noch viel mehr, wenn man pleite ist. Das war dann so am späten Abend um zweiundzwanzig Uhr. Er erzählte mir am Telefon, ich sei »beschützenswert«, »was Besonderes, anders als die anderen«. Was noch? Ach ja, er entschuldigte sich sogar für die unverschämte Nummer im Brilliants. Das war schon okay von ihm, in jedem Fall hatte er mich im richtigen Moment erwischt. Das ganz besondere Girl sollte er haben.

Pause.

Rechts von mir quäkt eines dieser perfekten stilvollen Kinder auf dem Schoß seiner Mutter. Noch so eine perfekte stilvolle Frau mit ihrem perfekten stilvollen Mann nebendran. Meine Augen scannen einmal die komplette Runde, mehr Leere und Langeweile gibt es gar nicht: blaue Hemden und beigefarbene Hosen, Segelslipper in verschiedensten Farbvariationen, allerlei bunte Ringel-Polohemden. Die einen tragen Aviator-Sonnenbrillen, die anderen etwas Sportlicheres, das an eine Oakley erinnert. Der Mainstream zermalmt die einst besungene Authentizität der Fashion Originals.

Mein Blick kehrt zu seinem Ausgangspunkt zurück. Die perfekte stilvolle Frau wickelt ihr Retortenkind in niedliche Markenwindeln und -klamotten zu apokalyptischen Preisen und geht damit öfter zum Stylisten als ich während der Fashion Week, wenn ich denn dort Jobs hätte. Außerdem lernt das Kind schon mal vorsorglich siebenunddreißig Sprachen und Instrumente und Sportarten. Ihr perfekter stilvoller Mann verdient mords die Asche bei der Bank, dazu das Penthouse mit Whirlpool und Skyline-Blick. Die perfekte stilvolle Frau ist damit beschäftigt, repräsentativ auszusehen, ihrem Mann die Klamotten rauszulegen, die Nachbarn zur Sommerparty einzuladen, Cupcakes zu backen, dem Bridgeclub beizuwohnen und zur Maniküre zu gehen. Perfekte stilvolle Familien werden niemals nur zwei Euro auf ihrem Designer-

Nachttisch haben. Sie werden auch nie zur Brunchzeit noch besoffen feiern. Nein, ich werde nie zu ihnen gehören.

Vakuum. Hör auf rumzuhaten, um dich besser zu fühlen, davon wird's nur noch schäbiger. Was ist denn mit dir so?

Kannst du mal aufhören, mich mit Fragen zu löchern?

Das perfekte schicke Kind quietscht mich an. Ich knurre, werfe ihm einen sehr angsteinflößenden Blick zu und bekomme einen großäugigen retour.

Das ist schon ein bisschen niedlich.

Ekelhaft. Die perfekten schicken Eltern quietschen mit, dann küssen sie ihr Kind und strahlen.

Deine Stimmung schwankt in letzter Zeit ganz schön. Du fühlst dich wie in Stücke gerissen, und die driften auch noch immer mehr auseinander.

Jede Sekunde müsste der Anzugtyp zurückkommen. Wir werden ein lustiges Bild abgeben. Als er mich sah, hat er auf meine fetten ausgelatschten Boots und meinen Wifebeater gestarrt wie auf eine Zeitbombe kurz vor der Explosion. Dabei hatte ich ihn noch am Telefon gewarnt, ich laufe nämlich nicht immer wie ein Supermodel rum. Der Typ unterhält sich gerade mit Renato, wie ich sehe. Mach hin, ich verhungere.

»Entschuldigen Sie? Ich hätte gerne die Karte und einen Rotwein.«

Ich schaue die Bedienung ermahnend an. Bloß keine Weißweinschorle. Ist das unverschämt, wenn ich schon mal bestelle? Nein. Ich werde mich ja wohl einladen lassen dürfen, und zwar den ganzen Abend lang. Dafür bekommt er ja auch was. Ich betreibe das noch harmlos, ich kenne genug Mädels, die gehen ohne Geld aus und lassen sich den ganzen Abend lang aushalten. Dafür bin ich eigentlich zu stolz, aber bei mir geht es heute Abend um Leben und Tod.

Es geht nicht nur um Geld, sondern auch um Emotionales. Du weißt doch gar nicht, was dich hier erwartet.

Als der Anzugtyp zu mir an den Tisch kommt, pfeffert der Spinner erstmal aus Nervosität den Salzstreuer vom Tisch. Was dann folgt, bestätigt mich nur in meinem Glauben, dass die Geschmacklosigkeit des Menschen in Relation zur Menge seines Geldes steigt.

//GELD
//Morgen: Achim//

10:00 Uhr.

Gut, dass die höheren Ränge wie ich standardmäßig später als der Rest der Belegschaft in die Firma kommen können. Nach immerhin drei Stunden Schlaf trinke ich den sechsten doppelten Espresso. Was für eine Nacht. Ich kann sie noch dreihundertmal in meinem Kopf abspulen und werde sie nicht verstehen.

Schon nachmittags war ich im Löwenmodus, als ich den Papiermüll aus dem Chefbüro zu meinem halbasiatischen Freelance-Entwickler Marko geschickt habe. Den kompletten Schwung Schnipsel einfach in einen Karton gepackt und los. Marko schuldet mir noch was, weil ich ihm mal ein Megaprojekt zugeschanzt hab, obwohl er davor gerade eines versaut hatte. Er soll sich das anschauen, übersetzen, auswerten und vor allem die Schnipsel wieder zusammenkriegen, wie, das ist mir erstmal egal, von mir aus soll er eine minderjährige thailändische Kleberin beauftragen, Hauptsache, es hilft mir.

Anyway. Mit der Adrenalinspritze im Blut bin ich dann zu meinem First Date mit der Kleinen ins Chuches. Sie saß schon da, und ich war erstmal hammergeschockt von ihrem Anblick: ausgefranste Jeans-Hotpants, ausgewaschenes weites Tanktop, Bikerboots, sie sah aus wie eine, die Bierflaschen mit der Muschi öffnet. Ein komplett anderer Mensch als damals im Brilliants, null mein Fall. Das Biest wollte mich wohl provozieren. Ich hätte sie zur Strafe direkt auf dem Tisch wegdrücken können, aber ging ja nicht. Allein schon ihre Haltung: zurückgelehnt, Gesicht angehoben, stolze Züge, zarte Brauen, lange Haare. Keine Spur von Irritation.

Mega aufgeregt bist du, und was geht mit deinen Knien? Und deinen Händen?

Ich musste erstmal für kleine Löwen, und als ich zurückkam, fabrizierte ich was Megapeinliches, ich feuerte mit einer Flosse den Salzstreuer vom Tisch. So was Dämliches passiert mir nie. Mann, war das peinlich. Sie fragte mich, ob ich irgendwie irritiert sei, worauf ich antwortete, dass das ja wohl ihre Absicht gewesen sei, so anders wie sie aussehe. Ich versuchte dann erstmal, die Situation zu beruhigen, und bestellte den teuersten Champagner, klar, man muss schon was bieten. Ich wusste sowieso, der Abend würde mich einiges an Money kosten, Ehrenkodex eines Gentlemans und Macho Iberico und so. Dann konzentrierte ich mich auf meine Mission. Ich versuchte mit allen Mitteln, die Kleine mit meinem Charme zu umwickeln, mit Komplimenten, Witzen, Sprüchen und vollendeter Taktik: »Mit deinem Modeln könntest du ganz groß rauskommen. Ganz ehrlich, so wie du aussiehst, die Meganummer in der Vogue, da ist ›Germany's Next Topmodel‹ ein Nobody dagegen. Ich kenne eine Menge hammerwichtiger Leute, ich kann mal ein paar ansprechen, wär das nicht was?«

»Ja klar, aber ich bin schon bei einer Agentur. Die mögen das nicht so, wenn man wahllos rumjobbt.«

»Wahllos? Das ist doch nicht wahllos, das wär die ganz große Nummer. Wie gesagt. Oder traust du dich nicht?«

»Ja. Na gut.«

Die Kleine strahlte mich an. Aber da war noch was anderes in ihrem Lächeln, eine Erwartungshaltung, als müsste ich ihr noch was Besseres bieten. Ein freches unbeeindrucktes Grinsen, das mir zeigen sollte, dass ich Blödsinn rede. Null Respekt, null. Ich dachte mir nur: sich einfach so über mich stellen, das geht gar nicht. Sie wusste wohl nicht, mit wem sie es zu tun hatte.

»Kann es sein, dass du mich nicht ernst nimmst?«

»Wie kommst du darauf?«

»Du schaust so …«

»Wie? Ich lächele dich an. Ich bin höflich, oder nicht?«

»Höflich, autsch. Ich meine, wenn du nicht willst, dass ich dir helfe, dann nicht. Ganz ehrlich, ich muss das nicht tun. Aber ich sag dir, ich kenne so viele Leute, Medieninsider, Redakteure, PR-Leute, Moderatoren, Regisseure, Politiker. Ich selbst wurde schon öfter interviewt in Managermagazinen. Meine Connections sind Gold wert.«

»Aha.«

»Und ich weiß, wie man Business macht, ganz sicher besser als alle hier, alle. Ich kann dich fett vermarkten. In diesem Leben muss man der Stärkste sein, am lautesten brüllen. Das ist wie bei den Löwen. Und ich sag dir, ich seh dich an und weiß sofort, du bist auch so eine Löwin, ganz ehrlich.«

Die Kleine hörte mir wortlos und mit sehr höflichem Ausdruck zu.

Du redest dich um Kopf und Kragen.

Das machte mich aggressiv. Woher kam das?

Sie nimmt dich nicht ernst. Sie denkt, du bist ein Proll. Oder hat sie vielleicht sogar Mitleid mit dir.

So ein Unsinn, so denkt keine Frau von mir. Sie fand toll, was ich sagte. Sie widersprach mir ja auch nicht. Doch dann: »Du machst es schon wieder.«

»Was?«

»Na das Gequatsche. Sag doch einfach mal was, ich weiß nicht, was Normales. Ich meine etwas, das nichts mit ›Ich bin so toll‹, ›Ich bin so geil‹ zu tun hat. Geht das? Etwas, was keine Show ist, was mir nichts verkaufen will?«

»Baby, ich will dir nichts verkaufen, das hab ich nicht nötig.«

»Du verstehst mich nicht.«

»Doch, doch, ich verstehe dich ganz genau, du willst mich provozieren. Du ziehst schon die ganze Zeit eine Show ab.«

»Das hab wiederum ich nicht nötig.«

Ganz ehrlich, es funktionierte nicht, wir rammten mit unseren Köpfen frontal gegeneinander. Die Kleine war arktisch kühl und ich wurde heiß und wild wie ein Wüstensturm. Aufgepeitscht. Das machte mich wahnsinnig. Irgendwie musste ich sie zum Schmelzen bringen.

Reden, reden. Mehr Champagner, mehr Champagner. Beides hilft immer, denkst du.

»Du trinkst gar nicht.«

Als die erste Flasche leer war, hatte ich einen sitzen und sie schien immer noch nüchtern. Ich dachte mir, ich bin einfach mega erschöpft. Die Arbeit, die Aktion mit dem Boss und der Drohanruf, die Weiber, die Feierei, der fehlende Schlaf. Und jetzt auch noch der Auftritt hier. Nur darum performte ich so schlecht, darum verschwimmt irgendwie alles. Trotzdem: Aufgeben, das ging gar nicht. Ich lehnte mich zurück, nahm genau dieselbe Haltung ein wie die Kleine, die Arme unmotiviert an der Seite runterhängend, aber mit den Handflächen vorne, und schaute sie an, ohne etwas zu sagen.

»Was ist los?«

Jetzt hatte ich sie.

»Ich frage mich: Was kostet dein Lächeln?«

»Ein Vermögen.«

»Kein Problem.«

»Was lässt dich glauben, dass ich käuflich bin?«

»Jede Frau ist käuflich. Und jeder Mann ist käuflich, weil jede Frau käuflich ist.«

»So ein Schwachsinn.«

»Fünf Prozent der Frauen sind es vielleicht nicht, aber bei den restlichen fünfundneunzig Prozent funktioniert es bei mir immer wunderbar.«

»Ist mir klar, dass du Frauen kaufen musst. Das werden schon so Tussis sein. Bei mir klappt das jedenfalls nicht.«

»Du irrst dich, auch bei dir klappt das.«

»Leck mich.«

»Nur zu gern ... Das bedeutet ja nicht, dass ich dir ein Bündel Scheine nach unserem langen und hemmungslosen Sex hinlege. Aber wenn ich dir alles bieten würde, Sicherheit, schöne Dinge, Spaß, Gesellschaft ... Es geht nicht um Geld, es geht um Emotionales.«

»Vergiss es, ich hab meine schönen Dinge auch ohne deinen angeblichen Reichtum.«

Ich lachte laut.

»Ach, so eine Emanzipierte bist du, unabhängig und mit eigenem Leben und inneren Werten und so.«

»Das ist doch überhaupt kein Argument. Davon abgesehen: Ja, ich bin unabhängig.«

»Tu nicht so unbefleckt. Auch Schönheit und Jugend sind käuflich, das zumindest sollte dich interessieren.«

»Ich wusste gleich, dass du ein Arsch bist.«

»Ich hab doch recht. Viele Frauen lassen sich ihr Gesicht modellieren, Falten weg, Brüste rein, Hintern, Geschlechtsteile … Anyway. Dinge, Menschen, alles ist käuflich. Punkt.«

»Geld ist eine Fassade, die ich nicht brauche. Mich interessieren weder Luxus noch solche gehirnamputierten Schlipsträger wie du. Punkt.«

Ich musterte die Kleine und meinte nur messerscharf: »Was hat deine Chanel-Tasche gekostet, die da unten auf dem Boden steht, wenn ich fragen darf?«

Pause. Und weiter.

»Ganz ehrlich. Du genießt es doch, hier mit mir Champagner zu trinken … den ich dir bezahle.«

»Ich geh gleich. Ich glaube, noch nie war jemand so beschissen zu mir wie du.«

Mir verging auch mega die Laune mit dieser Zicke. Aber sie blieb bei mir sitzen. Und ich konnte nicht aufhören, ihr Knöpfchen zu suchen. Wir stritten bestimmt noch fünfundvierzig Minuten weiter. Wieso fand sie meine Einstellung zu Geld eigentlich so schlimm? Schließlich dreht sich doch alles ums Geld. Oder um irgendein Substitut dafür. Und wieso ist man der Buhmann, wenn man das ehrlich ausspricht? Klar, man kann das auch anders sehen. Viele hierzulande, Intellektuelle und Linke und Punks und so, schimpfen aufs Kapital und hassen Leute mit Money. Für die lässt sich das leicht sagen: »Wem Geld nicht wichtig ist, der ist ein besserer Mensch. Geld ist nicht alles, schaut euch ärmere Leute an, die sind auch fröhlich und glücklich und gerecht« und so weiter.

Ich bin ganz ehrlich: Manchmal bei meinen Reisen in südliche, krisengeschüttelte Euroländer da kamen auch mir schon mal kurz Zweifel. Die Leute haben kein Geld, kein Business, keinen Luxus, keinen Porsche, aber sind trotzdem nett. Fand ich strange, dass arme Leute großzügiger sein können als Reiche. Einmal meinte einer am Nachbartisch in einem Restaurant zu mir: »Wir haben kein Geld, aber wir lachen viel.« Da dachte ich mir, glücklich ohne Geld, sind die bescheuert oder bin ich es?

Da überlegt man sich schon mal genauer, ob das richtig ist, was man so macht.

Na ja, nicht wirklich, aber theoretisch eben. Doch nach einer dieser Reisen kam mir auf dem Rückflug der Megaeinfall: Vielleicht ist das genau das Problem der Krisenländer, dass die Menschen dort happy sind. Denn so unternehmen sie nichts gegen ihre Situation. Hammer Logik! Ich könnte das nicht, ich schwöre, ich würde bis zum Ende löwenmäßig fighten, bis mir eine Lösung einfiele für meine kleine Elf. Man muss immer weiterkommen, und dafür muss man eben hart arbeiten. Anders als diese Hippies, die beschweren sich ein bisschen, hoffen auf die nächste Wahl, gehen dann zum Fischgrillen über und warten auf Besserung.

Der Kleinen konnte ich das allerdings nicht klarmachen. Sie starrte irgendwann nur noch pissed ins Leere und sagte gar nichts mehr, null. Die war tatsächlich beleidigt. Ich gab auf, das war's, the end, tutti completi. Bloß eine Sache wollte ich wissen: »Dann sag's mir.«

»Was?«

»Wie ich dich beeindrucken kann, wenn es nicht mit Geld oder Status oder genialer Attraktivität funktioniert. Wie dann?«

»Na, wenn du toller Hecht es nicht weißt …«

Ich überlegte angestrengt, aber wenn es wirklich nur über Ehrlichkeit funktionieren sollte …

Sag es ihr!

»Ich weiß es nicht, ganz ehrlich, gerade ist es … ich fühle mich ratlos.«

Scheiße, hatte ich das wirklich gesagt? Mir fallen sonst immer tausend Sachen ein, aber die Champagnerbläschen in meinem Brain hatten scheinbar alles aufgeplustert. Die Kleine schaute mich mit schiefgestelltem Kopf an.

»So was beeindruckt mich.«

»Äh. Was jetzt genau?«

»Ehrlichkeit. Wenn du von der Fassade ablässt.«

Siehst du.

»Du hast doch selbst eine. Du sitzt hier wie eine Eisskulptur.«

Stille. Ein Kapitulations-Gefühl, als sei alles kaputt gehauen, bis es nicht mehr weitergeht. Nun kann ein Neuanfang her.

Kurz dachte ich mir nur, das war's jetzt. Ich hatte mich bei der Diskussion ganz schön in die Kurve gelehnt. Dann aber – und es schien so, als wäre es genau die Mischung, die ich in diesem Moment repräsentierte, die Mischung aus Löwe und sensiblem Weichei, dem Versteher, die funktionierte –, dann aber kaufte ich sie mir doch. Wir starteten fresh in die Sommernacht.

Nachdem ich die Champagnerflasche gezahlt hatte, nahm ich sie mit in ein französisches Edelrestaurant, so was mögen Frauen. Schon die Vorspeise, ein Tatar mit so einer Schokoladensoße, kostete ein Vermögen. Trotzdem aß sie von den vielen Gängen fast nichts, was ich überhaupt nicht verstehen konnte. Umso mehr Drinks nahm sie zu sich. Ich sprach von der Côte d'Azur, von Ibiza, exzellent vermischt mit angedeuteten Ferkeleien. Die Kleine wurde immer weicher, sie warf dauernd ihre Haare nach hinten und strich sich zart über das Gesicht. Einmal gelang es mir, meinen Handrücken an ihrem Oberschenkel entlang streifen zu lassen, ganz ehrlich, da waren krasse Vibrations im Gange. Wir lachten viel, und es gab Momente, da schien sie so zerbrechlich, dass es mir beinahe selbst die Knochen zertrümmerte. Im nächsten Moment aber widersprach sie mir schon wieder, bis zum süßen Streit. Doch wenn dann ihre Stimme nach oben entwischte, weil sie meine Dreistigkeit nicht fassen konnte, wusste ich, ich machte sie genauso wahnsinnig wie sie mich. Sie verlor die Kontrolle. Aber ich nicht.

Oh doch, du verlierst die Kontrolle. Sie hat dich. Eingesogen in die Kluft zwischen Zärtlichkeit und Aggression.

Ein paar Stunden und viele Spielchen später verstummte sie und vollführte ein paar Gesten des Aufbruchs.

»Jetzt hast du mich doch betrunken gekriegt. Ich muss gehen.«

Ich schaute ihr tief in die Augen und brachte wieder meinen Lieblingsspruch: »Du kannst gehen, aber du musst nicht. Ich würde es sehr schade finden, aber ich fahre dich natürlich jederzeit nach Hause.«

»Du überredest mich nicht, mit dir nach Hause zu gehen?«

»Würde es denn funktionieren?«

»Das kommt darauf an, wie du es anstellst.«

Lass es. Mach es nur ein einziges Mal anders als sonst.

»Nein, ist schon in Ordnung.«

Gut so. Jetzt keinen Mist bauen auf den letzten Metern.

»Ganz ehrlich, Mädels abschleppen, das kann ich jederzeit, aber du bist was Besonderes. Wirklich, das sag ich nicht nur so.«

»Erzähl das dem Barhocker.«

Wieder lachten wir. Die Bettnummer hatte ich mir anyway aus dem Kopf geschlagen. Ich war mir immer noch nicht sicher, ob die Kleine nicht doch total verrückt ist. Und wer weiß, was dann passieren würde.

Du lügst. Du hast Schiss.

Ich packte sie in die gute, alte Elf und fuhr sie bis vor ihre Haustür. Als ich den Motor abstellte, kramte sie künstlich lange ihr Zeug zusammen und säuselte dabei Richtung Frontscheibe: »Und du willst mich jetzt einfach so gehen lassen?«

»Nein, will ich nicht. Aber du möchtest nach Hause, das respektiere ich, ich bin ein Gentleman.«

»Natürlich. Hab ich gemerkt.«

Die Kleine öffnete die Autotür, stellte ein Bein raus, und da dachte ich mir nur: Was geht denn ab? Ich kann sie doch jetzt nicht einfach so aus dem Auto lassen. Ich bin ein Macho Iberico, ein Löwe, ein Jäger, ich nehme mir, was ich will. Und ich will sie, ja verdammt, ich will sie.

Ich griff die Kleine mit meiner rechten Hand am Arm, zog sie mit Schwung wieder rein, schnappte mir mit der anderen Hand ihren Hinterkopf und küsste sie. Wild. Sie küsste zurück. Wir aßen uns auf wie Ausgehungerte. Ihr Gesicht passte genau in meine Hände, perfekte Zungenkompatibilität. Sie roch nach Wald, und ihr Körper fühlte sich an wie ein erlegtes Reh nach fünfundzwanzig Jagdstunden. Dann passierte etwas Saumegadämliches, als die Kleine schon halb auf mir drauf saß und an meiner Hose rummachte.

Zu schnell, zu viel, zu schnell.

»Hör bitte auf!«

Ich wehrte mich. Wieso tat ich das?

»Blödsinn. Du bist doch völlig verrückt auf mich. Was ist los mit dir?«

Hammergute Frage, was war los mit mir? Ich zappelte rum wie ein Karnickel auf der Schlachtbank.

»Hast du eine Freundin, oder was? Kannst du mir ruhig sagen, ist mir sowieso egal.«

»Quatsch.«

Gerade dachte ich mir, klar, ich zieh das jetzt durch, da klingelte mein Handy. Normalerweise würde ich das in so einer Situation ignorieren, doch dieses Mal kam es wie gerufen: »Das kann wichtig sein. Ein Business-Anruf aus Japan.«

»Oh nein«, miaute sie. Mann, war das hart.

Das Klingeln stoppte, und kurz darauf signalisierte mir ein anderer Ton eine Voicemail. Ich schob die Kleine von meinem Schoss.

»Sorry Babe, da muss ich ran. Business geht vor. Ich ruf dich an, okay?«

Die Kleine seufzte und flutschte aus der Tür. Das war fast schon schmerzhaft, und auch meine Elf stöhnte resigniert auf, als ich sie wieder startete.

Davonrasen und ausrasten.

Ich dachte mir nur: Mann, Mann, Mann, was war das denn? Ich fühlte mich fiebrig. Mein Gesicht kochte, und nicht nur das. Heilige Scheiße, was war mit meinem Schwanz los, war ich krank?

Du magst sie und scheißt dir in die Hose.

Sie ist gar nicht mein Typ, null Brüste und kein Arsch. Die hat einen eigenen Kopf, so was brauch ich nicht. Ich kann so was nicht ausstehen, wer will denn schon einen Kopf?

Während ich durch die Nacht bretterte, wollte ich die Voicemail abhören, aber ich hatte mich geirrt: Da war kein gespeicherter Anruf, sondern nur eine SMS. Ein Auge versuchte, auf den Weg zu achten, das andere las: »Ich hab dir gesagt, du sollst aufpassen. Du weißt, dass ich da bin. Wenn du nicht auf mich hörst, passiert ein Unglück.«

Was soll das denn schon wieder, dachte ich, wer schickt mir nur so eine Scheiße? Die Nummer des Anrufs war unterdrückt, die SMS kam aber von einer langen Nummer mit komischer Vorwahl. Das reichte mir jetzt endgültig. Ich rief

Marko an und hinterließ ihm eine Nachricht: »Marko, ich bin's noch mal. Ich hab dir mit dem Haufen Trash noch nicht alles geschickt, ich werd dir auch noch ein Telefon zeigen. Weiß nicht wie, aber vielleicht kannst du den Absender einer SMS für mich rausfinden. Ich meld mich.«

//Kapitel 8: SELBST-BILDER

//Mittag: Fiona//

Mädchen mit High Waisted Hotpants und Wedges in Mailand. Click. Typ mit hochgekrempelten Chinos, Jackett und Trucker-Cap in London. Click. Frau mit transparenten Palazzo Pants, weißem Boyfriend-Tee und Clutch in Paris. Click. Scroll.

Verfickt, wo ist das Teil? Hendrik war eben am Telefon total aus dem Häuschen und hat mich angeschrien, ich solle unbedingt so ein hotes Super-Streetstyle-Blog finden und dort ein Foto von mir anschauen.

Er so: »Baby, das sieht fast aus wie ein Paparazzo-Bild. Die Seite ist krass trendy und uuuh-aaah, wer es da reinschafft, der ist automatisch cool und gleichzeitig berühmt.«

Und ich so: »Ich bete, ich esse da nicht gerade eine Currywurst.«

Er so: »Wann hast du denn das letzte Mal Wurst gegessen?«

Ich so: »Ich liebe Wurst. Außerdem war das eine Metapher, Hendrik. Was ist jetzt mit dem Bild?«

Er so, seufzend: »Du siehst engelsgleich darauf aus. Wenn ich nicht schon dein Fan wäre, wär ich's jetzt!«

Geiler Shice. Laut Hendrik steht mein Foto in der Rubrik »Model off-duty«. Ich bin aufgeregt wie Udo vorm Furzwett-

bewerb, hab aber bei dem ganzen Trara vergessen, ob das
»The Sartorialist« oder »The Streets of Fashion« oder was
Skandinavisches, was Deutsches oder was auch immer ist.
Fuck. Ich brauch unbedingt den Link, damit ich das Bild
gleich auf meinem Blog, auf Instagram und auf meinem Hin-
tern taggen kann. Und überhaupt. Awesomeness.

Scroooooool.

Ich suche also in den unendlichen Weiten des Who is Who
der Social-Media-Szene, der Hipster-, Model-, Streetstyleuni-
versen. Das Netz macht es leichter, cool zu sein, aber auch
messbarer. Manche Dorfkinder würden für immer in Chaps
auf ihrer Kuh sitzen bleiben, wenn sie nicht irgendwann angefangen hätten, Streestylefotos, Laufstegvideos und anderen
Kram von gutaussehenden Menschen auf der Berlin Fashion
Week zu bloggen, und so auf mysteriöse Weise zu 100k Clicks
und Followern gekommen wären. Ruckzuck treten sie bekannten Netzwerken mit anderen Bloggern und Vloggern bei,
werden interviewt, gebucht, von Fashion-Marken für Features
gekauft und auf Modenschauen eingeladen. Da hab ich schon
Hochachtung vor. Wenn ich aber zum ersten Mal Behind-the-
Scenes-Schnappschüsse von deren Gesichtern sehe, denke ich
oft: Und das sind jetzt die Superblogger? Jetzt echt jetzt?
Nichts Besonderes jedenfalls, nicht schlimm, aber eben auch
nicht herausragend geil. Und trotzdem denkt jeder, diese
Blogger seien die Underground-Moderoyals schlechthin.
Identität durch Webrealität.

Anders bei Outfitblogs, YouTube- oder Instagram-Accounts,
wie ich einen habe. Wo sich die Menschen dahinter selbst por-
trätieren mit Selfies, ihrer Szene, ihrem Leben, ihrem Alltag,
da geht es um die echte Welt. Deren Gesichter kennt man. Natürlich setzen sie für das Foto immer noch einen Hipsterfak-
tor obendrauf, indem sie selektieren und sich auf das konzen-

trieren, was sie cool aussehen lässt. Von zweihundertvierund-
achtzig Fotoversuchen das eine halbwegs nette raussuchen.
Da gibt es Competitions, wer schöner, stylisher, dünner ist.
Solche Blogger feiern sich in der Realität selbst, und im Internet feiern sie das Feiern von sich in der Realität. Oder so.
Identität gepusht durch Webrealität. Schwups, kann es passieren, dass du dir deine Wirklichkeit um deinen Youtube-, deinen Snapchat- oder Whatever-Account herum designst. Nach
dem Motto: »Ich ziehe nur noch Sachen an, die zwar für die
reale Welt zu krass sein mögen, aber Hauptsache ich kann sie
posten.« Oder: »Ich gehe nur noch auf Partys, die cool genug
sind, dass ich sie fotografieren kann.« Oder: »Ich hab nur
noch Freunde, die heiß genug sind, dass ich sie filmen, fotografieren oder taggen kann.« Jedes Taggen auch ein politischer
Akt. Und: »Etwas ist nur dann real und hat seinen vollen Wert,
wenn ich Hunderte von Likes dafür bekommen habe.« So
macht das eine Ex-Kollegin von mir, die will wohl über den
Weg Schauspielerin werden oder Moderatorin oder Fotogra-
fin oder Style-Icon, Hauptsache halt berühmt. Identität konstruiert in der Webrealität.

Fies wird's bei den Teens, die ins Internet hineingeboren
wurden. Da gibt's Trends wie: »Am I pretty or ugly?« Wenn
Mädchen bewegte Selbst-Bilder auf YouTube stellen und das
Publikum bitten, zu beurteilen, ob sie hübsch oder hässlich
sind. Oder Beauty-Contests auf Instagram. Oder Body Sha-
ming mit depressiven Folgen. Das ist mal eine Identität in einer Welt, in der Realität und Internet zu siamesischen Zwil-
lingen werden. Ich sag das ja nie, aber in dem Fall bin ich
tatsächlich froh, dass ich für den Scheiß zu alt bin.

*Click. Scroll. Asiatisches Mädchen mit Lolitablick. Brikettar-
tige Platforms. Neonfarben. Ripped Denim.*

Dieser Anzugtyp, mit dem ich das Date hatte, der war ja wohl mal unbloggbar mit seinem pseudoschicken und teuren Auftreten, mit dem er nach Erfolg stinken wollte. Wir hatten nonstop Beef wegen Themen wie Geld, Karriere, Angebereien, Machozeugs. Irgendwann, kurz vor Schluss im Auto, stopfte ich ihm das Maul mit einem Kuss. Ich muss zugeben, mein Gehirn hatte zwar eine kleine Übertragungsstörung dank des Champagners, aber ich erinnere mich, dass das Finale gar nicht so schlecht war. Komisch. Manche Menschen passen zusammen wie Biker Girl und Banker Boy – überhaupt nicht. Der Anzugtyp ist nicht repräsentativ, niemals könnte ich so jemanden auf Mimis Party vorzeigen. Und trotzdem war da was Chemisches, vielleicht gerade weil wir uns in der Realität hassen, aber in der Theorie ... Vielleicht könnte ich ja mal ...

Da ist es, das Foto!

Mein Streetstylefoto. Ich.

Du.

Mit schwarzem Maxirock von der Taille abwärts, basic Tanktop, xxl-Sonnenbrille und knallroter breiter Clutch. So doll ist das Outfit jetzt nicht. Und die Boots von Rick Owens, die sieht man ja kaum. Wegen dieser ganzen Spontan-Knipserei und Posterei in den Sozialen Medien durch andere ist man unentwegt mit seinem kaum retuschierten Foto-Ich konfrontiert.

Extrem-Close-up. Das bist du.

Ich sehe ziemlich klassisch aus für meine Verhältnisse, aber irgendwie auch: dick. Oder?

Du.

Das ist ja schrecklich im Vergleich zu meinen professionellen Bildern. Ein derber Kampfhundkiefer, ich mein, verfickt, so soll ich aussehen?

Du.

Ich? Im normalen Tageslicht? Ich schau mich um und betrachte die professionellen Bilder von mir an den Wänden.

Schmerzhaft.

Mich quält dieser Vergleich, der mir zeigt: So wie auf meinen bezahlten Fotos könnte ich aussehen, wäre ich nur perfekt.

Wie oft denn noch: Ohne Inszenierung bist auch du normalsterblich.

Aber wieso kann ich nicht einfach perfekt sein? Auf diesem Schnappschuss hier sieht man erstmal richtig, dass man meine Beine als Brückenpfeiler einsetzen könnte. Scheiße. Hendrik, der verlogene Arsch, hätte mich warnen müssen. Und was ist mit meinen Oberarmen los?

Das bist du.

Ich hasse meinen Körper. Ich hasse jede Imperfektion, zu dicke Waden, spitze Ellbogen, komischer Bauch.

Das bist du.

Das ist mir zu viel Realität. Und die Realität wird mit dem Älterwerden immer schlimmer. Ich stelle mich schon lange nicht mehr auf die Waage. Das Gewicht trügt, da Muskelmasse mehr wiegt als Fett. Wichtig ist der Umfang. Ich messe den Stand meines Volumens immer an der Größe der Thigh Gap. Aber jetzt scheint keine Spur mehr davon übrig zu sein. Ich schaue an meinem realen sitzenden Ich hinunter und sehe überall Fleisch. Es fühlt sich an, als würden flüssige Schenkel auf der Stuhloberfläche schwimmen.

Okay. Ich kann dir jetzt sagen, was ich will, du ignorierst mich sowieso.

Bin ich überhaupt liebenswert, wenn ich nicht so perfekt aussehe wie auf den professionellen Shots? Ich würde alles tun, um perfekt zu sein. Glaube ich. Jetzt will ich es genau wissen! Ich wende den ultimativen Trick an und vergleiche mein

Streetstylefoto mit denen vom Instagram-Account einer deutschen Kollegin. Ich kenne sie persönlich nicht, aber sie ist mein Idol, so wunderschön, beliebt und so zart. Dieses Bild von hinten zum Beispiel, darauf stechen ihre Schulterblätter aus dem Rücken scharf wie die Klingen einer Sense. Auf einem zweiten werfen die Wangenknochen deutliche Schatten. Diese Lippen und diese Beine. Tausende von Followern hat sie, und ich bin nicht die Einzige, die schmachtet.

Wenn du möchtest, dass es dir richtig schlecht geht, geht das ganz einfach: Schau dir solche Accounts an.

Ich versuche ja, mich nicht von dieser künstlichen Welt beeindrucken zu lassen …

Na ja.

… aber irgendwie tu ich's dann doch. Mich verunsichern diese Bilder, die nur Perfektion zeigen. Klar denke ich dann, ich bin nicht angebracht. Aber ich bin auch nicht blöd, ich will mich nicht blenden lassen, wenn ich genau weiß, das ist keine Realität.

Trotzdem. Du willst auch beneidet werden.

Ich will endlich gesehen werden. Wie mein Idol. Sie hat aber auch viele schlimme, schlimme Kommentare. Einige meckern, sie sei zu dünn, das sei »ekelhaft« und sie gehöre in die Klapse und so. Sie ist halt ein Model, sie wird dafür bezahlt, perfekt zu sein. Aber da steht sie sicher drüber, die Haterei kann ihr gar nichts. Meine Statur muss sich ändern, bevor ich zum nächsten Casting gehe. Bei recht schmalen Leuten kann sich innerhalb weniger Tage viel tun. Und ich bin doch nicht blöd und gebe das wenige Geld, das Hendrik mir Pleitemensch geliehen hat, für Essen aus.

Mein ganzer Körper zuckt zusammen, als es an der Tür klingelt. Ich laufe rüber und erfahre über die Sprechanlage, dass ich ein Päckchen bekommen habe. Hab ich Geburtstag? Der

Türöffner summt, ich höre den Aufzug, der Zusteller schlurft die letzten Stufen in den obersten Stock bis zu meiner Tür, ich unterschreibe. Der Geschenkservice sei per Internet bestellt und bezahlt worden. Eine Karte mit dem Namen des Absenders befinde sich sicherlich im Karton, sagt der Mann. Krass, so ein großes Päckchen, das war bestimmt teuer. Ich nehme es an mich, schließe die Tür und setze mich aufs Bett. Jetzt bin ich aber gespannt. Irgendwie erinnert mich das an ein Groupie von mir, so ein Gothictyp. Bis vor zwei Jahren hat der mich noch gestalkt und die kranksten Sachen geschickt, schwarze Briefe, Eintrittskarten zu Fetischpartys, gebrauchte Kondome, einen Autobahnpfahl und Papierschnipsel. Vielleicht ist das jetzt wieder von ihm.

Im Paket finde ich einen leichteren, mit Geschenkpapier verpackten Karton, drum herum ist eine Schleife gebunden, in der eine kleine Karte steckt. Ich klappe die Karte auf und lese die Druckbuchstaben: »*Du bist schön.*«

Was soll 'n das heißen? Scheiße, das finde ich sehr scary. Ich schau mich schnell um, ob … Aber Quatsch, hier oben in dem Bunker kann mich niemand beobachten, es sei denn er heißt Spiderman und kann Fassaden hochklettern. Ich suche nach Hinweisen außen und innen, kein Absender, auch hinten nicht, nicht auf dem Karton, nirgends. Ich reiße das Geschenkpapier auf, zum Vorschein kommt eine Pralinenpackung. Wer schickt mir denn so was? Süßzeug? Vielleicht will mich jemand fett machen, solche Sadisten gibt es. Oder eine Konkurrentin? Oder ein Netzgroupie? Ob ich ihn oder sie kenne? Ob derjenige mich stalkt? Sich auf Fotos von mir einen runterholt, mit Ketten um den Hals und Apfel im Maul?

Sieh es vielleicht mal als Kompliment.

Kann jemand so was nett meinen? Vielleicht ein Mann, der mich wundervoll und göttinnengleich findet. Oder der Anzugtyp? Jeder kann es sein!

Glänzende, dunkle, zarte Schokolade mit praller Nuss darunter.

Geil sehen die Schokoladendinger ja schon aus. Wie dem auch sei …

Nur eine …

Gegessen wird nichts. Ich klaube den ganzen Kram vom Bett, gehe zum Mülleimer und stopfe alles rein. Die Typen haben bei mir keine Chance. Kalorien auch nicht. Ab jetzt: Nulldiät.

//SELBST-BILDER
//Früher Abend: Maik//

Manchmal ist nicht klar, wer wen inspiriert. Ob die Kinofilme ihre Inhalte aus der Realität haben oder umgekehrt. Hier passiert jedenfalls gerade so einiges.

»Was hast du für Scheiße gebaut? Ich hab dir vertraut!«

Ich bin ein toter Mann. Mit dramatischem Abgesang wird dieser Antiheld namens Maik im Graben liegen, durch einen Herzschuss erlegt, als er versuchte, das Ghetto und die Welt zu retten. Während Rambo flucht, umklammert er meinen Hals mit seinen Händen und seine Daumen stecken unter meinem Kinn an einer ganz unvorteilhaften Stelle. Tief drin. Ich spüre hautnah, warum er Rambo heißt. Ich sehe bereits den Abspann vor meinem inneren Auge ablaufen, fuchtele und röchele.

»Lass das!«, springt mir Rainer zur Seite. »Mann, was kann der denn dafür? Das ist deine Scheiße, um die es hier geht, du bist verantwortlich. Der konnte geradeso fliehen, klar kriegt er da Panik. Guck ihn dir doch mal an, das ist so 'n Intellektueller, der tut keiner Mücke was.«

Rambo schüttelt den frisch rasierten Kopf.

»Und was, wenn er den Umschlag behalten hat? Irgendwo versteckt? Der macht uns was vor mit seiner Lammfresse. Der hat den Umschlag nicht einfach so in 'ne Mülltonne geworfen. Das kann er mir nicht erzählen. Alter, wir sind am Arsch.«

»Mann, Digger, hör auf, das bringt nix«, lautet Rainers nächster Versuch, der diesmal scheinbar ankommt. Rambo lässt von mir ab. Ich lehne mich sofort an die Wand, Oberkörper nach vorn gebeugt, und huste mir die Seele aus dem Leib. Dieses Heldenepos ist wohl doch noch nicht zu Ende.

Erstmal zu Atem kommen. Dann aber ...

Dann lege ich los, wütend wie ich bin: »Du kleinkriminelles Arschlosch. Du hast mich doch hintergangen und in Gefahr gebracht. Schwarzgeld, nie im Leben war das bloß Schwarzgeld.«

»Was soll es denn sonst sein?« Rambo reißt die Augen auf.

»Geld ausm Drogenverkauf? Prostitution? Oder was weiß ich, wer weiß das schon, am Ende waren's sogar Kinder ... Verdammte Scheiße.«

»Ein Röntgenbild von deinem einen Ei?«

Der letzte Vorschlag kam von Rainer. Er boxt mich leicht in die Seite.

Häng dem bloß keine Kinderpornografie an, sonst bist du wirklich tot.

Rainer packt mich am Arm.

»Komm Homie, lass den Typen. Ich glaub dir, ich steh hinter dir.«

Der Junge will mich wegziehen.

»Ihr bleibt hier!« Rambo macht den Gorilla und brummt mit Nachdruck bei jedem der folgenden Worte:»Wo? Ist? Der? Umschlag?«

»Meinen Sie den hier?«

Ich zucke ein bisschen zusammen, als eine fremde Stimme unser Chaos durchbricht. Einzelne Gestalten, die auch an der Ecke rumhängen, schleichen vermeintlich unauffällig davon. Neben uns stehen zwei Männer, die sich wohl als Polizisten in Zivil verkleidet haben. Einer von ihnen hält einen Umschlag hoch.

»Kein Absender, kein Adressat, nur ein gestempelter Flügel auf der Rückseite.«

»Nein, es geht um den Umschlag mit einem Gedicht an meine Mutter.« Rambo ist auf Ärger aus, doch dann lächelt er lieb.»Aber worum geht es Ihnen? Können wir helfen? Tun wir nämlich gern, wenn wir können.«

»Sind Sie Jürgen?«

»Wie bitte? Nein. Jürgen? Wer ist denn der Spast?«

»Der Mann soll sich häufig an dieser Ecke aufhalten. Es wird gemunkelt, dass er in Gefahr ist.«

Hilfe. Der Spast bist doch du!

»Hat jemand von Ihnen diesen Umschlag schon mal gesehen? Sagt Ihnen das was?«

Wir schütteln den Kopf.

»Haben Sie hier was Seltsames entdeckt in letzter Zeit?«

Rainer lacht und schaut sich demonstrativ um:»Wollen Sie uns verarschen? Können Sie das genauer beschreiben, was Sie mit ›seltsam‹ meinen?«

»Wir meinen so was wie gefährlich aussehende oder auffällige Leute. Haben Sie beobachtet, dass Gruppen in einer Lokalität oder an einem Kiosk viel konsumieren und scheinbar trotzdem nicht bezahlen müssen? Mit einem Kampfhund, den sie Adolf rufen? Dass andere Gäste die Gegend verlassen, wenn diese Leute auftauchen? Es sind einige Beschwerden bei der örtlichen Polizei eingegangen. Diese Leute sind in verschiedener Hinsicht kriminell. Sie sollen außerdem eine höchst gefährliche Droge in Umlauf bringen.«

»Nein.« Rambo schüttelt den Kopf.

»Was hat das denn mit dem Umschlag zu tun?«, frage ich. »Da ist doch nicht etwa Geld drin, oder?«

»Sind Sie Jürgen?«

»Nein, ich bin Maik.«

»In dem Umschlag ist etwas, das diese Leute suchen. Maik, ist Ihnen etwas Komisches aufgefallen? Dass Barbesitzer sich ängstlich benehmen? Irgendwas?«

»Was meinen Sie? Für uns ist hier alles normal. Höchstens die Reaktionen der normalen Leute auf uns sind nicht normal.«

Rainer rammt mir bestätigend seinen Ellbogen in die Rippen. Der Polizist stockt und mustert erst mich, dann gleiten seine Augen über Rambo und Rainer, ein resignierter Blick, der sagt: Stimmt, die Typen hier sind noch komischer.

»Wir nehmen Ihre Daten auf, nur für den Fall, dass wir Sie noch mal etwas fragen müssen.«

»Auf keinen Fall«, kotzt Rambo. »Ihr kriegt gar nichts von mir.«

»Wir können Sie auch festnehmen. Also: Papiere.«

Rambo schaut hilflos.

»Ich hab nur so Zettel, aber ich weiß nicht …«

»Der Penner hier kann nicht lesen«, meldet sich Rainer. »Sie kriegen meinen Ausweis. Der ist gültig. Nur der Wohnsitz, der … na ja.«

Der Polizist rollt die Augen. »Und Sie?«

Er dreht sich wortlos zu mir um, und ich sage: »Ich, jaaa …
Ich hab einen Ausweis, aber der … ich weiß gar nicht, wo der
ist.«

Die Polizisten ignorieren meine Aussage und nehmen stattdessen Rainers Daten auf, danach graben sie noch an den üb-
rigen Menschen an der Ecke rum, die nicht abgehauen sind,
weil sie so durchgefeiert sind, dass sie gar nichts mehr checken. Kurz darauf geben sie auf und verschwinden. Als die
Luft rein ist, geht Rainer auf Rambo los.

»Du Hurensohn! Wie sehr kann man jemanden ficken?
Komm mir nie mehr unter die Augen, du Pisser.«

»Mann, du hast doch keine Ahnung. Was willst du überhaupt? Dass das illegal war, war dir doch vorher klar.«

»Schwarzgeld ist aber was anderes als die Scheiße. 'N Hund
namens Adolf, Mann, Kacke. Ich will mit den Typen nichts zu
tun haben. Das ist 'ne Mafia, du Arschloch, die bringen Leute
um. Und wer zum Teufel ist Jürgen?«

»Jungs, sagt mir mal einer, was hier los ist?«, will ich wissen,
aber Rambo hört mich gar nicht und redet weiter mit dem
Jungen.

»Rainer, du weißt doch, dass der Club mit denen zusam-
menhängt, und du hast deinen Freund hier auch nicht aufge-
halten bei der Aktion.« Rambo zeigt auf mich. »Ich muss den
Scheiß machen, ich komme da nicht mehr raus.«

»Und genau deswegen will ich mich so fern von der Scheiße
halten, wie deine Mudder von dir, seitdem du geboren wurdest.«

Rambo schweigt, setzt sich auf den Boden und nimmt den
Kopf in die Hände. Er winselt: »Ich bin am Arsch. Jetzt sind
auch noch die Bullen scharf. Die Gang hackt mir die Beine ab,
die sind zu allem fähig.«

»Quatsch Digger, wird schon nicht so schlimm sein.« Kaum gibt Rambo auf und macht ein Gesicht wie ein Hund, der sich auf den Rücken legt, wird Rainer wieder zahm. Ich dagegen kriege es mit der Angst zu tun.

Beine abhacken?

»Doch, ist schlimm!«, ruft Rambo. »Haltet euch besser fern von mir. Sonst seid ihr auch dran.«

Der Junge versucht, Rambo zu beruhigen, was natürlich nicht funktioniert.

Du musst was unternehmen!

»Okay, ich glaub, wir verschwinden zunächst mal von der Ecke, hier sucht man uns als Erstes. Vielleicht sollten wir uns wirklich trennen.«

»Nein, Quatsch, nicht trennen. Das kriegen wir schon hin. In der Gruppe können wir uns gegenseitig beschützen und denen richtig aufs Maul hauen.« Rainer ballt die Fäuste. Für ihn ist das scheinbar ein Spiel. Immerhin besser als Panik. Nur wohin sollen wir gehen?

Nach einer Weile, in der wir recht ziellos gelaufen sind, haben wir uns alle wieder halbwegs beruhigt, und Rambo spricht ein neues Thema an: »Rainer, Alter, zeig noch mal deinen Ausweis. Das Foto war ja geil. Das Teil hast du doch hinten in die Hosentasche gesteckt.«

Rainer kreischt und rennt davon. Lachend wie ein kleiner Junge schlägt er Haken. Rambo hinterher.

»Na hilf mir schon!«, ruft der Tiger mir zu.

Chaos, Panik, Todesangst und fünf Minuten später veranstalten diese Chaoten wieder Unsinn. Darum mag ich sie. Rambo erwischt Rainer, hält ihn fest und versucht, den Ausweis aus der Hosentasche zu ziehen.

»Ah ja, greif an meinen Arsch, du Biatch, oh jaaa.« Der Junge kichert hysterisch.

Dann brüllt Rambo laut »Hab iiihn!« und hält den Ausweis wie ein Samuraischwert in die Luft, bis er sich auf das Foto konzentriert und analysiert: »Alter, was is' das denn für ein Bild? Wie geil ist das denn.«

»Da war ich fünfzehn, Mann.«

»Du siehst ja aus wie ein braver Junge.«

»Gib her, du Hurensohn!« Rainer hört auf zu lachen und legt eine verärgerte Miene auf. Er versucht, Rambo den Ausweis abzunehmen.

»Oooh, wie süß. Du bist ja ein Muttersöhnchen.«

»Lass mich!«

»Wie zum Geier bist du in der Gosse gelandet, wenn deine Mami dich so angezogen hat? Mit Hemd, geil. Mamis kleines Baby, Mamis kleines Baby, vom Vater verarscht …«

»Halt dein Maul! Red nich' so über meine Mutter!« Der Junge hat Tränen in den Augen.

»Heul doch, Mamis kleines Baby …«

Das tut dir weh. Du musst ihn beschützen.

»Hab ihn!«

Ich reiße den Ausweis aus Rambos Hand, nachdem ich mich von hinten angeschlichen habe.

Ganz kurzer Blick aufs Bild. Locken statt Glatze. Ein lieber Junge mit Bärenaugen. Lächeln. Strickkragen.

»Alles in Ordnung. Hier nimm.« Ich halte meinen Arm Richtung Rainer, der sich seinen Ausweis von mir zurückholt.

»Danke Homie. Dieser Vollarsch spinnt wohl, ist dumm wie Backstein, ey, was will der denn?«

»Lass gut sein, Tiger. Er hat's nicht so gemeint«, beruhige ich ihn.

»Doch hat er! Ist ja nicht so, dass ich mich schämen würde …«

»Klar schämst du dich«, widerspricht Rambo.

»Und du hast nur einen vorläufigen Wisch? Ohne Foto, oder wie?«, frag ich Rambo im Gegenzug.

»Nee Mann.«

»Ja … Was?«

»So was in der Art …«

»Du weißt nicht, was für einen Ausweis du hast?«

»Interessiert mich nicht, was da immer auf diesen Papieren steht.«

»Alter raff's doch, Rambo kann nicht lesen«, erklärt Rainer. »Und er kümmert sich auch nicht um den Kram. Das macht sein Sozialtyp, oder? Rambo, du hast in deiner Tasche doch einen Behindertenausweis, was? Das ist es doch?«

Plötzlich bleiben wir alle stehen und schauen uns nur noch an. Es ist, als bliebe für einen Moment die Zeit stehen, und wir sind alle irgendwie verbunden, unsere Gedanken synchronisiert.

Anderssein schwarz auf weiß.

»Und dein Ausweisfoto?«, fragt mich Rainer.

»Ich habe meinen Ausweis zusammen mit allen Fotos vergraben. Ich will nicht mehr wissen, wer ich einmal war. Keine Fotos, keine Erinnerung, keine Vergangenheit.«

//SELBST-BILDER
//Nacht: Achim//

Die Halogenspots reflektieren auf Chrom und Glas. Draußen ist es schwarz. Ach, wie geil es mir geht.

Kopfschmerzen. Keine Lust mehr, obwohl schon Lust, aber nicht auf jetzt.

Mein fettes Porsche-Sofa räkelt sich im Raum einladend wie eine Edelnutte. Ich laufe mit meinem Whisky on the rocks in CK-Shorts an den großen Fensterscheiben meines Bungalows vorbei, lasse mich mit Schmackes auf das gute Stück fallen und strecke meine Beine aus. So gehört sich das. Das Handy ist mittlerweile bei Marko. Wird sich schon alles klären, das Projekt wird der Megaerfolg und ich zeig der Kleinen noch mal, wo der Löwenhammer hängt.

Und wenn nicht?

Im Liegen betrachte ich mein Spiegelbild in den Fensterscheiben. Der Sixpack ist etwas schmächtig geworden, da muss ich mal wieder ran. Es reicht noch, um Zwanzigjährige zu beglücken, aber ganz ehrlich, es reicht nicht für mich. Jeder Mensch sollte an seinem Body arbeiten, sag ich da nur. Der Körper ist der einzige echte Freund, er sollte stark sein wie eine Festung, Castle-Grayskull-mäßig, in der ein Mann wie ein König walten kann. In der er wie ein Magier Unwetter heraufbeschwört und dessen Mauern so dick sind wie Bäume hoch. Dass der Körper dann auch hardcore sexy ist und die ganzen Weiber auf ihn abfahren, ist nur ein angenehmer Nebeneffekt. Wie die Kleine, abgesehen von meinem Hänger am Ende. Den kann ich mir immer noch nicht erklären.

Müdigkeit, Whisky und das Endorphin der Erschöpfung. Siehst schon okay aus, auch wenn du ein Idiot bist. Das Gesicht der Kleinen nach oben geneigt. Langes Haar. Parfüm mit Regenduft.

Ich hole meine Leica aus dem Vitra-Sideboard, gehe ins Schlafzimmer vor die Spiegelwand, pose rum und knipse ein paar Fotos. Genial sieht das aus, das Licht fällt von der Seite auf mich und hebt die Muskeldefinitionen hervor. Dann setze ich mich ans Notebook und schließe die Kamera an, Foto auswählen, Qualität ist nicht so toll mit dem Blitz, aber das hat was Geheimnisvolles. Jetzt noch so einen Filter drüber, dazu ein krasser Lens-Flare-Effekt, noch mehr Blau, noch einen anderen Lichteffekt und den Hintergrund 'n bisschen blurren. Genial. Das Bild kommt in die Antwortmail an die Kleine, und weg damit. Die muss jetzt mal checken, was ich für einer bin. Wär schon geil, wenn wir uns dann Bilder hin- und herschicken, uns immer heißer aufeinander machen. Vielleicht krieg ich ja eins von ihr in schwarzer Reizwäsche und mit Kussmund. Oder auf pinkfarbenen Bettlaken mit Kerzen und Weichfilter.

Ihr Geruch immer noch an den Händen, im Gesicht. Im System.

//SELBST-BILDER
//Nachmittag: Aline//

»Guten Tag, es ist schön, Sie zu sehen! Ich hoffe doch, es führt Sie nichts Schlimmes zu mir.«

Genauso fröhlich wie die Apothekerin begrüßt mich auch die Türglocke mit inständigem Nachklingeln. Frau Richter, die Apothekenhelferin, ist zehn Jahre älter als ich, etwas rundlicher und eine einfache, aber herzliche und ehrliche Frau. Jedes Mal, wenn ich bei ihr einkaufe, halten wir ein kleines Schwätzchen, wie man das eben so macht. Man kennt sich in dem Viertel.

»Frau Richter, Sie sehen frisch aus wie immer. Wie geht es Ihnen, meine Liebe, was gibt es Neues?«

»Och, alles beim Alten. Die Kinder machen die Schule unsicher, und mein Mann und ich werden auch nicht jünger, jaja, so ist das, aber uns geht's gut.«

Bei ihrem Lachen vergeht dir dein eigenes. Sehnsucht.

»Aber wie geht es Ihnen denn? Sie haben immer die aufregenderen Geschichten zu erzählen. Sind Sie denn mittlerweile schwanger?«, fragt sie mich zuversichtlich. Obwohl sie als Apothekerin eigentlich wissen sollte, dass man so etwas nicht fragt. Oder?

»Ja. Nein, also sagen wir, wir erwarten es. Ein Sohn soll es werden. Aber nein, er hat noch nicht … er ist nicht …«

»Ach, das wird schon. Sie sind ja noch jung! So jung wäre ich gern noch einmal.«

Dafür hat sie Kinder, eine perfekte Familie.

»Ja. Am wichtigsten ist erst einmal, dass mein Mann wieder gesund wird. Er hat doch diese hohe Position in der Unternehmensberatung, wie Sie wissen. Das ist stressig und verlangt dem Körper viel ab. Aber die Kollegen können einfach nicht auf ihn verzichten, also ist er fortwährend überlastet.«

Frau Richter nickt verständnisvoll.

»Und jetzt hat es ihn erwischt. Er hustet und röchelt, schlimme Kopfschmerzen hat er. Und er schläft dauernd, fühlt sich schwach oder liegt nur da mit offenen Augen. Und dieses Husten.«

»Das könnte eine Bronchitis mit Fieber sein.«

»Ja, das ist es bestimmt!«

»Da finden wir doch was, Ihr Mann wird schon wieder.«

»Danke, meine Liebe, das beruhigt mich sehr.«

Das wird schon, sagt sie! Alles wird wieder gut. Wie warm und fürsorglich sie ist. Ihre Backen glänzen rot. Frau Richter läuft nach hinten und zieht eine der Schubladen auf. Ich rufe laut, damit sie mich auch hört: »Vielleicht sind es auch die Spätfolgen unserer Gartenparty.«

»Ach ja?«

»Ja, Sie wissen schon, lange draußen sitzen, viel Wein, Gespräche bis spät in die Nacht hinein, da kann es einen schon mal erwischen.«

»Ach, das klingt ja toll.«

»Ich habe frisch entwickelte Fotos dabei. Möchten Sie sie sehen?«

»Nun ja, also, da kommen sicher bald noch andere Kunden ...«

»Es geht ganz schnell.«

Frau Richter kehrt mit einem weißen Döschen zur Theke zurück, die Fotos habe ich schon aus der Tasche geholt. Sie nickt höflich: »Na klar, gerne schaue ich mir die Fotos an, aber wir müssen schnell machen.«

»Ich habe sie extra in einem größeren Format entwickeln lassen, weil sie so eine herrliche Erinnerung sind. Warten Sie. Also das ist das Büfett. Das war ganz schön viel Arbeit, wissen Sie? Aber es hat unglaublich Spaß gemacht. Mit der Dekoration. Sehen Sie die kleinen Serviettchen, wie ich die gefaltet habe?«

»Oh ja, das ist ja wunderschön. Wo nehmen Sie nur diese Kreativität her?«

Mein Herz springt vor Stolz. Wie schön, wenn sich andere Menschen für einen freuen können.

»Ja, nicht wahr? Und hier ...«

Mit viel Oh und Ah bewundert sie die Bilder, und dann fragt sie: »Und wo haben wir denn Ihren Mann?«

Scheinbare Schweigeewigkeiten.

»Ach, wissen Sie, er ist recht fotoscheu. Außerdem hat er die meisten Bilder gemacht. Deswegen ist er nicht drauf.«

Frau Richter nickt erneut verständnisvoll. Als ich das nächste Foto vom Stapel ziehe, lacht die Dame auf und fragt: »Huch! Was ist denn das da auf der Rückseite?« Sie nimmt das Foto und dreht es um.

»Ich weiß es nicht«, wundere ich mich, als ich eine Zeichnung, deren Ursprung ich mir überhaupt nicht erklären kann, auf der Rückseite sehe.

»Da hat sich wohl jemand als Künstler versucht. Das muss schon ein sehr begabtes Kind gewesen sein. Schauen Sie doch: Die Genauigkeit der Konturen. Also meine Kinder können das beide noch nicht. Sehen Sie mal, wie gut der Schmetterling getroffen ist.«

»*Die Liebe ist ein Schmetterling.*« *Genaue Konturen. Alles verschwommen.*

»Sie haben recht«, sage ich und versuche, mir meinen Schrecken nicht anmerken zu lassen.

»Womit?«

»Damit, dass das sicher der Sohn meiner Freundin war. Er zeichnet gerne und wollte mir wohl ein Geschenk machen.«

»Ach, das ist aber lieb. Kinder sind Goldstücke! Und kleine Künstler, allesamt.«

Kinder. Kinder. Kinder. Kinder.

»Ja, bestimmt. Sagen Sie: Was kostet die Medizin?«

Ich bin leicht und klar. Ob es eben unhöflich war, so schnell aus der Apotheke zu flüchten? Frau Richter hat ja keine Ahnung, was die Zeichnung in mir auslöst nach dem Vierzeiler auf meinem Liebesbrief und der Verwüstung von neulich.

»Bunt und wunderschön. Doch fang ihn ein …«

Ich ziehe das Foto aus meiner Tasche und betrachte die Vorderseite. Der Kopf meines Mannes ragt knapp über den unteren Bildrand. Darüber breitet sich der Himmel aus. Ich kann mich nicht erinnern, mit der Kamera so daneben gezielt zu haben. Mein Mann schaut nach unten, wahrscheinlich auf seinen Teller. Auf der Rückseite des Fotos breitet ein Schmetterling seine Flügel aus. Die Linien wurden mit einem Kuli gezogen. Daneben zeichnet dasselbe Blau einen Hut und eine Sonnenbrille, dahinter versteckt sich ein Gesicht. Der Künstler hat die Formen präzise getroffen, die Muster auf dem Flügel und die Schatten mit feinen Linien schraffiert wie bei einem Kupferstich. Ein Kind, das kann so etwas nicht.

Ich habe dir gesagt, du sollst auf mich hören. Es wird sonst nur schlimmer, ich habe dich gewarnt.

Ich brauche jetzt das Gefühl von Routine und starte das Auto, um fünfzehn Minuten später an der Theke des Chuches zu sitzen. Mich verlangt es nach dem süßen Duft von Frischgebackenem, nach dem Rattern der Kaffeemaschine. Und tatsächlich, der Lärm und das Gewusel der Fremden beruhigen mich wieder.

Sie reißen dich aus einem Albtraum heraus.

Das ist alles zu viel Aufregung. Es kommt ja immer alles auf einmal, nicht wahr, alles immer geballt. Hoffentlich ist es nur eine Phase. Ich rücke die kleine Blumenvase und den Speisekartenständer mit dem Salz- und Pfefferstreuer ins rechte Verhältnis.

»Hallo Renato, einen Café au Lait, bitte.«

»Sehr gerne, hübsche Frau. Cómo estás? Geht's dir gut?«

Renatos weiße Zähne bringen wieder ein Lächeln auf mein Gesicht.

»Ja, prima geht's mir, danke, mein Lieber.«

Und du lügst immer noch …

«Obwohl, heute bin ich etwas angespannt.«

Schon besser.

Ich untersuche die anderen Fotos auf Auffälligkeiten. Die Kamera war beim Fest reihum gegangen, jeder hat ein paar Bilder gemacht. Viele zeigen die Gruppe, beim Toast, beim Winken, Arm in Arm, aus allen Winkeln, alle rausgeputzt, alle strahlend.

Die perfektionierte Künstlichkeit.
Dort mache ich eine lustige Bewegung mit der Grillzange.
Meine Körpersprache ist jung und lebendig. Aber der Hut
und die Sonnenbrille verstecken mich. Nirgendwo, auf keinem Bild, kann ich meine Augen sehen. Und was ist das? Gerade auf dem letzten Bild, als sei es aus Versehen geknipst
worden, präsentiert sich eine Schnapsflasche, die nur noch
einen traurigen Rest beinhaltet. Nichts anderes ist auf dem
Bild zu sehen. Schnaps hatte ich doch erst angeboten, als es
schon dunkel war.

»Bitte sehr, und einen Café au Lait für dich.« Renato stellt
die Tasse vor mir auf den Tisch. Er verrückt dabei das Arrangement aus Blumenvase und Speisekartenständer und unterbricht dadurch meine Gedanken.

Ein kurzes Aufschluchzen und ein knarzender Stuhl neben
mir lassen mich meinen Kopf zur Seite drehen. Schon wieder
sitzt da die hübsche Frau. Zum ersten Mal sitzt sie alleine da.
Mit rollenden Tränen rückt sie vom Tisch weg, um in ihrer
Handtasche nach Geld zu wühlen. Dabei wischt sie sich immer wieder über das Gesicht. Ein Chanel-Zeichen ziert die
Tasche. Was ihr wohl fehlt? Hat sie vielleicht Liebeskummer?
Das kann doch nicht sein, ich kann mir nicht vorstellen, dass
ein so makelloses junges Ding sich nicht geliebt fühlen könnte.
Wenn man jung und hübsch ist, fliegt einem alles zu. Ich starre
auf die Blumenvase vor mir.

Die Erinnerung klebt an dir und macht dich schwer, als blick-
test du auf die erste Liebe deines Lebens zurück. Ein Duft, ein
Lied, ein Fensterblick – es sind die Kleinigkeiten, die Erinnerun-
gen zum Leben erwecken. Bilder aus einer anderen Ewigkeit.
Unbeholfen aufeinanderfolgend wie in einem privaten Super-
8-Film. Eine Stimme am Piano, dein Lied »Summertime« be-
gleitet die Bilder, die von einer Fremden erzählen, der Frau auf

der Leinwand. So fern. Dann nur noch ein Standbild: Augen, Gelächter, vier Hände auf ewig ineinander. Und eine weit geöffnete Tür nach draußen in die belebte Sommernacht. Stolz präsentiert die Tür die Bäume der Prachtallee, Stimmen, Schritte und den schwarzen Himmel.

Wie selig war ich damals. Und wie unwissend. Wenn ich das alles nur noch einmal erleben könnte. Nur ein einziges Mal, ich würde es bewusster tun. Warum ist man sich als junger Mensch nie bewusst, was für ein Geschenk die Gegenwart ist? Ich würde jede Sekunde genießen, wäre ich an der Stelle der jungen Frau. Sie hat noch alles vor sich, kann noch träumen und alles falsch und alles wieder richtig machen. Sie wird einen netten Mann finden, der Geld hat, der für sie sorgt und eine hübsche Familie mit ihr gründet. Was könnte sie schon für Probleme haben? Außer dass sie noch dünner geworden ist. Viel dünner. Ob sie krank ist?

Die Fremde, die sich wie eine Freundin anfühlt, ruft Renato zu sich: »Renato, was hast du für Schnaps? Möglichst einen, der nicht zu riechen ist. Falls ich gleich zum Casting gerufen werde.« Bei dem letzten Satz erklingt in ihrer Stimme ein zynischer Unterton. »Toller Scherz«, murmelt sie hinterher.

Renato huscht davon. Und während er in meiner Fantasie sein Alkoholdepot auf den Kopf stellt, bleibt mein Blick wieder auf dem Foto mit der Flasche hängen. Leider kann man das Etikett nicht erkennen, dafür fällt mir eine Markierung im Glas der Flasche auf. Ich warte, bis Renato der jungen Frau einen doppelten Wodka gebracht hat, dann frage ich ihn: »Mein Lieber, entschuldige, du kennst dich sicher fantastisch mit Digestifs aller Art aus, nicht wahr?«

»Madre mía, Aline, hast du etwa Stress? Du willst doch jetzt nicht auch anfangen zu trinken am Nachmittag. Es reicht doch, wenn das die jungen Dinger machen.«

»Nein, nein, ich doch nicht.« Ich stelle meine Stimme leiser. »Ich möchte nur von dir wissen, ob du weißt, was das hier für ein Getränk ist.«

Renato nimmt das Foto in die Hand und betrachtet es intensiv, dreht es, hält es näher und weiter weg. Dann hebt er leicht die Brauen: »Claro, das kenne ich. Das ist Beluga. Premium Wodka aus Russland, rund und rein. Und stark.« Schielend deutet Renato den Blick eines Betrunkenen an und bringt mich zum Lächeln.

»Beluga also! Ich bin beeindruckt, Renato, wie du das siehst, ganz toll.«

»Ach Aline, das ist nicht schwer. Der ist so gut, kannst du mittags schon trinken. Möchtest du probieren?« Renato freut sich neckisch, wie immer.

»Nein, immer noch nicht. Lieber mal am Abend.«

»Versprochen?«

»Versprochen. Aber jetzt möchte ich zahlen.«

Ich sammele meine Sachen ein und blicke noch einmal zu der jungen Frau hinüber. Sie weint nicht mehr, stattdessen hält sie schniefend einen Taschenspiegel vors Gesicht und versucht mit den Fingern, verwischte Wimperntusche zu entfernen. Beim Hinauslaufen bleibe ich neben ihr stehen und halte ihr ein Taschentuch hin. Sie dreht ihr Gesicht zu mir und entgegnet ein »Danke«. Am liebsten möchte ich sie in den Arm nehmen und beschützen. Oder nein, lieber bei den Schultern packen, schütteln und schreien: »Wach auf und genieß dein Leben. Lebe jede Sekunde. Es kann nicht so schlimm sein, wie es dir vorkommt.« Aber das wäre verrückt.

Tatsächlich?

Es geht mich nichts an.

//Kapitel 9: ZUHAUSE

//Früher Abend: Fiona//

Fick doch diese verdammte Matratze. Ist ja ganz Bohemian Style, so ein Ding auf dem Boden, aber ich spüre sie immer noch: Mein Rücken bricht auseinander. Es ist früher Abend, ich sitze im Chuches, warte auf meinen doppelten Wodka und bin total hinüber, weil ich die ganze Nacht nicht schlafen konnte. Die Hitze und dann noch der Hunger. Wenn der Magen nachts knurrt, als wollte er gleich zubeißen, da kann ich noch so müde sein, ich schlafe nicht.

Aber bloß nichts essen. Essen ist der Feind. Dünner werden macht high.

Ich brauche das Casting, doch die von dem Magazin hätten sich schon gemeldet, wenn ich in der Auswahl wäre. Der Gedanke daran trieb mich schon heute Nacht in den Wahnsinn. Ich hatte mich so gefreut nach so langer Zeit ohne richtigen Job. Das ist nicht fair! Und dann auch noch dieser Typ mit den Pralinen, der machte mir zusätzlich Angst. Der Geldmangel, die Spätsommerluft puddingmäßig unterm Dach, die Straßenbahn und dann noch diese Matratze. Ich hatte das Gefühl, verschluckt zu werden und zu ersticken.

Um kurz nach sieben gab ich auf. Ich hob mich in den frühen Morgen und ging zum Sport, das Einzige, was dann geht.

Natürlich war nichts los im Fitnessstudio, außer ein paar Businesstypen und Bodybuilder. Dazu das Geräusch des Laufbandes. Und überall war ich. Überall waren Spiegel, der ganze Laden hing voller Spiegel, die mich zum Hinschauen zwangen. Und zum Denken: Ob das reicht für so ein Shooting? Das da an den Schenkeln, das muss weg. Da und hier und dort musst du dran arbeiten. Wie Bildschirme und Leinwände schienen die Spiegel mich der Welt in Realtime zu präsentieren. So viele Spiegel sollten in Fitnessstudios generell verboten werden. Wir Frauen sollten alle zusammen auf die Straße gehen, uns wehren und gegen dieses kranke Körperbild protestieren. Tun wir natürlich nicht, weil wir hoffen, eines Tages dazuzugehören.

Extreme Close-ups. Und die Hoffnung verschluckt den Verstand wie bei allen Süchtigen.

Und die Agentur wollte sich einfach nicht melden.

Drei Stunden Training machten mich noch fertiger als ich davor schon war. Es fühlte sich an wie ein Unterdruck im Kopf, als könnte ich durch die Ohren atmen.

Schwäche.

Ich kam kaum die letzten Stufen zu meiner Tür hoch. Die Matratze erwartete mich. Mir blieb nichts übrig, als wieder Fakir zu spielen.

Du musst lernen, mit Ablehnung umzugehen. Du hasst das Geschäft, und trotzdem willst du es so sehr.

Ich will doch nur gewollt werden. Wie viel Ablehnung kann ein Mensch denn ertragen? Neulich wurde schon ein Casting abgesagt. Ob es an meinem Gesicht liegt? An der Nase? An meiner Art? Ich ertrage diesen Schmerz nicht mehr. Ich habe kein Zuhause. Auch wenn ich meine winzige improvisierte Wohnung eigentlich ganz gerne mag, bin ich vom Ursprung her ein Nomade, ständig auf der Flucht vor dieser Ruhe in den eigenen vier Wänden. In Hotels hab ich es bequem und luxuriös, Menschen sind in der Nähe und nichts erinnert mich an mich oder meinen Alltag. Clubs sind mein Zuhause, Bars. Das Chuches. Alles, wohin ich flüchten kann, wo ich abgelenkt bin und wie etwas Besonderes behandelt werde. Doch in meiner Kastenwohnung stauen sich die Gefühle und Gedanken. Die Wände reflektieren sie, neue kommen hinzu, und irgendwann ist der Kasten gedankenkontaminiert.

Jetzt sitze ich also im Chuches und überlege, wo ich danach hingehen soll. Hauptsache, nicht zurück in den Gedankenknast. Ich versuche ja, anders zu denken, ich versuche es wirklich!

Tust du nicht. Nicht. Wirklich.

Renato stellt meinen Wodka auf den Tisch und quatscht irgendwas Spanisches. Dabei fällt mir eine Frau am Nebentisch auf, die mir irgendwie bekannt vorkommt und mich geschockt anschaut. Muss ich erbärmlich aussehen. Wahrscheinlich kenne ich sie einfach von hier. Sie sieht ganz elegant und geschniegelt aus. Hat bestimmt viel Geld und keine Probleme. Liebe, ein schönes Haus, Geborgenheit.

An ihrer Stelle wärst du jetzt gern.

Vor allem ihr stolzes Charisma hätte ich gern. Ihre Klugheit und innere Ruhe, die sie mit beiden Beinen fest auf dem Boden stehen lassen. Sie ist doch die perfekte Frau mit dem perfekten Zuhause. Ja, die wäre ich jetzt gern. Sie schaut bestimmt so angewidert wegen meiner verschmierten Wimperntusche, dem Wodkaglas, den Balken unter den Augen und meiner Haltung eines getretenen Köters. Findet mich bestimmt total asozial. Ich denke immer, wenn man erstmal schön, jung, beliebt ist, dann muss man doch glücklich sein. Das muss man doch, oder? Wenn erst das Kilo unten, der Job ergattert, der Erfolg gefeiert ist, dann ist alles gut. Bald, in naher Zukunft.

Ein Blick aufs Handy erinnert mich erneut daran, wie sehr ich diese Zusage brauche. Kein Anruf. Bin ich wirklich so allein? Ich trinke den Wodka auf ex. Bin ich eben allein, fick das doch. *Jetzt nicht noch mehr heulen.*

Ich krame schniefend in meiner Chanel-Tasche, um nach meinem Portemonnaie und einem Taschentuch zu suchen, als plötzlich die Frau neben mir steht und mir eines hinhält. Wir schauen uns an, und für einen Moment bleibt die Zeit stehen. *Als seien eure Gehirnwellen synchronisiert.*

Dann geht sie.

//ZUHAUSE
//Früher Abend: Maik//

»Oh my God, where am I, where am I?«

Ich sitze im Treff auf den Stufen und höre eine Männerstimme mit amerikanischem Akzent. Dann meinen Namen: »Maik, komm mal!«

»Was denn?«

»Du kannst doch Englisch. Finde mal heraus, was mit dem hier ist«, ruft einer der Sozialarbeiter quer durch den Raum.

Ich stehe auf, laufe an den Schalter vom Büro und schaue mir den Neuling an, den Daniel scheinbar angeschleppt hat. Sein Name ist Robert Steinham. Er sieht nicht so aus, als gehörte er auf die Straße. Seine Haut, sein Haar, seine Hände sind zu gepflegt.

»You're new on the street, aren't you?«, frage ich, aber er schüttelt vehement der Kopf.

»Oh no, no, I'm not on the street. They sent me to a place for homeless people, man. I mean, what the fuck?« Der arme Kerl steht ja fast unter Schock.

»Okay, calm down.« Ich versuche, Robert zu beruhigen und ihn dazu zu bewegen, mir seine Geschichte von vorne zu erzählen. Er ist Tourist aus Boston und reist durch Europa. Direkt bei seiner Ankunft hier am Hauptbahnhof haben ihm ein paar Kleinkriminelle alles geklaut, und zwar wirklich alles – Geld, Papiere, bis hin zur Zahnpasta ist alles weg. Er ging zur nächsten Polizeistation, wo natürlich keiner Englisch sprach. Wozu auch? Braucht man ja heutzutage nicht in einer internationalen Stadt. Die waren tatsächlich so ignorant und haben ihn weggeschickt.

»Robert, where did they send you?«, frage ich ihn.

»To this park.«

»To a park?«

»Southpark, no. Westpark, yeah, Westpark.«

»Holy shit.«

Ich dachte immer, das Ding mit dem Westpark sei nur eine urbane Legende: Es gibt einen Ort in der Stadt, den die Jungs hier im Ghetto »Last Exit to Hell« nennen. Aber mit geöffneter Tür zur Hölle, sagen sie. In einem Park haben Vertreter der »anderen Seite« Container mit jeweils vier Schlafplätzen hingestellt, ein paar Duschen dazugeknallt, die nie benutzt werden, einem Druckraum, der mehr genutzt wird, und Toiletten, die ganz besonders genutzt werden. Der Legende nach hausen dort drei verschiedene Gruppen von Leuten. Erste Gruppe: Die letzten Existenzen, Kriminelle, Kranke, Psychopathen, Leute, die keine Lust mehr haben. Alles, was nicht mehr geradeaus laufen kann, wird dorthin geschickt, wer keine Lust auf Zivilisation hat, suizidal ist, im Grunde alle, die die Welt draußen nicht mehr im Kopf klarkriegen. Jeden Tag soll es mindestens eine Schlägerei geben, die Neuen werden beklaut, gemobbt, geschlagen, Frauen durchgereicht. Zweite Gruppe: Geistig noch halbwegs intakte Leute, die bloß kein Zuhause und kein Geld haben. Die haben dort fürchterlich Spaß und verwandeln sich schnell zu Menschen der ersten Gruppe. Dritte und kleinste Gruppe: Die leben gar nicht auf der Straße, sondern hatten nur Pech. So einer ist Robert. Drei Tage lang hat er dort mit stinkenden, inkontinenten, drogenkonsumierenden Zombies in einem Container verbracht, und heute hat er einen Gesichtsausdruck, als hätte er zehn Jahre lang kein Licht gesehen. Während dieser Tage schickten sie auch ein Mädchen als Neuankömmling dorthin. Es war von seinem Freund rausgeschmissen worden und wusste nicht, wo es hinsollte. Eines Morgens kam es weinend auf Robert zu. Über Nacht haben die Zombies dem Mädchen die Schuhe geklaut. Die Kleine hatte noch Glück, dass sie ihr nicht auch ihre Würde genommen haben.

Nur einer im Westpark ist freundlich zu allen, obwohl ihm immer gesagt wird, er soll mit niemandem reden. Hier im Treff kennen ihn alle. Daniel leistet Sozialstunden und kümmert sich hauptsächlich um die Klos. Eine Familienpackung Sagrotan ist sein ständiger Begleiter, sagt er immer. Er war es, der Robert und dem Mädchen geholfen hat. Die Kleine wurde noch am selben Tag von ihren Eltern abgeholt und Robert hat er nach Feierabend hierhergebracht:

»They say Westpark is like a hell for humans.«

»Humans? There are no humans«, findet Robert.

»Das interessiert die aber nicht, die den Westpark machen«, weiß Daniel. »Die sacken 'ne Menge Kohle von der Stadt ein für jedes belegte Bett. Hauptsache, es ist voll, egal ob die saufen, drücken, ficken, oder was auch immer machen. Aber um die Leute kümmert sich keiner.«

»Those were the worst three days in my life. Honestly, they should think about some better options for poor and desperate people. Once you get there, there's no coming back. Unless someone helps you.« Robert schaut Daniel dankbar an.

Die Dämmerung bricht ein. Jetzt, wo ich alles übersetzt und Robert wieder ans Büro abgeliefert habe, kümmern die sich um ihn. Ich hole meine Tüte, die ich mal von der Kleiderkammer bekommen habe, aus dem Schließfach Nr. 16 und verschwinde.

Nachdem ich Rambo und Rainer gebeichtet hatte, dass ich dieser Jürgen bin, der angeblich im Fadenkreuz der Mafia ist, beschlossen wir, uns doch zu trennen. Ich würde einfach ein paar Nächte allein umherziehen. Das tut mir sogar ganz gut. Tagsüber sitze ich im Treff rum, wo sowieso niemand Jürgen suchen wird. Bei Dunkelheit tauche ich buchstäblich unter und mache die Nacht zu meinem Zuhause. Wenn du auf der Straße lebst, stehst du immer im Licht der Öffentlichkeit. Du hast nie Schutz, nicht einmal beim Schlafen, jeder kann dich anglotzen. Du fängst an zu improvisieren, kreativ zu werden und überprüfst die Welt mit einem neuen Blick. Ich habe mir einen besonders geheimen Platz gesucht. Mitten in der Innenstadt vor einem Museum gibt es eine Art Ausgrabung mit Resten einer Ruine, große Steinquader. Unter einem dieser Quader ist ein Spalt zwischen Stein und Boden, es ist eng, aber gerade noch groß genug für mich. Und es ist sicher. Sogar ein wenig Wärme umarmt mich hier unten, da die Sommersonne vom Tag noch im Stein sitzt. Mein Körper ist zum Glück mittlerweile darauf trainiert, um sechs Uhr morgens aufzuwachen, denn die Gegend hier ist früh schon voller Menschenmassen, denen muss ich nicht unbedingt begegnen. Wie eine verpuppte Raupe liege ich jetzt eingerollt da, nur dass ich leider morgen nicht als Schmetterling aufwachen werde.

Ich stelle fest: Die Einsamkeit ist wieder da. Aber es ist eine gute Einsamkeit, nicht so wie vor meinem Ausstieg. Sie ist eine gewählte Einsamkeit. Zudem fühle ich mich umso weniger fremd, je weniger ich mit Menschen zu tun habe.

Mit Rainer hast du dich nie fremd gefühlt.

Ich bin nun aber froh, dass auch die letzten und jüngsten Beziehungen gekappt sind, denn auch die würden irgendwann in Fremdbestimmtheit münden und ich müsste sie wieder beenden. Jetzt spüre ich Frieden und das Glück des Seins, ohne den Zwang, etwas sein zu müssen. Und jegliche Angst ist fort, denn Angst kann nur dann aufkommen, wenn ein Verlust möglich ist.

Du hast dich einfach daran gewöhnt. Die Einsamkeit ist dein Kissen und dein Bett. Sie ist deine Routine, deine Sicherheit und deine Freiheit, deine Familie und dein Freund, deine große Liebe und dein Baby. Sie ist deine Poesie und dein Abenteuer. Du brauchst nichts als dich selbst. Niemand kann dir die Einsamkeit nehmen. Schön egoistisch, schön ignorant.

Das stimmt, ich bin ignorant geworden, und so wollte ich es auch. Nur ist da jetzt auch noch irgendetwas anderes, etwas Neues, das ich vorher nicht kannte und das an mir nagt. Noch ist es vollkommen irrelevant, aber ich spüre irgendetwas.

//ZUHAUSE
//Morgen: Aline//

Lautes »Summertime«-Summen beim Bügeln, so wohl fühle ich mich. Der Mensch braucht ein schönes Zuhause, das die Seele bettet, und ein solches habe ich. Dafür bin ich dankbar. Unser Haus hat einen herrlichen Garten mit einer blumenbunten Veranda. Innen umarmt uns die lichtdurchflutete Gemütlichkeit mit hellen Polstermöbeln, Designklassikern, ausgewählten Bildern und antiken Holzschätzen, mit weichen Teppichen und leichten Gardinen. Nichts ist dem Zufall überlassen, keinen Fleck gibt es, keine Unordnung, sogar die Fernbedienungen der diversen Geräte haben ihren festen Platz. Nur in einer solchen Perfektion fühle ich mich wohl. Ich liebe jede Arbeit, die damit zu tun hat, mein Zuhause noch schöner zu machen. Sogar das Bügeln macht mir Spaß. Ich finde es faszinierend, wie zunächst die Oberfläche des Textils auf dem Bügelbrett aufgewühlt vor mir liegt. Doch dann braucht das Bügeleisen nur darüber zu gleiten wie eine magische Hand, um sofort Glätte und Makellosigkeit zu hinterlassen. So einfach ist das.

Schade, dass das nicht überall so einfach ist. Du hast noch anderes zu tun. Drück dich heute nicht wieder davor.

Ich stelle das Bügeleisen ab und hole das Telefon. Mein Mann ist wieder gesund und arbeitet, sodass ich mich in die Bibliothek zurückziehen kann, um ungestört zu recherchieren. Ich schließe die Tür. Ein demonstrativ herbstlicher Sonnenstrahl drängelt sich durchs Fenster. Die Sonne steht wohl schon so schräg, dass ihre Gestalten scharf genug sind, den Raum zu durchschneiden. In ihrem Licht tänzeln Trillionen von Staubkörnern. Ob ich erst Staubwischen sollte?

Nicht ablenken. Anrufen.

Ich sehe kaum etwas vor lauter Sonnenglühen, als ich mich in den Lesesessel niederlasse und die erste Nummer wähle: »Hallo?«

»Christian, hallo«, antworte ich.

Es rumpelt und knarzt im Hintergrund, als wäre er von einer Metall-Leiter hinuntergepoltert.

»Aline, meine Liebe, wie geht es dir?«

»Toll, mein Lieber. Ihr seid heute zu Hause?«

»Ja, Nadine ist gerade mit Rico Gassi. Und ich renoviere unsere Wohnzimmerdecke. Was heißt, ›ich renoviere‹? Ich bringe ein paar neue Lampen von Diesel und Foscarini an.«

»Interessant. Äh, du sag mal, auf der Grillparty haben wir ja Fotos gemacht.«

»Wie bitte?«

»Auf der Grillparty bei uns? Mit dem Kirschgeist am Ende.«

»Ach die Party, richtig.«

»An dem Abend habe ich Fotos mit einer kleinen Kamera gemacht. Die habe ich deiner Frau auch schon gezeigt.«

»Okay?«

»Hast du zufällig Nahaufnahmen von uns geschossen? Von meinem Mann, seinen Augen zum Beispiel?«

»Aline, ich mag deinen Mann wirklich, aber so sehr nun auch wieder nicht.« Christian lacht. »Ich glaube, ich hatte die Kamera nie in der Hand. Ist das alles? Die Lampe da oben hängt so verdächtig schief, wie am seidenen Faden. Wenn das teure Teil runterfällt und zerschellt, werde ich wahnsinnig.«

»Ja. Das war's. Wann kommt denn deine Frau wieder?«

»Bestimmt in einer halben Stunde. Sie ruft dich zurück. Und danke noch mal für die Party.«

»Gerne! Danke für die Anwesenheit.«

»Hallo?« Jutta drückt einen hysterischen Ton durch die Telefonleitung. Im Hintergrund lärmen ihre beiden Jungen.

Trampelgeräusche, Wasserhahn. Kinder, Kinder, Kinder.

»Jutta, hallo. Hast du kurz Zeit?«, frage ich beschämt. Sie hat schließlich jedes Recht, keine Zeit zu haben, und dann komm ich mit meinen absurden Fragen.

»Ja, einen Moment. Otto, lass das! Es wird doch alles nass, merkst du das nicht? Entschuldige, meine Liebe, was hast du gesagt?«

»Ich war doch neulich bei euch und habe dir Fotos von unserem Grillfest gezeigt, erinnerst du dich?«

»Also bitte, natürlich erinnere ich mich daran, so furchtbar wie ich auf den Bildern aussah.«

»Sehr gut. Also …« Ich habe keine Ahnung, was ich als Nächstes sagen soll.

»Aline, worum geht's denn, ich kann gerade ganz schlecht.«

»Ich habe die mir jetzt noch mal angesehen und …«

»Ja?«

»Ist dir da was Komisches aufgefallen?«

»Was jetzt? Otto, nicht auch noch die Tischdecke!«

»Oder hatte dein Sohn die vielleicht mal in der Hand?«

»Was meinst du?«

»Ach entschuldige, meine Liebe, es ist eine komische Frage. Auf der Rückseite des einen Fotos ist so eine wunderschöne Kulizeichnung von einem Schmetterling und einer Frau mit Hut. Ich wollte mal wissen, woher die kommt. Und, ja, mich für die Überraschung bedanken. Das ist alles.«

»Ach so. Ja. Otto! Aline, ich kann gerade nicht. Vielleicht war das einer meiner Söhne. Ich weiß nicht wie, aber bei dem Chaos, das die hier veranstalten … Otto schmiert gerne überallhin, wo er nicht soll.«

Das klingt nicht gerade hilfreich.

»Na gut, dann … vielleicht kann ich ihm ja mal die Zeichnung zeigen und mich dann bei ihm persönlich bedanken?«

»Ja, wenn es sein muss. Aber wir fahren bald wieder zum Golfen und überhaupt, Aline, das machen wir irgendwann anders mal.«

»Okay, na gut, danke.«

»Oh … Aber Aline, wo du gerade dran bist. Warte kurz. Otto, du hältst jetzt still, und wenn ich zurückkomme, hast du deine Hose wieder hochgezogen!«

Ich höre Jutta laufen. Sie geht wohl in ein ruhigeres Zimmer, in dem ihre Schritte in der Leere hallen. Sie schließt eine Tür. *Stille.*

Dann folgt Juttas Flüstern hinter vorgehaltener Hand: »Meine Liebe, kann ich mal übers Wochenende bei dir übernachten?«

»Ja klar, wieso?«

»Ich lasse am Freitag in vier Wochen ein paar Falten unterspritzen.«

»Ah ja. Und brauchst du dann Pflege, oder wie? Aber ist man dafür nicht am besten zu Hause?«

»Nein, Pflege brauche ich nicht, das ist ganz harmlos. Aber mein Mann darf davon nichts erfahren. In meinem Ehevertrag steht doch, dass ich nichts machen lassen darf. Ich habe ihm erzählt, dass ich mit dir auf ein Golfturnier fahre.«

»Mit mir? Aber ich spiele doch gar kein Golf.«

»Dann wird's aber Zeit! Also was ist? Kann ich mit dir rechnen?«

»Ja, also, mein Mann …«

»Super, Aline, du bist ein Schatz! Ich werde es dir mit einem frischen, jugendlichen Lächeln danken!«

Ich höre, wie sich eine Türe öffnet und der Lärm der Kinder wieder aufbrandet.

»Otto, ich hab gesagt, du sollst deine Genitalien einpacken! Aline, ich muss auflegen. Ich ruf dich an, ja? Danke noch mal!«

Er war es nicht.

Der Junge war's, ich bin so glücklich!

Er war es nicht.

Mir fällt ein Stein vom Herzen. Ich atme tief ein und blicke durch die Bibliothek. Von einem der Bücherregale puste ich eine zarte Staubschicht.

//ZUHAUSE
//Vormittag: Achim//

Ach, sag doch mal ganz ehrlich, geht's mir scheiße. Ich sitze im Office. Letzte Nacht hab ich hier geschlafen, auf einem Sofa im sogenannten Ruheraum, sofern man das Schlafen oder Ruhe nennen kann. Zum einen bin ich nicht in mein Bett, weil ich megaviel zu tun hab. Zum anderen ist das hier mein Zuhause. Mein wirkliches Zuhause. Hier bin ich von morgens bis abends, und immer öfter auch von abends bis morgens. Ich dachte mir nur, ich bleibe einfach dort, wo ich hingehöre, wo ich immer von mir überzeugt war. Wenn ich im Office bleibe, bin ich bald wieder der Alte.

Vergiss es. Du kannst dich nicht einmal ablenken von deiner seltsamen Emotion.

Ich checke noch mal meine Mails.

Du schaust nach, ob die Kleine sich gemeldet hat.

Alle zwei Minuten stelle ich fest, dass sie immer noch nicht auf meine Mail mit den Fotos reagiert hat. Peinlich.

Das nennt man übrigens Gefühle. Leertaste.

Das darf man echt keinem erzählen. Jedes Mal nach dem Posteingangs-Blick versuche ich, mich wieder auf die Arbeit zu konzentrieren, allerdings bin ich hammer müde, ich muss mich anstrengen, um überhaupt wach zu bleiben. Dann schaue ich mir wieder ihre Fotos an. Sie hält sich bestimmt für die Größte, aber so toll ist sie nicht, sie erfüllt nicht mal ein

Minimum meiner Requirements. Und ich Idiot hab ihr mit den Fotos, die ich ihr geschickt hab, auch noch eine Bestätigung gegeben. Jetzt hat sie so was von Oberwasser. Hätte ich das mal lieber gelassen und mich einfach gar nicht mehr gemeldet. Eigentlich bin ich so doch gar nicht. Reue empfinden, sich als Letzter melden, das geht gar nicht für einen Löwen.

Je mehr du dich wehrst, desto enger wird's.

Ein paar Tage sind vergangen seit dem Abend, an dem ich die Mail an die Kleine und das Handy an Marko geschickt hab. Beide lassen mich zappeln. Anyway. Die Bilanz ist, ich kann nicht arbeiten, ich kann nichts ändern, ich kann nur warten. Mann, ich hasse Warten.

Leertaste. Leer. Leere. Kein Wort. Pass auf, Arschloch.

//Kapitel 10: LÜGEN UND GLAUBE

//Mittag: Achim//

Das Office wird langsam zu meinem persönlichen Niemandsland zwischen Heaven and Hell. Ganz ehrlich, ist auch kein Wunder. Die komischen Zusatzinfos vom Boss kamen bis heute nicht bis zu mir durch, also ist da ganz sicher was faul. Der Megadruck ist nicht auszuhalten, denn hier geht's um Leben oder Tod: Ich kann entweder nach dem Produktlaunch raketenmäßig aufsteigen oder mein Arsch hängt wie ein Jesuskreuz im Büro des Bosses. Die Schwerkraft drückt meine Augenlider und meine Muskeln nach unten.

Ring!

Nicht der Wecker klingelt, sondern mein Handy. Endlich einer der beiden Anrufe, auf die ich schon die ganze Zeit warte: »Marko! Du Arsch, wieso lässt du mich so lange hängen? Mein Auftrag hat oberste Prio, so weit oben, dass er sich den Schädel an der Decke anschlägt!«

»Ich verstehe Ihre Unhöflichkeit nicht als persönliche Beleidigung, sondern als Zeichen dafür, dass Sie unter Stress stehen.«

»Ja right, und jetzt raus damit, was hast du gefunden?«

»Verzeihen Sie mein spätes Feedback, ich konnte nicht früher eine Maschine besorgen, die die Streifen aus dem Vernichter zusammenfügen kann. Zumal Sie mir nahelegten, das Material nur einer vertrauenswürdigen Person zu zeigen. Und finden Sie mal jemanden, dem Sie vertrauen können in dieser Branche.«

»Alles tutti, komm zur Sache.«

»Also gut, es ist so: Bei den zerschnipselten Daten handelt es sich um Skizzen, die aus Japan stammen. Sie beschreiben eine Software für ein portables Device, und das kann so scheinbar noch nicht realisiert sein.«

»Aha. Was macht die Software?«

»Sie soll alles aufzeichnen, absolut alles berechnen und die Daten zusammenführen. Darüber, was der Nutzer des Device macht. Etwa ob er von Beruf Manager ist, Model oder Mutter. Wo er sich aufhält, ob er beim Pizzadienst anruft, oder ein Bordell besucht. Telefonate und Mails werden auf Keywords untersucht, das Surfverhalten, die Nutzung von Applikationen überprüft, Favoriten, GPS-Daten, alles, was auf dem Device unternommen wird, kann verwertet werden.«

»Ähm. Okay, und das ist meganeu?«

»Ach, was glauben Sie denn, die Geheimdienste haben längst unsere Köpfe verkabelt. Sie müssen nur mal schief niesen, und alle Geräte im Umkreis hören Sie ab und filmen mit.«

»Ich bin verwirrt.«

»Diese Software hat Zugriff auf alle Funktionen und Apps. Das Neue dabei ist: Sie ist wie ein Meta-Datensammler, also ein Datensammler, der von Datensammlern Daten sammelt. Dann wirft es die Daten in einen Topf, wertet sie aus und setzt sie sogar in Relation zueinander. Sie erstellt ein Personenprofil auf Knopfdruck, über das man Verhaltensmuster herausfinden kann, von den Konsum-Neigungen bis zum Seitensprung des Ehemanns. Das ist Science-Fiction, so was hab ich noch nicht gesehen. Ach, und der wichtigste Teil ist, dieses Ding ist so freundlich, es kann sich ganz einfach unbemerkt per Download, ähnlich wie ein Virus, auf einem Gerät einnisten. Das Abrufen der Daten funktioniert dann per Internet.«

»Lass mich raten: Das ist nicht legal.«

»Sagen wir mal so, von Datenschutz haben die Entwickler noch nichts gehört. Das hier sieht nicht aus wie eine Funktion für bestimmte Zielpersonen, sondern wie etwas, das kommerziell genutzt werden soll, eine Analysemöglichkeit für die Masse, etwa für die Politik oder die Marktforschung. Die Funktion kann in jedem beliebigen Multifunktions-Handy stecken. Am Ende ist es nur eine Frage der entsprechenden Gesetzeslücken, ob das Teil zum Einsatz kommt.«

In meinem Kopf knirscht es.

»Kann es sein, dass ich so was schon in meinem Handy habe?«

»Na, ich weiß ja nicht. Wieso gerade Ihres? Ihre Denkweise ist bestimmt nicht repräsentativ für die der Massen.«

»Da hast du mal mega recht. Und die Scheiße funktioniert?«

»Bisher scheint die Skizze nur eine der Testversionen zu zeigen. Es gibt auch ein paar Lücken, es fehlen Informationen darüber, wie die Daten genau abgerufen werden sollen. Außerdem soll die Software geschmeidig im Hintergrund laufen und muss absolut und komplett unantastbar für zum Beispiel Hacker sein. Dafür braucht es einen Verschlüsselungs-Algorithmus, der das Ding unknackbar macht.«

»Warte, und den gibt's nicht?«

»Zumindest steht hier noch nichts davon, wodurch die Software unsichtbar bleibt – wir Nerds würden es Warp-Encryption nennen.«

»Das Einzige, was noch fehlt, ist eine Warp-Encryption, ich lach mich tot.«

»Abgesehen davon stellt sich mir die Frage, wie authentisch so ein Profil am Ende tatsächlich ist.«

»Also ist es Schwachsinn?«

»Das wissen wir noch nicht und es ist auch eine Frage der Verkaufsargumente, wenn Sie verstehen. Hier geht's nicht mehr nur ums Abhören. Wenn man dem Käufer eine gläserne Masse verspricht, verspricht man gleichzeitig die Möglichkeit zur Manipulation. Man kann sich eine kleine Gefolgschaft basteln, ihr nur die Infos zuspielen, die sie braucht, um für sie eine Welt zu konstruieren, die nichts mit der Realität zu tun hat, eine Filter Bubble. Sie als Marketingprofi wissen das besser als ich.«

»Nun ja …«

»Hat die Person, von der Sie die Papiere haben, einen eigenen Drucker im Büro?«

»Ja, ich denke schon, zumindest die Assistentin.«

»Große Drucker haben eine Festplatte. Vielleicht können Sie mir die noch zukommen lassen, dann kann ich von dort noch ein paar Infos rausziehen.«

»Schlägst du gerade vor, dass ich etwas klauen soll?«

»Nein, das ist natürlich Ihre Entscheidung. Schließlich kann es hier um die Rettung der Menschheit gehen. Ich frage mich, wie sich solche Entwicklungen über kurz oder lang auf die Gesellschaft auswirken. Ich meine, am Ende steht da dann vielleicht ein rundum isolierter und durch Informationen individuell gepamperter Mensch, der unfähig ist, mit anderen zu sprechen, der sich das Leben des anderen nur noch vorstellen kann, und nicht einmal mehr versucht, andere wahrzunehmen, auf sie einzugehen, sie zu verstehen. Warum auch, er bekommt ja alle Informationen, die er braucht, von anderswo, und …«

»Hallo, Schluss jetzt«, unterbreche ich Marko, »ist gut jetzt mit deiner biblischen Weltuntergangsvision.«

»Ich bin still.«

»Was soll ich denn jetzt machen? Abgesehen von der Festplatte?«

»Die geflickten Skizzen sind bereits auf dem Weg zurück an Sie. Entweder Sie ignorieren und vernichten Sie – noch mal. Oder Sie klären das auf und geben die Skizzen an Experten weiter. Das könnte Sie natürlich Ihren Job kosten und weit mehr, aber …«

»Experten? Du bist mein Experte! So eine Scheiße.«

»Ich habe einen Kontakt. Was ich mich frage, woher haben Sie das?«

»Das ist meine Sache.«

»Diese Frage ist aber wichtig, um zu beurteilen, wofür die Unterlagen dienen sollen. Ob sie nur Ergebnisse eines Brainstormings sind, ein wissenschaftliches Experiment, oder ob die Funktion an realen Personen getestet wurde oder werden soll, ob sie gestohlen wurde, ob sie eine Spielerei von genialen Japanern ist … «

»Bestimmt sind die Skizzen harmlos. Der Quatsch war zwar geschreddert, lag aber einfach so offen im Mülleimer.«

»Ja, das ist seltsam. Wahrscheinlich haben Sie recht. Vergessen Sie, was ich gesagt habe.«

Schweigen zweier Ungläubiger. Gar nichts ist hier harmlos.

»Und die sms und der Anruf auf meinem Handy? Konntest du herausfinden, woher die kamen?«

»Einen anonymen Anruf kann man nicht nachträglich zurückverfolgen. Die sms kam von einem ganz normalen Internet-Account bei einem kostenlosen Provider namens Free Way mit der Nummer 12-1-21-6-23-5-7 …«

»Wer ist es?«

»Sie. Zumindest wurde der Account unter Ihrem Namen und mit Ihren Daten angelegt.«

»Du verarschst mich.«

»Mitnichten.«

»Ich schicke mir doch nicht selbst eine SMS.«

»Überprüfen Sie doch mal Ihre ganzen kostenlosen Mail- und anderen Accounts und ob davon was geschickt wurde. Manchmal schicken Hacker von irgendwoher Nonsens. Vielleicht haben Sie die SMS auch selbst geschrieben und versehentlich an Ihre eigene Nummer geschickt und können sich nur nicht mehr daran erinnern?«

»Ich bin vielleicht überarbeitet, aber noch nicht schizophren. Ich wusste nicht einmal, dass ich so einen Account habe.«

»Solche Dinge passieren öfter, als Sie denken. Vielleicht hat jemand Ihren Account gehackt und wollte Sie ärgern, passiert bei kostenlosen Anbietern leicht. Neulich hat meine Kollegin eine Mail von meiner bezahlten Adresse erhalten. Darin stand auf Englisch: ›I am struggling, I am going to quit right now.‹ Ich habe diese Mail nie geschrieben. An Ihrer Stelle würde ich dem Ganzen nicht zu viel Bedeutung beimessen. Ruhen Sie sich lieber mal aus. Sind wir jetzt quitt?«

»Ja. Danke. Gute Arbeit.«

Ich lege auf. Ich spüre wieder diesen Schweiß zwischen meinen Schulterblättern, als ich mich im Stuhl zurücklehne. Was passiert in meinem ehrenwerten Unternehmen? Mir wäre es lieber, ich hätte davon nie etwas erfahren. Das ist doch eine Megascheiße! Aber noch ist nichts passiert, niemand wurde verletzt. Ich werde meine Megakarriere nicht gefährden, nur wegen eines fehlenden Warp-Antriebs, no way.

//LÜGEN UND GLAUBE
//Mittag: Aline//

»Hallo Vera, komm rein. Danke, dass du so schnell kommen konntest.« Ich umarme meinen Besuch an der Haustür und führe uns in die Lounge.

»Aber klar. Du bist meine beste Freundin seit der Schule, und du klangst besorgt.«

»Möchtest du etwas trinken? Selbstgemachten Eistee?«

»Nein, ich hab nicht so viel Zeit. Worum geht es denn?«

Ich hole den Fotostapel von der Kommode, nehme meine Freundin beim Handgelenk und setze uns beide auf das Sofa. Ich halte ihr wortlos die Fotos hin, die sie aufmerksam zu betrachten beginnt. Erst die Gruppenaufnahmen, mein Lächeln unterm Hut und die Grillzange. Veras Gesicht zeigt intensives Suchen nach einer Frage, lächelt aber dabei.

»Das sind schöne Fotos? Ihr hattet einen netten Abend, wie ich sehe.«

Bild für Bild wagt sie sich vor, wird mit jedem langsamer, betrachtet genauer. Schon im ersten Drittel zieht sie das Foto von der Schnapsflasche hervor und hebt den Kopf, um mich anzuschauen.

»Was soll das? Ist das dein Mann? Geht es um deinen Mann, Aline?«

Angst. Jetzt gibt es kein Zurück mehr. Du bereust gerade ernsthaft, dass du Vera zu dir gerufen hast.

Nur meine Augen sprechen, indem sie auf die Fotos schauen, woraufhin Vera weiterblättert. Dann kommt das Bild mit dem Kuli-Kunstwerk auf der Rückseite. Als ich es ihr zeige, lächelt sie es an, als halte sie den Schmetterling selbst in der Hand. Dann fange ich an zu weinen. Ich weiß nicht einmal, wieso ich weine, es ist doch nur ein Schmetterling. Vera nimmt mich in den Arm. Gott, wie ich mich dafür hasse. Ich sollte eine starke Ehefrau und werdende Mutter sein und nicht meine Tränen in die Schulter meiner besten Freundin pressen. Ich weiß nicht mal, wieso ich weine, es ist doch nur ein Schmetterling.

»Aline, ich verstehe nicht, was hier los ist, aber ich wollte schon lange mit dir reden. Ich bin doch scheinbar die Einzige, die überhaupt mal ehrlich mit dir redet. Und … dein Mann … Er ist krank.«

Ich stoppe mein Schluchzen und schaue auf.

»Was? Nein, darum geht es nicht.«

»Natürlich geht es darum. Ich hab es doch gesehen. Vor zwei Wochen, du hast am Telefon selbst gesagt, du bist einsam und unglücklich, weil dein Mann dich nicht gut behandelt. Du hast gesagt, er kommt nachts nicht heim, und dass ihr nie einen Sohn bekommen werdet.«

Ich bin wieder voll da, und die Worte befreien sich klar, hell und ohne Melodie aus meinem Kopf: »Ich erinnere mich nicht an so ein Telefonat. Nein. Das habe ich nie gesagt.« Tatsächlich weiß ich gerade nicht, von welchem meiner Anrufe sie spricht.

»Okay, worum geht es hier? Ich hab mir das Telefonat nicht eingebildet. Erkennst du nicht die Zeichen?«

»Ach, dann habe ich das höchstens gesagt, weil ich gerade gestresst war. Wir haben wirklich viel zu tun gerade. Ich war vielleicht wütend auf irgendwas, irgendeinen Blödsinn. Und die viele Arbeit, das Haus, die Vorbereitungen …«

»Aline!«

»Mein Gott, wenn du jedes Wort auf die Goldwaage legst, sage ich am besten gar nichts mehr.«

Vera zeigt einen Anflug von Wut: »Ich werde wahnsinnig, das sagst du immer. ›Das war alles ganz anders‹, ›Du hast das falsch verstanden‹, ›Jetzt übertreib nicht‹. Gegen diese Argumente komme ich nicht an, Aline. Aber bitte sehr, wenn du es nicht anders haben willst. Du willst dich doch selbst belügen.«

»Unsinn. Es geht um etwas ganz anderes. Es geht um die Zeichnung, sie macht mir Angst. Hier hat womöglich jemand eingebrochen. Und davor, da war ein Brief mit einem Vers: ›Die Liebe ist …‹«

Vera packt mich bei den Schultern und schreit in meine nassen Augen: »Aline, ich weiß es! Wie er mit dem Bein gegen den Tisch geknallt ist, mit komischem Blick und leiernder Aussprache. Er trinkt. Ich kann mir das nicht mehr mit ansehen.«

»Aber der Schmetterling …«

»Du deckst ihn. Ich sehe deinen Mann manchmal schon morgens im Café in der Stadt trinken. Er behandelt dich nicht gut, er macht nichts am Haus, er ignoriert dich. Die anderen reden über euch. Warum machst du das mit? Liebst du ihn noch?«

Nachdenkend suchen, irgendwo, nach einem Gefühl wie Liebe.

»Oder … wenn schon nicht für dich selbst, dann denk doch wenigstens daran, dass du ein Kind möchtest. Das möchtest du doch noch.«

»Okay, vielleicht hast du recht. Ich möchte ein Kind. Mein Mann trinkt ab und zu mal ein Glas Wein, um zu entspannen. Vielleicht auch mal eins zu viel. Ich werde mit ihm sprechen, es wird sich was ändern.«

»Wann, Aline?«

»Na … bald. Er hat gerade so viel Stress.«

»Leugnen heißt Lügen, Aline. Verkauf mich nicht für dumm. Ich kenn dich und deine Ausreden. So oft hast du schon gesagt, dass du etwas unternehmen wirst. ›Jaja, es wird was passieren.‹ Aber wann? Wann hat das Warten auf den richtigen Moment ein Ende? Wenn der Mond auf die Erde stürzt? Du verschiebst es doch wieder auf den nächsten Augenblick. Und den nächsten. Und den nächsten. Und irgendwann ist es zu spät. Du musst dich jetzt entscheiden, bevor etwas anderes für dich entscheidet.«

Während Vera redet, wehre ich mich innerlich gegen ihre Worte wie ein Krieger gegen feindlichen Beschuss.

Mauern wie eine Festung. Dann der Fund: Du liebst. Nicht ihn, vielleicht, aber du liebst.

Endlich gehe ich in die Offensive: »Schluss jetzt! Es reicht, ich lass mir von dir nicht mein Leben schlechtreden. Wie kannst du nur? Ich spreche jetzt nicht mehr mit dir. Du musst gehen.«

Vera stellt den Kopf schief. Sie hat recht mit ihrem ungläubigen Blick.

Eigentlich möchtest du gehen.

»Mein Mann arbeitet und schuftet, um gut für uns zu sorgen. Weil er alles tut, alles, alles … Du machst mir das nicht aus Missgunst kaputt. Du kennst das nicht, du bist weder Ehefrau noch Mutter. Du kannst das gar nicht verstehen.« Ich will nicht wieder weinen, sonst verlieren meine Worte an Glaubwürdigkeit.

»Aline …«

»Geh bitte.«

Wortlos steht Vera vom Sofa auf und läuft aus der Lounge. Als ich das Schloss der Haustür höre, sinke ich auf den Boden. Warum tut das so weh? Vera ist eine meiner ältesten und vertrautesten Freundinnen.

Als Teenager habt ihr euch in einer feierlichen Zeremonie ewige Ehrlichkeit und Treue geschworen. Ihr wolltet zueinanderhalten, auch wenn ihr eines Tages mit einem Jungen gehen würdet.

»Für immer Freunde« war unser Motto. Aber die Dinge ändern sich eben. Menschen ändern sich. Vera hat nicht das Recht, mir alles zu nehmen.

Dann kannst du sie nie wiedersehen.

Ich will sie auch nie mehr wiedersehen. Ich falte die Hände in meinem Schoß ineinander, senke den Kopf und sage mir vor: Ich bin leicht und klar.

Mein Blick breitet sich auf dem Boden aus. Flocken ducken sich unterm Sofa. Ich krabble auf allen Vieren auf das Sofa zu, strecke meinen Arm aus, greife weit darunter und berge eine leere Schnapsflasche. Das geht so nicht. Mein Ärmel ist von oben bis unten voller Staub. Ich brauche eine neue Putzfrau.

//LÜGEN UND GLAUBE
//Nacht: Fiona//

Angriff oder Flucht? Krass oder gar nicht. Höhenflug oder Kloakenloch? Für dich gibt es nur zwei Optionen.

Manchmal will ich mich einfach nur lösen, von meinem Körper, meinem Kopf. Das geht über Ablenkung, Sex, Feiern, Drogen, Schwachsinn. Das tut gut, ist Urlaub. Gerade funktioniert nicht einmal mehr das.

»Noch so einen Wodka, bitte.«

Die haben hier nur Bier, Schnaps, Wein, Kondome oder überteuerten Billig-Champagner. Ich weiß nicht genau, wie ich in dem Teil der Stadt gelandet bin. Ich bin einfach gelaufen, immer geradeaus bis zum Barhocker vom Bon Ami am Rande des Rotlichtviertels. Ich bin immer noch überzeugt davon, dass das hier eigentlich ein Puff ist. Hinten bei den Toiletten, vorbei an der Bildergalerie, gibt es eine Tür, die wohl ins Nebenhaus führt. Dort verschwinden die Damen und manche Tänzerinnen mit ihren Freiern, glaube ich. Weiß nicht warum, aber ich habe eine Affinität zum Rotlichtmuff. Zumindest wenn es so versteckt ist. Wahrscheinlich gibt es hinter diesen Türen mehr Hingabe und Leidenschaft als in meinem Leben.

Freiheit. Für Körper und Seele. Du bist so besessen von dieser Freiheit, wie du sie definierst, dass sie zur Einsamkeit führt. Was, wenn du gar nicht frei bist?

Ob ich hier in ein paar Monaten anheuern muss?

»Bitte sehr!«

Ein Wodkaglas landet vor mir. Nummer acht ist das jetzt. Glaube ich. Ganz schön voll hat's die wasserstoffblonde Barseniorin mit schwarz ausgemalten Augenbrauen gemacht. Es schüttelt mich, so sehr ätzt der Wodka mir die Speiseröhre weg. Aber als er in meinem Magen landet, macht sich ein vertrautes warmes Gefühl breit. Wäre ich nicht ich, ich würde mich lieben.

Wieso fühlst du dich so beschissen und ungeliebt? Es wird nicht besser werden, nur schlimmer mit jedem Jahr. Wohin soll das führen, wie willst du das schaffen?

Diese Fragen tauchen gerade öfter auf.

Willst du leben?

Eigentlich nicht. Diese ganze Welt, in der vergängliche und schwachsinnige Ding regieren, will ich eigentlich nicht.

Aber könntest du sterben?

Gerade könnte ich es vielleicht. Was lasse ich schon zurück? Niemand würde mich vermissen, und auch ich würde nichts und niemanden vermissen. Wofür hungere ich mir das Fleisch vom Leib? Wofür trainiere ich auf einem lächerlichen Stepgerät, wenn ich nicht mal echte Stufen hochkomme? Wozu biedere ich mich bei Agenturen und Labels an? Ich bin so müde, ich mag nicht mehr kämpfen, will einfach endlich perfekt sein. Aber morgen wird's noch schlimmer, und wieder und wieder. Ich will so nicht leben, aber jetzt bin ich nun mal hier. Zum Kotzen. Das war nicht meine Idee vom Leben. Das ist die Antwort auf die Frage, ob ich sterben könnte. Wenigstens lüge ich mir nicht vor, wie toll das Leben ist. Es könnte toll sein, aber ist es eben nicht.

In dieser Bar passiert nichts mehr. Ein wenig beschwipst stelle ich ein Bein auf den Boden, es wackelt, ziehe das zweite nach, setze es neben das andere und lege das Geld auf den Tresen. Ich remple mit der Hüfte gegen den Barhocker. »Tschüss und danke!«, rufe ich irgendwohin, zwischen schwarze Augenbrauen, Spiegel und Spirituosen. Dann fahre ich wie auf Schienen nach draußen, vorbei an dem dickbäuchigen grauen Türsteher, der mit seinem gezwirbelten Bart und dem Cowboyhut aussieht wie ein Fossil aus einem Terence-Hill-Film, an den Clubs und an Pappaufstellern mit Frauen drauf vorbei hinein in die bunten Lichter. Draußen ist ganz schön was los. Nutten, Freier, Junkies, Touristen, ein Schuss Schwindel.

Du bist eine tickende Zeitbombe. Mach jetzt keinen Blödsinn. Geh nach Hause und fang morgen noch mal neu an.

Jetzt merke ich den Alkohol. Jetzt. Dreht sich die Welt. Um mich. Kann nicht zurück. Es muss was passieren. Nur was? Drogen vielleicht? Kriege ich hier bestimmt irgendwo. Die Dämpfe der Grill- und Dönerbuden drängen in meine Nase und weiten meinen riesigen leeren Magen. Ich mach das jetzt. Ich laufe um die Ecke, bis ich zum Kiosk mit dem fiesesten Fritteusengeruch komme. Nur den Duft riechen, nicht schwach werden. Beim Stehen und Verweilen vor der Bude erkenne ich im Augenwinkel, dass ich von der linken Seite studiert werde. Von einem vergammelten Typ mit Aknenarben im Gesicht. Versuche ihn zu ignorieren, als er loslallt: »Was haben wir denn hier?«

Nicht darauf eingehen, ignorieren.

»Suchst du was Bestimmtes? Willst du Sex? Ich zahle dir auch, hm, warte, fünf Euro.«

Nicht hinschauen. Nicht hinschauen.

»Hallo, hallooo Baby, komm, mach Liebe mit mir.«

Tu's nicht.

Und dann ich so: »Was weißt du denn von Liebe? Alter, fick dich und verpiss dich und wag es bloß nicht, mich anzugaffen. Du bist ein widerliches Stück Scheiße, das ich nicht mal mit desinfizierten Gummihandschuhen anfassen würde. Geh dich waschen, du stinkst.«

Hast du das gerade gesagt? Nicht gut.

»Das ist ja interessant. Willst du mich mal richtig riechen? Soll ich mal näher kommen, dass du meinen Harten riechen kannst, Baby? Findest du geil, oder?«

Würstchen mit Zwiebeln. Bratwurst mit Senf.

Er kommt näher und streckt die Hand aus. Will anfassen. Seine widerlichen Finger sind schnell und überall.

Aggression rollt, Fäuste ballen sich, Gefuchtel. Trotz Gegenwehr möglichst nicht hinschauen. Und nicht riechen.

Dann höre ich meine eigene Stimme in überhöhter Frequenz: »Hau ab!«

Dann einen zweiten Typen: »Kochi geh mal bitte. Du hast die Mädels für heute genug genervt.«

»Ey Maik, ich hab doch gar nix gemacht. Ich schwöre, ich wollte nur nett sein …«

»Jaja. Verschwinde, oder du bekommst es mit mir zu tun. Wenn du so was noch mal machst, verpfeif ich dich bei den anderen, dass du alle beklaust.«

»Maik. Auf dich hör ich. Jedem anderen würde ich in die Fresse hauen, aber du bist einer von den Guten.«

Der Aknetyp verschwindet. Nicht heulen jetzt. Ich starre einfach weiter auf die Tafel mit dem Fraß, Cola, Wasser, Fanta.

»Ich bin untröstlich, wirklich, so was ist unverzeihlich.«

Wodkawanken. Weiter auf die Karte starren.

»Schon okay. Der Tag war sowieso beschissen.«

»Findest du denn was auf der Karte?«

Flucht oder Kampf?

»Jetzt geh du mir nicht auch noch auf den Sack!«

»Okay. Schönen Abend.«

Scharfe Bockwurst mit Ketchlknadvoer ...

Die Buchstaben verschwimmen.

Das war nicht cool, immerhin hat er deinen Arsch gerettet.

Und dann, zum ersten Mal, seit der ekelhafte Typ mich angemacht hat, schaue ich zur Seite. Maik ist weg. Wie von der blinkenden Nacht verschluckt. Verschluckt von Pink, Lila, Rot und Gelb. Beim Versuch, den verschwommen Blick wieder scharfzustellen, sehe ich, dass weiter hinten jemand wegläuft. Das könnte er sein.

Hinterher! Bedank dich. Los, los, lauf!

Ich weiß nicht, warum genau, aber plötzlich folge ich einer Intuition und renne los. Diesmal nicht wie auf Schienen, schneller holpriger Beinwechsel ist das, ein Fuß nach dem anderen, bis ich ihn einhole.

»Hey! Maik! Warte doch mal! Ich war krass genervt. Hatte nichts mit dir zu tun, okay?«

»Ich weiß, schon gut.«

Der Typ hat einen ganz schönen Schritt drauf. Ich hechele hinter ihm her und rede einfach weiter: »Ich bin nicht so scheiße wie die anderen, okay? Solche Leute, die generell was gegen Penner haben. Bin ich nicht. Und danke und so. Dass du mich gerettet hast. Ey, Schutzengel-Phantom, lauf nicht so schnell!«

Wir werden langsamer, gehen nebeneinander her, schauen uns aber immer noch nicht an. Anschauen geht nicht, das würde sich zu intim anfühlen. Nach einigen Sekunden sagt er: »Ich hatte auch einen interessanten Tag. Was war bei dir los?«

»'Ne Menge Scheiß. Ich konnte nicht schlafen. Ich hab schlimm Hunger, aber irgendwie auch nicht. Und ich hab einen Job nicht bekommen, der mir sehr, sehr wichtig war.«

»Was für einen Job?«

In dem Moment, in dem ich mich frage, warum ich überhaupt mit ihm rede, platzt die Antwort raus: »Ich bin Model. Dachte ich zumindest.«

»Ah.«

»Was soll 'n das heißen, ›ah‹? Warum bist du jetzt auch so abfällig?«

»Ich habe rein gar nichts gegen deinen Beruf. Aber scheinbar gefällt er dir ja nicht, sonst würdest du nicht so aggressiv werden.«

Was will der Arsch? Ich bin ja wohl glücklicher als so einer!

»Natürlich bin ich nicht bester Laune, wenn ich den Job nicht bekomme. Weißt du, wie sich das anfühlt? Wenn du abgelehnt wirst. Wenn das, was dich ausmacht, mit jedem Tag Stück für Stück verschwindet? Weil etwas mit dir nicht stimmt. Weil du zu fett bist. Zu alt, zu spät, zu anders, keine Ahnung was. Kann's eh nicht ändern.«

»Das bist du alles nicht, und das weißt du. Obwohl ...«

Kurze Pause der Musterung.

» ... anders vielleicht schon. Überleg dir doch mal, was du davon glauben willst und was davon echt ist. Wir müssen uns mehr um uns selbst kümmern, ehrlich zu uns sein.«

»Und ich bin eben sehr wohl bald zu alt für den Job, ich mach mich ja lächerlich.«

»Irgendwann ist jeder zu alt für seinen Job, oder glaubst du, du bist die einzige Auserwählte, die leiden darf?«

»Ach Scheiße, du verwirrst mich, ich bin besoffen. Ohne meine Rolle, was bleibt da übrig? Nichts.«

Eben drum! Stell dir vor, der Mensch wäre eben genau gar nichts. Wenn er weder nur das eine noch das andere, weder Model noch Manager wäre. Dann wäre er eine weiße Leinwand, die er jeden Tag neu bemalen dürfte. Er könnte immer wieder sein, was er sich ausmalt, mal ein schönes, mal ein hässliches, mal ein komisches Kunstwerk. Aber auf eine spielerische und humorvolle Weise. Wenn der Mensch sich stattdessen immer wieder ernsthaft um seine Rolle dreht, wird er zur Karikatur. Zu einer narzisstischen Karikatur.

»Okay, jetzt reicht's. Hallo, du bist hier der Penner. Grade du solltest eigentlich nicht den Oberlehrer raushängen lassen.«

»Ich bin nichts. Und du bist auch nichts.«

»Dann ist es wohl am besten, ich mache gar nichts mehr.«

»Ja, das ist die richtige Einstellung. Du musst, nein, du willst dich ändern.«

»Ich will genau so bleiben.«

»Ich meine dein anderes du.«

Das ist alles eine Illusion, das ganze Leben ist Einbildung. Du willst am liebsten verschwinden. Beiderseitiges Schweigen.

»Warte … Hast du das grade gesagt, oder wer war das?«

»Was?«

»Das mit der Illusion. Und das mit der Leinwand? Mit der Karikatur?«

»Weiß nicht, vielleicht. Vielleicht hast du es aber auch fantasiert.«

»Oh Gott, ich werde verrückt. Ich kann nicht mehr, mein Kopf explodiert gleich.«

Als ich plötzlich stehen bleibe, tut er es auch. Wir wagen es jetzt doch und schauen uns an. *Schwarze große Spiegelaugen. Kurz und tief. Er sieht fast aus wie ein Baby, sauber, rasiert. Er riecht frisch. Anders als der andere. Vertrauen. Nur die Klamotten sind ausgeleiert, aber nicht mal das stört dich.* »Das führt zu nichts. Ich hab definitiv eine andere Vorstellung vom Leben als du.« Ich deute auf seine Klamotten: »Wieso rede ich überhaupt mit dir? Du bist derjenige von uns beiden, der verloren ist.«

»Mach's gut, Fiona. Sorge dich mehr um dein Zuhause.«

Er geht weg. Halt ihn auf!

»Ey! Du bist hier der Penner. Was weißt du schon von 'nem Zuhause?«, rufe ich ihm im Random-Modus hinterher, »Nichts weißt du.«

»Oh doch, 'ne Menge Scheiß«, kommt es aus der Nacht zurück. Dann löst er sich auf zwischen den bunten, blinkenden Lichtern, verschluckt ohne Wiederkehr. Und lässt mich allein. *Aber irgendwie auch nicht.*

Ich muss lachen. »Tschüss! Du Phantom-Penner.«

Als ich meinen Kopf zwischen meine Betonwände und in Richtung Bett schleppe, trete ich in eine Pralinenpackung. Die hat es irgendwie aus dem Mülleimer auf den Boden geschafft. Sie ist fast leer.

Vielleicht hat der Penner ja recht. Schließlich ist er mein Penner Schrägstrich Phantom Schrägstrich Schutzengel. Aber Moment, woher wusste er meinen Namen? Und wer hat das mit der Illusion gesagt?

//LÜGEN UND GLAUBE
//Nacht: Maik//

Der Körper mag vergänglich sein, aber er ist für die kurze Zeit auf diesem Planeten immer noch unser Zuhause. Er hält mehr aus und ist leistungsfähiger, als wir vermuten. Viele Grenzen spielen sich nur im Kopf ab, und ich hatte in der letzten Zeit meine Grenzen unmerklich verschoben. Ich sah aus und ich war wie jemand, dem der Körper einfach egal ist, dreckig, immer öfter im Alkohol-Delirium. Ich bemühte mich immer weniger um meine Erscheinung. Wozu auch, fragte ich mich? Ich wollte ja niemandem gefallen, sagte ich mir. Ab diesem fortgeschrittenen Punkt der Selbstehrlichkeit wusste ich nicht mehr genau, was wirklich ehrlich ist oder ab wann die Ehrlichkeit künstlich wird. Alles kann Lüge sein. Und alles wahr, sofern es von jemandem geglaubt wird.

Doch wenigstens der Körper gibt eindeutige und real wahrnehmbare Zeichen. Gestern begann ein Ausschlag auf meiner Haut zu jucken, in allen erdenklichen Bereichen. Ich musste dringend unter die Dusche.

Duschen birgt zwei Probleme. Erstens: Danach kannst du nicht mehr in deine alten Klamotten, die kannst du eher als Biowaffe verwenden. Zweitens und schlimmer: Du hast dich an den Dreck gewöhnt. Daran, dass du anders aussiehst und dass die Welt direkt weiß, mit wem sie es zu tun hat. Sie erwartet von dir kein menschliches Verhalten mehr. Beide Seiten haben sich an diesen bequemen Zustand gewöhnt. Nur nicht die Polizei, die wird sich hüten, ein derart stinkendes Tier in ihr Auto zu packen. Wieso sonst haben die uns neulich an der Ecke nicht festgenommen, obwohl wir uns nicht ausweisen konnten? Das wurde mir erst im Nachhinein klar: Wir waren denen einfach zu schmutzig. Der ganze mühsam angesammelte Dreck und Gestank wird zu deinem Schutzschild, zu deinem Haus, zu deinem Bett, in dem du dich ausruhen kannst. Wenn du ihn abwäschst, bist du nackt und noch obdachloser als ohnehin schon. Du siehst dann aus wie ein Mensch, der du nicht mehr bist. Und der ich zumindest auch gar nicht mehr sein will. Die Diskrepanz zwischen Sein und Aussehen wird anstrengend groß.

Aber wenn du doch nichts bist, wie du immer sagst.

Ich arbeite noch an dieser Diffusität. So oder so, trotz meiner Furcht vor der Sauberkeit musste ich mich dem Wasser stellen. Ich holte mir ein paar halbwegs saubere Sachen in der Kleiderkammer vom Treff, dann im Büro ein Handtuch, Seife und Rasierzeug, zahlte fünfzig Cent für die Dusche und ging in den Duschraum. Zum Glück war ich allein dort. Ich begann zu zittern, als ich im Umkleidebereich die Schuhe auszog und darin etwas vorfand, das wie Laubblätter aussah. Das Abstreifen meiner Jacke und des weiten Sweatshirts fiel mir etwas leichter, wenngleich ich mit jedem Stück, das von mir abfiel, mehr von mir riechen konnte. Dann erschreckte ich mich: Ich trug zwei Unterhemden übereinander. Was nicht ungewöhnlich ist, Obdachlose tragen gerne Schichten, aber seit wann waren das auch bei mir zwei Unterhemden? Ich hatte es vergessen. Wann hatte ich mich überhaupt das letzte Mal aus- oder angezogen? Schnell pellte ich das erste ab. Das zweite war in der Sommerhitze wohl schon mehrfach verflüssigt und wieder getrocknet, denn es klebte wie Frischhaltefolie an mir fest. Ich schloss die Augen, hielt die Luft an und zog mit Schwung das Textil von meinem Oberkörper ab. Ab dem Moment beschloss ich, die Augen einfach nicht mehr zu öffnen und machte schnell mit der Hose weiter, die ich von oben nach unten herabrollen musste. So müssen sich die Untoten in den Splatterfilmen fühlen, wenn sie sich selbst die Haut abziehen. Stück für Stück entfernte ich Teile meines Körpers. Schließlich kam ich zum am meisten gefürchteten: zur Unterhose, unter der es abscheulich juckte. Ich kniff die Augen so fest zusammen, wie es nur ging, rammte beide Daumen in den Gummibund, riss das Stoffteil von mir und ließ es auf den Boden fallen. Da stand ich nun nackt im Dunkel meiner geschlossenen Augen und wagte nicht, mich zu bewegen. Ich hörte nur das Rauschen der Leere im gefliesten Raum und meinen Atem. Wo war noch gleich der Duschknauf? Ich bemerkte, dass ich zuvor beim Betreten des Duschraums nicht auf die Richtung geachtet hatte, so okkupiert muss ich von der Wasch-Panik gewesen sein. Ich streckte die Arme aus in der Hoffnung, eine Wand zu ertasten, aber ohne Erfolg. Verdammt, ich hatte überhaupt keine Orientierung. Ich musste wohl oder übel die Augen öffnen, um die Dusche zu finden, sonst konnte das Stunden so weitergehen. Ich öffnete die Lider so langsam wie eine Kofferraumtür, um schließlich den Blick auf die zerstückelte Leiche des Splatterfilms freizugeben. Auf ein braunes und gelbes zerfleddertes Stück Widerlichkeit, das auf dem Boden lag. Bevor ich an mir hinabschauen konnte, stieg der letzte Kaffee vom Treff in mir hoch. Ich fiel ich zu Boden und übergab mich, wand mich in einem kurzen aber befreienden Würgekrampf. Wie hatte ich das nur so lange tragen können, ohne es zu merken?

Ich sprang auf, holte schnell die Seife, riss die Dusche auf und tauchte unter. Ich konnte nicht spüren, ob das Wasser warm oder kalt war, ich wollte nur noch diese Widerlichkeit loswerden. Ich rubbelte, schrubbte, kratzte, hackte. Irgendwann wurde das tiefe Braun des Wassers schwächer, und erst nach sehr langer Zeit wurde es klar. Und mir wurde klar, wie befreiend es war, dass ich mich wieder sehen konnte.

Ich war hergekommen in dieses Leben, um mich nicht mehr selbst anlügen zu müssen und von anderen belügen zu lassen. Um nicht mehr vor mir selbst wegzulaufen. Aber wer, wenn nicht ich, war in den letzten Wochen ein Meister der Selbstflucht geworden? Ich bin vor dem Zustand meines eigenen Körpers davongelaufen, schlimmer geht es nicht. Alles kann Lüge sein und alles wahr. Bis wohin ist etwas Optimismus und ab wann Selbstlüge? Und wann gaukeln wir uns Liebe vor zu einem Menschen, zu uns selbst oder unserem Leben? Gibt es echte Gefühle? Die Verwirrung wuchs ins Bodenlose, als ich mein Spiegelbild sah: Wie verlogen war meine Wahrheitssucht? War ich wirklich Obdachloser oder benahm ich mich nur wie ein Obdachloser und belog damit alle und von allen am meisten mich? Der Raum drehte sich um, hörte dort aber nicht auf, sondern drehte sich einfach weiter.

Jetzt ist es Nacht. Die Dusche machte mir Angst, was eigentlich bedeutet, ich machte mir Angst. Um also halbwegs von dem Schreck runterzukommen, um Luft durch mein System pusten zu lassen, den Kopf freizukriegen, nur nicht überzureagieren, gehe ich im Rotlichtviertel spazieren. Und auf diesem Spaziergang begegne ich dieser dünnen jungen Frau. Mit einer einzelnen verlorenen Träne auf der Wange steht sie vor einer Wurstbude. Ich muss Kochi verjagen, weil er dem armen Ding auf widerwärtige Weise zu nahe kommt.

Nun steht sie da, etwas wackelig auf langen Beinen, wie ein frisch geschlüpftes Fohlen. Betrunken ist sie wohl auch. Ich glaube, sie will sich selbst verletzen. Sie verneint ihren Körper und damit ihr einziges wirkliches Zuhause. Sogar wenn Körper und Seele kurz vorm Zerbrechen sind, erhalten die Menschen ihre Lügen aufrecht. Das kann doch nicht sein, dazu möchte ich nicht gehören. In diesem Moment weiß ich wieder: Für mich gibt es kein Zurück in mein altes Leben.

Jetzt aber versuche ich erst einmal, mit dem Mädchen zu reden.

//Kapitel 11: ZEIT

//Vormittag: Maik//

Ein Unwetter zieht auf.
Ja, ich kann es riechen und warte auf den großen Donner-
knall. Warten ist mein Job. Aber dieses Mal tue ich das nicht
mehr des puren Seins wegen, sondern mit einer Mission. Ich
sitze an meinem Platz gegenüber vom Chuches, neben der
Boutique, habe mich gemütlich in eine Decke gewickelt und
sammle Geld für Rainer und mich. Auch wenn ich gerade
nicht weiß, wann ich den Jungen überhaupt das nächste Mal
wiedersehen werde. Seit ich alleine bin, scheint die Zeit viel
langsamer zu vergehen. Noch viel langsamer beim Sitzen hier,
als sei ich in einem anderen Raumzeitkontinuum als die vor-
beieilenden Passanten.
Menschen haben ein Problem mit Zeit, weil sie Veränderung
bedeutet. Und weil Zeit immer gleichmäßig vorwärtsfließt, sie
bringt mit jedem Anfang auch ein Ende, mit jedem Beginn auch
Zerfall mit sich, daran gibt es nicht zu rütteln.
Man kann ja machen, was man will, man entwickelt mit der
Zeit für jeden Quatsch Routinen. Sogar fürs Nichtstun. Ziemlich oft streite ich sogar mit mir selbst. Dann katapultiere ich
mich wieder in andere Welten, beobachte Details, und vor allem denke ich nach. Manchmal notiere ich ein paar Gedan-

ken, wofür ich neuerdings Block und Kuli mit mir herumtrage. Die hat mir Mario im Treff geschenkt. Manchmal zeichne ich auch etwas. Im Moment aber starre ich auf den Gehsteig vor mir: Da sehe ich immer dieselben Löcher im Asphalt, kleine und größere, ein paar schwarze Flecken, Schatten, Kaugummis, an manchen Stellen glitzert der Beton.

Wenn du dich auf das Gesamtbild konzentrierst, entwickeln die Löcher ein Verhältnis zueinander. Sie verschwimmen, bilden Kreise, Streifen, Kringel. Sie ergeben Muster. Du kannst die Zeit spüren.

Wäre das eine Loch ein Stück weiter rechts, dann ergäbe es den Großen Wagen. Wenn dagegen ein anderes Loch etwas näher am zweiten von links wäre, dann bildeten sie mit den drei anderen hier ein sehr gleichmäßiges Fünfeck. Wie schräg das alles ist. Und wieso habe ich Gänsehaut?

Das ist das Jetzt, ist das nicht fantastisch?

Okay, ohne Nachdenken werde ich noch wahnsinniger, also denke ich doch lieber nach. Alle Dinge, sogar die Löcher im Asphalt, stehen in Beziehungen zueinander, als würden sie sich wie geladene Teilchen nach einiger Zeit zueinander ausrichten und die passende Position einnehmen, um Formen zu bilden. Oder geben wir ihnen erst durch unser Denken diese Form? Drücken ihnen regelrecht die Form auf, auch wenn sie das nie gewollt haben?

Bei den Menschen scheint das ähnlich zu sein, wir können nichts gegen unsere Beziehungen tun, nicht einmal gegen jene zu den Unbekannten vor dem Café oder auf der Straße. Und schon gar nicht zu den Menschen, die wir für längere Zeit in unser Leben lassen. Früher oder später haben wir eine Beziehung zu ihnen aufgebaut. Und wir verhalten uns entsprechend, spiegeln das Verhalten der anderen und das Bild, das wir von ihnen haben, und umgekehrt. So wie ich im Verhältnis stehe zu den Leuten, die an mir vorbeilaufen. Ich unten, sie oben, das ist wohl das Naheliegendste. Aber es gibt noch viel feinere Abstufungen von Beziehungen. Da kommen wir nicht raus. Mir ist es egal, wie viel Geld ich habe, wie ich aussehe, wie adelig meine Familie ist, ich brauche das alles nicht. Ich will nur, dass es keine Menschen gibt, die in Beziehung zu mir stehen und mich mit ihren erdachten Formen in eine Rolle hineinmanövrieren.

Doch, doch. Es gibt sie, die Freiheit. Irgendwo da jenseits der Worte. Nicht aufgeben. Hörst du mir überhaupt zu?

Ich höre dir manchmal sogar zu viel zu. Ich spiele ein Spiel: Ich lausche den Schritten und den Schuhen auf dem Asphalt mit geschlossenen Augen und rate, wie die Menschen dazu aussehen. Meine Einschätzungen werden immer besser. Schlurfige oder trampelige Füße, womöglich in Flipflops, gehören zu behäbigen Menschen mit schweren Körpern. Eine Art Zuneigung entwickle ich für große Schritte auf tief klingenden Absätzen. Das fühlt sich stolz und voller Energie an. Auf die Nerven gehen mir dagegen kleine hysterische Trippelschritte auf Plastikabsätzen. Bei manchen Schritten denke ich, sie kommen auf mich zu, aber dann gehen sie doch vorbei. Ich bin meist auch ganz froh, dass ich für sie durchsichtig bin.

Man sagt, die erniedrigendste Reaktion, die jemand von einer Person erfahren kann, ist Mitleid. Aber es gibt Schlimmeres, und das ist das Auslachen.

Du wolltest dich doch um die Rollenzuteilung durch die anderen nicht mehr scheren.

Ja, stimmt, ich wollte da raus. Man wartet immer auf die Bestätigung der anderen. Je nachdem wie sie handeln oder reagieren, geht es einem gut oder nicht, ist man wahr oder nicht. Manchmal möchte ich den Passanten hier zurufen: »Ich bin nicht so, wie ihr denkt. Ich möchte mich weiterentwickeln zu einer bestmöglichen Version meiner selbst.« Aber bringt ja nichts. Vor allem, wie soll ich mich weiterentwickeln in dieser so kurz scheinenden Ewigkeit?

Und du stellst dich über all diese Leute, indem du ihnen den Rücken zukehrst.

Ist das so? Oh je, das weiß ich gerade selbst nicht. Aber in diesem Schwachsinn der Kausalitäten fühlte ich mich einfach wie eine Marionette, nein, das wäre ja noch erträglich. Ich glaube, Marionetten realisieren nicht, dass sie an Fäden hängen. Oder sie finden es ganz bequem so. Nein, ich fühlte mich wie jemand, der von der Fernsteuerung abgeschnitten und daher im Kopf frei ist, aber nicht im Handeln. Dem ist jetzt nicht mehr so.

Du hast gerade selbst gesagt, du spürst deine Rolle. Von einer Rolle in die nächste schlüpfen, ist das besser?

Ich weiß es doch auch nicht, ich sagte doch, es ist schwierig mit der Wahrheit. Ich muss eben noch experimentieren. Und auch wenn meine aktuelle Rolle sehr festgelegt scheint hier unten, bin ich praktisch doch freier im Handeln, weil ich einer Sache meinen Rücken zudrehen kann, wenn sie mir nicht passt.

Stimmt das?

So fühlt es sich zumindest an. Aber woher kommen diese ganzen komplizierten Fragen?

Diese ewige Zeit ohne Ablenkung und in Nüchternheit lässt unkomfortable Gefühle keimen. Experimentieren bedeutet in deinem Fall, du musst immer wieder weglaufen, um die sich immer wieder neu bildenden Formen und Rollen zu umgehen.

Ich will ja ohne Beziehung bleiben.

Um deinem Anspruch nachzukommen: ja. Um Mensch zu sein: nein.

Im Moment finde ich es noch interessant, dass ich diese Beziehungen erlebe, oft ohne ein Wort. Manche Passanten sind nett, lächeln, scheinen mir Respekt entgegenzubringen. Einige sehe ich jeden Tag, Renatos Mitarbeiter zum Beispiel stellen jeden Morgen erstmal die Tische auf der Terrasse zurecht. Ich beobachte Stammgäste, die in die Cafébar gehen. Ein Herr im Anzug ist oft betrunken, schon bevor er das Chuches am frühen Mittag betritt. Was dieser Mann wohl wegzutrinken versucht? Im Suff sind doch alle Menschen grau.

Ich versuche, die Passanten in Sonnenbrillen-Gruppen einzusortieren. Fliegerbrillen tragen schick gekleidete Damen und Herren. Riesengroße Versionen mit Glitzer am Steg scheinen blondierten, sonnengebräunten und expressiv gekleideten Menschen zu gefallen. Dann gibt es da noch so eine neonfarbene Brille, von der ein kleiner dicker Junge sich erhofft, dass er damit endlich cool ist. Auch er wünscht sich eine Reaktion der anderen. Das ist schade.

Du bist Wahlobdachloser. Du musst hier nicht sitzen und so tun, als würdest du deinem Freund bei der Erfüllung seines Traumes helfen.

Nach einiger Zeit laufen weniger Menschen mit Sonnenbrille rum. Sie schließen ihre Jacken beim ersten Donnerschlag, und auch ich spüre den kühlen Wind. Ich liebe es.

Das Unwetter geht los.

//ZEIT
//Mittag: Fiona//

Ich sitze seit Tagen auf der Fensterbank und kann innerlich nicht raus. Jetzt pisst es auch noch wie aus Eimern und donnert. Das Wetter schließt mich im Kasten ein. Deprimierender grauer Scheiß.

Warten kann gut sein. Ruhe und Langeweile bringen dich dir selbst näher.

Worauf warte ich denn? Ein Anruf von der Agentur wird nicht mehr kommen. Diese Passivität. Im Job bin ich stundenlanges Warten gewohnt, auf das Casting, auf das Make-up, vor Shows, auf Anrufe und überhaupt. Ich meine, wirklich, wann, verdammt noch mal wann hat das Warten endlich ein Ende? Ich wende den Kopf vom tropfenbelegten Fenster ab. Die Sekunden wollen sich nicht vorwärtsbewegen und fressen meinen Verstand. Vom Boden aus glotzt mich die Pralinenpackung an. Ich habe fast ein wenig Angst vor ihr, vor uns beiden alleine eingeschlossen in einem Raum.

Du entscheidest über deine Gedanken. Das kann so nicht weitergehen. Stell dich deiner Angst.

Soll ich?

Mach schon.

Okay, ich mach's, ich stelle mich der riesigen allmächtigen Bestie. Ich steige von der Fensterbank, hebe die Packung auf und öffne sie. Eine, zwei, drei Pralinen sind noch drin. Die restlichen Mini-Feinde sind verschwunden.

Einfach so weg.

Ich nehme die Praline mit der Muschelform.

Schwüle Hitze.

Na, kleines Scheißerchen. Fühlt sich glatt an. Ganz schön eigentlich, glänzend.

283

Herzklopfen.

Gar nicht so bissig, wie ich vermutete.

Dann tu's jetzt auch: Augen zu, Mund auf, Schokoladenmuschel rein, Schneidezähne anlegen, zubeißen, schlucken.

Geschafft, wie krass. Nach dem Biss in die Praline, die mir eben noch so allmächtig vorkam, merke ich, ich brauche das gar nicht. Ich öffne wieder die Augen und betrachte die Bissstelle an der Praline. Das war alles? Ein bisschen wie ein Besuch beim Zahnarzt: Man schiebt es ewige Zeiten vor sich her, und dann ist es doch recht schnell vorbei.

Siehst du, du musst keine Angst vor der Angst haben.

Richtig. Schokolade kann mir gar nichts. Ich hab die totale Macht, die totale Kontrolle, ich brauche nie wieder was essen!

Nein, nein, so ist das nicht gemeint, das ist Missbrauch von Macht.

Ich fühle mich fast wie neu. Oder sagen wir, ich fühle mich, als hätte ich mein Leben in der Hand. Ich bin wieder der Entscheider. Ich will mich jetzt nach anderen Agenturen umschauen. Ich krame mein Handy aus der Tasche, wähle und warte: »Mimi, Süße, hi. Ja, mir geht's so. Du, auf deine Party, welche Booker und Fotografen kommen dahin? Auch jemand von deiner Agentur? Die sind ja ganz cool, meintest du neulich. Und die suchen noch Mädchen?«

//ZEIT
//Mittag: Achim//

Draußen kübelt es mega, aber davon kriege ich nicht viel mit. Ich ackere wie ein Löwe. Time ist Money, sag ich immer. Ich komme nicht mal dazu, einen privaten Anruf zu machen, no way. Grad gut, dass es da auch niemanden gibt, den ich privat anrufen müsste.

Am absurdesten in meinem Job sind ja die ganzen Meetings, die Timings und Deadlines, die To-Do-Listen und die ganze interne Kommunikation. Diese Meta-Arbeit frisst die Stunden auf. Erst abends, wenn es ruhiger ist, komme ich dazu, etwas zu schaffen. So ist das Leben, sag ich da nur, alles eine Frage der Organisation: Multitasking, Prioritäten setzen und bewusst Dinge in die Ecke stellen, für später, sobald die Zeit da ist, sobald alles anders ist.

Es wird nie anders.

Eigentlich müsste mir mein Assistentenjohannes den Rücken freihalten und das unnötige Geröll wegschaufeln.

Und was würdest du stattdessen tun, wenn du die Zeit hättest?

Öhm. Na, so richtig hammermega arbeiten würde ich.

Nein, Zeit wie in Frei-Zeit. Was würdest du tun?

Also, ich würde natürlich was tun.

Was denn, in den Zoo gehen? Spazierengehen? Kronkorken sammeln?

Sport machen würde ich. Oder die Kleine daten. Essen gehen, feiern. Aber es bringt ja nichts, jetzt darüber nachzudenken, ich hab ja keine Zeit. Und ganz ehrlich, da bin ich auch megafroh drum, dass ich mir keine Gedanken über so was machen muss.

Das machst du doch aber gerade.

Aber das ist hypothetisch, mein Leben ist ja zum Glück eine perfekt durchorganisierte Maschine.

Geh ans Telefon.

Richtig, es klingelt. Ich hebe ab und habe Johannes in der Leitung, der mir etwas vom Boss wegen des Presseempfangs zum Produktlaunch ausrichten will. Da bin ich erstmal irritiert: »Johannes, du sitzt doch nebenan, warum kommst du nicht persönlich zu mir ins Office?«

»Ich habe eine Nachricht von der Chefin. Sie hat mir ausdrücklich gesagt, ich könne sie wörtlich zitieren, wenn ich die Nachricht an Sie weitergebe.«

»Ja? Das war keine Antwort auf meine Frage, aber egal.«

»Okay, also ich soll das wörtlich weitergeben, will ich damit nur sagen. Die Chefin hat das genau so gesagt, die Gesprächsnotiz liegt mir ausgedruckt vor.«

»Jaja, hab ich schon verstanden. Jetzt mach.«

»Okay, Moment. ›Die Rede für die Pressegala, die Sie und Ihr Autor verzapft haben, ist eine Peinlichkeit für die Firma. Wir verkaufen hier keine aufgebockte Maserati-Kopie für Frisösen. Bitte noch mal machen, aber diesmal seriös, mit Stil und Substanz.‹«

Kurze Sendepause.

»Das zergeht dir auf der Zunge, was?«, fahre ich Johannes an.

»Wieso? Ich bin doch nur der Bote.«

»Ganz ehrlich, du konntest mich noch nie ausstehen. Und was zum Geier hast du gegen Frisösen?«

»Frisösen? Nein, ich sag doch nur, was die Chefin sagt. Aber das war noch nicht alles.«

»Maserati-Kopie, was für Weicheier. Anyway, was kommt denn noch?«

»Also wieder wörtlich …«

»Johannes, spuck die Scheiße aus!«

»›Ihre Ergebnisse sind in letzter Zeit ohne Qualität, gemessen an der Zeit und den vielen Überstunden, die Sie abrechnen. Was ist los mit Ihnen, sind Sie total gehirnent …‹ Was habe ich da noch gleich notiert?«

»Gehirnentleert?«

»Richtig! Und dann: ›Passen Sie auf. Ich habe ein Auge auf Sie.‹«

Das hörst du nicht zum ersten Mal.

»Ich soll aufpassen … Hat sie das wirklich gesagt?«

»Wenn ich's doch sage, dass sie das gesagt hat.«

»Auch das mit dem Maserati?«

»Die Chefin hat das bestimmt nicht soo ernst gemeint, wie es klingt, und eigentlich ist ja auch alles gut …«

»Was für eine Scheiße, die ehrenwerte Dame weiß nicht, wie ich mir den Allerwertesten aufreiße, während sie durch die Weltgeschichte jettet. Richte dem Boss aus … Ach nein, lass es bleiben.«

»Okay, mach ich.«

Siehst du jetzt, was ich meine, Arschloch?

»Was für eine Scheiße. Die ehrenwerte Dame, die will mich testen und aus der Reserve locken. Aufpassen soll ich? Der Drohanruf von damals kam von einem ihrer Handlanger, das ist jetzt aber so was von klar! Die will mich absägen, einschüchtern. Frauen in Führungspositionen, das kann ja nicht gutgehen.

»Johannes, Dings, noch was anderes: Ich bin krank. Ich hab's im Arsch, Sie wollen keine Details wissen. Ich muss jetzt zum Arzt. Richten Sie meinem Autor aus, dass er da noch mal drüber muss.«

»Äh okay, klingt ja schlimm. Gute Besserung.«

Wow, das fühlt sich eigenartig an. Ich hab mich gerade krankgemeldet. Ich glaube, das hab ich noch nie gemacht.

Du bist schon mittendrin im Unwetter.

//ZEIT
//Abend: Aline//

In der Sommerdämmerung schüttet der Himmel sein Wasser über uns aus. Ich stelle mir vor, es sind lauter kleine Tropfen aus dem Meer, an dem ich schon so lange nicht mehr war. Und nun kommt es zu mir. Es blitzt und donnert, und die Wolken hängen gerade so über unseren Köpfen.

Die beste Medizin gegen eine seltsame Bedrückung ist, wenn man es sich zu Hause schön und gemütlich macht: Ein Diner eignet sich perfekt dafür. Pünktlich am Abend werde ich fertig, rücke Geschirr und Dekoration in die perfekte Position und lasse mich am Tisch nieder. Mein Mann muss jeden Moment kommen, ich werde hier auf ihn warten.

Sekunden, Minuten, Ewigkeit.

Ich liebe den Anblick einer gedeckten Tafel. Auf der gemangelten Tischdecke stehen aufrechte Weingläser wie auf einer Bühne. Protagonist ist die galante Rotweinflasche. Stoffservietten betten sanft großzügige Unterteller. Rechts daneben das eingespielte Schauspielerpärchen Messer und Gabel. Und über allem, wie es sich gehört, ihr Kind, der Dessertlöffel. Die Möbel sitzen still da und sind gemeinsam mit mir ein geduldiges Publikum. Die Uhr tickt unauffällig und zufrieden. Die Kerzen leuchten mysteriös.

Riesige, nervöse Schatten. Ein heftiger Donnerschlag.

Warten. Auf Menschen, auf Dinge, auf Ereignisse. Nie möchte man sich ans Warten gewöhnen, obwohl man es so oft tun muss. Vor allem wird es deutlich, wenn man etwas ganz Bestimmtes dringend erwartet. Ich erwische meinen Blick dabei, wie er sich alle paar Sekunden hinausstiehlt, bei jedem Scheinwerferlicht, das vorüberhuscht und die nasse Straße erhellt.

Die Hoffnung. Es ist nur ein kleines Licht. Wieder ein Schimmer und wieder ein kleiner Tod: Er ist es nicht.

Bin ich denn nicht Herr meiner Sinne, dass ich dauernd hinausschauen muss?

Er kommt einfach nicht.

Jeden Augenblick werde ich das Auto sehen.

Entweder er geht fremd, oder er betrinkt sich irgendwo.

Mein Mann muss arbeiten, und dann kommt er. Er hält zu seiner Familie. Was wir uns aufgebaut haben, setzt man nicht einfach so aufs Spiel.

Was für eine Familie?

Schluss! Ruhe jetzt! So ein Denken bringt mich auch nicht weiter.

Ich gehe rückwärts durch die Zeit, um die Gegenwart zu verkürzen. Zu unserer Hochzeit. Er behandelte mich wie eine Heilige, hat alles geliebt, was ich getan habe. Ich war glücklich wie ein einsamer Kuckuck, der endlich sein passendes Nest findet. Wie schön wäre es, wenn wir hier zusammen sitzen und unsere Vergangenheit gemeinsam genießen könnten. In genau diesem Moment. Wir würden über unser Kennenlernen lachen, auf unser Glück und unser baldiges Kind anstoßen und uns tief in die Augen schauen.

Du vergisst die reale Gegenwart in dieser Gleichung.

Direkt vor mir am Rand des Tisches steht eine fast leere Flasche Beluga, sie hat die zweite Hauptrolle in diesem Stück. Ich fand sie in der blauen Papiertonne vor dem Haus, als ich alte Zeitschriften weggeworfen habe. Aus irgendeinem Grund griff ich hinein und zog die Flasche heraus. Und jetzt steht sie da vor mir, wartend auf den finalen Applaus, und schaut mich an wie eine Liebhaberin, die um ihre große Bedeutung weiß.

Und? Wie lange geht das schon mit euch?

Ich weiß nicht, wovon du redest.

Du bist seine Bettgefährtin.

Nein, ich bin eine Dame, so etwas tun wir nicht.

Du bist wütend.

Das ist ein absurdes Gespräch, das zu nichts führt und mich in der Tat nur wütend macht.

Hör auf deine Wut. Schrei ihn an, brich aus. Wofür hast du die Flasche sonst in Position gebracht?

Ob dieser Premiumwodka wohl wirklich so gut schmeckt? Ich kippe den Rest in ein Weinglas und trinke alles in einem Schluck. Der Schnaps läuft wärmend an meinem Herz vorbei. Renato hat recht, das Getränk ist wirklich hochwertig, ich fühle mich beinahe gereinigt.

Du machst das jetzt. Steh auf, lauf an den Schatten vorbei, durch den Flur und stell die Flasche unüberwindbar vor die Haustür.

Ich wandele in die Küche, hole den Hauptgang und fühle mich dabei wie ein Gespenst. Auch wenn es mir Angst macht, versuche ich nun, alleine zu essen.

//Kapitel 12: FREMDHEIT

//Morgen oder so: Fiona//

Augen zu. Decke über den Kopf. Killerkater. Was ist mit meinem Gesicht los? In letzter Zeit tut mir alles weh, wenn ich aufwache. Meine Knochen. Und mein Kopf erst. Dabei hab ich extra vor Mimis Party eine Präventiv-Aspirin geschluckt. Aber dass jetzt auch mein Gesicht vom Feiern taub wird, das ist neu. Wieso musste ich auch wieder so auf die Kacke hauen? Das wollte ich doch eigentlich mal zurückfahren. Für die Karriere. Und jetzt sieche ich wieder im Bett rum. Einfach schlafen. Dann geht es vorbei.

Die Spinnwebe an der Decke direkt über mir wird immer schwerer vom Staub. Sie zittert fragil vor sich hin. Bald liegt sie auf meinem Gesicht. Und ich merk es nicht mal, weil es taub ist.

Was hast du getrieben gestern? Ich war auf Mimis Geburtstagsparty. An einem Donnerstag, am Wochenende feiern kann ja jeder. Natürlich schlug ich dort in erster Linie aus Karrieregründen auf, weil Mimi mich jemandem von ihrer Agentur vorstellen wollte. Die heißesten Leute sollten kommen, Models, klar, Musiker, Künstler, total wichtige Leute eben. Nach meinem kleinen Karrieredurchhänger wollte ich die Sache jetzt wieder in die Hand nehmen, klüngeln, angeln. Also ging ich outfitmäßig in die Vollen. Sah grandios aus in meinem durchsichtigen Vintage-Spitzenkleid, fetten Boots, den zerrissenen Stay-Ups à la Taylor Momsen, die Chanel-Tasche im Arm, den Fedora-Hut auf dem Kopf. Die Branche, die Welt, das Universum sollten fällig sein.

Gleich als ich in der mehrstöckigen Hinterhoflocation des Rotlichtviertels ankam, stürzte ich mich ins Getümmel und versuchte, irgendwas in Sachen Knutschen oder Karriere auf-zureißen. Nach eineinhalb Stunden Küsschen rechts, Küss-chen links und »Na wie geht´s?« und »Danke und selbst?« hatte ich zwar viele Leute getroffen, aber niemanden gefun-den. War nichts mit Social Climbing. Das mit den Wahnsinns-partys mit Monsterpublikum ist natürlich nur ein Mythos. Man erhofft sich, dass sie das Leben nachhaltig verändern, und dann hat man nicht mal Spaß. Gelangweilt und ange-strengt vom Smalltalk verzog ich mich backstage, in einen Ne-benraum hinterm DJ-Pult, zu Mimi und ihrem schwedischen Freund Karlo, einem schwulen Stylisten oder so. Dort waren außerdem Filip, ein schwedischer Fotokünstler, Rita, eine Macht-was-sie-will-Kreative, und ein paar eher gesichtslose Nerds. Es ist immer dasselbe, wir gehen auf Partys, um neue Leute kennenzulernen und enden doch immer wieder in der gleichen Gruppe in einem Nebenraum abgeschirmt vom Rest. Irgendwie auch nicht anders als die Anzugtypen im VIP-Be-reich.

Als ich backstage ankam, wurde plötzlich ein Teil der Gruppe ganz still. Sina und ihre Freunde checkten mich von oben bis unten ab. Was wollen die denn?, dachte ich. Ich bin doch auch nur eine Außerirdische unter Außerirdischen.

Du denkst, sie denken: Wie sieht die denn aus? Mal wieder typisch, wie die rumläuft. Hat's wohl nötig.

Ich schaute an meinen Stay-Ups hinunter und fühlte mich fehl am Platz. Die waren vielleicht doch ein bisschen viel. Dann ein Lächeln und ein hysterisch fröhliches »Hallo Fiona« von Sina. »Wie geil ist das bitte, dich zu sehen? Meine Fresse, siehst du scharf aus.« Cool. Ich war hier doch zu Hause. In die normale Welt passe ich nicht. Hier aber, in dieser Szene, kann ich mir ein löchriges Kleid über die Titten ziehen, und es kümmert keinen. Alles eine Frage des Konzepts, Anpassung ist uncool. Wenn du nicht zu einer Randgruppe gehörst, werde zu einer.

Während der vierte Drink einschlug wie eine Tretmiene, hörte ich den Randgruppengesprächen zu. Da ging es darum, dass Zicken-Sabrina wieder einmal irgendwen nicht gegrüßt hat, dass Tierärzte Kühen tief in den Darm greifen müssen, dass irgendwer nach dem Film »Menschenjagd« eine Stunde lang nicht sprechen konnte. Und so weiter. Ruckzuck war ich wieder gelangweilt. Scheiß Partys.

Schließlich entdeckte ich Eigenartiges: Aus der Gruppe schlichen immer wieder Leute pärchenweise und ganz still aus dem Raum durch eine Tür Richtung Treppenhaus. Nach kurzer Zeit kamen sie wieder, redeten viel mehr – und viel mehr Scheiße – als zuvor, lachten lauter und glotzten verwirrt. Danach verschwanden die nächsten. Unverschämt. Die koksten oder nahmen andere Drogen! Aber warum nicht direkt hier? Und warum ohne mich einzuladen? Ich wollte auch über Menschenjäger und ihre Darmeingänge reden. Das war genau das, was ich brauchte, das würde den Abend aus seiner Leere heben und ihm Sinn verschaffen.

Die nächsten kehrten zurück. Sie schauten sich um, als wollten sie nicht erwischt werden. Und als wäre plötzlich alles ganz anders als vorher. Schließlich verschwanden wieder welche, und ich wurde sauer. Die zogen hier ihr Ding heimlich durch und schlossen mich aus. Ich hatte mich geirrt, ich gehörte nämlich überhaupt nicht dazu. Ich war die Randfigur der Randgruppe.

Ich versuchte, mich zu Mimi durchzuschlängeln, die sich gerade über das Wort »Rhododendron« wegschmiss. »Mimi.« Ich würde sie so lange nerven, bis sie mir zuhörte. »Mimi, komm mal kurz. Mimi!«

Sie drehte sich zu mir um und grinste asymmetrisch: »Was denn?«

»Komm mal bitte.« Ich griff sie am Ärmel und zerrte sie aus der Gesprächsrunde. »Was machen die da?« Ich zeigte auf die Tür zum Treppenhaus.

»Was?«

»Ich will auch was ziehen.«

»Wer zieht was?« Mimi schaute sich um.

»Mann, ihr doch wohl alle. Was macht ihr denn sonst, wenn ihr da pärchenweise rausstiefelt, als wärt ihr für den Geheimdienst unterwegs?«

Mimi grinste.

»Ach so. Nein, die nehmen kein Zeug, die machen was anderes.«

Egal. Was immer es war, ich wollte es auch. Der Abend durfte nicht so enden.

»Nimmst du mich mal mit?«

»Wie viel Geld hast du dabei?«

Ich zeigte Mimi den Hundert-Euro-Schein, den Hendrik mir in meiner Not geliehen hatte.

»Okay, aber nicht erschrecken.«

Wovor sollte ich mich schon erschrecken? Ich hatte alles gesehen, Lines in Buchstabenform, hell ausgeleuchtete Darkrooms, Frauenarztstühle neben Tanzflächen. Was sollte so schlimm sein, dass ich geschockt rückwärts wieder rausfallen würde?

»Schnauze Mimi, nimm mich einfach mit.«

Sie zog mich aus dem Raum. Mein Herz ersoff in Vorfreude.

»Danke Mimi, du bist ein Engel. Wieso haben wir nicht mehr miteinander zu tun?«

Wir fuhren auf unseren Schienen durchs Treppenhaus in den Keller und einen seicht durchleuchteten Korridor entlang an tausend Türen vorbei. Still war es hier, keine Musik, kein Bass mehr. Vor der einzigen Tür, durch deren Schlitze Licht durchschimmerte, blieb die Kamera stehen. Mimi drehte sich noch einmal zu mir um und schaute mich ernst an.

»Also, jetzt nicht frech werden. Und tu es nur, wenn du es wirklich willst.«

Langsam wurde ich doch nervös. Vielleicht machten die irgendwelchen härteren Scheiß. Dann würde ich sofort abhauen, darauf hatte ich keinen Bock.

Mimi drückte die Tür auf und öffnete den Weg für grelles Licht. Beim Eintreten entdeckte ich links drei Models mit Champagnergläsern, rechts lümmelte Karlo rum, in der Mitte stand das Licht. Es beleuchtete eine Art Zahnarztstuhl, auf dem ein Mädchen mit zurückgelehntem Kopf saß. Über sie beugte sich ein Mann um die Vierzig, der ihr Gesicht prüfend begutachtete. Ich dachte nur: Ach du Kacke, was machen die hier? Lustiges Zähneziehen? Wenigstens war der Typ derbe sexy.

»Na, das ist doch was für dich, du bist ja jetzt auch keine Achtzehn mehr.«

Mimi grinste mich dreckig an. Die blöde Kuh. Ich hasse es, wenn mich jemand auf mein Alter anspricht. Ja verdammt, ich bin keine Achtzehn mehr. Um genau zu sein, fühle ich mich scheißalt. Und ich weiß, dass ich am Höhepunkt meiner Karriere vorbeigerutscht bin. Ich bin wie reife Milch, so richtig schön kurz vorm Umkippen. Und dass ich betrunken war, half mir in dem Moment auch nicht.

»Ist das seriös?«, fragte ich Mimi.

»Pfff, ich bitte dich.«

»Alles gut«, sagte der Mann. »Jetzt Sie.« Er deutete auf mich. Ein Raum, ein Stuhl, eine Arztlampe, ein gutaussehender Mann, ein Publikum und null Ahnung – ich stand kurz vor der Entjungferung. Kaum auf dem Sessel fand die Hand des sexy Typen Kontakt zu meinem Unterarm. Oh Gott, ja. Er durfte alles mit mir machen, Hauptsache es passierte endlich was. Sein Gesicht kam näher.

»Sind Sie sehr high?«

»Es geht. Nein! Ich wünschte, ich wär's.«

»Sind Sie sicher? Okay.«

Während der Doc mit einem Wattebausch und irgendeinem kühlen Zeug in meinem Gesicht herumtupfte, erklärte er: »Wir machen die Stirn und ein bisschen was zwischen den Brauen. Bitte halten Sie jetzt einen Moment still und zappeln Sie nicht rum. Wenn Sie nicht stillhalten, ist die Gefahr größer, dass es blaue Flecken gibt. Es wird jetzt ein bisschen piksen.«

Ich nickte und schloss die Augen. Nur noch das Licht der Lampe glimmte rot durch meine Lider. Dann spürte ich die Nadel.

Nach kurzer Zeit stolperten Mimi und ich aus dem Raum. War ich adrenalingebadet. Jetzt verstehe ich, warum die Menschen süchtig nach Botox und Co. werden. Das ist noch besser als eine Radikalumwandlung beim Frisör, ein kleines Wagnis inklusive Shoppingfeeling, aber mit genialem Ergebnis, jünger, selbstbewusster, glücklicher. Bildete ich mir zumindest ein. Ich brauchte eigentlich keine Drogen mehr. Oder doch, jetzt erst recht. Das musste gefeiert werden. Ich brauchte nach diesem Kick noch den ultimativen Resttritt in den Arsch.

Alle Vorsätze hinüber. Tu es nicht. Genug Impulsivität für heute, genug Alkohol, genug Geld. Lass es.

Nur ein bisschen. Ein letztes Mal. Ich brauchte kurz Urlaub von meinem Kopf. Mimi stellte mir einen Hobby-Dealer vor, wie immer nur für Freunde und unter der Hand und so, der mir eine MDMA-Kapsel verkaufte. Ich schluckte das Ding und wühlte mich vor zur Tanzfläche. Es begann schnell und heftig zu wirken. Der Bass trug mich durch das Stroboversum. Und los ging's.

Beat. Beat. Bass. Pumpt. Pumpt Energie. In den Hinterkopf. Beat. Beat. Strömt durch dich. Durch. Beat. Schlag. Strom. Stromschläge. Pumpen unter die Haut. Von oben nach unten. Die Lunge geht auf. Aus. Durch die Ohren, die Haut, die Augen. Alles zu lange belichtet. Spots auf dich. Du bist so sexy. Unschlagbar. Alle wollen dich. Du willst dich. Der Beat. Fühlst du ihn? Fühlst du dich gut an. Dein Körper. Fühlt sich so gut an.

Musste jetzt knutschen. Sofort. War mir alles egal, ich hatte nur ein ganz dringendes Bedürfnis nach Körpergefühl. Im nächsten Moment züngelte ich wild mit jemandem rum. Wir atmeten durch das Gesicht des anderen. Verdammt, aber mit wem? Erst klebten wir an einer kondenswasserfeuchten Wand und dann auf dem Rücksitz eines Taxis. Oder nein, ich landete auf ihm auf dem Rücksitz eines Taxis. Ich brauchte mehr Atem, mehr Körperkontakt, ich riss seine Hose auf und setzte mich auf ihn drauf. Das geht aber auch so einfach, wenn man nur Stay-Ups trägt, ein Kleid und einen winzigen String, den man zur Seite schieben kann. Ruckzuck ist ein Schwanz drin. Der Taxifahrer, der hat das nicht gemerkt. Oder doch? Natürlich hat er es gemerkt. Umso geiler war's. Losgelöst zu atmen.

Endlich frei. Nur noch Ficken. Im Auto, im Treppenhaus, auf dem Sofa, auf dem Küchentisch. Im Blut.

Die Spinnwebe schaukelt immer noch über meinem Gesicht. Bilde mir ein, dass das Ding immer näher kommt. Links, rechts, links … Scheiße. Scheiße, das ist nicht mein Bett! Ich reiße meinen Oberkörper hoch. Sammle mein Gehirn vom Kopfkissen ein. Neben mir pennt der Typ. Sieht auch ganz schön fertig aus, plattgetanzt und plattgefickt. Ich hab keinen Schimmer, wer das ist. Wo ich bin. Wo meine Erinnerung noch greift und wo sie schon aussetzt. Was ich alles getrieben habe.

Keine Panik jetzt. Leise aufstehen. Sachen suchen.

Der Blick aus dem Schlafzimmerfenster präsentiert mir die Emsigkeit auf den Straßen eines typischen hellen Freitagvormittags. Das Unwetter hat sich in Sonnenschein verwandelt. Ich kann auf gar keinen Fall mit dem Party-Outfit jetzt den Walk of Shame durch diese belebten Straßen laufen. Ich öffne den Kleiderschrank des fremden Gastgebers und wühle darin herum.

Eine Jeans, viel zu groß, aber egal, und ein geiles Iron-Maiden-Shirt reichen. Immerhin durfte der Kerl mich ficken, dafür kann er auch ein paar Klamotten springen lassen.

Tasche schnappen, Tür auf, Tür zu, Aufzug, raus auf die Straße.

Fuck, das ist hell like hell! Sonst hab ich für solche Fälle meine Sonnenbrille dabei. Mit zugekniffenen Augen schaue ich mich um. Ein paar Meter weiter erwische ich ein Taxi, gebe meine Adresse an und lasse mich auf den Vordersitz fallen. Dann ruhiges Dahingleiten bei offenem Fenster, der Blick schweift ab. Die traurigen Häuser verschwimmen zu einem See auf meiner Netzhaut.

Wie fremd kann man sich sein?

Ey, soll ich mich jetzt schlecht fühlen, nur weil ich Spaß hatte? Bestimmt nicht.

Du bist dir fremd.

Ich bin so schäbig. Scheiße. Das klassische schlechte Gewissen danach.

Das bringt dir jetzt auch nichts. Energieverschwendung.

Ich weiß, ich werde es aber trotzdem nicht los.

Vielleicht überlegst du mal, was du daraus fürs nächste Mal lernen kannst. Wenn du wieder im Begriff bist durchzudrehen.

Ich will am liebsten aus dem fahrenden Auto springen.

Du darfst jetzt nicht die Kontrolle verlieren.

Aber ich verliere die verdammte Kontrolle. Ich bin allein, verdammt allein. Ich bin kurz davor, in einen Halbschlaf-Emotionssturm abzutauchen, doch der Taxifahrer glotzt mich so dämlich von der Seite an, dass mich das auch durch die zufallenden Augen noch irritiert. Was ist nur los mit dem, hat der noch nie gefeiert? Ich rieche vorsichtshalber an meinen Klamotten, da fällt mir wieder ein, dass ich ja sowieso die Sachen von dem Typen anhabe. Kann also nicht so schlimm sein. Warum glotzt der dann so?

»Na? Alles okay?«

»Ja, klar.« Der soll mich in Ruhe lassen.

Nicht aggressiv werden.

»Probleme mit dem Freund gehabt?«, fragt er weiter.

»Wie bitte? Nein. Das geht Sie nichts an, was ich mit Männern habe.«

»Ist ja gut.«

Es dauert eine Weile, in der ich mich schon an die Stille gewöhnt habe, doch dann fängt er wieder an: »Ich kann Sie auch zur Polizei bringen. Oder in ein Krankenhaus.«

»Halten Sie einfach die Schnauze, machen Sie Ihren Job, bringen Sie mich heim, und dann passt das.«

»Okay, okay.«

»Oder baggern Sie vielleicht alles an, was bei Ihnen ins Taxi steigt?«

»Was? Jetzt hören Sie mal …«

»Hoffen Sie vielleicht, dass ich Probleme mit meinem Freund hatte? Wollen Sie mich auch noch ficken oder was?«

»Also jetzt reicht's.«

»Lassen Sie mich einfach in Ruhe, okay?«

Wie war das mit dem Nicht-aggressiv-werden?

Krankenhaus? So schlimm ist es jetzt auch nicht. Nach einer halben Stunde Schweigen setzt er mich vor meinem Hochhaus ab, ich zahle ein horrendes Geld mit der Kreditkarte, laufe ins Treppenhaus, fahre mit dem Aufzug nach oben und steige dann die restlichen vielen, vielen Stufen ins höchste Stockwerk hinauf. Extrem außer Atem komme ich in der Wohnung an. Mein Puls pocht bis in den Hinterkopf. Erstmal duschen. Ich werfe alles von mir, schleppe mich ins Bad, vor den Spiegel und …

»Fucking Scheiße, verwichste!«

Mitten auf der Stirn trage ich zwei dunkelblaue, fast schwarze Flecken. Tränen. Panik. Das geht nie wieder weg.

//FREMDHEIT
//Tag: Achim//

13:43 Uhr.

Wenn ich mit halb geschlossenen Augen hinschaue, verschmelzen die Ziffern 911 meines Porscheweckers zu einem

grünen Leuchtkloß. Man müsste meinen, ich hab mal ausge-
schlafen, jetzt geht's mir besser, aber nein, mir geht's megascheiße. Dabei bin ich gar nicht wirklich krank. Mittlerweile kann ich nicht mal mehr schlafen und bin dabei
körperlich so im Eimer, als hätte ich drei Nächte lang Party
gemacht. Also liege ich rum, klar, was soll ich sonst machen?
Rumliegen und versuchen, an nichts zu denken.

Alles verschwimmt. Erst das Zifferblatt, dann die Gedanken.

14:54 Uhr. 911.

Shit, Nine Eleven, ob Porsche was mit dem Anschlag in New
York zu tun hat? Nicht, dass meine Elf auch noch Teil der Verschwörung hier ist.

Solltest du nicht mal aufstehen?

Jaja, ich mag aber nicht. Ich hab null Energie, vielleicht bin
ich also doch krank. Von mir aus. Aber dieses Liegen, das geht
auch nicht mehr. Was soll ich machen? Da draußen gibt es
nichts, worauf ich Lust hätte. Sport geht nicht, arbeiten will
ich nicht und die Kleine, die antwortet mir schon lange nicht
mehr. Bleibe ich eben liegen, der Tag ist sowieso bald rum.

Selbstmitleid in jeder Pore. Da arbeitest du mal einen Tag
lang nicht und schon hast du ein Gefühl von Sinnlosigkeit. Jetzt
steh schon auf, du Weichei.

Na gut. Ich schleppe meinen armen Löwenkorpus aus dem
Bett, schleife mich ins Bad, um mich irgendwie fit zu kriegen.
Was zieht man wohl an, als Mensch mit free time? Ich weiß es
nicht, und das da im Badezimmerspiegel bin nicht ich.

Wie schnell sich alles ändert, wie schnell sich alles anders an-
fühlt. Im einen Moment scheinst du alles zu haben, im nächsten
hast du nur noch dich. Wenn überhaupt.

Ich denke mir nur … Ach, eigentlich denke ich mir gar
nichts.

*Du verachtest dich, wenn du nicht performst, wenn du nicht
die Hundertprozent-Performance ablieferst.*

Ich verstecke mich in Jogginghose und Kapuzenpulli, die
über dem Badewannenrand hängen. Dann mache ich mir einen doppelten Espresso.

15:43 Uhr.

Der zweite Espresso ist leer. Was mache ich jetzt? Ganz ehrlich, wenn das immer so abläuft, will ich nicht mal Urlaub.
Muss ich was besorgen? Essen und eine Zeitung. Das ist eine
geniale Idee, eine Aufgabe, endlich.

Ich lasse die Jogginghose gleich an. Ein paar Straßen weiter
ist ein Kiosk, da hole ich drei Zeitungen. Kann ich den Rest
des Tages lesen, wollte ich die ganze Zeit machen, ganz viel
lesen, klar. Ich schleiche vom Kiosk zurück …

Nicht wieder reingehen!

… drehe um und laufe in Richtung Metro. Die Sonne
scheint, und obwohl mir das auch erstmal egal ist, zieht sie
mich irgendwie weiter. Vielleicht kann ich Bahn fahren. Vielleicht zum Chuches, da kann ich was essen. Und lesen. Oder
mich mit Bier betrinken, essen und drei Zeitungen gleichzeitig lesen. Mega.

Ich hole mir an der Bahnstation ein Ticket und studiere den
Plan. Raff ich nicht, ich fahre sonst nie mit so einer schäbigen
Bahn, nehme einfach die nächste und setze mich zwischen
eine ältere Dame und einen verwahrlosten jugendlichen Kerl.
Hammer vollgestopft, die Bahn, die Leute haben nichts Besseres zu tun als rumzugurken, mitten am Tag. Oder vielleicht ist
schon Feierabend für manche, ja, es gibt Menschen, die machen so was. Ich starre geradeaus. Direkt vor meiner Nase
baumelt der Reißverschlussanhänger eines hässlichen Anoraks und wackelt teilnahmslos hin und her, mal schneller, mal

langsamer, schön passiv, allein durch das Schaukeln der Bahn. Ganz ehrlich, das Teil irritiert mich.

Das ist dein Solidaritätsgefühl.

Anyway. An der nächsten Station steigt eine Gruppe Straßenmusikanten ein und mischt mit ihrer Ziehharmonikamukke den mobilen Laden auf. Lustig finde ich die, auch wenn die Musik megafies kreischt. Ich greife in meine Jackentasche und wühle ein paar Münzen heraus. Die Ausbeute ist mau, deshalb gebe ich ihm alle. Dann schaut der Musiker meine Sitznachbarn an. Der Junge links von mir beschwert sich: »Mann, verschwinde, schnorr nich' rum, seh ich etwa aus, als könnt' ich was abgeben?«

Die Oma stimmt zu: »Ja wirklich, als ob wir Senioren was zu verschenken hätten, wo die Ausländer uns alles wegnehmen. Wer nichts leistet, hat auch kein Recht auf Leistung.«

Aus irgendeiner Ecke: »Ey, geht das auch 'n bisschen leiser da hinten?«

Der Junge neben mir will gar nicht mehr aufhören, pöbelt weiter und hammernervig direkt in mein Ohr: »Alter ey, verpiss dich mal jetzt. Du nervst, merkst du das nicht. Abgang, comprende?«

Wenn du nichts sagst, hört der nie auf.

»Komm, mach jetzt, verpiss dich. Los, los.«

Sag was.

Okay, ich sag das: »Verpiss du dich doch und lass den Mann in Ruhe. Macht nur seinen Job, wenigstens einer, der hier arbeitet.«

»Was willst du denn?«, meint er zu mir. »Sei mal ganz ruhig hier, du siehst auch nicht gerade aus, als könntest du's Maul aufreißen.«

»Stimmt, ich sehe genauso scheiße aus wie du. Mit einem Unterschied: Ich geb dafür nicht anderen die Schuld.«

Endlich ist Ruhe.

Du gibst sehr wohl anderen Menschen die Schuld.

Ich kann so einen Scheiß heute null ertragen, null, also suche ich bei der nächsten Station das Weite und steige aus. Ich finde sowieso, an der Luft spazieren gehen ist eine geniale Idee. Allerdings stinkt's hier mega, nach Müll, Abgasen und Hundescheiße. Die abgewrackten Karren und Bruchbuden, die hier so rumstehen, setzen noch einen Frustfaktor obendrauf. That's life in der City, wo gehobelt wird, fallen Späne.

Anyway, innerhalb von zehn Minuten erreiche ich die Altstadt und den Platz, an dem das Chuches liegt. Glücklicherweise sehe ich schon beim Reingehen, an der Bar ist nicht so megaviel los, aber viele Tische sind besetzt, hauptsächlich von Müttern, älteren Damen und Kindern, die sich über Renatos Kuchen hermachen. Und, oh no, an der Bar steht auch noch Micha, ein alter Studienkollege, den ich noch nie leiden konnte. Weil er so ein schwuler Typ ist, der sich bloß noch nicht geoutet hat. Ignorieren ist hier aber unmöglich. Auch schon egal jetzt, ich gehe auf die Bar zu und setze mich auf einen der Hocker neben ihm. Micha guckt, haut mir über den Hocker, der zwischen uns noch frei ist, auf den Rücken und sagt: »Achim, alter Mann, wie geht es dir? Mensch, du siehst ja gar nicht gut aus, lässt du dich etwas gehen?« Dann beugt er sich zu mir und flüstert: »Du müsstest dich mal wieder rasieren.« Sein schwules After Shave ätzt mir die Riechknospen weg.

»Danke, du siehst auch scheiße aus«, grummele ich. »Mir geht's nicht gut, bin totsterbenskrank, ist mega ansteckend. Renato, gib mir vier Stücke von deinem Kuchen, egal welchem … Und ein Bier.«

»Du bist nicht wirklich krank, oder? Was ist los? Probleme im Job? Möchtest du darüber reden?«

»So ein Nonsens, alles tutti. Ich bin da an einer genialen Sache dran, an einer großen Lancierung … anyway, ich kann da aber nichts drüber sagen, ist noch geheim.«

Daraufhin hält er erstmal die Klappe. Das gibt mir die Zeit, meinen Kuchen zu essen, mein Bier zu trinken, was schon eine strange Mischung ist, und in einer meiner Zeitungen zu blättern. Bis ich sehe, wie sich neben mir durch den schmalen Gang eine alte Frau im Rollstuhl entlangschiebt. Eine ganz arme Sau, fettige Haare, dick, dreckige Klamotten, kaum in der Lage, sich zu bewegen und eine Menge Müll in ihrem Rollstuhl-Kofferraum, den Hecktaschen, oder wie man das nennt. Was bitte ist heute los? Oder ist das immer so?

Du bist einfach unter normalen Menschen und siehst zum ersten Mal seit Jahren das echte Leben, das ist los. Vergiss nicht zu kauen.

Die Frau bettelt wohl, und während ich irgendwie impulsiv einen kleinen Schein aus meinem Portemonnaie krame, beobachte ich, wie sie zu den einzelnen Tischen fährt und versucht, eine Obdachlosenzeitung zu verkaufen. Damn, was ist los mit mir?

Du wirst eben doch zum Weichei.

No way, niemals werde ich weich, ich seh nur … eben nichts, keine Reaktionen der anderen Gäste. Die Herrschaften schauen die Frau nicht mal an. Doch da! Ein rotköpfiger älterer Mann lehnt sich mit seinem vollen Oberkörpergewicht auf die Theke und sagt – oder besser, lallt:»Was will die denn? Ich hab ja selbst nix mehr!«

Der hat ganz schön einen sitzen, ganz ehrlich, da kann auch sein Anzug nicht drüber hinwegtäuschen. Die Leute hinter ihm drehen sich um und glotzen ihn von unten bis oben an, als hätte er ihnen vor die Füße gepinkelt. Wer ist wohl die ärmere Sau, die Rollstuhlfrau oder der Typ? Die Frau scheint irgendwie mehr Würde zu haben als der. Er labert einfach immer weiter auf das hübsche Mädchen hinter der Bar ein, das sich nicht anders zu helfen weiß, als unsicher zu lächeln.

So wie du das sonst machst …?

Das Girl schäumt Milch, während er sagt: »Wissen Sie, jahrelang hab ich nur gearbeitet, und dann schmeißen die mich raus wie einen alten Putzlappen. Nicht mal einen Abschiedsgruß von der Zentrale gab's. Insolvent sollen sie sein, und daran sind natürlich wir schuld. ›Keine befriedigenden Verkaufszahlen in meinem Sektor‹, hieß es. Das Gehalt der letzten drei Monate ist futsch. Und meine Frau sitzt zu Hause und weiß von nix.«

Blüht dir das auch bald? Wie peinlich.

Was hier los ist: großes Weichei-Familientreffen. Der ist bestimmt ein Sales Typ, der das Produkt nicht ordentlich verscherbeln konnte. Bin ich froh, denn so eine fiese Kündigung kann mir nicht passieren, dafür stecke ich zu tief drin in dem Business. Normalerweise würde ich dem Mann auf die Schulter klopfen und ihm die Karte von meinen Inkassojungs geben. Die sind tough, die kommen auch gerne mal mit dem Baseballschläger vorbei. Aber dafür ist er zu unsympathisch. Spätestens als er sich noch mal umdreht und nach der bettelnden Frau sucht.

»Jaja, gut, dass du mit deinem Ding hier weggefahren bist.«

Die Rollstuhlfrau kann das nicht mehr hören, denn sie ist längst mit ihrem Penner-Porsche an anderen Tischen. Ganz ehrlich, was ist denn der große Unterschied zwischen der Frau und dem Mann: Beide sind Verkäufer, beide krebsen rum und beide werden komisch angeguckt von den anderen. Nur ist sie nicht besoffen und im Selbstmitleid versunken. Zum Glück geht der jetzt, jetzt muss nur noch Micha abhauen.

Anyway, von nichts kommt nichts, sag ich immer, und wenn man nicht ackert, dann passiert auch nichts. Bei einem meiner Managerseminare wurde uns die Bruce-Lee-Methode beigebracht, wonach man jeden Tag ein Stück mehr kämpfen muss, nur so kommt man weiter.

Und jetzt geht trotzdem vielleicht die Karriere deines Lebens vor die Hunde. Am Ende bist du noch ärmer dran als so eine Rollstuhlfrau, sie kommt immerhin irgendwie klar, während du getrieben bist von der Angst vorm Verlust. »Nicht alles haben« heißt «nichts haben». Nur Schwarz oder Weiß. Und dann die Angst vorm Phantomschwarz.

Ich kann mir nicht helfen, aber ich spüre schon wieder Solidarität mit der Rollstuhlfrau.

Warum gehst du nicht zu ihr? Dir geht es hundertmal besser, finanziell. Einfach mal probieren.

Als die Rollstuhlfrau sich komplett durchgefragt hat – wohl ohne Erfolg – und zum Ausgang trudelt, stehe ich auf und eile ihr nach. »Warten Sie«, rufe ich und halte sie auf. »Darf ich Ihnen das geben?« Ich halte ihr einen Schein hin.

»Das ist sehr nett von Ihnen«, lächelt sie. »Vielen Dank. Und schönen Tag noch!«

Wow. Das ist ja mal ein krasses Feeling. Die Leute schauen mich an, als schreite der König der Löwen höchstpersönlich durch sein Volk. Ein Löwe muss wohl manchmal für die Schwachen einstehen. Oder?

Gutfühlen ist auch eine Art Profit.

Als ich mich auf meinen Hocker niederlasse, klatscht Micha in die Hände: »Ganz große Show, mein Lieber. Seit wann bist du so eine gute Seele und interessierst dich für die Armen dieser Welt?«

»Ach komm, shut up, ich muss mich auf die Todesanzeigen in meiner Zeitung konzentrieren.«

Als Micha zum Pinkeln verschwindet, konzentriere ich mich selbstverständlich auf nichts, weil mein Brain das gar nicht hinkriegen würde. Dann rieche ich plötzlich ein starkes Damenparfüm. Als ich mich umdrehe, schaue ich in das Gesicht einer rausgeputzten Frau direkt hinter mir. Schon wieder irgendein dahergelaufener Mensch, ich hätte gern endlich mal meine Ruhe. Sie steht erstmal etwas verstört da und prüft mein Gesicht. Dann fragt sie, ob ich sie wiedererkenne. Von irgendeinem Abend hier an der Bar, sagt sie. Keinen Schimmer, sie ist ja nicht die einzige Frau, die mich anhimmelt. Sie zeigt mir ihren Unterarm, auf dem ein kleiner roter Fleck zu sehen ist. Ob ich den kenne, fragt sie.

»Nein, verzeihen Sie. Vielleicht sind wir uns hier einmal begegnet, aber erinnern tue ich mich nicht, sorry.«

Die Arme schaut enttäuscht und mit großen Augen, dann zieht sie ab. Ja, sorry. Ist ganz süß gewesen, ein paar Jahre älter, ganz knackig. Aber no way, ich hab genug mit mir selbst zu tun. Wahrscheinlich verwechselt sie mich eh, ich seh ja heute nicht mal aus wie ich selbst.

Anyway, mit dem Bier und der ganzen Action hier kommt meine Power zurück und ich fühle mich fast wieder wie der Alte. Wahrscheinlich musste ich einfach mal eine Löwentat begehen. Ich zahle, haue Micha meinen Ellenbogen in die Rippen, und verlasse das Chuches. Beim Rausgehen fällt mein Blick auf einen Penner, der direkt gegenüber der Bar neben einem Klamottenladen auf dem Boden sitzt. Bin ja jetzt abgehärtet von diesen ganzen Begegnungen. Ich stelle mich also vor das Schaufenster des Ladens und tue so, als schaute ich mir die Mode am Point of Sale an, in Wirklichkeit aber betrachte ich den Penner. Mach ich sonst auch nie, so was Stranges. Wie der wohl hier gelandet ist? Sieht eigentlich gar nicht so schlimm aus, vielleicht lebt er noch nicht lange auf der

Straße. Abgesehen von den dreckigen Händen, den fettigen Haaren und den fiesen Klamotten. Er wirkt auch nicht high oder sonst wie abgedreht, vom Gesichtsausdruck her scheint er ganz fit zu sein. Ob er auch mal Sales Manager war? Und dann geflogen ist, weil sein Unternehmen insolvent gegangen ist?

Oder weil er seinen Boss bespitzelt hat?

Anyway, ich höre jetzt auf, mir darüber Gedanken zu machen, Penner sollten mich eh null interessieren, null. Ich muss schnell nach Hause und wieder normal werden.

»Sie wissen schon, dass in dem Schaufenster nur Damenkleidung hängt.«

Ich erschrecke mich wie ein Teenager, der von seiner Mutter mit einem Tittenheft erwischt wird.

»Oh ja, stimmt, ich suche etwas für meine Mutter.« Mann, was für eine bescheuerte Ausrede. »Wiedersehn.«' Ich drehe mich schnell weg und laufe davon.

»Warten Sie!«

Ich will nicht warten. Mein Ausflug war schon strange genug.

»Warten Sie, Sie haben was verloren!«, ruft er lauter. Der will mich doch nur anschnorren, ich hab nichts verloren. Gerade möchte ich lospöbeln, weil mir die ganzen Nervensägen in dieser Geballtheit nun doch auf den Geist gehen, da sehe ich, wie der Obdachlose mir ein Smartphone entgegenstreckt. »Das lag auf dem Boden. Ist es doch nicht Ihr's?«

Ich laufe zu ihm und nehme das Teil aus seinen schmutzigen Fingern an mich. Es ist ein Smartphone meiner Firma, aber das hat ja noch nichts zu bedeuten. Ich berühre das Display, um die Kontaktliste zu checken: Das ist tatsächlich mein Gerät.

»Äh. Ich wusste gar nicht, dass ich das überhaupt dabeihatte. Danke! Ich wär echt destroyed gewesen, wenn ich das verloren hätte.«

»Sie sind ein vielbeschäftigter Mann, da kann man schon mal was vergessen.«

»Klar, hammer busy im Moment, der Job ist die erste Prio.«

»Aha.«

Ich weiß gar nicht, warum ich das eben gesagt habe, rafft der eh nicht. Um schnell von hier wegzukommen, hole ich meine Scheine aus der Hosentasche, ziehe ein dickes Exemplar heraus und halte es ihm hin.

»Da! Kauf dir was Ordentliches zum Anziehen.«

»Wozu denn?«

»Weiß nicht, vielleicht, weil deine Kluft null zu ertragen ist?«

»Und? Das ist doch nicht Ihr Problem, ich muss sie doch tragen. Dann sehe ich für andere eben unerträglich aus.«

Ich nicke.

»Ich verstehe deinen Punkt. Ich denke auch oft: Was die anderen denken, das ist mir erstmal egal. Aber doch nicht, wenn mir dadurch Profit durch die Lappen geht. Nimm das Geld, du hast es verdient, du hättest das Phone auch behalten können. Und ich will dir nichts schuldig sein, denn dann ist es doch mein Problem.«

»Ich danke Ihnen. Aber ich meine es ernst. Ich habe nichts geleistet, wofür ich belohnt werden müsste. So was sollte normal sein.«

»Ey, und ich dachte, ich hätte heute meinen sozialen Tag. Aber warum sitzt du sonst hier, wenn nicht wegen Money?«

»Ich suche andere Dinge.«

Was meint er damit?

Ich will's gar nicht wissen.

»Anyway, viel Glück dabei, man sieht sich. Danke noch mal, war 'ne coole Aktion.« Und strange, der Typ hat auf ein Smartphone im Wert von achthundert Euro verzichtet, mich vor einem Horror-Handy-Verlust gerettet und wollte nicht mal was dafür.

Irgendwo auf dem Rückweg, zwischen Mülltonne und Hundescheiße, klingelt das High-End-Teil und präsentiert mir eine SMS, die wie eine Ice-Bucket-Challenge-Deluxe auf mich wirkt:

»Ich bin einsam.«

Ja wie geil, die Kleine schickt mir einen verzweifelten Hilferuf. Ich wusste es, ich bin ein Macho Iberico, neuerdings ein nobler Retter der Armen und ein Frauentyp sowieso. Der Löwe ist back.

//FREMDHEIT
//Nachmittag: Aline//

»Und was haben wir herrlich gegessen auf Sylt, ganz toll war das. Wie hieß noch mal das Restaurant, in dem ihr auch wart, Nadine?«

»Fisch-Fete?«

»Nein, so ähnlich. Mir liegt der Name auf der Zunge, also na ja, das war jedenfalls enorm.«

Meine Freundinnen und ich haben uns spontan auf einen Cappuccino im Chuches getroffen. Ich musste unter Leute, da ich mich im Haus nicht wohlgefühlt habe. Aber auf das Gerede meiner Damen kann ich mich kaum konzentrieren.

»Nicht wahr, meine Liebe? Richards Aufschlag ist wahnsinnig gut.«

»Der Aufschlag, ja.«

»Ach wartet, wisst ihr was?«, fragt Nadine, als ob sie etwas Unanständiges vorhätte. »Also, jetzt trinken wir mal einen Prosecco. Einfach so, zur Feier des Tages, was haltet ihr davon?«

Zur Feier wovon?

Jutta reißt die Augen auf. »Uuuuh, so früh schon Prosecco?«

Was meint sie mit früh? Dein Mann kann das besser, der fängt schon morgens um sieben Uhr an.

»Hach, ich weiß nicht«, Jutta weiter.

»Ist doch nichts dabei. Unsere Männer sehen uns ja nicht.«

Die Damen kichern vor Wonne.

Du willst es nicht mehr hören, es macht dich wahnsinnig.

Ich stimme mit ein. Mein Kopf denkt heute nicht, was er soll, und vielleicht wird es mit einem Gläschen Prosecco besser.

Und so ist es auch, das Getränk tut gut. Kühlend in der Hitze meines inneren Gefechts und dynamisch in meiner Seele, die sich gelähmt anfühlt. Die Lautstärke der Unterhaltung steigt bereits mit dem ersten Tropfen. Da steht er, der klargelbliche Prosecco, und bitzelt vor sich hin. Manche Bläschen hüpfen sogar aus der Oberfläche, so energisch sprudeln sie. Ich hebe das Glas an, halte die Öffnung an eines meiner Ohren, höre hin und vernehme Erstaunliches: Es säuselt. Wie das Meeresrauschen einer Muschel tönt es aus dem Glas. Oder wie der Singsang eines Radiogerätes, das keine Frequenz findet. Als empfange das Glas Funkwellen von weit her, die es in eine neue Sprache übersetzt und an mich weitersendet, kleine leise Botschaften.

Vielleicht will es dir sagen, dass du endlich die Kontrolle verlieren sollst.

Es klingt lustig. Dann stelle ich das Glas wieder in die korrekte Position neben die kleine Blumenvase und den Speisekartenständer.

»Ich sag euch, meine Lieben, diese Birgit, die vom Doktor Hermann, also, die soll ja mit einem deutlich jüngeren Mann …«

Ich halte mein Ohr wieder ans Funkgerät und drücke das andere Ohr mit einem Finger zu, um die Damen auszublenden. »Bs, bssss, bs.« Ich verstehe es nicht, aber die Signale bringen mich weg von hier. Es ist nicht so gehässig wie das Geschwätz der Damen. Es ist niedlich und fröhlich. Ich stelle mir vor, wie die Funkwellen von einem fernen Ort erzählen.

An dem Ort scheint die Sonne und weht ein Wind, der seine Temperatur je nach Stelle wechselt, der hier noch frisch ist und zwei Meter weiter warm. Ein Ort, an dem die Menschen frei sind und sich gleichzeitig bei der Hand nehmen.

Mein Mann kam gestern Abend nicht mehr nach Hause. Das Unwetter hatte sich ganz plötzlich gelegt, was ich als Aufforderung ansah, endlich den Schlaf zu suchen. Obwohl ich die Müdigkeit so lange herausgefordert hatte, blieben meine Träume dünn wie eine Seifenblase, die durch das Geräusch der Haustür jäh zerplatzte. Im Halbschlaf hörte ich einen Schlüssel, Schritte und mein Herz im Takt der Standuhr.

Angst.

Wovor sollte ich denn Angst gehabt haben, vor meinem Mann? Ist ja lächerlich. Und tatsächlich passierte nichts, außer einer Schnapsböe, die er mit ins Bett brachte und die über mich hinwegwehte. Heute Morgen, nach nur wenigen Stunden Schlaf, stieg er mit dem Klingeln des Weckers wieder aus dem Bett. Ich blieb liegen und versteckte mich im Schlaf, bis er das Haus verließ.

Plötzlich fiel mir ein: Die Beluga-Flasche vor der Haustür! Mein Mann konnte sie nicht übersehen haben. Ich hatte sie doch raus gestellt, oder hatte ich mir das etwa in meinem schlaftrunkenen Zustand eingebildet? Jetzt hatte ich tatsächlich Angst zu erfahren, was mit der Flasche passiert war. Immer langsamer ging ich die Treppe hinunter. Unten angekommen schloss ich die Augen und atmete tief ein. Erst öffnete ich die Tür, dann die Augen und sah: nichts. Keine Flasche. Erleichterung durchfuhr mich. Sicher war sie nur Teil meines Traumes.

»Aline?«

»Was?«, ich schnelle mit dem Kopf vom Proseccoglas weg und verschütte dabei ein paar Tropfen auf meine Hose. »Ups, na so was!« Ich setze das Glas ab und tue so, als versuchte ich, mit meiner Serviette die Flüssigkeit abzutupfen.

»Was machst du da, meine Liebe?«, fragt Nadine.

»Nichts! Ich bin nur … erschrocken …«

Die Damen schauen sich untereinander an, als wäre ich unzurechnungsfähig. Ich kann ihnen natürlich nichts von den Geschichten der Funkwellen erzählen. Niemals würden sie ihr Ohr an ein Glas halten.

»Also, Aline, nimm uns das jetzt bitte nicht übel: Wir merken in letzter Zeit, dass etwas mit dir nicht so ganz stimmt. Und wir möchten dir sagen, dass du jederzeit mit uns reden kannst«, sagt Jutta mit besorgtem Ton.

»Was meint ihr?«

»Du bist abwesend, tust komische Sachen, vergisst alles, bist manchmal tagelang nicht erreichbar.«

»Was vergesse ich denn alles?«

»Also, zum Beispiel die alten Fotos von unserem Hochzeitsjubiläum vor sechs Monaten, die du und dein Mann fleißig geknipst habt. Oder die Kuchenplatte. Und, ach Gottchen, neulich wusstest du nicht mal, was du zwei Tage davor gemacht hast.«

Es interessiert dich einfach nicht, wovon sie sprechen. Warum sitzt du hier?

»Ich kann mir doch nicht alles merken. Und was für komische Sachen mache ich?«

»Na … so was wie das hier … der Prosecco …« Mit einem Fuchteln von oben nach unten will Nadine mir klarmachen, dass eigentlich alles an mir komisch ist.

»Ich war gerade etwas abwesend, na und? Ich bin einfach müde. Ich habe schlecht geschlafen und viel im Kopf.«

»Also stimmt doch etwas nicht, Aline? Du kannst es uns ruhig sagen. Wir sind für dich da.«

Dir wird beinah schlecht bei dieser Lüge.

Nichts stimmt.

Sag es ihnen. Sei einmal ehrlich und zeig ihnen, dass du nicht perfekt bist.

»Mein Mann und ich haben uns gestritten.« Die Damen glotzen gebannt und hoffen mit einer Mischung aus Mitleid und Geilheit auf mehr Drama. »Wir sind uns einfach nicht einig über das Auto, das wir kaufen wollen, und hatten eine riesen Diskussion. Er will etwas Sportliches, und ich etwas Familienfreundliches mit Platz für den Kindersitz und Einkäufe et cetera.«

Im letzten Moment doch noch gelogen.

»Ah ja, das kann ich verstehen«, meint Jutta.

Und Nadine schließt sich an: »Ich auch, Männer und Autos. Wie Kinder, Hauptsache, sie können mit ihren teuren Spielzeugen prahlen, aber was wir Frauen brauchen, interessiert sie selten.«

Eine Welle der Erleichterung durchfährt meine Damen. Schon reden sie wieder, als hätten sie viel zu viele Wörter. Und ich schaue in mein Glas, das nicht müde wird, zu säuseln.

//FREMDHEIT
//Nachmittag: Maik//

Warum kann ich nicht mal dazugehören? Heute hat mich wieder jemand gefragt, wie denn so einer wie ich auf der Straße landen kann. Ich muss das dauernd hören. Oft begegnen mir die Leute aus dem Ghetto mit erstaunten Gesichtern und Aussagen wie: »Du sprichst so gebildet und siehst so nett aus. Gar nicht wie ein Wohnungsloser.« Plötzlich bin ich eher Untersuchungsobjekt als einer von ihnen.

Wenigstens weiß ich genau, wie ich auf der Straße gelandet bin. Das unterscheidet mich natürlich schon vom Rest. Ja, bei vielen ist Pech die Ursache fürs Ghetto. Eine der Ältesten unter uns ist eine Frau, die seit ihrer Jugend wegen einer Muskelkrankheit im Rollstuhl sitzt. Sie wurde von ihrem Stiefvater noch missbraucht, als sie sich schon nicht mehr wirklich wehren konnte. Irgendwann wurde sie völlig traumatisiert vom Jugendamt abgeholt. Heute kann sie nicht einmal ihre Haare ohne Hilfe waschen. Manchmal kleckert sie was vom Mittagessen auf ihren Pulli, wenn ihre Arme nicht so reagieren, wie sie sollen. Ihr dreckiger Anblick wirkt für die normalen Menschen von außen, als sei sie dumm und faul. Sie begegnen ihr mit Ekel. Doch in Wirklichkeit ist sie stärker als alle anderen hier im Ghetto. Sie arbeitet sogar, verkauft die Obdachlosenzeitung, indem sie ihre regelmäßigen Rollstuhlrunden durch die Cafés der Gegend dreht. Sie hält die Blicke der Fremden ohne Selbstmitleid aus, genauso wie die Vergangenheit und die Gegenwart. Ein anderes Beispiel für Pech ist Rambo, der nie Lesen gelernt hat und immer wieder in Katastrophenherde gerät. Das sind Menschen, die wie Rainer den berühmten Schicksalsschlag erlebt haben. Dazu noch viele Roma und Flüchtlinge, die von Anfang an keine Chance hatten.

Bei vielen Menschen außerhalb des Ghettos sind die Probleme eine Folge mehrerer Entscheidungen aus der Vergangenheit. In den letzten Wochen habe ich ziemlich viele verschiedene Typen – wandelnde Klischees – getroffen. Jeder hält sich für was Besseres und denkt, er hätte eine ganz besondere Existenzberechtigung. Der Erfolgreiche denkt, er ist besser, weil er Erfolg hat, der Reiche, weil er Geld hat, die Mutter, weil sie ein Kind hat, der Schöne, weil er schön ist, der Depressive, weil er sich für wahrhaftiger als die anderen hält, der Gebildete, weil er nicht so etwas Oberflächliches wie Geld, Stil und Schönheit braucht, der Gläubige, weil er an etwas glaubt, der Atheist, weil er an nichts glaubt, und so weiter und so fort. Jeder muss an etwas festhalten, weil es ihm den vermeintlichen Sinn und die immanente Sicherheit verleiht. Auch aus Selbstschutz, denn hätte das andere in ihren Augen genauso viel Existenzberechtigung, wären die Verwirrung und die Angst groß. Doch so kann er sein Tun und Lassen immer rechtfertigen, er ist schließlich ein Reicher oder ein Gläubiger oder ein Stilvoller. Die Einbildung davon, wie toll und sinnvoll er ist, steht in keinem Verhältnis zu der Dämlichkeit, mit der er handelt.

Du bist doch ein Arschloch.

Entschuldigung?

Du hältst dich für etwas noch viel Besseres als alle anderen. Das macht dich einsam, traurig und noch fremder als alle Fremden zusammen. Aber keinesfalls weniger dämlich.

Mist, das stimmt auch wieder. Aber ich wehre mich ja nicht gegen die Menschen, sondern gegen die Umstände. In seltenen Fällen ist die Gegenwart eine Frage der bewussten freiwilligen Entscheidung, wie sie es bei mir ist. Zwar verlangen viele nach Entscheidungsfreiheit, aber die meisten kämen mit der Verantwortung gar nicht klar. Doch für uns alle, egal wie wir auf unseren Pfad geraten, gilt eins: Je länger wir ihm folgen, desto vernebelter wird die Vorstellung von dem, was vorher war. Als noch alles anders war. Die Möglichkeiten, wie es sonst sein könnte, erkennen wir nicht. Und wir wollen sie auch gar nicht erkennen aus Angst vor der Bodenlosigkeit. Irgendwann, so scheint es dann, gibt es keine andere Realität, keine anderen Möglichkeiten mehr. Dann kann man eigentlich von Glück reden, wenn eine Katastrophe eintritt und uns zwingt, den alten Weg zu verlassen und einen neuen Weg zu gehen. Einen freieren, instinktiveren Weg. Was das angeht, sind die Ghettoleute wenigstens halbwegs ehrlich. Die niederen Emotionen werden hier nicht so verurteilt, sie gehören dazu. Dennoch, auch wenn die Menschen hier ehrlicher sind, Angst vor einem anderen Weg haben die genauso.

»Ey Arschloch, was geht ab?«

Der Junge ist zurück. Ich habe ihn so vermisst. Gestern kam er das erste Mal wieder zu mir an meinen Platz. Keine Ahnung, was er in der Zwischenzeit getrieben hat, ich will es auch nicht wissen. Jetzt springt er auf mich zu und setzt sich neben mich auf meinen Platz neben der Boutique.

»Na was wohl? Ich sammle Geld. Für dein Projekt.«

»Saugeil, Arschloch.«

»Könntest du mich bitte nicht so nennen? Das irritiert mich.«

Weil du eines bist und es weißt.

»Nein, Arschloch.« Rainer lacht. »Ey, bist doch eine coole Sau, Digger. Mein Homie.«

»Okay, Tiger.«

»Im Ernst, du stehst zu mir und bist eine ehrliche Haut. Das gibt's im Ghetto so oft wie nüchterne Nutten aufm Straßenstrich. Ich kann dir vertrauen, und das weiß ich zu schätzen.«

Ein schönes Kompliment.

Aber er weiß nicht alles, und du fühlst dich so ehrlich wie ein verheirateter Freier auf dem Straßenstrich.

»Ja, tja, stimmt, Vertrauen. Dann nenn mich auch bitte nicht Arschloch.«

»Spielverderber.« Der Junge freut sich und lacht über etwas scheinbar unfassbar Witziges. »Ich erzähl dir mal was. Weißt du, was mir gerade passiert ist?«, fährt er fort.

Ich schaue ihn nur an.

»So krass, Alter, das glaubst du nicht. Ich wurde angebettelt. Ich, Digger. Glaubst du das? Die scheiß Roma, die haben's doch echt nicht drauf.«

»Sprich nicht so von denen, die können nichts dafür!«

»Mann, du bist heute echt spielverderbermäßig drauf.«

»Du weißt genauso wenig von ihnen und ihrem Schicksal wie andere Leute von dir.«

»Du Heiliger, klar weiß ich, was mit denen los ist. Die wohnen zu fünfzehnt in einem Zimmer und machen Kinder am laufenden Band. Ist ja geil, mit Kindern lässt es sich wunderbar betteln. Denen brechen sie dann die Beine und los geht's.«

»Tiger, bitte.«

»Ist doch wahr, mach mal die Augen auf. Manchmal hab ich das Gefühl, du denkst, das Ghetto wäre Disneyland und alle hätten sich lieb. Die Roma kommen aus ihrer Gosse hierher und denken, das ist das Schlaraffenland hier. Die nehmen uns unseren Kram weg und verkaufen ihn auf dem Schwarzmarkt, das geht hier ab! Und im Zweifelsfall geht's denen im Knast immer noch besser als bei denen zu Hause auf der Straße. Essen, Schlafen, keine Sorgen, ist doch super.«

»Deinen Kram nehmen sie dir weg? ›Deinen‹ Kram?«

»Versteh ich jetzt nicht. Kinder misshandeln findest du gut, oder was?«

»Darum geht's doch gar nicht. Es geht ums Prinzip: Du beschwerst dich über Klassen und Vorurteile und das alles, aber selbst bist du ganz groß darin.«

Sprichst du jetzt gerade über dich selbst, oder was?

In Rainers Kopf rattert es sichtlich. In meinem übrigens auch.

»Vergiss es, ab sofort nenne ich dich nur noch Arschloch.« Er springt von einer Pobacke auf die andere.

»Mann Großer, jetzt sei nicht sauer. Bist doch mein Homie. Was soll ich machen? Ich bin nicht so clever wie du. Hab halt nicht so gute Erfahrung mit denen. Wie viel Geld hast du denn schon zusammen?«

Rainer schaut in meinen Becher, während ich drohe: »Wenn du so weitermachst, gar nichts.«

Absätze klappern, Minikleider tauchen auf, viel Schminke, hohe Absätze und Taschen, in die nichts reinpasst. Vor uns laufen ein paar Mädels vorbei, die aussehen, als wollten sie in einen Club. Rainer guckt.

»Hast du noch mal was wegen Rambos Umschlag gehört? Mir hat jemand von 'ner Razzia im Devil erzählt, aber keine Sau wurde festgenommen. Rambo hat schon recht, ist echt Ghetto-Armageddon grade.«

Dein Plan. Jetzt bist du dran.

»Nein, ich habe nichts gehört. Beziehungsweise doch, jemand vom Devil kam zu mir, genau hier an meinen Platz. Keine Ahnung, woher der mich kannte. Er meinte, der Umschlag sei gefunden worden. Ich vermute also, der Umschlag, den die Polizei uns damals an der Ecke gezeigt hat, war das gar nicht. Jedenfalls haben die mir dreihundert Euro Übergabegeld gegeben. Einfach so, cool, oder? Da bitte, für dein Projekt.«

Ich krame das Geld, das ich extra zerknittert habe, aus der Hosentasche und halte es Rainer hin. Ich bin auf seine Reaktion gespannt, er wird durchdrehen vor Freude. Doch der Junge nimmt es nicht, sondern schaut nur verdutzt.

»Alter, was soll das denn jetzt?«

»Na, dreihundert Euro. Für dich.«

»Wo kommt das her? Das ist ja viel zu viel.«

»Wieso zu viel? Hab ich dir doch erzählt, woher das kommt. Du willst doch dein Ziel erreichen?«

»Klar Mann.«

»Also, da nimm.«

»Wer vom Devil genau kam zu dir? Weiß Rambo davon?«

»Weiß ich nicht.«

»Ich glaub nicht, dass er davon weiß. Der ist mir vor ein paar Tagen über die Füße gefallen, dem geht der Arsch immer noch auf Grundeis.«

»Ja, keine Ahnung. Also nimmst du jetzt das Geld oder nicht? Ich kann es auch in den Müll schmeißen.«

»Alter, was geht ab? Rück raus, woher hast du das Scheißgeld?«

»Ich dachte, du freust dich.«

»Wer war der pimpige Sportdresstyp mit der Gelmatte, den ich eben bei dir gesehen hab?«

»Welcher Sportdresstyp?«

»Der kam aus dem Chuches und hat sich dann direkt hier neben dich gestellt. Ich hab doch gesehen, wie du dich mit ihm unterhalten hast.«

»Na, das war der Typ vom Devil.«

Rainers Lachen wird zynisch.

»Im Leben nicht war der vom Devil! Der hatte eine Y3-Jacke an, die war zwar schon uralt, aber mal sauteuer. 'Ne dicke Golduhr und Lederschuhe noch dazu. So was tragen die Jungs vom Devil nicht, da können die sich auch gleich ein Schild mit dem Hinweis ›Zuhälter‹ umhängen.«

»Woher weißt du denn bitte schön, was das für eine Jacke war?«

»Was ist denn mit dir falsch? Weil Y3 draufstand, Mann. Und du hast ihm was gegeben, nicht umgekehrt. Alter, verarsch mich nicht. Hier stimmt was nicht.«

»Jetzt hör mal zu, ich versuche hier, dir zu helfen. Und so was nennt sich dann Homie.«

»Alter, du willst mir was von Freundschaft erzählen? Du Pisser!«

Zum ersten Mal brüllt Rainer mich an. So ernsthaft an. Zum ersten Mal sehe ich in seinen Augen echte Wut, Enttäuschung, Verzweiflung, Schmerz.

»Du fickst mich, Mann. Du kennst das Ghetto nicht, hier hat niemand was zu verschenken. Im Ghetto ist 'ne Kippe schon einen Barren wert.«

»Komm, beruhig dich und setz dich wieder hin. Ich verstecke das Geld erstmal, und wir vergessen das. Hast du deine Medikamente genommen?«

»Fick die Medikamente. Nichts vergessen wir. Ich hab dir vertraut. Wer war der Typ? Ein Dealer? Ein Bulle? Oder will mir jemand was anhängen?«

»Okay, okay. Er war einfach nur ein Passant, der was verloren hatte. Das Geld hab ich gespart. Und ich wollte es dir nur nicht sagen, weil ich wusste, dass du es dann nicht annimmst.«

»Und das gesparte Geld willst du mir schenken? Drei ganze Hunderteuroscheine? Alter, deine Mutter ist gespart. Du willst das Geld loswerden.«

»Hör auf damit, ich bin nicht dein Feind. Ich will dir helfen.«

Dann nur noch Schreien: »Ich weiß nicht mehr, wer du bist! Lieber wär's mir, du hättest es geklaut. Das hätte ich wenigstens glauben können. Ich wurde schon zu oft gefickt. Vertrauen, darum geht's für mich. Rücken stärken, straight sein, scheißegal, was passiert. Keine Lügen, nicht eine. Wir waren nie Homies.«

»Tiger, bitte.«

»Nix Tigga!«

Er spuckt auf den Boden, nimmt seinen Rucksack und läuft davon.

Das tut weh. Sag ihm, er soll hierbleiben.

»Komm zurück! Ich mach's wieder gut. Dann hab ich's eben geklaut!«

Weg ist er. Und ich sitze hier. Wieder allein. Selten habe ich mich so fremd gefühlt in meinem eigenen Mikrokosmos.

War doch klar, dass es irgendwann Probleme geben wird. Wenn nicht sogar alles auffliegt. Er kann dir nicht vertrauen, wenn du ihm nicht die Wahrheit sagst, ihm nicht sagst, wer du wirklich bist. Aber du weißt es ja selbst nicht. Du weißt nicht, wer du bist.

Ich bin nichts. Ich bin einfach nichts. Und ich will auch nichts sein.

//Kapitel 13: DAS ANDERE GESCHLECHT

//Nachmittag: Aline//

Ich sitze immer noch im Chuches. Eben, als die Damen gehen wollten, habe ich gesagt, dass ich noch allein auf einen Cappuccino bleiben würde. Das fanden sie wieder komisch, aber gaben es dann kopfschüttelnd auf, mich zum Gehen zu überreden. »Na gut, meine Liebe«, sagten sie, »melde dich, wenn was ist, meine Liebe, du kannst immer mit uns reden, meine Liebe.«

Ich strahlte sie dankend an und war noch dankbarer, als sie weg waren. Ich muss alleine sein, in letzter Zeit viel mehr als sonst. Ich spüre ein abstraktes Angstgefühl und weiß nicht, woher das kommt. Ich kann es nicht einmal richtig in Worte fassen. Wie soll man etwas begreifen, was man nicht in Worte fassen kann?

Statt des Cappuccinos bestelle ich mir noch einen Prosecco. Ich brauche noch einmal das Bitzeln der Bläschen. Denn bevor meine Damen gingen, war noch etwas passiert.

Die drei unterhielten sich wie gewöhnlich über die Gerüchte in der Welt der Reichen, und ich hörte beiläufig zu.

Früher hat dich das interessiert.

Und da sah ich ihn. Den jungen Mann, der mich in jener Nacht, als ich ausgebrochen war, angesprochen hatte, und den ich seither nicht vergessen konnte. Er saß scheinbar schon länger an der Theke, unterhielt sich mit einem Freund und las Zeitung. Fast hätte ich ihn nicht erkannt in seiner Aufmachung. Heute war er ein anderer Mensch, er sah wilder aus, mit verwegener Frisur und strengerem Blick, legere Sportkleidung. Vor ihm standen ein leerer Kuchenteller und ein halb volles Glas Bier. Eine seltsame Kombination. Ein seltsamer Mann.

Nicht aufhören können zu starren. Seine respektlose Haltung. Mit markanten Brauen, See-Augen. Als sei er von einer anderen Welt.

Ihn beobachtend fragte ich mich, was in ihm wohl vorging? Ich wusste nichts von ihm, aber irgendetwas war da, was war das nur? Intensität? Beruflich macht er bestimmt etwas Eigenes. Vielleicht hat er seine eigene Sportfirma. Oder er ist Künstler. Oder Leichtathlet. Auf jeden Fall nichts in einem Büro, viel zu ordinär für ihn. Nervös griff ich nach meinem Glas und trank es leer. Er hatte mich noch nicht entdeckt, sodass ich mich wieder etwas beruhigte.

Was könntest du zu ihm sagen?

Niemals würde ich zu ihm gehen, er musste schon zu mir kommen.

Du wartest nur auf jemanden wie ihn, damit er dich rettet. Du würdest am liebsten sofort mit ihm dieses Café verlassen und weglaufen.

Meine Damen waren verzückt in Lästereien vertieft.

»Also, das sollte verboten werden. Aline, sag doch auch mal was, du sagst ja nie was dazu. Ich hab nichts gegen diese Leute, man ist ja kein Menschenfeind. Aber findest du nicht auch, es werden immer mehr beängstigende Menschen hier in der Gegend? Die sind doch unappetitlich, also wirklich, mit ihren fettigen Haaren und dreckigen Klamotten. Rollstuhl hin oder her. Ich sag's euch, bald übernehmen die auch unsere Gegend und, weiß ich nicht, nehmen uns unsere Kinder weg. Aline?«

»Ähm, ich … doch, doch.«

Er blickt zu dir rüber.

»Könnt ihr kurz warten?«

Ohne die Damen anzuschauen erhob ich mich von meinem Stuhl und ging zu ihm rüber.

Nur ein paar Schritte.

Und schon stand ich hinter ihm.

Du kannst die Freiheit riechen.

Mir wurde heiß, als er sich zu mir umdrehte, mit einem Lächeln, das er schon vorher auf den Lippen hatte und kein Bisschen für mich veränderte.

Grüne Augen.

»Kann ich Ihnen helfen?«

»Erinnern Sie sich nicht an mich?«

Das muss jetzt sein. Durchhalten, durchhalten.

»An diesem einen Abend, wir saßen beide als Einzige an der Bar.«

»Ich sitze oft hier an der Bar.«

»Sie lächelten mir zu. Von da rechts.« Ich deutete auf seinen Platz von damals.

»Sie müssen mich verwechseln.«

»Nein, nein. Sie kamen irgendwann zu mir und sprachen mich an, ich weiß es genau. Sie entdeckten das Brandmal auf meinem Arm. Hier, sehen Sie!« Ich hielt ihm meinen Unterarm mit den verbliebenen roten Punkten hin.

Kommt jetzt ein Zeichen, ein Funksignal? Das ist nur der Anfang. Nicht aufgeben.

»Sie wollten mir noch einen von Renatos Spezialcocktails ausgeben … Sie erinnern sich wirklich gar nicht?«

»Hören Sie, Sie müssen sich irren. Ich meine es nicht böse,

aber entschuldigen Sie mich nun? Ich war gerade mitten in einem Gespräch.«

»Oh, ja, natürlich, in Ordnung, ich muss Sie dann wohl doch verwechseln.«

Es war die Toilettentür, vor der ich wieder zu mir kam. Dahinter roch es nach Reinigungsmittel. Ich stützte mich auf dem Waschbecken ab und schaute hinein. Ein kleines Zyklopenauge führte in eine unbekannte Tiefe. Was hatte ich mir nur dabei gedacht, ihn anzusprechen? Überhaupt an ihn zu denken. Wie schrecklich.

Das ist nur der Anfang. So viel Liebe in dir und du weißt nicht, wohin damit. Nicht aufgeben.

Ich bin verheiratet. Das gehört sich nicht. Mit der Liebe spielt man nicht.

Bei meiner Rückkehr an den Tisch merkten die Damen mir meinen Schreck nicht an. Ich erklärte ihnen, dass ich einen entfernten Bekannten gegrüßt hatte. Sie nickten dankbar für die unkomplizierte Erklärung und schnatterten sich in den Alltag zurück. Erst verließ er das Lokal. Dann die Damen. Und nun sitze ich hier allein.

//DAS ANDERE GESCHLECHT
//Nacht: Maik//

Mona kennt jeder aus dem Treff. Sie und ich sitzen mit einem Tetrapack Wein auf dem nächtlichen Kirchplatz im Viertel. In erster Linie redet Mona. Sie erzählt mir von der Zeit, als sie noch auf Crack war und mit ihrer Katze gelebt hat. Sie hat die Katze manchmal angehaucht beim Rauchen, damit sie nicht alleine high sein musste, und dann hing dem Tier stundenlang die Zunge zur Seite raus. Dafür würde ich Mona gerne eine Kopfnuss geben, aber dass das nicht toll war, weiß sie heute selbst.

»Als ich eines Tages im Wald dann gesehen habe, wie sich zwei Bäume unterhalten haben, hab ich die Pfeife neben mich auf die Bank gelegt und bin gegangen. Einfach so. Da hab ich dem Zeug abgeschworen. Seitdem nie wieder angerührt. Jeremy!«

Jeremy, ein meist gutgelaunter schwarzer Riesenbär läuft an uns vorbei. Doch heute sieht er gar nicht glücklich aus, der arme Kerl hat nämlich Liebeskummer.

»Jeremy, komma her!«, ruft Mona.

»Hey, weißer Bruder.« Jeremy setzt sich zu uns und legt die Arme um mich.

»Hey Jeremy«, antworte ich.

»Maik, du bist mein weißer Bruder. Der einzige Weiße, den ich wirklich mag.«

»Schon gut. Erzähl mal, gibt's was Neues?«, frag ich ihn.

»Ach, die eine Hübsche.«

»Die Sozialarbeiterin? Die magst du, nicht wahr?«

»Ja, aber die ist weg.«

»Wie weg?«

»Na, ich hab sie vertrieben. Wie immer halt.«

»Erzähl.«

»Na, nix. Ich hab sie ja nur gesehen und dachte schon: ›Wow‹. Ich bin zu ihr hin und meinte, sie wär echt 'ne Hübsche. Da ist sie schon abgehauen. Später hab ich's noch mal versucht. Bin zu ihr hin, und hab ihr erst erzählt, was du mir erzählt hast.«

»Was hab ich erzählt?«

»Na, dass sie studiert hat. Hab sie gefragt, wo sie studiert hat. Sie meinte, in so `ner Studentenstadt. Und ich so: ›Wow‹. Und dann hab ich ihr erzählt, dass die Leute mich immer falsch einschätzen. Dass ich eigentlich ein netter Kerl bin und gar nichts mit der Szene hier zu tun haben will.«

»Und sie?«

»Na, sie nickte nur. Ich meinte, dass ich auch mal studieren und Leuten helfen wollte. Soziologie oder Sozialpädagogik. Und, na ja, jetzt bin ich selbst so einer, dem geholfen … Scheiße, ich weiß auch nicht … der nichts auf die Reihe kriegt.«

»Und dann?«

»Dann wurde ich nervös, weil sie nicht viel gesagt hat. Hab gesagt, dass sie eine Hübsche ist. Das hatte ich ja schon mal gesagt. Und dass ich aber nicht so ein Frauentyp bin. Du bist mehr so ein Frauentyp, gell Maik?«

»Geht so.«

»Ich mag Frauen gern. Aber ich bin immer zu schnell, weil ich nicht weiß … Erst sind sie noch nett. Aber ich mach sie dann an und bin zu direkt und dann schrecke ich sie ab. Ich mag Frauen sehr, aber ich hab auch Angst vor ihnen.«

»Das hast du ihr aber nicht gesagt.«

»Doch.«

»Jeremy, so was sagt man keiner Frau.«

»Aber was sagt man sonst einer Frau?«

Verdammt gute Frage.

Verdammt gute Frage.

»Verdammt gute Frage, was um Himmels willen sagt man dem anderen Geschlecht? Ich glaube, man ist am besten so, wie man eben ist«, mutmaße ich. »Man macht nicht groß rum, keine Show, kein Posen. Man ist einfach ehrlich.«

»Aber ich war ehrlich.«

»Na gut, vielleicht nicht ganz so ehrlich, Jeremy. Ich weiß es doch auch nicht. Manche mögen sicher auch Show. Frauen sind auch nicht alle gleich.«

»Siehst du? Und ich hatte halt Angst, dass ich wieder zu schnell bin und wollte nichts Falsches sagen. Nur irgendwas, damit sie nicht gleich wegläuft.«

»Okay. Und was ist dann passiert?«

»Dann kam noch eine und noch eine. Und dann haben die ganzen Frauen sich über irgendwas unterhalten, da konnte ich nicht mitreden. Ich hab's dann noch mal versucht, als ich erzählt hab, dass jemand meinen Regenschirm geklaut hat. Aber das hat niemand mehr gehört.«

»Ach, Jeremy.« Ich lege den Arm um den traurigen Riesenbären.

»Ja. Scheiße. Ich mag Frauen so gern, aber immer vertreib ich sie.«

»Du bist eben, na ja, ein bisschen ungeübt und unsicher, sage ich jetzt mal. Das merken Frauen sofort, die riechen deine Angst wie Wildkatzen das Adrenalin ihrer Opfer. Oder so ähnlich.«

»Ach, jetzt sind also wieder wir Frauen schuld!«, meckert Mona. »Dabei sind doch wohl mal die Männer scheiße. Als ich noch in den Staaten gewohnt hab, hab ich mehrfach versucht, meinen Macker zu töten.«

»Ist nicht dein Ernst, Mona.« Ich rolle mit den Augen.

»Doch. Also einmal, ich musste ja immer für ihn kochen, wenn er von der Arbeit kam. Und einmal, da hab ich Reis gemacht. Dann hab ich Glasstücke mit einem Mörser ganz klein zerrieben und untergemischt. Als er dann heimkam und das gegessen hat, da hat er vielleicht dumm geguckt, als es auf den Zähnen geknirscht hat. Aber leider hat er's zu früh gemerkt. Da hat er geschrien und getobt. Dann hat er sein Beil genommen, mit dem er sonst Bäume fällt, und mich durch den ganzen Garten gejagt.«

»Na, aber scheinbar hat er dich nicht gefällt«, stellt Jeremy korrekt fest.

»Nee. Und einmal …«

Oh Gott, bitte nicht noch so eine Geschichte.

»… da hab ich ihm nachts Salz auf die Eichel gekippt.«

Nein, eine schlimmere Geschichte.

»Er war mal wieder besoffen gewesen und hat geschlafen und geschnarcht wie ein Walross. Da hab ich mich angeschlichen, die Decke weggezogen und erstmal mit einer Rasierklinge ein paar winzige Schlitze geschnitten. Und dann: BUMM!«

»Aha!«, ruft der Riesenbär.

»Dann hat er mich wieder durch den Garten gejagt.«

»Lass mich raten«, sag ich. »Mit der Axt. Er hat dich wieder nicht erwischt. Und du hast dich wieder nicht von ihm getrennt.«

»Nee. Nicht direkt. Aber heute hab ich lieber was mit Frauen.«

Ich winke ab.

»Ist doch immer dasselbe mit der Liebe, erst ist es vielleicht ganz nett, aber am Ende dann doch die Hölle. Jetzt wisst ihr auch, warum ich da nicht mitmache.«

»Ja, was ist denn mit dir und den Frauen? Hast du wirklich niemanden, den du gut findest?«, fragt mich Jeremy.

»Nein.«

»Niemanden?«

»Nein. Nerv mich nicht.«

»Aber du bist doch so ein Typ, den mögen Frauen.«

»Wo hast du denn das her?«

»Frauen mögen so kluge, sensible Typen mit vielen Gedanken und so Sprache und so.«

»Du, das kommt auf die Frau an.«

»Ja, und was magst du für Frauen?«

»Ich denke darüber nicht nach.«

»Aha! Das glaub ich dir nicht. Jetzt erzähl schon.«

»Jeremy, ich will aber nicht. Ich bin einmal enttäuscht worden. Und ich habe bemerkt, dass ich mich in der Beziehung selbst verloren hatte. So ist das oft in der Liebe, wenn man zu sehr liebt und nicht dasselbe zurückbekommt, fängt man an, an sich zu zweifeln. Das kennst du ja selbst, Jeremy. Man hebt den anderen auf ein Podest und hält sich noch an den winzigsten Hoffnungsfünkchen fest. Das ist doch alles nicht mehr realistisch. Man verändert sich, bis man am liebsten nicht mehr man selbst sein will.«

»Oh, oh, mein weißer Bruder. Du bist doch genau richtig, so wie du bist. Ich wär gern so wie du.«

»Okay. Danke. Ist ja lange her. Erst heißt es ›fall in love‹, dann heißt es ›fail in love‹. Man versagt am besten in dem, was einem am wichtigsten ist.«

»Und dann?«

»Ich hab ihr gesagt, sie soll sich nie mehr bei mir melden. Dass ich nie wieder was mit ihr zu tun haben will. Das war ein Befreiungsschlag. Eine Woche lang war ich wie im Endorphinrausch.«

»Also, damals im Wald mit meiner Crack-Cat, haha, ich sag immer Crack-Cat …«

»Mona, jetzt nicht.«

»Und dann?«, hakt Jeremy noch mal nach.

»Erst später ist mir aufgefallen, dass der, der ich in der Beziehung war, gar nichts mit mir zu tun hatte. So ist das eben:

Je höher die Latte, desto niedriger das Niveau. Ich bin froh, dass ich das hinter mir habe.«

»Frauen, ey, puuh.« Jeremy schüttelt den Kopf.

»Im Endeffekt hat das ja nichts mit den Frauen zu tun, so ist einfach die Liebe. Eine riesengroße hormoninduzierte Selbstlüge. Und wozu? Dafür dass es zu so einer Katastrophe wird wie Monas Beziehung.«

»Ey, dafür konnte ich ja wohl gar nichts«, warf sie ein.

»Aber wieso wollen dann alle eine Beziehung?«, fragt der Bär.

»Weil sie sich einbilden, es sei ihre einzige Rettung. Oder dass sie in einer Beziehung weniger allein sind. Oder dass sie dann endlich komplett sind. Was einfach nicht stimmt. Ich hab mich mit dieser Frau viel einsamer und unvollständiger gefühlt. Es kann keine gesunde Liebe geben.«

»Das glaub ich dir nicht, das glaub ich dir nicht!« Jeremy schüttelt den Kopf. »Ich hab gesehen, wie du Frauen hinterherguckst. Ganz oft tust du das.«

»Das ist reines primitives Instinktverhalten eines Primaten. Ich verteufele das nicht, aber ich interpretiere da auch nichts mehr rein.«

»Rainer hat sich mal in jemanden verliebt. Vor zwei Monaten oder so war das. Das war auch eher schlimm«, erzählt Jeremy.

»War es das? Schlimm?«, frage ich.

Du bist plötzlich hellwach. Du sorgst dich um ihn, du vermisst ihn.

Ich habe ihn seit unserem Streit nicht mehr gesehen.

»Ja, die Frau wurde als Kind von ihrem Vater missbraucht«, erzählt Jeremy weiter. »Davon hatte die einen Hau, den kriegt man nie wieder weg. Das war, als Rainer noch drauf war. Um das Geld für Crack oder Heroin zu bekommen, ist sie anschaffen gegangen, und er hat draußen an der Tür aufgepasst.«

»Scheiße.«

»Rainer ist aber so einer, der steht auf böse Mädels. Die war auch mit einem krassen Schlägertyp zusammen. Der und Rainer haben sich gekloppt. Ihm ging's ziemlich lange schlecht.«

»Siehst du, das meine ich. Liebe ist Mist.«

»Ist sie nicht!«, widerspricht Jeremy. »Musst vielleicht einfach die Richtigen toll finden, die, die dich auch toll finden und die gut zu dir sind.«

Hat er eben den Schlüssel zur Liebe in einem Satz beschrieben? Asphaltstarren.

Dann er weiter: »Irgendwann kommt die Richtige, das ist Schicksal. Und bis dahin hab ich immer noch euch.«

»Jeremy, du bist ein verrückter Träumer. Aber glaub du nur.«

»Willst du gar keine Liebe?«

»Nein.«

»Jetzt komm schon, ein bisschen Liebe von einer süßen Dame.«

»Nein.«

»Du glaubst gar nicht dran?«

»Nein, Jeremy, nerv nicht. Ich glaube nicht an Liebe. Ich glaube an gar nichts. Punkt.«

//DAS ANDERE GESCHLECHT
//Nachmittag: Fiona//

Das ist eine derartige Schikane hier, ich kotz gleich auf den Empfangstresen. Man ist in dem Business einer derartigen Willkür von Männern ausgesetzt: Entweder du bist der Rising

Star oder eine Nutte oder halt gar nichts. Seit fast einer Stunde warte ich im »Wartezimmer« von Mimis Agentur auf mein Go See.

Ich rief Mimi nach der Party des Grauens heulend an, um sie zu fragen, wie viel von verdammt viel Scheiße ich in der Nacht angestellt hatte. Sie machte mich erstmal rund, ich hätte es echt übertrieben nach der Botox-Nummer.

Sie so: »Altaaa. Da stell ich dir noch jemanden von meiner eigenen Agentur vor, ja? Und du lallst vor dem rum mit dicken Pupillen und laberst nur aufgedrehten Mist. Dann leiere ich dem trotzdem noch einen Termin für dich aus den Rippen. Und wie peinlich ist das jetzt bitte für mich, wenn du da blau gescheckt antanzt! Sag mal, geht's noch?«

Ich tat so, als würde ich mich daran erinnern, aber Scheiße, dieser Mittelteil fehlte mir komplett. Ich rastete am Telefon erstmal aus und warf dann den Hörer ins Klo. Man sollte mehr kaputt machen, das hilft. Irgendwann konnte ich wieder in halbwegs normaler Lautstärke sprechen und rief Mimi vom Handy aus an. Sie war in der Zwischenzeit auch etwas runtergekommen und meinte, die blaue Stelle von der Spritzerei würde sicher rechtzeitig weggehen. Ich solle mich erstmal ausschlafen. Und falls dann immer noch was zu sehen wäre, ordentlich dick Camouflage drüberspachteln und frisch und fröhlich mit meinem Book zu ihrer Agentur gehen.

Und da sitze ich jetzt. Ich bin weder frisch noch fröhlich. Natürlich ist meine Scheckung noch schlimmer geworden, beinah schwarz. Dazukommt die helle Kruste im Gesicht. Ich kann mit Spachtelmasse nicht umgehen, ich weiß nicht mal, wobei richtige Camouflage überhaupt helfen soll. Das vertrocknete Billigzeug, das ich noch hatte, war hundert Jahre alt.

Ganz ruhig. Einfach runterkommen.

Toll. Mir geht's direkt besser, weil es ja so einfach ist mit dem Runterkommen. Während ich warte, hole ich einen Stapel mit Umschlägen aus meiner Tasche. In der Eile eben habe ich meine Post direkt vom Briefkasten mitgenommen, um sie unterwegs durchzugehen. Nur Rechnungen, Werbung, Rechnungen. Ich schaue nur mit einem halben Auge auf die Kreditkartenabrechnung, um dem Horror der vielen Minuszeichen etwas von seiner Wucht zu nehmen. Musikdownloads, Klamotten die Erste, Klamotten die Zweite, Geschenkservice Pralinen, Klamotten die … Moment! Ich spule zurück und sehe, dass von meinem Kreditkartenkonto die Kosten für eine Pralinenlieferung abgebucht wurden. Okay, das kann nicht …

Telefonklingeln. Zu meiner Überraschung sehe ich die Nummer vom Anzugtypen auf dem Display und hebe auch noch ab: »Hallo?«

»Ich bin's.«

»Ja, das sehe ich. Was willst du?«

»Ich will dich sehen.«

»Ganz schlecht, ich hab viel zu tun gerade.«

Während ich versuche, den Kerl wieder abzuwimmeln, fuchtelt der hübsche Klischeeassistent in meine Richtung und ruft: »Fiona, kommst du?«

»Ja!«, rufe ich, und dann ins Telefon so: »Ich muss auflegen, ruf nicht mehr an, okay!«

Als ich vor das majestätische Pult des Agenturchefs trete, ducke ich mich innerlich. Ich kann mich echt nicht erinnern, den Typen getroffen zu haben, obwohl der eigentlich unvergesslich unsympathisch ist. Er ist nicht viel größer als ich, Dreitagebart, Glatze, dichte Brusthaare klettern aus dem leicht geöffneten Hemdkragen, ein teures dickes Armband glänzt am Handgelenk.

Was für ein Klischee. Bist du wirklich sicher, dass du nicht in einem Puff gelandet bist?

»Hallo«, begrüße ich die Brustbehaarung.

»Hallo, ähm, Fiona, setz dich bitte. Du hast dein Book dabei?«

»Jap, hab ich.«

Der Mann nimmt mein Book entgegen, ohne mich anzuschauen, und erklärt beim Blättern: »Wir haben ein paar neue Marken reinbekommen, Lifestyle, Werbung und Fashion. Wir suchen sowohl Models als auch People.«

Er blättert weiter, und ich denk mir so: Äh nee, nichts da People, oder siehst du hier irgendwo eine komische Fresse, Glatze oder Brustbehaarung? Also bei mir jetzt?

Ich sag aber nur: »Also ich bin in erster Linie Model für Lingerie und Fashion.«

»Okay.«

Was heißt hier »Okay«? Dieser abfällige Typ ist einfach nur einer, der seine Angst vor starken Frauen mit machoidem Gehabe kompensieren muss. Ich spüre, wie meine Halsschlagader dicker wird. Dann schaut der Typ plötzlich hoch.

»Warte. Ich kenn dich.«

»Ja klar, wir haben uns ... wir haben uns ja auch auf Mimis Party getroffen! Am Donnerstag? Vielleicht?« Hatte der Typ auf der Party noch mehr Amphetamin intus als ich?

Er so: »Du kannst dich nicht mehr erinnern, oder wie?«

Und ich so: »Doch klar kann ich, sag ich doch!« Was ist hier los?

»Du kannst dich also an mich erinnern? Das ist komisch. Wir haben uns nämlich nicht auf Mimis Party getroffen. Da war ich nämlich gar nicht. Mein Assistent war da.«

Ups!

»Ich kenn dich von woanders.«

Hör besser auf zu raten.

»Bist du nicht neulich bei Rico Paganne gelaufen? Mit Zoé?«

»Jaja, das bin ich, das war super.« Das wird mich retten.

»Ich kenn dich von Fotos aus dem Internet, die von euch geschossen wurden und seitdem online kursieren. Das war sehr unprofessionell. Zoé hatte viel zu viel getrunken und sich nicht gut aufgeführt. Du hättest besser auf sie aufpassen müssen, Fiona, sie ist minderjährig, ein vielversprechendes New Face. Sie kann es sich nicht leisten, ihren Ruf mit albernen Fotos zu versauen.«

»Richtig, sie ist sehr jung und ich bin kein Babysitter. Und abgesehen davon, es war ja nichts Schlimmes. Wir hatten nur ein bisschen Spaß, dazu wurden wir explizit eingeladen vom Kunden. Das gehört zum Job.«

Ledrige bis keine Klamotten, Feierei mit Altrockern, Blubbern im Jacuzzi, Handyfotos mit Fremden.

»Um Stillosigkeit geht es nicht bei dem Job. Es geht um Professionalität. Um Verantwortung und Repräsentieren. Wir Agenten halten unseren Kopf für euch hin, müssen uns im Zweifelsfall bei Kunden und in diesem Fall bei besorgten Eltern entschuldigen. Wir hatten erst überlegt, Zoé aus der Kartei zu nehmen, dachten uns dann aber, dass wir ihr noch eine Chance geben.«

»Es kommt nicht mehr vor, Entschuldigung, Scheiße, das war mir nicht bewusst mit den Fotos. Aber ich hab abgenommen! Und werde auch noch mehr abnehmen …«

»Wie auch immer, wir sind sowieso fertig. Wir machen jetzt nur noch schnell ein Foto von dir. Ab an die Wand!«

Als ich mich vor die Fotowand stelle, um mich hinrichten zu lassen, und das Licht auf mich fällt, scannen mich die Augen des Agenten.

»Sag mal, was hast du da auf der Stirn? Sind das Schuppen-
flechte?«

»Nein, nein, oh Gott, nein, so was hab ich nicht. Nein, ich
hab, ähm, ich hab mir da Sonnenbrand geholt und wollte das
wegschminken. Aber ich bin zu blöd, mit Camouflage umzugehen. Brauch ich ja normalerweise nicht.«

*Gott, laberst du eine Scheiße. Der weiß doch, dass das was
anderes ist.*

»Okay, von mir aus, Fiona. Dann machen wir jetzt noch
kurz das Foto.«

So viel dazu.

Nach einer Viertelstunde bin ich schon wieder auf dem
Heimweg und fühle mich wie nach einem Wrestlingkampf.
Und für diese Erniedrigung hab ich eine Stunde gewartet. Der
kann mich mal, ich feiere auf Afterpartys, wie ich will. Der ist
nur frustriert, weil er mir seinem Micro-Penis die ganzen
schönen Mädchen nicht ficken kann.

*Findest du nicht, dass du ein bisschen projizierst? Nur so eine
Idee.*

In der Tram hole ich mein Handy raus. Ich will was unternehmen wegen dieser Pralinenbestellung, das kann doch
nicht sein, irgendwer muss meine Daten geklaut haben. Und
wer weiß, was da noch kommt. Das Problem ist nur, wenn ich
die jetzt sperren lasse, komme ich an gar kein Geld mehr ran –
das sowieso nicht meins ist. Während ich überlege, was ich
tun soll, entdecke ich auf dem Display drei Anrufe in Abwe-
senheit von dem Anzugtypen. Was wollen die nur alle von
mir? Ich bin doch kein Selbstbedienungsladen.

Ich hab noch nie verstanden, was Männer wollen. Ich kann
noch so perfekt auftreten, selbstbewusst, unterhaltsam, nackt,
charmant, aufgedonnert, und trotzdem wollen sie mich nicht.
Und dann bin ich bloß ich, widersprüchlich, komisch, nicht

erreichbar, verkatert, schlecht gelaunt, und schon hab ich irgendwen Beknacktes an der Backe. Okay, klar, manche wollen auch die perfekte Kunstfigur, aber für die Typen kann ich noch weniger Respekt aufbringen. Ist aber auch egal, angebaggert wird sowieso jede Frau, von jedem Typen, andauernd, als hätten die Männer eine Random-Bagger-Funktion eingebaut auf ihrer Festplatte. Alle gemeinsam fantasieren sie sich was zusammen, was ich nicht bin. Am Ende geht es im ewigen Genderkampf nur darum, wer mehr Macht und Eier in der Hose hat. Ich will aber jemanden auf Augenhöhe.

Eigentlich willst du ein Arschloch.

Stimmt gar nicht. Ich will nur niemanden, der schwächer ist. Aber wirklich starke Männer, gibt es die überhaupt?

Was ist für dich stark?

Ich meine echte Stärke, nicht dieses ekelhafte Gehabe. Eine Persönlichkeit, die stark genug ist, eine ebenso starke Frau an seiner Seite zu akzeptieren. Nicht zu verwechseln mit den devoten Typen, die geil werden und sich sofort auf den Rücken legen, wenn eine starke Frau im Raum ist.

Du sehnst dich nach jemandem, an den du dich anlehnen kannst.

Schon wieder klingelt mein Handy. Echt jetzt, ich hab kein Bock mehr auf den Kerl.

//DAS ANDERE GESCHLECHT
//Nachmittag: Achim//

Ein Papierhaufen fällt auf den Boden und verteilt sich großzügig.

So eine Scheiße, wieso bin ich schon wieder out of order? Ich sitze in der Firma, muss ein Interview mit einem wichtigen Fachmagazin checken und approven und mich nebenher um das Budget von so einer Neben-Kampagne kümmern und zwar im Turbo, weil wir hammer im Verzug sind. Aber ich kann nicht. Meine Gehirnwindungen wickeln sich um die Kleine. Im Minutentakt taucht sie in meinen Gedanken auf, nachdem ich Fotos von ihr im Internet gefunden hab. Ich will das nicht, gibt's nicht eine Pille dagegen?

Augen tasten die Fotos ab auf der Suche nach einem neuen Detail zum daran Festbeißen. Jedes Detail fühlt sich für kurze Zeit an, als wärst du ihr ein Stück näher. Um dann doch so weit weg zu sein.

Ich mutiere langsam zu einem dieser Typen, die ich in der Schule gehauen hab. An meinem Krankentag neulich, als ich vom Chuches nach Hause ging und die SMS von ihr bekam, hab ich ihr direkt geantwortet. Ich schrieb, dass ich auch einsam sei und Sehnsucht nach ihr hätte, was wir denn dagegen tun könnten. Dass ich mich darauf freue, sie zu sehen, so was halt. Und was passiert? Null. Nachts konnte ich nicht schlafen, weil ich den ganzen Tag gepennt hatte, und dann antwortet die nicht. So was regt mich mega auf. Hammer unhöflich ist das. Dabei hat sie auf ihrem WhatsApp-Account eine Zeile aus einem Liebeslied gepostet. Ich bin mir sicher, das bezieht sich auf mich. Also hab ich ihr nachts noch mal eine SMS geschickt, in der ich sie fragte, ob sie aus einem bestimmten Grund nicht antwortet und ob sie denn nun meine Lösung für unsere Einsamkeitsproblematik hören möchte. Und was passiert? Null, nada, nothing. Und was mach ich? Ich geh wieder arbeiten.

Ganz ehrlich, dieses Verhalten ist ignorant, respektlos und dumm. Wenn ich nur an ihr freches halb gares Grinsen denke, mit dem sie sich über mich stellt. Sie ist dermaßen von sich selbst überzeugt, sie glaubt, dass ich nur auf sie gewartet habe und noch ewig auf sie warten werde. Und jetzt ist sie schuld an meinem Performance-Tief.

Blick auf ihr Foto. Wieder dieses Augengefühl.

Ihre Nippel zeichnen sich unter dem dünnen, engen Stoff ab, den sie auf dem Jacuzzi-Foto um sich geschlungen hat. Die Schultern, der lange Hals. Sie schreit nur so: »Bitte jetzt, bitte jetzt!«

Druck bahnt sich an, im Zentrifugen-Kopf, im Schritt, im Magen wird dir schwer vor Lust. Du wusstest gar nicht, dass du dich so wegen einer Frau fühlen kannst.

Das kann doch nicht wahr sein! Die liegt doch eigentlich total unter meinem Radar. Für mich hatten Frauen nie eine besondere Bedeutung, sie waren eher ein simples Add-on. Ganz oben stehen immer noch ich, myself und meine Karriere. Ich bin ein Jäger und Sammler, weil ich die Frauen genieße. Sie sind geniale Wesen, schön, sexy, anmutig, mysteriös. Das Leben ist ein Schlaraffenland, jeder Frühling zeigt das aufs Neue, wenn die langen Beine wieder in übertrieben kurzen Röcken sprießen. Da kann man sich doch nicht auf eine festlegen, no way, wie soll das gehen?

Alle meine Girls sind zwischen neunzehn und fünfundzwanzig, und das wird sich nicht sonderlich ändern, wenn ich älter bin. Sie sind nicht mehr total unreif, aber eben auch noch am Träumen. Sie sind hammer lieb und ein wenig biegbar, also genau das Gegenteil von der störrischen Tussi. Sie schauen zu mir auf, sie wissen, dass ich es besser weiß. Man muss nur schnell genug den Absprung schaffen, denn gerade solche Girls klammern sich gern an mir fest. Und ich kann es nicht leiden, wenn mir jemand auf die Pelle rückt. Da krieg ich Beklemmungen.

Du bist ein narzisstischer Idiot. Du spielst dich gerne als perfekter Typ auf, nach deiner Definition. Davon bist du höchstens frei, wenn niemand in deiner Nähe ist. Mega anstregend so was.

Ich hasse es, wenn die Dinge nicht in meiner Kontrolle sind. So eine Scheiße. Ich brauch dringend einen Kärcher, der mein Brain mal mit Hochdruck von der Kleinen reinigt.

Sie eröffnet dir eine Welt, in der du dich freier bewegen kannst, während du bisher in deinem Unternehmen versauert bist. Sie hat Träume. Dazu ihr Geruch, die Anziehung. Das macht high.

Meinem eigenen Feeling trauen, das fällt mir gerade schwer. Sie möchte doch mit mir zusammen sein, warum sonst sollte sie mir so eine SMS schreiben? Aber dann antwortet sie wieder nicht. Und ich Idiot hab ihr damals im Auto eine mega Abfuhr erteilt.

Wieder das Handy in der Hand.

Wäre ein Anruf nicht megapeinlich, sieht das nicht so aus, als würde ich ihr hinterherlaufen?

Ist doch scheißegal, du tust es für dich, das sagst du doch immer, egal wie das Feedback ausfällt.

Ich wähle ihre Nummer. Es klingelt forever, bis sie endlich drangeht: »Hallo?«

Mein angestrengter Atem ist nicht zu überhören.

»Ich bin's.«

»Ja, das sehe ich. Was willst du?«

»Ich will dich sehen.«

Ist da jemand bei ihr? Da atmet doch jemand, oder?

»Ganz schlecht, ich hab viel zu tun gerade.«

»Dann nur auf eine Stunde. Du sagtest doch, du bist einsam.«

»Was meinst du?«

»Deine SMS, du hast mir geschrieben, dass du dich einsam fühlst.«

»Ich hab dir keine SMS geschrieben.«

»Doch, doch, neulich«, im Hintergrund ruft eine Männerstimme ihren Namen, »hast du mir geschrieben ...«

»Ich muss auflegen, ruf nicht mehr an, okay!«

»Nein, nein, warte ...«

Das kann nicht sein, was meint sie damit, sie hat mir nicht geschrieben? Und hat sie da gerade ein Kerl gerufen? Wer war das? What the fuck, das ist meine Kleine. Ganz ehrlich, der Typ weiß nicht, mit wem er sich anlegt. Ich kenn die Mafia, Agenten, Zuhälter, Kampfhundezüchter, Schlagbohrerdealer ...

//Kapitel 14: MUSIK

//Nacht: Aline//

Dunkelheit umhüllt das Haus wie eine weiche Decke. Der Hahn plätschert laut, während ich das Geschirr spüle. Ich singe mein Lieblingslied wie jemand, der unter der Dusche steht. Man traut sich, lauter zu singen, wenn Wasser läuft. Es kommt mir vor, als sei noch jemand im Haus, nichts Beängstigendes, sondern eine Art gute Seele. Zumindest fühle ich mich beobachtet, und es wäre mir peinlich, sänge ich ohne laufendes Wasser. Ich spüle also extra langsam, interpretiere mein Lied, so laut ich möchte, zum Takt der Standuhr und lasse meiner guten Laune freien Lauf. Meine polnische Putzfrau meinte einmal, in ihrem Heimatland sage man: Wer singt, ist ein guter Mensch. Musik muss etwas Göttliches sein.

Seit heute Nachmittag schon nistet das Lied in meinem Kopf. Ich kam gerade vom Einkaufen zurück und schloss die Haustür auf, da hörte ich Musik im Haus. Ich lief dem Klang nach. Er kam aus der Musikanlage im Wohnzimmer. »Summertime«, aber nicht irgendeine Version. Jemand musste die CD aus unserer alten Sammlung gezogen haben. Dabei habe selbst ich vergessen, wo wir sie verstaut haben. Die Anlage spielte das alte Stück mit Ella Fitzgerald, das mein Mann und ich früher oft zusammen gehört haben. Es ist unser Lied. Damals schien uns alles möglich. Ich weiß noch, wie wir in unserem ersten gemeinsamen Urlaub in Portugal an einem Sommerabend auf dem Balkon unseres kleinen Apartments saßen. So perfekt, dass es Angst machte. Nur wir beide, der rötliche Abend, der warme Boden, der sanfte Wind und dieses Lied. Musik provoziert Déjà-vus. Auch das war ein Grund, warum ich die CD irgendwann verbannte, ich wollte im Heute leben, nicht in meinen Erinnerungen. Doch nun lief sie in Endlosschleife, und das konnte nur bedeuten, dass sich mein Mann erinnern wollte. Es war ein Zeichen von ihm, meine Haushaltshilfe weiß jedenfalls nichts von der CD. Bestimmt war er in der Mittagspause heimgekommen, nur um mich damit zu überraschen. Er ist durch die Erinnerung gesegelt und erkannte, wie sehr er mich liebt. Ich bin leicht und klar und summe unser Lieblingslied.

Die Hoffnung ist dein Gefängnis.

Ich lege einen Mitternachtssnack für meinen Ehemann zurecht, da huscht plötzlich ein menschlicher Schatten draußen am Küchenfenster vorbei, direkt vor mir. Ich erschrecke und springe in einem Satz von der Arbeitsplatte weg. Ist das ein Einbrecher? Die Ereignisse der letzten Wochen fallen über mich her. Da waren der Brief mit dem Vers und die zerwühlte Wohnung, die Zeichnung auf dem Foto und die Alkoholflaschen. Vielleicht beobachtet mich wirklich jemand. Ein Stalker vielleicht. Aber was könnte er von mir wollen? Uns beklauen? Uns ausspionieren? Und »Summertime«? Oh nein. Dieses Lied hat mein Mann in den CD-Spieler gelegt. Kein Schatten kann mir dieses Licht nehmen.

Kämpfen, um nicht mehr kämpfen zu müssen. Keine Angst mehr.

Ich renne zum Schalter und schlage das Küchenlicht aus. Sobald ich mich an den schwachen Mondschimmer, der durch die Fenster dringt, gewöhne, laufe ich geduckt zum Messerblock und ziehe das größte Messer heraus. Ich schleiche zur Verandatür und ziehe sie auf.

»Ist da jemand?«, rufe ich in die Dunkelheit des Gartens. Lautes Rascheln im Busch gegenüber verrät den Feind. »Hallo? Ist da jemand? Ich habe ein Messer!« Nur die Grillen antworten, die Büsche sind still. Das beruhigt mich etwas. Ich laufe mit hochgehaltener Klinge darauf zu und stoße durchs dichte Geäst. Dahinter läuft der Gartenzaun entlang. Aber wenn der Einbrecher zwischen Busch und Zaun stand, wie konnte er dann so schnell fliehen? Genau vor mir raschelt es erneut. Es ist nur ein Igel, der sich seinen Weg durch das Blätterwerk bahnt. Ich lache. Versteck dich nur, kleiner Igel. Da war niemand.

Mein Messer-Griff entspannt sich und ich schlendere über den Rasen. Mitten im Garten, dort wo der Mondschein am hellsten ist, lasse ich mich in den Schneidersitz fallen. Das Gras ist so schön weich. Ich betrachte mein Haus. Unter halb herunterhängenden Jalousien schauen große Fensteraugen müde hervor. Das flache Dach mit dem Schornstein sieht aus wie eine Kopfbedeckung, die eingerollte Markise ist der Mund. Das Haus blickt mich an, als wollte es sagen: »Na, das ist gerade noch mal gut gegangen.«

Ich antworte: »Ja, ich weiß. Ich gehe zurzeit nachlässig mit dir um. Aber ich will für dich kämpfen.«

»Für mich? Willst du das wirklich?«

»Ich verspreche es.«

»Wie willst du leben?«

»Was meinst du damit?«

»Komm rein ins Warme.«

//MUSIK
//Nacht: Maik//

Heute ist was Außerordentliches passiert. Also noch außerordentlicher als der außerordentliche Rest, der hier im Ghetto so passiert. Ich hatte am frühen Abend keine Lust mehr auf die Bettelei, habe meine Tüte genommen, meine Bierdose und bin rumgelaufen. Wenn ich ehrlich bin, habe ich Rainer gesucht, den ich seit unserem Streit nur einmal kurz gesehen habe, ohne dass er mit mir gesprochen hätte. Ich vermisse den Jungen. Er ist so was wie meine Familie geworden, auch wenn ich derartige Bindungen eigentlich meiden wollte. Aber wenn sie einmal da sind, ist es zu spät. Es nutzte nichts, mir einzureden, dass er mir egal sei, ich machte mir Sorgen und empfand eine Art Schuldgefühl. Ich musste wenigstens wissen, dass es ihm gut geht und dass er keinen Unsinn baut. Also suchte ich ihn erst an der Ecke und in der Haupteinkaufsstraße, aber ohne Erfolg. Dann an einer Unterführung, wo manchmal ein paar unserer Leute auf den Stufen sitzen. Dort war er zwar auch nicht, dafür ertönte aber Musik aus dem Untergrund. Ich stieg die Stufen hinab und lief dem Klang nach, bis ich auf zwei Violinisten traf. Mitten im Gewusel der Metrogänger hatten ein Mann und eine Frau einen Instrumentenkasten für Spenden aufgestellt und spielten. Ich sah ihnen zu. Dann traf es mich.

Sie sprechen miteinander. Die eine Violine erzählt von Leichtigkeit und die andere stimmt ihr zu. Sie macht einen Scherz, worauf die erste lacht. Sie tanzen, sie albern rum und sind fröhlich. Dann wird es sanft. Jeder Ton sitzt haargenau. Sie passen perfekt zueinander. Sie lieben sich. Wieso sieht das sonst niemand?

Meine Hände und Füße wurden heiß. Ich fing an zu schwitzen. Meine Güte, warum weinte ich? Wo ich sonst nie weine.

Wie peinlich. Dieser Druck in mir war kaum auszuhalten. Ich lief ein paar Schritte davon, um durchzuatmen und wieder normal zu werden. Das mussten die Nerven sein, oder vielleicht kam der Emotionsschwall daher: Normalerweise hören Menschen Musik, um eine ganz bestimmte Emotion zu wecken. Der eine möchte gut gelaunt sein, der andere möchte sich erinnern, der andere will sich konzentrieren, ein weiterer lässt sich von Musik anspornen. Die Emotionen sind vordefinierte Formen. Musik ist ein Transportmittel, um ein bestimmtes Ziel zu erreichen. Ein fataler Missbrauch von Musik, sie derart in eine Bedeutungsschublade zu quetschen. Doch was ich in diesem Moment fühlte, war genau das Gegenteil, es war weder Absicht, noch war es definierbar. Es war einfach. Pur, schrecklich, anstrengend und großartig.

In der Entfernung beruhigte ich mich ein wenig, sodass ich zur Musik zurückkehren und weiterzuhören konnte. Für fünf Sekunden. Ich weinte nicht, weil ich traurig war, es war vielmehr eine körperliche Reaktion auf all die unbeantwortbaren Fragen des Lebens. Es kam einfach so aus mir raus.

Ein Wunder?

So pathetisch nun auch nicht. Vielleicht einfach die wilde, ungezähmte Wahrheit.

Ein klitzekleines Wunder.

Manchmal scheinen die geringsten Dinge am nächsten an der Wahrheit. Ich kann nicht abstreiten, dass solche Momente zu komischen Gedanken von Lebenssinn, Schicksal oder überirdischen Kräften führen können. Obwohl ich doch an nichts glaube. Die sorgenvolle Stimme in mir wurde dadurch noch lauter und schickte mich wieder auf die Suche nach Rainer. Im Treff, im Rotlichtviertel und auch in den angrenzenden Straßen. Stunden streifte ich umher. Ergebnislos.

Jetzt dürfte es Mitternacht sein und ich finde mich in einem schicken Wohngebiet vor einem Gartentor wieder.

Klinke runter. Durchs Tor und in den Garten.

Und da sehe ich sie am Fenster in der warm ausgeleuchteten Küche stehen und spülen. Ich kenne diese Frau, sie kam einmal zu mir an meinen Platz. Inmitten dieser Kulisse, diesem unglaublich künstlich wirkenden Wohngebiet, diesem perfekten Haus mit dem perfekten Garten und dem perfekten Rasen strahlt sie etwas Wahres aus.

Bedingungslose Liebe. Wie schön sie ist.

//MUSIK
//Nacht: Fiona//

Schritt, Schritt, einatmen. Schritt, Schritt, ausatmen. Schritt, Schritt, ein. Schritt, Schritt, aus.

Ich liebe Nachtsport. Wenn meine Leute wüssten, was für Musik ich dabei höre, sie würden mich aus der Szene verbannen. Je aggressiver die Musik, desto heilender. Desto mehr lässt sie mich die Erschöpfung ignorieren und eine aufputschende Macht spüren. Ich kann alles schaffen. Zwar nur für den Moment, aber um denn geht es. Ums Überleben. Alles andere ist scheißegal.

Mal kreischt der Frontmann, dass er »nie mehr ignoriert werden wird«, mal ist es ein Instrumental-Soundtrack von einem Actionfilm, mal handeln die Lyrics von »Hurensöhnen«, von gelutschten Schwänzen und von Ärschen, die gefickt werden. Ich fühle mich zutiefst verstanden. Die Tracks erzählen von unbesiegbaren Übermenschen. Sie sind allein. Sie schlafen nicht. Sie ziehen ihren Shit durch. Sie kennen keinen Schmerz.

Das ist eine Energie-Infusion via Ohren direkt ins Gehirn. Der Rhythmus schiebt mich voran.

Du wirst gebrainwasht, die Musik diktiert dir, was du zu denken und zu fühlen hast, damit du nichts Eigenes denken und fühlen musst.

Schweiß, Adrenalin und Herzklopfen werden zu einem einzigen Matsch. Ich fliege. Diese Art der Bewegung ist überlebenswichtig für mich, weil ich nur dann mit meinem Körper zusammenarbeite. Nur hier und jetzt sind wir ein Team.

Beine wie Drumsticks. Du bist zornig.

Ich hab die Schnauze so sehr voll.

Du musst etwas ändern.

Nur was? Und wie? Ich hab's ja nicht in der Hand. Nichts hab ich in der Hand. Das ist es ja.

In meinem Geschwindigkeitsrausch ist mir egal, wohin ich laufe, also renne ich einfach geradeaus. Ich lande im edleren Teil des benachbarten Wohngebiets, wo sich mir plötzlich das Tor eines Grundstücks in den Weg stellt.

Das kann dich mal. Keine Hindernisse.

Ich hüpfe über das Tor, laufe durch den Garten, klettere auf der anderen Seite über einen kleinen Zaun und weiter geht's.

Wenn es keinen vorgegebenen Weg für dich gibt, findest du eben deinen eigenen. Wenn du diese Einstellung nur aufs echte Leben übertragen könntest.

Das muss doch gehen. Ich springe über ein Bonzen-Grundstück nach dem anderen, rein, raus, rein, raus. Doch in einem Garten renne ich plötzlich wie gegen eine unsichtbare Wand. Ich halte an und schau mich um in der Dunkelheit der Nacht. Das ist ja das Paradies hier. Alles bunt und perfekt mit Blumen und Ranken. Ich hänge fest, drehe mich um meine eigene Achse, schnüffele. Und da sehe ich durch ein Fenster nur zwei Meter entfernt von mir die Mutter in der warm ausgeleuchteten Küche stehen und spülen.

Bedingungslose Liebe. Wie schön sie ist.

Vielleicht hat sie gerade das Frühstück für ihren Sohn fertiggemacht, der schon im Bett liegt und morgen zur Grundschule muss.

Seit wann sehnst du dich so nach einer Familie?

Bestimmt legt sie als Überraschung noch einen kleinen Schokoladenriegel dazu. Sie ist glücklich, sie ist geborgen.

Vermutest du.

So sieht es aus. Ich kenne diese Frau. Es ist dieselbe, der ich im Chuches schon mehrfach begegnet bin. Gleich wird sie sich noch einmal an das Bett ihres schlafenden Kindes stellen und ihm einen Kuss aufs Köpfchen drücken. Dann krabbelt sie zu ihrem Mann ins Bett, der sie im Halbschlaf in den Arm nimmt. Und für immer festhält.

Sehnsucht.

Ekelhafte Perfektion! Aber bevor ich weiterrenne, will ich noch einmal ihren Gesichtsausdruck sehen. Ich schleiche durch das Beet und stolpere dabei bescheuert in der Gegend herum. Es knackst laut. Dann geht das Licht in der Küche aus. Mist. Ob sie mich bemerkt hat?

Umdrehen. Musik lauter. Und los! Du möchtest jetzt auch in einem Arm liegen.

Ich fliege und fliege, bis ich mich im nächsten Frame vor einem geilen Bungalow wiederfinde. Schweiß rinnt über meine rechte Schläfe. Ich fahre langsam auf meinen Schienen über den Kiesweg auf die Eingangstür zu.

Klingeln.

//MUSIK
//Nacht: Achim//

Türklingeln. Auf Zehenspitzen schwebt sie auf dich zu. Sie glänzt. Zwei Schallwellen, die zuvor aneinander vorbeirollten, berühren sich. Sich windend wickelt sie sich um dich. Endlich. Euer Blut schlägt im selben Takt, euer Atem scheucht schneller werdende Rhythmen durch eure Körper. Wippend und kreisend tanzt ihr mit den Füßen an der Decke. Dann liegt ihr da, gespreizt und gestreckt auf eurem Kanon.

//Kapitel 15: SEX

//Nacht: Aline//

Ich liege im Bett unter dem Schein der Nachttischlampe und versuche mich auf einen Roman zu konzentrieren. Vor nicht allzu langer Zeit hätte mich eine schöne Geschichte noch zum Träumen inspiriert, doch heute lenken mich die Gedanken ans Jetzt ab. Erneut kommt mein Mann nicht nach Hause.

Gib es zu. Ein wenig froh bist du darüber, nachdem du ihn heute Morgen mit seinem Alkoholatem kaum ertragen konntest.

Diese Gedanken meine ich, genau solche, die ich ignorieren möchte.

Ignorieren ist großartig, das kannst du gut.

Nach dem Abendessen habe ich die Feinwäsche mit der Hand gewaschen, denn die Waschmaschine macht das nicht so gut. Da hatte sich eine enorme Menge angesammelt. Normalerweise erledigt diese Aufgabe meine Haushaltshilfe, aber ich fand es so befriedigend, den nassen Stoff über dem Waschbecken auszuwringen. Ausquetschen, dass es nur so schüttete.

Dein Leben ist ein Ballon, der an Straffheit verliert und langsam zu Boden sackt.

Wenn unser Sohn erst da ist, wird alles aufregend.

Du machst dir Sorgen deswegen.

Ein bisschen Sorgen vielleicht. Wen wundert es, acht Jahre sind es jetzt seit unserer Heirat, und immer noch kein Baby.

Wie soll das auch gehen, wenn dein Mann nicht mit dir schläft?

Sex wird überbewertet. Viele Paare haben keinen Sex, das hab ich neulich in einem Magazin gelesen. Es gibt wichtigere Dinge, die über das Körperliche hinausgehen.

Sex ist nicht alles, wenn du ein Baby willst? Du ignorierst nicht nur mich, du hast auch den Sinn für die Realität verloren. Vielleicht solltest du …

So etwas denke ich nicht. Ich denke nur an meine Familie.

Mach schon.

Das kann ich nicht.

Du kannst. Du schämst dich.

Ich schäme mich überhaupt nicht.

Dann kannst du es ja auch tun.

Nein, Sex bedeutet Liebe machen. Es ist ein Liebesbeweis. Ohne Liebe funktioniert das nicht, es ist nicht richtig.

Wie bitte? Du bist doch eine moderne Frau. Und du liebst dich selbst, das tust du doch.

Aber doch nicht so.

Scheinbar auch nicht genug, sonst würdest du mehr Respekt für dich einfordern.

Sehr wohl liebe ich mich genug.

Dann beweise dir deine Liebe und kümmere dich um dich selbst.

Wenn ich es nicht besser wüsste, könnte ich meinen, der junge Mann aus dem Café würde mir fehlen.

Sehnsucht.

Ist das Sehnsucht? Dieser unförmige Hefeteigklumpen, der in meiner Mitte aufgeht wie in einem überhitzten Backofen? Oh Gott, das ist doch Unsinn.

Was kann ich schon tun? Alkoholverbot? Scheidung und wieder jahrelang nach einem Mann suchen? Mich dem Gerede und den Blicken der anderen aussetzen? Mein Gesicht verlieren? Meine Werte verraten?

Du denkst, es würde bedeuten, dass du versagt hast, und dafür bist du zu eitel.

Ich würde alles verlieren, woran ich immer geglaubt habe. Ich bin keine zwanzig mehr. Ich bin in einem Alter, in dem man Verantwortung für seine Entscheidungen übernimmt und ein mühsam aufgebautes Leben nicht einfach so aufgibt. Irgendwann kann man eben nicht mehr alles über den Haufen werfen und bei Null anfangen. Nein, ich liebe meinen Mann. Ich stehe zu meinem Weg. Es ist meine Bestimmung. Ich habe mein Bett gemacht, und nun muss ich auch darin liegen.

Bilder von Händen und Lippen.

Meine Güte, was ist los mit mir?

Tu's.

Ich kann das nicht.

Du schämst dich doch.

Wovor sollte ich mich schämen?

Wenn er jetzt über dir wäre …

Wie werde ich diese Bilder los?

Jetzt hab ich dich. Mach die Nachttischlampe aus.

Es ist düster und beunruhigend ruhig um mich herum.

Du bist nervös.

Als meine Augen sich an die Dunkelheit gewöhnen, sehe ich den Mondlichtschatten des Fensterrahmens.

Entfern dein Nachthemd.

Habe ich gerade »entfernen« statt »ausziehen« gedacht?

Steriler geht es kaum.

Mir scheint, je leiser ich das Höschen unter dem Nachthemd hervorholen will, desto lauter verrät mich das Rascheln der

Bettdecke. Ich fühle mich wieder, als würde mich etwas beobachten. Diesmal sind es nur die Möbel, die Schatten. Ich lasse das Höschen aus spitzen Fingern auf den Boden neben das Bett fallen, winkele die Beine an und öffne sie. Ich schließe meine Augen. Dann führe ich die rechte Hand zwischen meine Beine. Meine Finger suchen. Es ist so lange her.

Du reagierst nicht, wie du es gerne hättest. Wie schlimm, dass du dich so schlecht kennst.

Ich atme aus und streichle mich einfach weiter, auch wenn nichts passiert. Als ich die Augen öffne, entdecke ich Mondscheinblätter über mir an der Wand.

Seine Lippen wandern über Haut.

Sie fließen ineinander, bilden neue Formen und trennen sich wieder. Und sie lassen sich vom Wind tragen, sie tänzeln, beben und zittern. Es bewegt sich was.

Die Bewegungen werden fester, instinktiv. Als es anfängt zu kribbeln, atme ich lauter. Zum Glück verhalten genug, um die Schritte zu hören, die die Treppe hinaufpoltern.

Dein Mann!

Erst greife ich nach dem Buch, das auf seinem Kissen liegt, dann taste ich auf dem Boden nach meinem Höschen. Da liegt es, leise schimmernd.

Wie der letzte hübsche Beweis des armseligen Versuchs einer rebellischen Tat.

Gerade noch rechtzeitig ist es unter meinem Nachthemd verschwunden. Die Schlafzimmertür öffnet sich.

Bloß nicht bewegen.

Mit dem Rücken zu ihm bleibe ich liegen.

Die Matratze wankt wie ein Schiff, als dein Mann sich auf seine Hälfte legt.

//SEX
//Morgen: Achim//

Konstantes Rauschen wie ein leeres Blatt Papier. Nur Weiß. Die Wände sind weiß, deine Hände, die Satinbettwäsche, die Luft, alles blendendweiß in einem riesigen Raum von Nichts. Schade, dass sie verschwunden ist. Aber sie liegt ja noch da. Es berührt dich, in ihrem Geruch zu liegen

Letzte Nacht machten die Kleine und ich Liebe wie Teenager. Also im positiven Sinn jetzt. Nur der freie Himmel hat gefehlt. Dass sie einfach so bei mir auftaucht, ganz verschwitzt und in Sportklamotten, das hat mich hammer weggebeamt. Ich konnte sie nicht einmal fragen, ob sie meine Adresse von meiner E-Mail-Signatur hatte und woher sie kommt, weil sie sofort auf mich los ist. So eilig wie sie hatte ich es gar nicht. Ich dachte mir nur, die kann es wohl nicht mehr abwarten, denn sie öffnete direkt meine Hose. Da war ich mega baff und konnte erstmal nicht groß agieren.

Da war nichts mehr mit Macho Iberico.

Aber es war trotzdem schön, muss ich ganz ehrlich sagen. Ihr Blowjob war gekonnt und ich hab heavy darauf reagiert. Ich kann gar nicht aufhören, daran zu denken.

Überall das Weiß. Ihr fliegt ins Bett, du siehst sie kaum. Sie streichelt dich mit ihrem Körper, mit dem Bauch, den Brüsten, dem Gesicht, dem Mund. Ihre Haare fallen wie ein Zelt über euch und kitzeln deine Haut. Du tauchst in sie ein, in ihren Naturgeruch, ihren Salzgeschmack, mittenrein in dieser Spannung aus Zartheit und Rage.

Oh Mann, ich kann immer noch nicht klar denken. Nach einer Weile kam sie ganz nah an mein Ohr, sodass ich ihre Wimpern auf meiner Haut spürte, und flüsterte: »Fick mich!«

Ich stand erstmal auf dem Schlauch und dachte mir nur: Was meint sie denn genau? Ich bin doch in ihr. Ich schaute fragend, als sie mit dem Oberkörper wieder hochging. Dann wiederholte sie es mehrfach und wurde dabei immer lauter: »Fick mich!«

Und dann verpasste sie mir eine Ohrfeige. Nicht fest, sie wollte mich provozieren. Ich dachte mir nur … na ja, da setzt es bei mir aus. Hier bin immer noch ich der Boss. Ich warf sie von mir runter, um die Kontrolle wieder an mich zu nehmen. Sie flutschte aus meinen Fingern wie ein Stück nasse Seife und hüpfte vom Bett, ich hinter ihr her, packte sie und stieß sie mit dem Gesicht nach vorne gegen die Wand. Sie lachte! Das freche Ding lachte und machte mich damit nur noch wilder. Ich presste ihr Gesicht und ihren Körper so fest an die Wand, dass sie sich kaum bewegen konnte. Dann nahm ich sie löwenmäßig von hinten. Mit der einen Hand griff ich von vorne zwischen ihre Beine. Ein paar Stöße später wurde ich wieder zärtlicher. Bei so einer Kleinen möchte ich auf Dauer nicht so grob sein. Klar, ich wollte ja auch nicht, dass sie denkt, ich wollte sie nur flachlegen. Ich sah von der Seite, wie die schönen dunklen Brauen ihrer Rehaugen sich nach oben schoben. Sie genoss mich. Ich küsste sie auf den Hinterkopf.

Anyway. Meine Performance war also wieder besser geworden. Die Kleine wollte immer weitermachen, auch nachdem ich zum zweiten Mal kam, aber ich brachte uns irgendwann ins Bett. Ganz ehrlich, die ganze Nacht durchficken, das mach ich mal gerne bei einem ordentlichen One-Night-Stand. Aber komischerweise fühlte es sich bei ihr an, als hätten wir forever Zeit.

Scheiße, mein Kopf, ich muss mal wieder normal werden. Vielleicht kommt das vom Stress, klar.

Mit ihr einschlafen, nur so daliegen.

Ich möchte ja nicht den Teufel an die Wand malen, aber es war anders als sonst. Heute Nacht könnte ich direkt die Fortsetzung angehen.

Furchtbar, oder? Bist halt echt ein Weichei. Das weiße Licht wird schwächer.

So langsam tauche ich aus dem Halbschlaf auf und entdecke einen Zettel neben mir auf dem Kopfkissen.

»Musste los, sorry. Bis bald.«

Wie sweet ist die denn, sie hinterlässt mir sogar einen Brief. Sie fand es auch geil. Die seh ich wieder. Ich steh auf und hau erstmal direkt mein Schienbein gegen die Bettkante. Hammer bescheuert, als wär ich besoffen. Aus dem Kühlschrank hole ich mir eine Flasche mit dunkelblauer Mineralienbrause, so was braucht man nach so einer sportlichen Höchstleistung inklusive Sexkater. Ich wanke wieder zurück und sammle mit einem breiten Grinsen meine Klamotten vom Boden auf. Mega gewütet haben wir da. In meiner Hosentasche steckt mein Handy, das eine neue Nachricht meldet. Es ist eine SMS von so einer komischen Nummer wie die, die Marko gecheckt hat:

»Die Liebe ist ein Schmetterling.«

Hä? Was soll denn der Scheiß wieder heißen? Da hab ich jetzt null Bock drauf, no way. Wer will hier was von meinen Gefühlen wissen? Davon weiß ja nicht mal ich selbst was.

Denkpause.

Ich hab's! Die Nachrichten sind von der Kleinen. Ja, wie geil. Die haben gar nichts mit der Drohung von der Voicemail zu tun. Vielleicht soll das ein sexy Game sein. Es geht wieder aufwärts.

Autsch!

Ich knalle mega mit dem Beckenknochen gegen die Schrank-
zeile, die Küche und Wohnzimmer trennt. Hammer bescheuert.

Verknallt!

//SEX
//Morgen: Fiona//

Wieso fühle ich mich in letzter Zeit so schäbig nach einem
One-Nighter, obwohl ich das in meiner Theoriewelt eigentlich
für total gesund halte? Es ist doch nur Sex. Ich dachte, ich sei
genug Maschine, um da rein- und wieder rauszugehen, mit
nichts mehr als ein bisschen verschmiertem Lippenstift, den
ich nicht mal drauf hatte. Vielleicht braucht's eine neue Theorie: Drei Tage, um sich von so einer Nacht zu erholen. Am
ersten Tag hofft der Körper, da kommt noch was, und gaukelt
dir im Dopamin-Rausch irgendwas von Zärtlichkeit vor. Am
zweiten Tag erlebt der Körper einen astreinen Turkey, er spürt,
da geht nichts mehr, und rebelliert. Am dritten Tag schwillt
der Eierstock endlich ab und man wird wieder normal. So ein
Dreitagetrip passiert natürlich nur bei seltsam intensiven
Nächten.

Jetzt kann ich auch meine super Strategie erklären: Um das
Tief dieser drei Tage möglichst gering zu halten, suche ich mir
Typen, mit denen der Sex möglichst unter aller Sau ist, dann
bleibt der Zärtlichkeitsrausch von vornherein aus. Ich erinnere mich an Alex …

Das Schwein.

… der hat mich immer rumgekriegt, indem er mich vorher
klein gemacht hat. Wie im Frühling, als ich ihn am Fluss traf

und Schluss machen wollte. Beim Gedanken daran wird mir jetzt noch schlecht. Er laberte mich voll bis zum Anschlag.

Er so: »Wir beide, wir haben etwas Besonderes. Du wirst immer ganz oben auf meiner Liste stehen.«

»Ganz oben, eh?«

»Ja, Baby, wir beide sind wie die Sonne und der Mond: Wir sind unendlich weit voneinander entfernt, aber können nicht ohne einander leben. Wir müssen umeinander kreisen. Oder sagen wir, vor allem der eine kreist um den anderen.«

Sein scheiß arrogantes Grinsen.

Dann weiter: »Eine magnetische Abhängigkeit.«

Er hatte recht, und das machte mir Angst. Also griff ich zu einer Notlüge: »Ich hab jetzt aber jemanden, darum geht das nicht mehr mit uns. Er liebt mich, so wie ich bin. Stellt mich seinen Freunden vor, lädt mich zu sich nach Hause ein, geht mit mir aus. Er liebt mich, hörst du?« Das war nicht mal komplett gelogen, ich mochte damals wirklich jemanden.

»Soso.«

Alex griff mit beiden Händen nach meinem Gesicht und hielt es fest, um besser über die Augen in mein Gehirn einzudringen.

»Fiona, aber wie bist du denn? Sieh es ein: Der Junge verlässt dich sowieso, wenn er erfährt, wie du bist. Sie dich doch an. Ich bin der einzige Mensch auf der ganzen Welt, der dich versteht. Der deine Tiefen sieht, die du verstecken willst, was aber nicht auf Dauer geht. Du bist krank, Fiona. Und ich bin immer für dich da.«

Mein Wille fiel in sich zusammen, ohne dass ich überhaupt lange gekämpft hätte.

Kopf senken, Augen halb schließen.

»Na komm«, sagte Alex, legte den Arm um mich und führte mich zum Parkplatz wie eine Wahnsinnige, bei der man aufpassen muss, dass sie nicht gegen einen Baum rennt. Wir fuhren zu unserem billigen Stammhotel und landeten in unserem Zimmer. Dort hatten wir unsere Dates, wenn wir abtauchen wollten. Das »Bitte nicht stören«-Schild an der Außenseite der Zimmertür wirkte auf mich wie ein Trigger, der in mir sofort das Wissen wachrief: jetzt würden Dinge passieren, die blieben in diesem Zimmer. Alex holte die obligatorische 0,5 Liter Wodkaflasche aus der Minibar, schraubte den Verschluss ab und hielt sie mir mit einem pseudofürsorglichen Gesichtsausdruck vor die Nase: »Für dich, ich denke, das brauchst du jetzt.« Ich setzte an und trank, sehr viele große Schlucke. Er nahm mir die Flasche wieder ab und stellte sie auf den Boden. Dann sah ich in seine beschissene Fresse.

Du wolltest das doch nicht mehr.

Mir ging sein Siegergrinsen unfassbar auf die Nerven, ich musste ihm einfach eine Ohrfeige verpassen. Alex holte aus und gab mir das Dreifache mit dem Schwung seines Oberkörpers zurück. Er schlug immer mit dem Handrücken, das hatte was von der Bestrafung eines Sklaven. Ich landete mit Karacho auf dem Bett, Gesicht nach unten.

Es tut nicht mal weh, so taub bist du.

Alex warf sich auf mich. Ich wehrte mich. Irgendwie, na ja, mir war sowieso schon übel. Bis ich aufgab, weil er mit der linken Hand meine Handgelenke über meinem Kopf festhielt und ich mich unter seinem Gewicht nicht mehr rühren konnte. Typen sind so schwer, die brauchen nur auf einen zu sitzen, und man hat schon verloren.

»Na? Jetzt guckst du dumm.«

Ich dachte: Nichts mache ich, Arschloch. Du willst ja nur, dass ich mich wehre. Aber den Gefallen tue ich dir nicht.

Im Sex gilt das Gesetz von Macht und Gegenmacht, das habe ich schon in der Pubertät bei den alten Säcken gelernt.

Es gilt die Macht des körperlich und institutionell stärkeren Geschlechtes über die Frauen. Gottgleiche Macht über das Fleisch. Erst dann merken sie, dass sie es auch mal ganz geil finden, beherrscht zu werden, ihre Macht an die Frau abzutreten. Manche betteln geradezu, dass eine Frau sich ihrer annimmt und ihnen wehtut, sie bestraft. Widert mich das alles an. Ich finde es ekelhaft, dass Menschen diese Gier bis hin zur perversen Geilheit auf Macht in etwas integrieren, das sie Beziehung nennen, um dann so zu tun, als seien sie etwas Besseres als Tiere. Viele schauen, wie weit sie bei ihrem Partner gehen können, wie sehr sie ihn in ihrer Hand haben, um ihn zu fesseln, die Nerven zu penetrieren, die Schmerzgrenzen auszutesten. Und all das unter dem Deckmantel der Liebe. Je mehr Schmerz, desto mehr Liebe.

Von wegen.

Wenn sie wenigstens so ehrlich wären und diesen niederen Trieb tierisch nennen und offen austoben würden, ohne den ganzen Liebesscheiß als Kulisse aufbauen zu müssen. Alex und ich waren ehrlich. Wir gaukelten uns keinen Respekt vor, um den anderen darin einzulullen.

In dem Moment auf dem Hotelbett wusste ich, ich hatte ihn ein für alle Mal besiegt. Ich war stärker als Alex, denn ich war nicht süchtig nach diesem Spiel von Macht und Gegenmacht. Für mich war es eine Albernheit geworden. Mich zu wehren, war außerdem zu anstrengend. Ich musste gurgelnd in die Matratze lachen. Du Arschloch, dachte ich, ich gehör dir nicht. Was sollte er schon mit mir machen? Mehr als ficken oder mich abmetzeln konnte er nicht.

Er so: »Ich wette, dein kleiner Freund hat dich längst vergessen. Ich denke immer an dich. Denke darüber nach, was dir so gefallen könnte. Und jetzt hab ich sogar was für dich vorbereitet.«

Er griff mit der rechten Hand zur Nachttischschublade und holte etwas raus, ohne dass ich es sehen konnte. Dieses Etwas führte er hinter meinem Kopf entlang. Als er anfing, an meinen Handgelenken herumzuwerkeln, wusste ich, dass er mich fesseln wollte. Er hatte das schon öfter getan, aber diesmal hatte ich das Gefühl, dass da noch etwas kommen sollte, womit er mich noch ein Stückchen mehr erniedrigen würde. Ich fing an zu brüllen, was nicht einfach war mit der Matratze in der Fresse.

»Du Wichser, Arschloch, Penner, du perverse Sau …«

Ich kramte so ziemlich jedes Schimpf- und Fäkalwort aus meinem Wortschatz, das ich finden konnte – und brüllte immer dann, wenn Alex gerade nicht mein Gesicht nach unten drückte, während er kniend mit seinen Beinen meine Schenkel fixierte. Ich versuchte, mich auf meine Ellenbogen zu stützen, aber da brauchte er nur mal kurz an mir zu ziehen und die ganze Mühe war umsonst. Mir ging die Puste aus.

»So Baby, jetzt bist du dran.«

Alex wickelte eine Art Tuch von hinten um meinen Hals und hielt es mit der linken Hand fest, um mir bei Bedarf die Kehle zuzuschnüren. Dann holte er Gleitgel aus der Schublade und schob irgendetwas an meiner Arschritze entlang. Und ja, er hatte recht: Ich war dran.

Ich hatte vor Alex nie Angst. Eigentlich dachte ich, durch das Training mit ihm müsste ich mich vor keinem Mann mehr fürchten. Ich war stark. Ich würde alles aushalten, kein Mann konnte mir was anhaben. Das war meine Theorie bis heute Nacht bei meiner Joggingtour. Mein Abstecher zu dem Anzugtypen zielte nur auf eine Sache, was aber nicht ganz funktionierte. Er nahm mich schon beim Vögeln die ganze Zeit in den Arm, schaute mir verträumt in die Augen, wollte zärtlich sein und so. Aus meinem Sportflash heraus ignorierte ich das einfach und kompensierte es mit mehr Forschheit. Aber als er gekommen war, drehte er mich auf den Rücken, legte sich zwischen meine Beine und begann, mich am Hals zu küssen und zu streicheln. Allein schon bei Wörtern wie »streicheln« und »kuscheln« schüttelt es mich. Er arbeitete sich langsam abwärts, und ich fragte mich so: Was zur Hölle macht der da?

Entspann dich. Lass dich fallen. Liebe und so.

Fallenlassen, ist klar. Ich würde ganz bestimmt wieder entspannen. Bei der nächsten Party. In vier Wochen dann. Oder wenn ich mal wieder ordentlich Amphetamin im System hab. Aber nicht in Anwesenheit eines fremden Mannes. Ich musste ihn aufhalten.

Ich so: »Hey, hey, komm schon.« Ich strampelte und zog immer energischer an ihm rum, bis er endlich hochkam und mich auf den Mund küsste.

Er will doch nur zärtlich sein.

»Zärtlich«, noch so ein widerliches Wort.

»Was ist los?«, fragte er.

»Nichts, ich bin nur müde. Können wir schlafen?«

»Aber ich will dich auch ein bisschen verwöhnen.«

»Verwöhnen«, die Wörter wurden immer ekelhafter. Das war jetzt die mieseste Nummer überhaupt. Ich geriet langsam in Panik.

»Ist nicht nötig, lass, du musst nichts machen. Echt jetzt.«

»Aber wieso? Ist doch schön. Entspann dich.«

Ich dachte so: Alter, ich bin total entspannt, solange du nicht an mir rumlutschst. Er machte einfach weiter und kam langsam in gefährliche Regionen.

Ruhig. Bleib liegen. Lass es über dich ergehen, er tut dir nichts. Panik.

Atme!

Panik!

Atme!

Die totale Panik, und ich wusste gar nicht so recht, warum. Ich war wie die Spinne im Glas.

»Bitte nicht. Hör auf, hör auf. Ich mein's ernst!«

Ich bin nicht designt, um mich hinzugeben. Er tat das ohnehin nur, um auf die sanfte Art Macht über mich zu erlangen oder etwas dafür zurückzubekommen. Das konnte er glatt vergessen. Also kämpfte ich mich frei.

»Lass das, verdammte Scheiße!«

Ich sprang aus dem Bett, rannte kreuz und quer durchs Zimmer und sammelte meine Sachen vom Boden auf. Er saß zerzaust auf dem Bett und sah mir ratlos zu. Oh, wie oft ich dieses Bild vom hormontrunkenen Mann schon gesehen habe. Sein Gesichtsausdruck zeigte die klassische Mischung aus Enttäuschung und Sehnsucht. Er unternahm einen letzten Versuch: »Ist gut. Komm einfach wieder her, ich halte dich im Arm und wir kuscheln.«

»Okay, das reicht jetzt. Ich mach so einen Scheiß nicht mit dir, raff's endlich.«

»Ich kann nicht geliebt werden.«

Hatte ich den letzten Satz mit der Liebe gesagt oder nur gedacht? Ich fühlte mich klebrig vom Joggen und Flüssigkeitsaustausch. Ich brauchte einen Ort, an dem ich meine Ruhe hatte, also stellte ich mich erstmal unter die Dusche. Als ich wieder aus dem Bad kam, schlief er. Ich haute sofort ab und nahm eine der letzten Bahnen.

Nun liege ich im Bett. Und wie immer, wenn der Spuk vorbei ist, tut die Welt so, als sei nichts gewesen. Mit geschlossenen Augen schalte ich die Lampe auf meinem Nachttisch aus.

//SEX
//Mittag: Maik//

»Hi Jeremy. Hast du Rainer gesehen?«

Ich suche mal wieder im Treff nach dem Jungen. Langsam verzweifle ich. Ich habe den Eindruck, dass er mir seit unserem Streit aus dem Weg geht.

»Hey, mein weißer Bruder, ja, ich hab ihn gesehen. Vorhin erst war er hier.«

»Echt? Hat er was gesagt? Wie geht es ihm? Wo ist er hingegangen?«

»Maik, du bist ja ganz unruhig. Gut geht's ihm. Obwohl …«

»Was?«

»Na, er wirkte ziemlich durch den Wind.«

»Durch den Wind?«

»Na ja, er hat geflucht, sich über die Frauen beschwert. Sich über die Leute beschwert, die Chabos, die Anzugtypen. Eigentlich über alles, war auf Krawall aus.«

Alarm.

»So kenne ich ihn. In dem Zustand kann er schnell mal Blödsinn anstellen, wenn keiner auf ihn aufpasst. Wo wollte er denn hin?«

»Weiß ich doch nicht.« Der Bär guckt wissend.

»Jeremy, sag schon. Er hat bestimmt irgendwas gesagt.«

»Nee, weiß nicht. Es ging die ganze Zeit um diese Frau, Laura. Hab ich dir ja erzählt von. Die ihm das Herz gebrochen hat.«

»Wollte er vielleicht zu ihr?«

Jeremy zuckt mit den Schultern.

»Kann schon sein. Er meinte dauernd, er will sie retten.«

»Okay, ich muss ihn finden. Wir hatten in letzter Zeit ein paar Differenzen. Wo wohnt die Frau, weißt du das?«

»Nee, woher? Die arbeitet bestimmt eh gerade.«

»Und wo arbeitet sie? Na los, führ mich hin!«

Bevor Jeremy sich rausreden kann, schleife ich ihn nach draußen und wir laufen los.

»Maik, du bist mein weißer Bruder, aber ich weiß echt nicht, ob das so eine gute Idee ist.«

»Ist es, auf jeden Fall. Du willst doch nicht, dass der Junge was anstellt.«

»Nein. Meinst du, er macht was Schlimmes? Oh je. Das darf er nicht. Rainer ist 'n Guter. Spinnt nur 'n bisschen.«

»Eben.«

Laufen, wenige Blöcke weit.

»Da ist es.« So schnell und problemlos wie ich Jeremy von unserer Mission überzeugt habe, so schnell und problemlos kommen wir an unser Ziel in der am höchsten frequentierten Straße des Rotlichtviertels und bleiben vor einem Haus stehen. Ich schaue an dem Altbau hoch und entdecke überall rote Vorhänge über winzigen Fenstern, halb nackte, von der Witterung beanspruchte Schaufensterpuppen auf Balkonen, eine rote Eingangstür und darüber ebenso rote Lettern: »Romeo Center«. Laura verdingt sich ganz offensichtlich im horizontalen Gewerbe. Jeremy bebt ängstlich.

»Na gut, dass ich heute geduscht habe«, versuche ich ihn aufzuheitern. »Auf geht's, komm schon.«

Ich greife den wie steif gefrorenen Jeremy am Ärmel und wir laufen durch den Eingang und an einer Mischung aus Empfang und Büro vorbei, in dem ein kräftiger Mann sitzt und auf lauter Monitore schaut. Dann geht's direkt die Treppen rauf. Im ersten Stock finden wir schon den ersten Gang durch das Laufhaus. Einige Türen sind geschlossen, an anderen Türen warten die Frauen auf Kundschaft, aufgedonnert und in knapper lederner, spitzenbesetzter Montur.

»So viele Frauen«, staunt Jeremy.

»Jeremy, weißt du, in welchem Zimmer Laura arbeitet?«

»Nein, woher denn?«

»Wenn Rainer gerade bei ihr ist, dann ist die Tür wahrscheinlich zu. Dann finden wir ihn sowieso nicht.«

»Wenn er nicht bei ihr ist, kann sie uns vielleicht sagen, wo er steckt«, motiviert der Bär mich.

Zögern. Hat Jeremy einen wahnsinnigen Blick drauf?

»Na gut, wir fragen die Mädels.«

Wir bleiben vor der ersten offenen Tür und der ersten offenherzigen Dame stehen.

»Tag, die Dame.«

»Hallo Baby, soll ich dir geben, was du brauchst? Mach dir auch einen Extrapreis.« Sie streckt die Hand aus.

»Nein, stopp, danke, ich habe nur eine Frage. Wüssten Sie eventuell, ähm, wo eine Dame namens Laura arbeitet?«

Sie zieht die Hand zurück und schaut an mir vorbei.

»Kenn ich nicht.«

Die Nachbarinnen bekommen unseren Dialog mit und einige von ihnen verziehen sich in ihre Zimmer. So oder ähnlich erfolglos laufen unsere Recherchen auf dem gesamten Gang. Na toll. Entweder die Frauen mögen uns nicht oder sie mögen Laura nicht.

»Ich muss ja zugeben, mir wird 'n bisschen komisch, wenn dauernd ein anderer schöner Hintern neben mir steht«, atmet Jeremy aus.

»Ja, das sehe ich dir an. Ich bin total cool, ich pass auf dich auf.«

»Danke, mein weißer Bruder.«

Im Treppenhaus nach oben kommen uns alle Männersorten dieser Erde entgegen, große, kleine, halbwüchsige, alte, unangenehme, Bauarbeiter, Anzugträger … Lustig finde ich das.

Ich glaube ja, die Menschen können sich verstellen, wie sie wollen, im Bett tritt unvermeidlich die Wahrheit über sie zutage. Ich habe oft beobachtet, wie einige der Kunden zur Mittagspause hier einsteigen. Ist ja ganz praktisch, wenn sie als Pendler nicht in derselben Stadt arbeiten, in der sie mit ihrer Familie wohnen. Und dann am besten ohne Kondom, das ist nämlich nicht mal Pflicht in manchen Bordellen, wie ich von Rainer gelernt habe.

Im Gang des zweiten Stocks ist nur eine Tür geöffnet. Eine große Latina steht im Türrahmen.

Auweia.

Eine aufregende exotische Erscheinung.

Knopfaugen, schwarze lange Haare, schöne …

Ich darf an so was nicht denken, ich muss mich konzentrieren und den Jungen retten. Wir gehen auf sie zu, und ich übernehme souverän das Wort: »Guten Tag allerseits, wie heißt denn wohl …«

Dunkle Knopfaugen, und dieses Dekolleté …

» … entschuldigen Sie, wie war noch mal der Name der jungen Dame?«

»Bist du 'n Bulle?«, unterbricht sie meine sowieso schon bruchstückhaften Denkströme.

»Ach was, wo denken Sie? Ich wollte nur wissen, Miss … na gut, dann nenne ich Sie … ist ja auch egal.«

Hilfe, krieg doch mal einen ordentlichen Satz raus.

»Wissen Sie, wer eine Dame namens Laura? Also, wo sie … ihr Arbeitsplatz, wissen Sie das?«

»Laura, klar kenn ich die. Sie mietet normalerweise die Nummer sieben im Vierten.«

»Ach so, ja. Geht doch mit den ordentlichen Sätzen. Ich danke Ihnen vielmals.«

Das war gar nicht peinlich.

Wir eiern wieder zum Treppenhaus. Auf dem Weg nach oben kneift Jeremy mich in die Seite und lacht: »Mein Bruder, so nervös hab ich dich ja noch nie gesehen. Die Latina fandste gut, gell? Willst du nicht noch mal zu ihr?«

»Unsinn. Wir haben hier eine Mission zu erfüllen, Jeremy, vergiss das nicht. Lass dich von den Frauen bloß nicht ablenken. Immer cool bleiben. So wie ich. Laura ist eine Deutsche?«

Jeremy nickt.

Im vierten Stock stehen viele Türen offen.

So viele Frauen. Deine Kraft lässt nach.

Gar nichts lässt nach.

Stimmt, eins nimmt sogar zu.

Ich fühle mich, als hätte ich einen Weichfilter samt Spaghetti mit Tomatensoße auf den Augen.

Wie Perlen an einer Kette stehen sie da aufgereiht, wunderbar.

»Also, Jeremy, Konzentration jetzt mal, bitte. Wir sind kurz vorm Ziel. Entschuldigung, sind Sie Laura?«, frage ich die erste deutsch anmutende Dame.

Kopfschütteln. Ein Spähen an silbernen Ohrringen unter brünetter Hochsteckfrisur vorbei gibt den Blick in ihr Arbeitszimmer frei.

Rotes und blaues Licht. Fächer und Blumen über einem weichen Bett. Und das da hinten auf dem Nachttisch, sind das Orangen? Nektar und Ambrosia. Eine Oase.

»Hilfe, ich muss hier raus, ich fatamorgane. Jeremy, lass schnell machen. Du nimmst die Frauen auf der linken Seite, ich nehme die auf der rechten, wir bleiben nie mehr als einen Meter voneinander entfernt. Nicht, dass einer von uns von einem der Räume verschluckt wird und nie wieder zurückkommt.«

»Laura arbeitet nicht mehr hier.« Die dralle ältere Dame an der Nachbartür bekommt unsere Recherchen mit. Wir stellen uns zu ihr und hören zu.

»Sie hat immer Ärger bekommen. Hat sich mit Typen angelegt. Sich geprügelt. Vor allem der eine, der hat alles kurz und klein gehauen. Dabei wurde sogar ein Mädchen verletzt.«

»Der Schläger, war das so ein junger Typ? Groß? Glatze? Hager?«, befürchte ich.

»Nein, das war ein Schrank, breit wie hoch.«

Erleichterung.

Rainer war es nicht.

»Mehr weiß ich aber auch nicht. Ich weiß nur, dass sie Laura danach aus dem Haus geschmissen haben. Geht ja nicht, so was, Ärger immer.«

»Nee, geht ja nicht.« Jeremy stimmt ihr zu. »Mag ich auch nicht, dauernd Ärger. Lieber alles ganz friedlich. Sie sind aber sehr nett. Und Sie sind wirklich eine Hübsche.«

»Jeremy, komm, wir gehen«, unterbreche ich den Bären und ziehe ihn erneut am Arm fort. »Vielen Dank für die Information, sehr freundlich.«

Wir laufen wieder durchs Treppenhaus nach unten.

»Mist, das war nichts.« Ich bin enttäuscht.

»Willst du noch mal zu deiner Latina?«

»Nein!«

»Nur mal gucken, ob sie noch an der Tür steht.«

»Nein, Jeremy!«

Mein Rufen hält Jeremy nicht davon ab, im übernächsten Gang schnurstracks zum Zimmer der Latina zu rennen. Ich hinterher. Und ja, sie steht noch an der Tür.

Blut kreist. Schneller. Und tiefer. Stell dich ruhig zu ihr und Jeremy.

»Hey toller Mann, ich wusste, dass du zurückkommst.« Die Dame kommt auf mich zu und legt einen Arm auf meine Schulter. Bitte nicht.

Aber sie riecht so gut. Und sie sieht aus, als würde sie sich auch gut anfühlen.

»Was kann ich dir denn jetzt Schönes tun?«

»Och ja. Nein. Nichts, danke vielmals, aber das ist sehr zuvorkommend, wirklich.«

»Doch natürlich«, höre ich Jeremy aus dem Hintergrund. »Er mag Sie. Er glaubt nicht an die große Liebe, aber Sie findet er toll. Ist das nicht ein Zeichen? Vielleicht wär das ja was mit Ihnen beiden.«

Ich möchte Jeremy gerne ein Kondom über den Kopf ziehen.

»Unsinn, hören Sie nicht hin, mein Kumpel redet gern, der …«

»Ich mag dich auch«, säuselt sie.

Du kannst nicht mehr. Sie zieht dich in ihren Raum und schließt die Tür. Rosenduft überall. Sie knöpft deine Hose auf. Sie zieht deinen Unterleib blank. Sie schiebt dich. In irgendeine Richtung. Durch eine Tür. Licht an.

Ist das ein Badezimmer?

»Verzeihung, was … ähm?«

»Na was wohl? Ich veranstalte doch nicht die ganzen bösen Sauereien mit dir, ohne dich vorher gewaschen zu haben.«

»Was? Waschen? Nein, hören Sie, ich wollte doch gar nicht …«

Wasser an.

»Vertrau mir. Ich kann gut waschen.«

»Moment. Läuft das immer so? Muss man da nicht vorher verhandeln? Was kosten Sie denn?«

»Ein schönes Rundumprogramm, extra für dich? Zweihundert Euro.«

»ZWEIHUNDERT Euro?«

Rechnen. Dreihundert Euro hast du dabei. Du wolltest damit Rainers Traum unterstützen, und hundert würden sogar noch übrigbleiben. Das Geld hat dir sowieso kein Glück gebracht.

Das kann ich doch nicht … Das habe ich noch nie gemacht. So ganz ohne Liebesillusion.

»Ich hatte noch nie Sex für Geld«, versuche ich mich zu wehren.

»Dann wird es Zeit. Ich bin so gut, wie sie sagen, du solltest mich nicht verpassen.«

Also, zweihundert Euro minus …

Wasser und Hände. Kreisend, reibend, mal zart, mal fest. Das macht sie gut. Sehr professionell. Und das … Ist das eine Zunge?

TEIL 0

//Kapitel 1: DER AUFPRALL

//Nachmittag: Achim//

Ich bin back im Office, und direkt geht es wieder heavy ab. Eben stand doch echt noch die kleine Trainee-Katharina vor mir. Das erste Mal seit unserer Nummer. Sie sah ganz schön fertig aus und sagte, sie vermisst mich. Ich meinte nur: »Klar vermisst du mich, Babe, wir hatten ja eine Menge Spaß.« Sie sagte, sie dachte, ich würde mich wieder bei ihr melden. Aber jetzt sei unser letztes Mal schon so lange her, ob ich eine andere hätte. Daraufhin antwortete ich ganz lieb: »Babe, ich hab nicht eine andere. Ich hab mehrere. Ich bin aber ganz ehrlich, ich hab dir nie was versprochen. Das verstehst du doch? Tut mir leid.« Dass sie Tränen in den Augen hatte, das tat mir dann schon leid. Ich tröstete sie und garantierte ihr, dass sie eine ganz, ganz Tolle ist und dass ich mich bestimmt wieder bei ihr melden würde, und dass sie jemanden ganz Tolles finden wird, der sie über alles liebt. Ich bin ja kein Monster, sondern hab auch eine sensible Seite, und wenn ich jemandem helfen kann, mach ich das auch. Dann schlich sie aus meinem Büro. Komisch, als das mit Katharina lief, war mein Leben noch normal.

Anyway. Mir geht's wieder genial, meine Power ist endlich zurück, mein Kampfwille. Ich lasse mir weder von Frauen noch von irgendwelchen Documents noch von einem kurzen Stimmungstief die Karriere versauen. Wenn mein ehrenwertes Unternehmen eine Menge Schotter mit komischen Sachen machen will, dann ist mir das jetzt erstmal egal. Umso besser, ist ja auch für mich und meine Aktienanteile gut, wenn die Firma Erfolg hat. Was ich nicht weiß, macht mich nicht heiß.

Hallo! Hast du nichts gelernt in den letzten Tagen?

Ich bin schließlich auch den Frauen was schuldig, ich will denen einen Löwen bieten, gerade der Kleinen. Nicht, dass ich plötzlich monogam wäre, ich mein das ernst, was ich Trainee-Katharina gesagt hab, da wollen schon noch mehr Girls beglückt werden. Aber die Modelkleine findet mich eben noch geiler, das hat allein schon der Sex gezeigt, der war schon genial.

Du spinnst. Halt's Maul, das ist Schwachsinn! Wo ist der echte Löwe, der neulich noch halbwegs ehrlich zu sich selbst war?

Keine Zeit für Sensibilitäten. Mein Tablet-Launch auf dem Gala-Event steht kurz bevor mit VIPS und Presseleuten und Promis. Da werden ich, der Boss und noch ein paar Monstermanager die Keynotes übernehmen, da muss ich voll fokussiert sein. Dann noch Interviews, so richtig hardcore in fetten Manager- und Marketingmagazinen, mit Shootings und allem drum und dran. Zum Höhepunkt folgt eine Reise nach Japan, wo das Produkt dann auch mega abgefeiert wird. Wahrscheinlich werde ich sogar befördert zum Head of Global Media, denn ganz ehrlich, keiner sonst kann meinen Job machen. Das gibt so viel Macht und Geld und Verantwortung, dass ich es erstmal gar nicht begreifen kann.

Und wenn du versagst?

Alles tutti, ich hab keine Zweifel. Jeder richtige Kerl will an meiner Stelle sein. Und jetzt steht auch noch regelmäßig der beste Sex mit der heißesten Kleinen auf meiner To-Do-Liste.

Was will ich mehr? Was noch? Was ist das, was mir trotzdem die ganze Zeit auf die Eier geht?

Richtig, alles ist perfekt. Nur etwas fehlt. Du hast schon wieder alles vergessen, aber es wird wiederkommen.

Scheiße ja Mann, alles tutti, mir geht's genial!

Das Telefon klingelt und zeigt die Nummer vom Business-Handy des Bosses auf dem Display. Wenn die mich in diesen Stresszeiten höchstpersönlich anruft, dann muss es megawichtig sein.

»Boss, was kann ich für Sie tun? Ich kann Ihnen übrigens schon versprechen, der Launch wird der Megariesenerfolg ...«

»Ja, das stimmt. Aber ich muss mit Ihnen über etwas anderes reden.«

»Ich bin ganz Ohr und Hirn.«

»Finden Sie auch, dass man seinem Unternehmen gegenüber zweihundertprozentige Loyalität zeigen muss?«

Herzklopfen.

»Ja, das finde ich.«

»Sie wollen zur Elite gehören, richtig?«

Yes, Ma'am!

»Das will ich.«

»Stimmen Sie mir zu, wenn ich sage: Wenn man zur Elite gehören will, muss man alles geben? Man muss mit seinen Aufgaben und den Institutionen verschmelzen, die einem auf dem Weg nach oben helfen. Totale Identifikation mit der Mission, damit man ohne Ablenkung über sich hinauswächst.«

»Ja natürlich, ich weiß nur gerade nicht ...«

»Das habe ich gemerkt, dass Sie nicht wissen. Sie haben sich in letzter Zeit Fehler erlaubt.«

Mehr Herzklopfen.

»Was für Fehler?«

»Das müssten eigentlich Sie mir sagen. Sie waren unkonzentriert, unmotiviert, illoyal, und das kurz vor so einem wichtigen Meilenstein in der Geschichte unseres Unternehmens ...«

»Das meinen Sie nicht ernst, ich gebe immer alles.«

»Sie haben Arbeitstage unentschuldigt früher abgebrochen, waren angeblich bei Ärzten und denken sich seltsame Krankheiten aus. Sie schlafen während der Arbeitszeit! Sie stoßen Kollegen und Kunden vor den Kopf, sind aggressiv, verlassen Meetings früher und scheinen auch inhaltlich über das Projekt nicht ausreichend informiert zu sein.«

»Das ist ein Scherz. Sie unterschlagen doch Informationen, auf die ich die ganze Zeit warte!«

»Mir ist zu Ohren gekommen, dass Sie trotz Krankschreibung mitten am Tag verwahrlost in Jogginghosen in einer Bar gesichtet wurden und Bier getrunken haben. Ein Vertrauter hat mir zugetragen, dass Sie sich mit leichten Damen vergnügen und einen Whiskykonsum aufweisen, der an Alkoholmissbrauch grenzt.«

Sprachlos.

»Keine Sorge, ich bin auf Ihrer Seite. Wirklich. Vieles ist sicher nur Klatsch und Tratsch. Auch wenn ein schlechtes Image unseres Medienvertreters für Europa dem Image des ganzen Unternehmens schaden kann, betrachte ich solche Informationen kritisch. Ich bin überzeugt, dass Sie nicht unbedingt planen, mit der ein oder anderen Aktion ... wie soll ich sagen? ... gegen uns zu arbeiten. Wenn sich das Gedankenspiel jedoch als wahr herausstellen sollte, müsste ich Konsequenzen ziehen. Aber dem ist ja glücklicherweise nicht so.«

Schweiß zwischen Schulterblättern.

»Nein, natürlich nicht.«

»Dennoch: Selbst wenn ich über Ihre Fehler der Vergangenheit hinwegsehe, möchte ich die Zukunft des Projekts und auch die Zukunft Ihrer Karriere nicht gefährden. Verstehen Sie?«

»Also sehen Sie über gar nichts hinweg.«

»Es ist nicht so drastisch, wie es klingt. Aus den letzten Wochen lese ich heraus, dass Sie durchaus hart gearbeitet haben. Habe ich recht?«

»Und wie. Sie glauben nicht, was hier los war.«

»Ja, Sie arbeiten sehr hart. Sie sind sicher aus Erschöpfung früher gegangen und krank gewesen.«

»Das kann … ähm …«

»Womöglich stehen Sie kurz vorm Burnout.«

»Na ja, zumindest habe ich mehr als … also eine Menge geackert.«

»Sehen Sie. Für Ihren Einsatz danke ich Ihnen sehr, aber ich mache mir eben Sorgen um Ihre Gesundheit. Deshalb mache ich Ihnen, trotz Ihrer Fehler, ein, wie ich meine, sehr großzügiges Angebot: Sie bekommen ab sofort mehr Zeit von mir geschenkt. Wie klingt das?«

»Was soll das heißen?«

»Sie sind zur Hälfte beurlaubt und wir ziehen Sie vom Launch ab. Aber Sie bekommen selbstverständlich weiterhin Ihr volles Gehalt. Die großen Aufgaben, die am meisten Stress und Verantwortung bedeuten, übernehme ich, mein Head of Media für Asien und sein Team im Headquarter.«

»Was? So kurz vor dem Big Bang? Das können Sie mir nicht antun!«

»Beweisen Sie dem Unternehmen Ihre Loyalität, unterstützen Sie uns im Hintergrund. Erholen Sie sich während Ihrer freien Zeit, damit Sie wieder richtig fit und einsatzfähig werden. Und wenn der Launch so grandios und fehlerlos läuft, wie Sie sagen, sind Sie wieder voll mit im Boot. Vielleicht steht Ihnen dann sogar eine Beförderung ins Haus.«

»Sie wollen mich zur Büroaushilfe degradieren? Ich soll mein Baby aufgeben, die Termine, die Interviews, alles absagen? Das kann ich nicht machen, das ist doch peinlich. Sie brauchen mich als European Head of Media, ohne mich läuft gar nichts.«

»Wie kommen Sie auf die Idee? So wichtig ist Ihre Position nicht. Machen Sie sich keine Sorgen um das Projekt, das werden wir hervorragend stemmen. Ich will nur das Beste für das Unternehmen und Ihre Karriere. Ich brauche dafür aber Ihre volle Loyalität. Sehen Sie es so, Sie haben ab jetzt viel Zeit, sich zu überlegen, ob Sie diese Loyalität überhaupt aufbringen wollen oder ob Sie unser Unternehmen verlassen möchten. Das liegt ganz bei Ihnen. Denken Sie auch an die Abfindung.«

»Das ist Schikane und Erpressung. Ich werde mit meinem Anwalt sprechen müssen.«

»Diese Antwort ist bereits völlig kontraproduktiv. Ach mein Guter, was ist nur aus Ihnen geworden? Früher waren sie so anders, viel … viel anpassungsfähiger. Fangen Sie am besten gleich an, an ihrer Einstellung zu arbeiten. Mein Assistant macht die Papiere für Sie fertig. Auf Wiederhören.«

//DER AUFPRALL
//Nachmittag: Aline//

Ich parke das Auto direkt vor der Haustür, um das schwere Hab und Gut auszuladen. Ganz feine Delikatessen habe ich besorgt und herrlichen Rotwein von unserem Händler. Gut gelaunt, mit turmhohen Papiertüten und einem großen Kochvorhaben balanciere ich meine Schätze die Stufen hinauf. In perfektionierter Manier, bei welcher ich die Tüten zwischen mich und die Haustür klemme, gelingt es mir, den Schlüssel aus meiner Jackentasche zu ziehen und das Schloss aufzuschließen. Der Tütenberg in meinen Armen stiehlt mir die Sicht, als ich ins Haus und mit Schwung gegen etwas Gläsernes trete. Ich kann nur hören, wie das Objekt rollt und mit einem Rumms an die gegenüberliegende Wand knallt.

Die Flasche.

Die Tüten fallen. Etwas darin zerschellt auf dem Boden und bildet Matsch mit Soße und meinem schönen Diner. Statt mich gleich dazuzulegen, bleibe ich stehen und erlaube meinen Augen, dem Klang des Gläsernen zu folgen. Dahinten kauert es an der Wand. Ich steige über die Ruinen meines Einkaufs und laufe darauf zu, um auf halber Strecke bereits ein Flaschenetikett zu erkennen.

Beluga.

Eine Ahnung treibt mich von meinem Weg ab, aus dem Eingangsbereich und in die Lounge. Die Standuhr tickt einen Todesmarsch und tatsächlich: Dort liegt mein Mann auf dem Sofa. Er hält eine halb leere Flasche Schnaps in seiner Hand, auf dem Boden neben dem Sofa liegt seine Anzugjacke. Als er mich sieht, hebt er den Kopf, so angestrengt, als sei er schwer wie eine Bowlingkugel.

»Na, Aline? Hast du jetzt, was du wolltest?«

Seine Kugel wackelt.

»Was hast du der Firma gesagt, wieso du nicht dort bist?«, will ich wissen.

»Ja klar. Arbeiten soll ich für die werte Gattin. Damit sie hübsche Sachen kaufen kann. Damit alles toll aussieht. Damit sie anderen davon erzählen kann. Antworte mir, hast du jetzt, was du wolltest?«

Sein Tonfall steigt kontrolliert an. Es ist häufig so, dass er anfangs noch ruhig spricht, und egal welche Reaktion von mir kommt, er nimmt sie zum Anlass, laut zu werden. Nicht hysterisch laut, sondern eindringlich laut. Worauf ich in die Defensive gehe, immer, weil es immer meine Schuld ist.

»Entschuldige, was meinst du?«

»Die Flasche, die du mir neulich in den Weg gestellt hast? Das wolltest du doch. Du willst mich manipulieren, oder nicht?«

Er richtet seinen Oberkörper auf, sofern man das Aufrichten nennen kann.

»Was, meinst du, wollte ich? Ich weiß nicht …« Ich kann nicht denken.

»Ein Unglück. Dass ein Unglück passiert, das wolltest du. Weil du zu feige bist, den Mund aufzumachen. Weil du zu verlogen bist, musst du Spielchen spielen. Ich würde lieber mal richtig streiten.«

»Du denkst, ich will ein Unglück? Nein.«

»Was soll das, Aline? Was machst du mit mir? Warum quälst du mich? Ich muss so viel ertragen …«

»Schatz, es tut mir leid. Ich will dich nicht quälen. Ich weiß, du hast unglaublich viel um die Ohren …«

»Nichts weißt du. Du dekorierst das Haus und redest verlogenen Schwachsinn mit deinen noch verlogeneren Freundinnen und zeigst allen verlogene Fotos, die keiner sehen will! Du weißt doch längst, dass ich saufe. Und deckst mich auch noch in all deiner verlogenen Unwissenheit.«

Leugnen heißt lügen, Aline.

»Schatz, bitte, was meinst du? Ich verstehe nicht …«

»Natürlich verstehst du nicht. Nichts verstehst du. Ich kann ja machen, was ich will. Ich könnte hier in meiner Kotze liegen, mich selbst aufschlitzen und gleichzeitig vor dir mit meiner Sekretärin schlafen. Hier, genau hier auf dem Teppich könnte ich sie vor dir in meinem Blut ficken!«

»Hör bitte auf.«

»Du würdest immer noch leugnen, dass etwas nicht stimmt. Aber jetzt ist Schluss.«

Dramatische Pause. Schielender Blick und dann der Schrei.

»Jaaaaa, ich saufe, bis ich gegen Wände renne. Und ich hab keinen Job mehr. Die haben mich rausgeschmissen. Dein Gatte geht seit drei Wochen jeden Tag in Anzug und Hemd in eine Bar oder sonst wohin und tut so, als wäre er bei der Arbeit. Stattdessen säuft er.«

»Bitte, lass das. Ich höre dich nicht, ich höre dich nicht.«

Hör auf, dir die Ohren zuzuhalten.

»Doch, du musst das jetzt hören, du blöde Kuh. Ich saufe, ich saufe, und alles ist kaputt. Die Firma hat angeblich kein Geld mehr. Jahrelang habe ich mir für die den Arsch aufgerissen.«

Ich gebe auf. Ich sacke an der Wand entlang zu Boden. Mit angewinkelten Beinen starre ich ins Nichts.

Hör zu.

In diesem Zustand muss ich mir nicht einmal mehr die Ohren zuhalten, ich höre zwar irgendwelche Worte, aber sie kommen nicht bei mir an.

Hör hin.

Mein Mann legt seine Bowlingkugel auf der Sofalehne ab und monologisiert Richtung Zimmerdecke.

Hör zu! Du hörst mir jetzt zu und hörst hin.

Okay. Dann versuche ich es. Irgendwie, die Ohren und den Kopf in seine Richtung zu drehen. Ich weiß nicht, ob das klappt, aber ich versuche es.

»Ich komme nicht klar. Die Tragödie wird nur schlimmer, seitdem der Laden an der Börse ist. Die Kurven müssen steigen, während wir kürzen, umstrukturieren, und die Luft wird immer dünner. Mehr auslagern, mehr kündigen, mehr expandieren. Mehr riskieren, mehr Menschen, mehr Existenzen. Ich will doch auch irgendwie ein Leben. Und du lügst nur.«

Du willst etwas sagen, es liegt dir auf den Lippen, aber du musst schweigen. Es tut weh, aber du musst das jetzt hören.

»Für dich ist nur wichtig, wie wir vor den Nachbarn dastehen, du bist so ein Klischee. ›Die Nachbarn kaufen auch mehr Häuser‹, sagst du, ›Kannst du bitte mehr Geld verdienen und mir nebenbei vielleicht noch ein, zwei oder mehr Kinder machen‹, sagst du. Ich sag dir 'nen Satz mit ›mehr‹: Ich kann nicht mehr.«

Pause.

»Du widerst mich an.«

Für den letzten Satz dreht er extra den Kopf auf der Lehne in meine Richtung.

Er hat das schon oft gesagt. Und diesmal hörst du es. Jetzt könntest du für dich einstehen.

»Mir tut das so unglaublich leid, Schatz. Warum hast du nicht mit mir gesprochen?«

Er lacht.

»Diese Frage ist lächerlich, du Heuchlerin.«

»Du hast ja recht. Es ist meine Schuld. Bitte verzeih, ich werde mich ändern. Wir schaffen das.«

Du sollst dich nicht entschuldigen, du sollst hinterfragen.

»Das ist Schwachsinn, Aline«, lallt er. »Deine künstliche Existenz treibt mich in den Wahnsinn. Ich muss weg …«

Er versucht, vom Sofa aufzustehen und dabei seine Kugel auf seinem Körper zu balancieren.

Steh lieber auch auf.

Ich erhebe mich wie von selbst vom Boden. Er streckt die Hand in meine Richtung aus.

Angst.

»Gib mir den Autoschlüssel, Aline.«

»Was? Du kannst doch so nicht fahren.«

»Fängst du schon wieder an? Gib mir den Schlüssel!«

Er stützt sich auf der Lehne ab und bewegt seinen versetzten Schwerpunkt in meine Richtung. Sein ganzer massiger Körper präsentiert sich vor mir.

Wenn der zuschlägt …

Ich schaue in meine Hand, die tatsächlich noch den Schlüsselbund hält.

Sei stark.

Das geht einfach nicht.

Wehr dich. Lauf!

Ich schließe die Hand fest um den Schlüssel und renne an meinem Mann vorbei. Sein Kopf und Körper folgen mir, wankend, wobei er sich immer wieder an Wand, Stuhl, Tisch, allem, was er zu fassen bekommt, abstützt. Ich renne um das Sofa herum, durch einen der beiden Kücheneingänge und den anderen wieder hinaus. Er hinterher. Wäre er nicht so betrunken, er hätte mich längst eingeholt. Und nun? Wir können doch nicht ewig im Kreis rennen?

Du weißt es.

Mein Weg endet, als ich zur Haustür renne und sie versperre. Er kommt dazu und stellt sich vor mich. Sein Blick durchbohrt mich. Mit beiden Händen nimmt er meine Hand und versucht, meine zusammengepressten Finger zu öffnen.

»Gib mir den Schlüssel!«

»Nein, niemals. Du tust mir weh!«

Er schaut verdutzt und hält kurz inne: »Seit wann widersprichst du mir? Das ist neu. Ich könnte fast anfangen, ein bisschen Respekt für dich zu empfinden. Hm, tu ich aber nicht. Du gibst mir jetzt sofort den Schlüssel.«

Er versucht meine Finger auseinanderzudrücken. Meine Knochen und Gelenke schmerzen, aber er kriegt die Hand nicht auf. Plötzlich rutscht ein sanfter Ausdruck wie eine Jalousie über sein Gesicht. Seine Hände werden weicher und umschließen meine Faust sanft und zärtlich. Seine Augen fixieren die meinen, und er versucht, irgendwie zu lächeln.

»Ach Aline«, sagt er leise.

Er ist nämlich gar nicht so brutal. Es ist der Alkohol, der ihn zu einem Monster macht.

Fängst du schon wieder an?

Dann zerquetscht er mit beiden Händen und enormer Kraft meine Hand. Die Spitzen der Schlüssel bohren sich in die Innenfläche meiner Faust. Ich schreie, aber weniger aus Schmerz, denn aus Schreck.

Du musst ihn loslassen, ein bisschen hassen vielleicht. Aber nur so lange, bis du dich befreit hast.

Ich gebe den Schlüssel frei.

//DER AUFPRALL
//Nachmittag: Maik//

Sonnenschein.

Ich sitze seit vier Stunden an meinem Platz, genieße den Duft der Blumen aus dem Kübel neben mir vor der Boutique. »Kübel« ist ein seltsames Wort für so einen eleganten Duft. Die Menschen sind gut gelaunt und gebewillig. Es ist ein guter Tag für Bettler.

Etwas stimmt nicht.

Die Luft ist elektrisiert, als würde gleich ein Komet auf die Straße stürzen. Oder vielleicht zieht ein Gewitter auf.

Du fühlst dich allein.

Ich will allein sein.

Du vermisst den Jungen. Aber du musst dich nicht ärgern. Lass einfach los, das sagst du doch selbst immer, ist ganz einfach. Wenn du nicht auf diese Welt gehörst, dann kann dir alles egal sein.

Mir ist auch alles egal. Verdammt. Ich betrachte durch die Beine der Passanten das Treiben vor den Schaufenstern und vorm Chuches. Es ist alles egal außer dem Moment, und der ist gerade ganz schön. Gestern war unwichtig, morgen ist sowieso Unsinn, nur Heute, Jetzt und Hier, das ist, was zählt. Geht doch.

Vor meinem Ausstieg begann gerade eine Zeit, in der die Menschen in meinem Umfeld anfingen, sich für die Retter der Welt zu halten und sich wie die Wahnsinnigen zu engagieren. Sie gründeten plötzlich soziale Start-ups, Klimaschutzvereine, Arbeitsgruppen, wurden Yogalehrer oder Aufklärer und propagierten lauter Dinge wie Veganismus, fairen Handel oder Minimalismus. »Sinn« als etwas, das lebendig macht. Das suchen die Menschen, die nicht mehr ums reine Überleben kämpfen müssen, um nun ein anderes Loch zu füllen. Das fühlt sich natürlich toll an. Indem sie einem höheren Sinn folgen werden sie zu einer Elite, die ein wertigeres Leben führt als die armen Schweine, die sich immer noch mit dem nackten Überleben beschäftigen müssen. Immer in sicherer Distanz zum wahren Elend.

Ich muss das weiterdenken.

Dieser dekorative erdgebundene Sinn des Lebens, wie diese Menschen ihn suchen, soll also der Kampf für eine bessere Welt sein. Ein Kampf gegen das Schlechte, gegen das Drama, gegen Ungerechtigkeit, Armut. Aber was, wenn sie eines Tages Erfolg haben und alles Schlechte überwunden ist? Eine Katastrophe wäre das, dann hätten wir nämlich ein Existenzproblem. Die Menschen brauchen das Böse, um sich vormachen zu können, dass sie gegen etwas kämpfen können, damit das Leben einen Sinn hat. Jede gute Geschichte fängt mit einem Problem an.

Etwas stimmt nicht.

Gibt es einen Sinn nach dem Drama?

In diesem Moment schiebt sich etwas vor die Sonne und wirft einen Schatten auf mich.

Da ist er!

Es geht ganz schnell. Ich richte meinen Blick nach oben und sehe etwas fallen. Etwas Großes. Vier Krakenarme wedeln in der Luft. Es sind Arme, Beine. Es ist ein Mensch.

Rainer?

Ich wünschte, ich hätte den Aufprall nicht gehört. Rainer flog der Lautstärke nach direkt an meinem Kopf vorbei, doch da hatte ich meine Augen schon mit meinen Armen bedeckt. Die Ohren aber mussten hinhören. Ich dachte zunächst, er wäre auf einem Autodach gelandet, so laut, hohl und metallisch klang es. Aber das stimmte nicht. Mensch und Asphalt hören sich scheinbar derart metallisch an, wenn der Aufprall nur stark genug ist.

Du willst den Kometen nicht sehen. Aber du musst.

Mein Kopf bleibt einfach hier unten, das hat bisher doch immer geholfen. Ich höre, wie vor mir die Menschen zusammenströmen.

Renato vom Café brüllt: »Und wir haben's noch gesehen. Vor einer halben Stunde hab ich bei der Polizei angerufen. Vor einer halben Stunde! Niemand kam. Und jetzt? Seht euch das an, der arme Junge, das ist die Schuld von denen!«

»Kann mal jemand was tun?«, kreischt eine Passantin.

Ein anderer Kerl: »Ach, den kenne ich. Ist ein Straßenjunge, gammelt immer hier rum.«

Ein Vierter: »Na. Dann ist es vielleicht besser so. Hatte wahrscheinlich Probleme.«

Und Renato wieder: »Hallo, Polizei? … Ja, ich hatte vor einer halben Stunde schon angerufen. Hier hat sich jemand vom Dach gestürzt … Ja, genau gegenüber von meiner Bar … Ja, bitte schnell kommen. Die Adresse ist …«

Solltest du nicht was unternehmen?

Was soll ich denn tun? Ich habe dem Tun und dem Helfen doch gerade noch abgeschworen! Sowieso geht es meistens schief, wenn man etwas tut! Auch als die ersten Sirenen singen, kann ich meinen Kopf nicht heben und höre nur zu. Irgendwer will sich einmischen: »Hier entlang, hier entlang. Weg, weg, weg, aus dem Weg!«

Bremsende Autos, Autotüren, Schritte, Gewusel.

»Was ist passiert?«

»So eine Sauerei hier.«

»Meine Tageseinnahmen sind für heute gelaufen. Warum sind Sie nicht eher gekommen, hä?«, beschwert sich Renato bei den Polizisten.

»Oh mein Gott, oh mein Gott. Was ist denn hier passiert?«

»Das ist ja schrecklich, oh Gott.«

Dieser Kommentar wiederholt sich fast unendlich.

Bis es immer mehr Schaulustige, Helfer, Polizisten, Sanitäter werden, dann versteht mein Kopf nichts mehr.

Bitte nicht der Junge.

Die Stimmen und Geräusche werden zu einem undurchdringbaren, murmelnden Matsch. Nach der ersten Träne gebe ich auf, lasse meinen Schock zu. Ich weine, schluchze zwischen meine Beine.

Du musst zu ihm.

Ich öffne meine Augen und springe von meinem Platz hoch. Meine letzte Hoffnung, dass er es nicht ist, dass Augenwinkel und Ahnung mich getäuscht haben, schwindet. Da liegt der Tiger.

Oh Scheiße.

Komischerweise auf dem Rücken, Arme und Beine weit von sich gestreckt, als hätte er gerade davonfliegen wollen. Das eine Bein seltsam abgeknickt. Ich renne los und rufe schon von unterwegs: »Wieso machst du das, du Penner? Wieso? Und auch noch genau neben meinem Platz? Du weißt, dass ich hier sitze. Du Arschloch. Du Arschloch. Du Arschloch.«

Zwei Polizisten halten mich kurz vor seinem Körper auf.

»Wieso macht denn keiner was? Scheiße Mann, du Arschloch.« Dann blicke ich zu den ganzen Leuten um mich herum. »Ist er tot? Er kann nicht tot sein, er ist ein Tiger.« Ich bin mir im Klaren darüber, dass mein Auftritt den Schock der Schaulustigen noch vergrößert. Ein stinkender ausrastender Penner, der von Polizisten festgehalten wird und von Wildkatzen erzählt. Aber darum kann ich mich nicht kümmern, ich muss zu ihm, ich wehre mich. Schnell lassen die Polizisten von mir ab. Ich weiß nicht, ob es daran liegt, dass sie mich doch durchlassen wollen, oder daran, dass ich eben ein stinkender, ausrastender Penner bin, der von Wildkatzen erzählt. Ich stürze neben Rainer auf die Knie, Scheiße, was mache ich jetzt? Tiger? Oh Gott, da läuft aber auch ein Blutstrom unter dem Hinterkopf hervor. Wo bleibt denn der Scheißkrankenwagen? Die Polizisten ermahnen mich abzuziehen und zupfen an mir herum, aber mein wahres Ich hört sie nicht.

»Scheiße, Alter, was machst du? Du bist doch kein Schmetterling, das ist kein Spiel, kein Märchen, kein Musikvideo, du Idiot! Was soll ich denn mit dir machen? Wie stellst du dir das vor? Bist du tot, oder was? Sag was!«

Ich spüre, wie der Menschenkreis um uns wächst und schweigt. Alles ist still und langsam, als stünde die Zeit still, nur mein Heulen höre ich. Irgendwelche Worte, irgendwas, was meine Wut ausdrückt ... Meine Wut auf mich. Und auf ihn, diesen Vollidioten! Überhaupt wieder Wut spüren seit langer Fühllosigkeit. Meine Dummheit. Meinen Hass und meine Liebe. Als hätte mich der Knall des Aufpralls aus einem hundertjährigen Schlaf geweckt. Plötzlich regt sich was. Rainers Mund öffnet sich ganz leicht. Oder bilde ich mir das ein?

»Er lebt!«, rufe ich irgendwohin. Und da sehe ich auch den parkenden Krankenwagen.

Schnell, sag was, bevor sie ihn holen.

»Tiger, ich bin's. Ich meine, ich hasse diesen kitschigen Scheiß, aber ich helfe dir. Du willst doch das Meer sehen. Du musst jetzt nur wieder fit werden.«

Als der Arzt ankommt, ziehen die Polizisten mich weg.

»Ich verspreche es dir, Junge, mach dich schon mal startklar!«

»Haben Sie gesehen, was passiert ist?«, fragt mich noch ein Polizist.

»Nein.«

»Ich habe es gesehen«, ruft Renato von der Seite, die Polizisten wenden sich von mir ab und Renato zu, der wild herumgestikuliert.

»Ich hab's gesehen. Er stand so da. So. Eine halbe Stunde lang. Und dann hob er die Arme. Er drehte sich mit dem Rücken zum Rand vom Dach. So. Mit ausgebreiteten Armen.« Renato imitiert Flügelschläge. »Dann ließ er sich fallen und seine Arme und Beine schienen immer noch zu flattern.«

Renato bricht ab und schaut sich hektisch um, als ein paar Polizisten die Straße absperren.

»Hallo? Was machen Sie da? Die Straße absperren? Und wer bezahlt mir jetzt meinen Verdienstausfall? Sie sind schuld, Sie sind nicht rechtzeitig gekommen, ich hab Sie doch gewarnt.«

Ich halte es nicht länger aus. Ich renne los.

//DER AUFPRALL
//Nacht: Fiona//

03:26 Uhr.
Decke weg. Beine und Arme spreizen. Schnaufen. Arme, Beine wieder einfahren. Zurück in die Embryonalstellung.

04:12 Uhr.
Verfluchte Nacht will nicht enden.
Du kannst vor Hunger nicht schlafen.
Ich muss pinkeln, stehe auf und schleiche im Halbdunkel und Halbschlaf am Spiegel vorbei Richtung Klo. An mir hängt Blei.
Je später die Nacht, desto länger nichts gegessen, desto schwächer bist du.
Im Augenwinkel sehe ich meinen Schatten an der Wand und die Silhouette am Spiegel entlanghuschen. Klodeckel auf, Slip runter, Pinkeln. Spülung einmal quer durch den Schädel und zurück. Ich laufe zum Bett, die Silhouette folgt, und lasse mich wie einen Sandsack auf die Matratze fallen.
Rauschen. Wasser.
Fucking heiß hier unterm Dach.
Zucken im Oberschenkel.
Ich stehe wieder auf und schleiche hin und her, dann zum Küchenschrank und hole daraus ein Glas, um es mit Leitungswasser zu füllen. Mein Schatten und mein Spiegelbild weichen

nicht von meiner Seite, sie bleiben, das nervt, kleben richtig an mir dran. Vielleicht sollte ich einfach den ganzen Rest Wodka trinken, damit ich diese Wesen nicht mehr wahrnehme. Mit dem Wasserglas in der Hand kehre ich zurück zur Matratze. Alles klebt. Ich trinke.

Schlucken. Wasser durch Ohren und Schädel. Unterdruck. Pressen. Schlucken. Wachsender Mundraum, riesiger Innenraum. Wasser am Mundwinkel. Tropfen rinnt. Matratze saugt. Schlucke wie Pulsschläge. Babam. Du bist gefangen. Babam. Du kannst nicht aus deinem Körper raus. Niemals. Babam.

Es ist zu laut!

»Päng!« macht's. Als ich das Glas an die Wand werfe, zerschellt es wenig ambitioniert in ein paar Scherben. Ein kurzer Moment der Erleichterung. Man sollte mehr kaputt machen.

Wie soll man diese Hitze nur aushalten? Entweder es ist zu hell, zu laut oder zu heiß. Ich stehe wieder auf und gehe diesmal Richtung Bad, um mir Wasser ins Gesicht zu werfen, aber auf halber Strecke hält mich jemand auf. Mein Spiegelbild huscht nicht mehr mit mir mit, es bleibt im Spiegel stehen. Es steht da, ohne sich zu bewegen, kerzengerade. Und schaut mich an. Ich schaue zurück. Hallo?

Ein kleines Skelettmädchen im Nachthemd. Knie und Ellbogen breiter als die Stängelarme und Stäbchenbeine. Knochen über Knochen, Schatten über Schatten, Rippen über Rippen. Hängende Glieder, große Augen, hervortretende Wangen. Kein Leben. Weder Kraft noch Wille, auf den Beinen zu bleiben. Es will etwas sagen.

Das bin ich nicht, das kann nicht sein. Winkt es mir zu oder sagt es was? Was willst du? Du musst deutlicher werden. Lauter! Noch lauter!

»Hilf mir.«
Dann bricht das Mädchen zusammen.

//Kapitel 2: DAS RENNEN

//Nacht: Aline//

Ich laufe seit Stunden durchs Wohnzimmer von Ecke zu Ecke wie eine Maus, die ein Loch nach draußen sucht. Meine Hand schmerzt.

Er ist weg.

Die Erinnerung wiederholt sich zum hundertsten Mal in meinem Kopf: Er wollte sich den Autoschlüssel erkämpfen, indem er meine Hand zusammenpresste. Ich gab auf und ließ locker, woraufhin er seine Achtsamkeit verlor.

Du hast das in dir.

Und dann packte mich wieder diese Kraft, die lange Zeit verborgen schien.

Deine Harmonie ist eine Erfindung. Vera hat es gesagt: Dein Mann macht nichts Gutes mehr, weder für dich noch für sich, und am allerwenigsten macht er dir ein Kind.

Meine Gedanken unterbrechen sich gegenseitig.

Am Ende ist dein Mann auch nur ein übersensibler Mensch, der zum Opfer seines Frusts wurde. Du hast ihm nicht zugehört. Du ergehst dich im Zubereiten eines Diners. Oder im Bügeln. Nur Vera, deine einzige Freundin, sorgt sich um dich. Und ihr drehst du den Rücken zu.

Ich will das alles nicht wissen.

Du bist dumm.

Ich bin nicht dumm.

Du bist dumm, denn du weißt es besser, aber hörst nicht einmal auf mich.

»Summertime, and the living is easy, fish are jumping and …«

Es ist ohnehin vorbei.

Ich kann uns noch retten. Ich bin nämlich nicht dumm, ich bin klug, ich habe Kraft, Visionen …

Tick, tack, die Standuhr tickt.

Während mein Ehemann also versuchte, mir mit strengem Blick aus seinen glasigen Augen Angst zu machen, ließ jene Kraft mich die Faust um den Schlüssel ballen. Ich holte aus und warf ihn irgendwohin, übermenschlich weit in den Flur hinein. Ich riss mich los und rannte die Treppe hinauf. Mein Mann resignierte, mit einem Blick, der zugleich Schreck und Verwunderung ausdrückte.

Jetzt empfindet er doch Respekt.

»Davonlaufen kann ich auch«, rief er. Dann verließ er das Haus.

Und was mache ich jetzt?

Der Autoschlüssel.

Ich laufe durch den Flur und taste den Boden mit meinen Augen ab. Wie klang sein Fall? Er fiel nicht frei, sondern kam auf mehreren Flächen auf. Ich lasse mich vor das Schuhschränkchen auf die Knie fallen, um dahinter nachzusehen und tatsächlich, da ist er. Ich hole Jacke und Haustürschlüssel von der Garderobe, renne aus dem Haus, setze mich ins Auto und fahre los. Schnell, stark, entschlossen.

Aber entschlossen wozu?

Zunächst suche ich die nähere Umgebung ab. Die Hektik schafft Distanz zum Moment, den ich in Ruhe nicht ertragen könnte. Die Straßen liegen rum, trauernd und leer, als wollten sie mir in ihrem Beileid den Weg freiräumen. Vielleicht haben sie auch Angst vor meiner Raserei.

Tick, tick, tick, tick.

Der Blinker klingt wie die Standuhr, deren Zeiger klemmt und nicht vom Fleck kommt.

Jetzt die Realisation: So ist das also.

Ich dachte immer, wenn erst der Richtige da ist, mit diesem Einen und Einzigen wird dann alles anders. War denn alles falsch, was ich in den letzten Jahren getan und geglaubt habe? Ist es falsch, etwas so sehr zu wollen?

Erinnere dich an den letzten Winter, als dein betrunkener Mann Hennings bedrohte. Deswegen sind sie nicht zur letzten Gartenparty gekommen. Sie waren nicht im Urlaub. Sie meiden euch.

Ich will bitte nicht wieder anfangen zu weinen. Ich bin leicht und klar. Ich bin verdammt noch mal leicht und klar, und wenn es mich umbringt.

Tränen sind echt, und mit ihnen ist die Trauer echt, und mit der Trauer ist der traurige Umstand wahr, und das bedeutet …

Ich muss ihn finden, wo könnte er hingelaufen sein?

… das bedeutet, dass du gehen musst.

Ich drehe den Rückspiegel, sodass ich meine Augen darin sehen kann. Oder sehen meine Augen mich an?

Du deckst ihn seit Jahren.

Ich kann meine Visionen nicht verlieren, meine Erinnerungen und Hoffnungen als gescheitert ansehen, die frühen Momente unserer Ehe, damals, als alles für die Ewigkeit gemacht erschien. Nun ist alles Vergangenheit und fremd. Obsolet.

Ich werde langsamer, stelle das Auto auf dem Parkplatz ab und laufe zum Kiosk. Vielleicht hat er sich dort etwas zum Trinken gekauft.

»Entschuldigen Sie, das ist etwas peinlich, aber haben Sie diesen Mann gesehen?«, frage ich die Kioskfrau und zeige ihr eines der Fotos von der Grillparty, von denen noch immer einige im Handschuhfach liegen. Sie schaut interessiert wie die alten Damen, die auf der Suche nach Skandalen ihren Kopf aus Fenstern strecken. Ganz genau schaut sie, dann schüttelt sie den Kopf.

Zurück im Auto will ich weiter, schnell, schnell, ich muss mich beeilen.

Er packte Udo Henning am Hals, weil der ihm angeblich zu dicht aufgefahren war. Es war glatt auf der Straße, und da war der Nachbar deinem Mann an die Stoßstange gerutscht. Gebrüll, Geschubse.

Ich drehe den Schlüssel im Schloss.

Helga Henning kam aus dem Haus gerannt und schrie deinen Mann an.

Vielleicht sitzt er im Chuches.

//DAS RENNEN
//Nacht: Achim//

Draußen dunkel, drinnen nichts. Kiefer, Wange, Knie, Beckenknochen pressen sich auf etwas Hartes, Kaltes.

Ach Leute, ich bin mega am Arsch. Ich liege auf den megaharten Ralph-Lauren-Fliesen neben meinem Sofa auf dem Bauch. Aufs Sofa hab ich es nicht mehr geschafft. Ich bin froh, dass ich es überhaupt nach Hause geschafft hab.

Inferno entfachen. Oder nichts tun. Nichts sein und nichts haben, nichts davor, nichts jetzt, nichts danach. Nie mehr mehr als nichts. Nur im Kopf, da will kein Nichts entstehen. Das Nichts ist zu still, das Denken zu laut.

Ich hab schon drei Whisky geext, um mein Brain zu entleeren, den ersten noch on the rocks, bei den folgenden war mir das dann egal. Hauptsache nichts denken, denn das Denken, das führt in ein Labyrinth.

Wenn du in diesem System nicht spurst und die Klappe hältst, bist du verloren. Wenn du in diesem System spurst und die Klappe hältst, bist du verloren.

Ich kann nicht aufhören, auf den letzten Ereignissen herumzukauen, aber sie erreichen nie ein Stadium, in dem ich sie schlucken kann. Der Boss weiß bestimmt von der Aktion mit den Skizzen, da waren ihre Andeutungen klar. Aber woher hat sie die Info? Ein Maulwurf?

Du schaust zu viele Agentenfilme.

Ich hab den dringenden Verdacht, dass ich überwacht werde, mit welcher High-Tech-Software im Smartphone auch immer, oder von Johannes. Bedeutet die Abfuhr vom Boss, dass an den Skizzen was dran ist? Oder geht es wirklich um Loyalität? Und was mache ich jetzt daraus? Das Projekt meines Lebens wurde mir weggenommen.

Und gleichzeitig spricht der Boss von Beförderung, um mich weichzukriegen. Ganz ehrlich, das glaub ich der niemals. Die traut mir doch nie mehr. Und ich ihr auch nicht.

Auf der anderen Seite ist ein bezahlter Kurzurlaub vielleicht keine schlechte Idee: klar, mich einfach mal lockermachen, die Zeit genießen, Sport treiben, Champagner trinken, Partys feiern. Ganz ehrlich, wer weiß, ob ich nicht wirklich vor so einem Burnout stehe. 'N Bisschen Verfolgungswahn hab ich ja schon. Eigentlich kann sich jeder Arbeitslöwe wie ich so eine bezahlte Auszeit nur wünschen. Er kann sich erholen, um danach wieder mega durchzustarten. Eine Niederlage ist nur eine Herausforderung für eine noch größere Chance. Hinfallen, aufstehen, weiterlaufen, und zwar schneller noch als zuvor. Reset.

Für dich gibt es nur vorwärts und aufwärts.

Anyway. Denken führt ins Chaos, aber Fühlen geht noch weniger, denn wenn ich anfange zu fühlen, dann kriege ich Aggressionszustände. Allein wie der manipulative Boss mit mir spricht, als wäre ich ihr programmierbarer Leibeigener.

Hätte ich bloß die Finger von den Skizzen gelassen. Meine Reputation ist im Arsch, wenn ich meinen Job verliere, und dann kann ich meinen Bungalow, meinen Porsche und den Schampus knicken. Nichts mit Löwenstatus. Alle werden mich schief anschauen wie einen Loser. Keiner wird mehr was mit mir zu tun haben wollen, nicht mal die Frauen. Ohne Job geht nichts, bin ich nichts.

Du bist eine arme Sau.

Ich bin keine arme Sau. Um dem Frust und den Aggressionen wenigstens halbwegs auszuweichen, wende ich meine Gedanken dem zweitgrößten Fall zu: der Kleinen und der ganzen Action, die uns bevorsteht. Roadtrips in der Elf, Sex im Parkhaus, Champagner auf 'nem Roof-Top mitsamt Pool. Das Problem ist nur, kann ich mir das überhaupt noch leisten in ein paar Wochen? Ach, ist dann auch egal, die Kleine geht ohnehin nicht ans Telefon. Seit zwei Stunden rufe ich alle paar Minuten bei ihr an. Ich muss sie sprechen, ich halte das sonst nicht aus. Nur Kuscheln. Oder einfach nur angucken.

Ich drücke meinen Kopf vom Boden, um im Liegen vom vierten Whisky zu trinken, wobei die Hälfte an der Seite rausläuft und mir übers Kinn. Was für eine Scheiße.

Sorry, aber du bist eine arme Sau. Trink nicht so viel.

Nichts bin ich! Ich spring viel zu schnell hoch, meine Knie knallen erstmal hammermäßig auf die Fliesen und meine

Kopfspirale dreht fies los. Ich erschließe beim Laufen ein paar Diagonalen des Raums, bis ich meine Porsche-Bar erreiche, dort kippe ich den Rest vom Whisky in mein Glas, das überläuft, so voll ist es. Nach mehreren Monsterschlucken, die mir ins Gesicht fahren, hole ich aus und schmeiße das Glas mit Wucht an die Wand.

Du solltest mehr kaputtmachen.

Das Teil zerschellt nicht mal, sondern landet auf dem Boden. Mega, nicht mal das krieg ich hin. Bin ich ein Loser, ganz ehrlich.

Wiederhol das ruhig noch hundertmal in deinem Kopf.

Wiederholen, wiederholen, wiederholen.

Alles auf Reset. Das wär's. Ich tippe auf meinem Phone rum und stelle den Lautsprecher an. Ich lasse es jetzt so lange bei der Kleinen klingeln, bis es nicht mehr funktioniert. Endlos tutet es. Mit dem Gerät in der Hand lege ich mich wieder auf die Fliesen und höre der Sirene zu, die sich in meinem Schwindel einnistet und mich noch orientierungsloser macht.

Du weißt doch eigentlich, was zu tun ist. Pass auf, Arschloch.

Was labert denn die Sirene da für eine Scheiße? Aber wo ich so nachdenke, die Kleine ist richtig für mich. Ich springe wieder vom Boden auf und hau mir wieder megabescheuert meine Knie an. Ich stürze zur Bar, krame eine Wodkaflasche aus dem Barschrank, schütte das halbe Glas voll und kippe es hinunter. Ich dreh mich. Oder dreht sich der Raum? Scheiße. Mein Hemd ist hinten nass geschwitzt, wie heiß kann es sein? Was für eine Scheiße! Meine Finger versuchen das Hemd aufzuknöpfen, aber es bleibt zu.

So heiß.

Es geht nicht auf!

So eng.

Keine Luft!

Tremor.

Ich greife an die Knopfleiste und reiße das Hemd auf. Es hagelt Knöpfe. So eine Scheiße, das Hemd muss runter. Schlüssel, Geldbörse, Handy in der Hosentasche. Ich koche. Ich muss sie finden. Ich renne raus.

Du musst einfach weiter. Haken und Seile am Rücken kappen. Weiterlaufen. Dann wirst du dich schon finden.

Eine Hauswand hält mich vom Sturz ab. Ich huste was Schleimiges auf den Boden. Leute gehen an mir vorbei und schauen mich an. Ja, ich weiß, ihr findet mich scheiße. Schließlich werde ich auch verwahrlost in Bars gesichtet und mit fragwürden Amüsierdamen beim Amüsement bespitzelt. Wisst ihr was: »Ihr könnt mich alle mal!«, lalle ich.

Ich sacke zu Boden auf meine zerstörten Knie und reibe mit den Händen im Schotter rum. Ich weiß nicht, ob das wehtut, ich hoffe nur, dass das Gefühl in den Ankerhänden mich entschleunigt. Hier stinkt's nach Hundescheiße. Ich kotz gleich. Sogar die Fliegen machen einen riesigen Bogen um den Haufen. Warte, bilde ich mir das ein, oder grinst der Haufen mich an?

»Dich will auch keiner, was?«, fragt er. »Kannst dich gleich zu mir legen.«

»Ich rede nicht mit Kackhaufen.«

»Wir haben viel gemeinsam.«

»Was? Wenn ich dich nur rieche, will ich kotzen.«

»Wir gehen denselben Weg: Als du noch hübsch und frisch warst, fühltest du dich gebraucht und gewollt. Aber dann erfährst du, du wurdest konsumiert und verdaut, bis alle Energie entzogen und nur noch Verwestes übrig war. Ganz ehrlich, dich hat man wie mich in die Ecke geschissen. Und jetzt finden alle, dass wir stinken.«

»Nicht alle. Die Kleine liebt mich.«

Ich springe wieder einmal auf, die Knie sind mir jetzt erstmal egal.

Rennen und drehen.

Die bunten Lichter des roten Milieus bilden einen rasenden Tunnel.

Durch den Tunnel musst du durch. Lass dich vom Blinken nicht irritieren, verlier nicht die Balance, dann fällst du auch nicht durch die Lichter hindurch. Stimmen und Schatten außerhalb des Tunnels. Sie wollen dich abbringen von deinem Weg. Sie greifen mit langen Fingern durch die Leuchtwände und wollen dich wegziehen. Achte nicht auf sie, dann tun sie dir nichts.

Ich knurre.

//DAS RENNEN
//Nacht: Fiona//

Man sagt ja, Albträume kündigen einen Umbruch an. Ich kann nur hoffen, dass das stimmt. Dieser Albtraum von dem Skelettmädchen letzte Nacht hat mir ordentlich Angst eingejagt. Ein Umbruch wäre gut in der schrägen Phase, in der ich mich gerade befinde. Ich wusste direkt nach dem Aufwachen heute Morgen, oder na ja, heute Nachmittag: Was mich jetzt wieder top in Form bringen würde, konnte nur etwas noch Albtraumhafteres sein. Horrorfilme. Ich floh also gegen Abend zu meinem besten Freund, damit er meine gepeinigte Seele rettete, die in einem imperfekten Körper gefangen war. Wenn schon nicht meine sterbliche Hülle, so konnte ich zumindest mal die Kastenwohnung verlassen. Und siehe da, es funktionierte: Seit Langem hab ich mal wieder etwas durch meine Nase gelacht, in diesem Fall Rotwein. Hendrik ist eine derartige Pussy, zumindest wenn es um das behutsame Abtrennen von Oberschenkeln mit rostigen Sägen geht, wie es in »Saw« durchexerziert wird. Er heulte fast, als ich mit mehreren Horrorschockern vor seiner Tür stand. Tja, und mit dem Öffnen der Wohnungstür ließ er einen einzigen Schrecken aus Blut, Eiter und Geschrei durch seine Pforte.

Hör zu.

Die Sehnen rissen, die Knochen spalteten sich, die Nerven quietschen wie Kreide auf einer Schultafel.

Hör hin.

Ein Soundtrack aus wabernder Masse, klingenden Klingen, brüllenden Opfern sorgte für Ohrterror.

Hör hin.

Nach dem Film musste ich Hendrik wiederbeleben. Zur Auflockerung zappten wir uns noch ein bisschen durch Klingeltonwerbung, »Ruf mich an«, Teleshopping und Promotion für Penisimplantate. Doof, dass ich keinen Fernseher hab. Zum Glück hat das Programm meinen Appetit noch mehr verdorben als er ohnehin schon war, also blieb ich standhaft, als Hendrik Schrägstrich The Body Schrägstrich The Schweinesohn die Chips auspackte.

Chips lassen sich leichter kotzen als Schokolade.

Nicht ein Griff in die knisternde Tüte, und das, obwohl durch meinen Magen die Rote Armee marschieren könnte. Auch wenn die Hungerei keinen Sinn mehr zu machen scheint, weil weder meine noch Mimis Agentur sich melden, ziehe ich das weiter durch. Wer weiß, welcher Job bald wieder vor der Tür steht.

Die Hoffnung des Egos ist dein Gefängnis.

Jetzt ist Mitternacht vorbei, und ich betrete das Treppenhaus meines hässlichen Bunkers. Hendrik warf mich raus, weil er noch ein Barkeeper-Bunny erwartete. Bei den Gays geht das Anbandeln so einfach, unfair ist das. Der Aufzug rattert und dann die letzten Stufen. Ich krame meinen Schlüssel raus.

Zeitlupe. Metall-Klingeln. Schlüssel dreht sich. Trommelwirbel. Vorhang auf.

Ich stehe in meinem Zimmer und mein Blick fällt auf die Wand über dem Bett. Riesige Buchstaben aus rotem schmierigem Zeug erstrecken sich fast über die ganze Wand.

»H. U. N. G. E. R.«

Oh Mann, ich … ist das Blut? Nein, es sieht nur aus wie Buchstaben aus Blut, ist aber Ketchup, denn die Ketchupflasche mit Super-Spender liegt darunter auf dem Boden. Einfach fallen und liegen gelassen. Seit wann hab ich Ketchup? Mein Blut rast und endet im Magen. Wenn da was drin wäre, ich würd's sofort kotzen. Scheiß drauf. Ich renne aufs Klo, lasse mich auf die Knie fallen, der Deckel ist gewohnheitsmäßig offen, und ich stülpe einmal meinen Magen über den Kopf. Natürlich kommt nichts raus, verdammt, wieso kommt da in letzter Zeit nie was raus, das macht mich so wütend!

Wie ich da so über der Klobrille hänge, fange ich an zu weinen. Mir reicht's jetzt langsam. Erst die Pralinen und jetzt das. Hat jemand meinen Schlüssel, das kann doch nicht sein? Ist das der Stalker?

Erneutes gemeines Würgen. Dein Bauch, dein ganzer Körper ein einziger epileptischer Anfall.

Roter Saft rinnt aus meiner Nase. Diesmal ist es Blut. Magensäure schäumt, tropft, zieht Fäden.

Beruhig dich, das reinigt dich auch nicht.

Und wenn er mich in den Wahnsinn treiben will? Wenn er mir auf Schritt und Tritt folgt? Mich beobachtet? All das, mein ganzes Leid hab ich doch dem Stalker zu verdanken, oder?

Hänsel und Gretel locken die böse Hexe fort. Dann sind sie frei. Jedes Kind weiß, dass es um die innere Hexe geht. Geh zu deinem Nachttisch.

Ich folge. Wie ferngesteuert stehe ich auf, drücke nicht einmal die Klospülung und laufe los.

Dort in deinem Nachttisch liegen Rasierklingen, ordentlich verstaut. Hol deine Set-Karten und dein Book, deine Fotos. Leg sie schön nebeneinander auf den Teppichboden.

Als ich das ganze Zeug ausgebreitet habe, erschrecke ich: Der Boden ist voll von mir. Überall sehe ich mein Gesicht, meinen Körper, mich in all meinen Versionen: legere Fiona, sexy Fiona, Bikini-Fiona, lachende Fiona, Haar-Fiona, natürliche Fiona, sportliche Fiona, alberne Fiona, Werbe-Fiona, zu Tode retuschierte Fiona. Die vielen Augen, die da auf dem Boden liegen, sie schauen mich alle an. Das ist doch nicht echt. Foto-Augen können sich nicht bewegen. Die Gesichter starren und ihre Münder öffnen sich: »Wer von uns ist die Schönste?«, fragt die eine.

»Ich bin es natürlich«, antwortet die andere. »Ich bin die Jüngste.«

»Aber ich bin viel dünner als du. Ich bekomm alle Jobs, weil ich bald nur noch ein Kilo wiege!«

Gelächter aus allen Ecken.

»Das bringt dir auch nichts mehr in deinem Alter«, widerspricht eine ganz andere. »Ich dagegen bin so gephotoshopt, dass meine Beine unmenschlich lang sind.«

»Fiona, sag doch mal, wer von uns ist die Schönste«?

»Genau, sag du doch mal, Fiona!«

»Ach, ist doch auch egal«, sagt die perfekte glückliche Fiona. »Eins ist sowieso klar, wir sind alle schöner als die echte. Guckt sie euch an, so traurig, mit Ringen unter den Augen, Falten am Bauch und ersten Linien im Gesicht. Es geht bergab, Baby.«

»Hilfe, ihr spinnt doch alle.« Meine Gesichter wollen ihrem Fleisch und Blut Konkurrenz machen. »Ihr Bitches, mir habt ihr alles zu verdanken!«

»Fiona, gib auf«, sagen sie. »Du wärst gern wie wir, auf ewig jung und schön und begehrt. Wir sind perfekt und glücklich. Um glücklich zu sein, muss man nämlich makellos sein, das weißt du ja. Aber du …«

»Das ist nicht echt. Ihr seid fake. Bilder können nicht sprechen, ihr seid nicht echt.«

»… du bist verzweifelt, und man sieht es dir an, den ewigen Kampf mit dir selbst, die Angst vorm Essen. Du bist nicht mehr wie wir. Wir entgleiten dir immer mehr, je älter du wirst. Bald hast du nichts mehr. Aber Fiona, wer von uns ist denn nun die Schönste? Sag doch mal.«

»Ruhe! Seid alle ruhig!« Ich möchte am liebsten wieder kotzen. »Ihr seid nur Abbildungen, tote Puppen. Ich dagegen lebe, habe Charakter, Gefühle. Ich bin ein Mensch mit Seele.«

Hör nicht auf sie, sie wollen dich provozieren.

Nein, sie haben recht. Wenn ich früh genug mit der Karriere angefangen hätte, hätte ich die Chance gehabt, groß rauszukommen.

Und was dann? Dann würdest du jetzt trotzdem langsam aus dem Alter rauskommen. Verdammt zur Imperfektion.

Dann hätte ich wenigstens für ein paar Jahre erlebt, was es heißt, geachtet und geliebt zu werden.

Denk an Zoé: In Asien war mit ihrer Agentur vertraglich vereinbart, dass sie keinen Teint bekommen und nicht zunehmen durfte. Sie musste regelmäßig beim Geschäftsführer im Bikini erscheinen und zeigen, dass da kein Gramm Fett dazugekommen war. Knochenjob eben. Wie geliebt fühlt sich ein Mädchen, das von jungen Jahren an immer auf seine Makel hingewiesen wird.

Ich will das aber.

»Ja, hihi, natürlich willst du lieber ganz nach oben.«

Jetzt sprechen wieder meine Gesichter, während mir die Tränen über die Wangen laufen. Es ist wie ein Battle zwischen ihnen und meinem Kopf.

»Du willst zu uns gehören.«

»Ihr seid Fantasie.«

»Fiona, du weißt, dass wir alles haben, was du jemals wolltest.«

Sie locken mit gefährlichen Versprechen.

»Du bist kein echter Mensch, du bist nicht lebendiger und hast nicht mehr Seele als wir, deine Abbilder. Du weißt ja nicht einmal, was Liebe ist.«

Natürlich weißt du, was Liebe ist. Du erinnerst dich nur nicht mehr so gut daran.

»Du bleibst leider eine Kopie von uns. Ein Abbild deiner Abbilder.«

Konfrontiere sie. Du darfst deinen Gesichtern nicht diese Macht geben.

»Außerdem finden wir, du musst wirklich dein Essproblem in den Griff kriegen und viele, viele Kilos abnehmen.«

Wehr dich.

»Du liebst uns doch. Du hast nichts außer uns. Hahaha! Du brauchst uns.«

»Okay, ihr haltet jetzt alle die Schnauze! Ich bring euch zum Schweigen, seht ihr, was ich hier in der Hand hab?« Ich halte eine Rasierklinge nach oben, um sie meinen Gesichtern zu zeigen. »Jetzt erlebt ihr euren ganz eigenen Horrorfilm.« Ich gehe in die Knie und setze die Klinge an.

»Fiona? Was machst du da? Du wirst doch nicht …«

»Was tut sie? Sie soll aufhören …«

»Du brauchst uns …«

»Aaaah, das tut weh, hör auf, das tut so …«

»Das wirst du bereuen, leiden, deine ganze Existenz, dein Leben, alles, woran du glaubst, wirst du verlieren. Du wirst nichts mehr haben, keine Identität.«

»Fiona, hör auf. Stell dir vor, dich fragt jemand, was du machst, und du antwortest: nichts. Ich bin nichts. Wie schrecklich! Wenn du uns tötest, wirfst du dich selbst weg.«

Hör zu.

Es befriedigt mich, wie sie plötzlich Panik kriegen. Eben noch so arrogant und jetzt in Todesangst.

»Au!«, rufen sie in den letzten Zügen. »Tu es nicht. Du liebst uns! Au! Du bewunderst uns. Du willst es doch allen zeigen. Du weißt, was unser Tod bedeutet! Du willst nicht versagen.«

Hör hin.

Ich lasse sie schreien. Ganz von selbst fährt die Rasierklinge durchs Papier. Geschmeidig wie durch Haut. Meine Hände werden kräftiger und schneller. Immer tiefer und wuchtiger schlitzen die Klingen meine Gesichter auf. Die Sehnen reißen, die Knochen spalten sich, die Nerven quietschen wie Kreide auf einer Schultafel. Ein Soundtrack aus wabernder Masse, klingenden Klingen, brüllenden Opfern sorgt für Ohrterror. Ich höre sie. Ich zerfetze sie.

»Lasst mich in Ruhe!«

Aufklaffende Wunden. Blut strömt aus den Schlitzen, läuft über den Teppich. Lass den Pegel ansteigen, bis deine Füße tief im Blutmeer stehen. Greif in seine Wellen und sammle alle Schnipsel ein. Pack sie in eine Tasche. Lauf ins Rote Viertel und hinterlass eine blutige Spur deiner selbst, damit die Hexe ihr folgt und dich für immer verlässt.

Ich renne los.

//DAS RENNEN
//Nacht: Maik//

Tiger, du Vollidiot! Was soll ich ohne dich machen? Ich habe das Gefühl, ich habe alles verbockt. Alles war für mich eine Lüge und alles war mir einerlei geworden, weil ich erschöpft war, die ignorante Bequemlichkeit des »Egal« brauchte. Jetzt merke ich, »Egal« ist eine Ausrede.

Der Moment, in dem du realisierst, du bist nicht frei. Du bist süchtig. Süchtig nach Zerstörung. Süchtig nach Schwarz-Weiß, nach Gedanken.

Ich denke an all die Menschen, denen ich in den letzten Wochen begegnet bin. Sie halten fest an ihrem Weg, den sie für so unbedingt richtig halten. Ich habe das immer verachtet, und nun merke ich, dass ich einer von ihnen bin.

Der Zwang tritt ein, sobald wir etwas als richtig einstufen. »Richtig« klingt wertig, so sicher, richtig eben, darum ist es verführerisch, dem richtigen Weg zu folgen. In seinem Ursprung ist aber alles richtig. Es ist da, wild und pur, unkonditioniert, unbenennbar, unkontrollierbar. In diesem Rohzustand macht es Angst, weil es das Gefühl der Bodenlosigkeit auslöst. Darum müsst ihr es möglichst schnell definieren, um die Illusion der Kontrolle darüber zu gewinnen. In dem Moment, wo ihr es »richtig« nennt, wird es unrichtig. Genau aus diesem Grund. Weil ihr es dann formt und missbraucht als etwas, an dem ihr euch festhalten wollt. Weil es »richtig« ist, limitiert es alle anderen Möglichkeiten. Es impliziert, dass das andere falsch ist. Die Wahrheit kann nicht im Richtigen liegen, und das ist das Paradoxon.

Hilfe, mein Hirn dreht durch. Vielleicht gehöre ich wirklich nicht hierher. Ich bin eben nur zu Besuch in dieser Realität, schau mich nur mal um, und wenn's mir nicht gefällt, kann ich wieder gehen. Richtung Tod als Notausgang.

Du gehst ohnehin nicht, dafür hast du noch zu viel zu tun hier.

Habe ich?

Vielleicht. Aber der Gedanke, dass ich nichts muss, macht mich frei. Wenn ich an etwas glaube, dann an die Freiheit. Daran, dass jeder Mensch gefälligst das Leben führen darf, das er will, ohne sich dauernd rechtfertigen zu müssen. Und wenn er das morgen nicht mehr möchte, dann tut er von da an halt etwas anderes. Das bedeutet nicht, dass die vorige Lebensführung ein Fehler war. Es gibt keine Fehler. Solange er sich zumindest für diesen Moment bewusst für seinen Stil entscheidet und solche Entscheidungen nicht auf dem Egal-Regal abstellt und dort verstauben lässt. Jede ehrlich gewählte Lebensart hat gefälligst heilig zu sein.

Sie darf nur anderen kein Leid zufügen.

Und dann ist plötzlich ein Sinn da. Den Sinn in dem zu finden, was man tut, das ist wohl der erste Sinn des Lebens, oder? So fängt es an. Verstehst du, Tiger? Und deswegen kann ich dir jetzt sagen, ich glaube an deine Freiheit und an deinen Traum. Jetzt werde auch ich mich wieder entscheiden: Ich werde dir helfen. Aber du musst auch noch in dieser Realität bleiben, verstanden? Du darfst mich auch ruhig in Zukunft Arschloch nennen. Das Leben ist ein Spiel, aber es ist es nicht: egal. Zumindest solange wir uns dafür entscheiden.

Während ich renne, huschen Welten durch meinen Hinterkopf, die Wut zuckt in jedem Muskel. Während ich renne, rennt auch mein Leben an mir vorüber. Ich fühle keinen Anker, das macht mir Angst, und das ist gut so. Veränderung ist gut. Leider muss es für viele Menschen immer erst zur Katastrophe kommen. Wir warten so lange ab, bis die Umstände für uns entscheiden. Damit wir nicht die Verantwortung übernehmen und uns dauernd fragen müssen: Was wäre, wenn ich doch beim Alten geblieben wäre.

Damit werdet ihr zu kleinen Schäfchen, die den Umständen folgen wie ihrem Hirten. Es ist das Ego, das sich festkrallt, von den Qualen und Erfolgen der Vergangenheit zehrt und sich daran erfreut, wenn alles so bleibt, wie es ist. Die Katastrophe ist der Übergang zwischen Ende und Anfang.

Wie können wir schon vor der Katastrophe wissen, dass es Zeit ist für Veränderung? Wann ist der Zeitpunkt gekommen zu gehen? Wann bleiben wir zu lange, wann flüchten wir zu früh?

Wenn ihr wisst, dass ihr die Verantwortung für was auch immer mit vollem Bewusstsein übernehmen könnt. Vor allem aber müsst ihr lernen, dass die Katastrophe eine Chance auf Neues bedeutet. Und dass es das Gute nicht ohne das vermeintlich Schlechte gibt. Wo Glück ist, ist auch Leid, wo Erfolg ist, ist Neid, wo Macht ist, ist Vorwurf. Und das Desaster ist ein Geschenk des Wachstums, auch wenn es wehtut.

Mit jedem Schritt rutschen die Tränen ein Stück weiter über mein Gesicht. Sie zeichnen Linien durch den Dreck auf meiner Haut. Ich renne einfach weiter und lebe so viel, wie ich will.

Ein Zug nimmt mich mit auf meine rückwärtige Reise. Danach renne ich weiter und bleibe vor einem alten Gebäude stehen. An einem Stahlzaun wachsen Ranken empor. Die gab es noch nicht, als ich das letzte Mal dort stand. Ich bin zurück.

// Kapitel 3: DAS ENDE IN DER MITTE

//Abend: Aline//

Geh hin.

Gegenüber vom Chuches sitzt wie immer der obdachlose Mann. Vor ihm wartet eine Dose auf Almosen, und da steht auch ein Pappschild mit der Aufschrift »Sammle Schmetterlinge«. Neben ihm liegt ein schwarzer Rucksack wie ein schlafender Hund. Der Mann selbst ist mit Stift und Papier beschäftigt.

Er ist gut, er weiß viel.

Ich fühle mich etwas zitterig, will ich doch eigentlich nichts mit diesen Menschen zu tun haben. Aber etwas treibt mich zu ihm, also krame ich eine Münze aus meinem Portemonnaie. Als ich mich bücke, um die Münze in die Dose fallen zu lassen, beißt Alkoholdunst in meiner Nase, der Geruch, der sich in sein Obdachlosendasein hineingefressen hat.

Diesen Geruch kennst du, auch wenn dieser hier älter riecht.

Die Münze rattert laut genug in der Dose, um ihn aufschauen zu lassen.

»Danke.«

»Gerne. Sagen Sie, kann ich Sie was fragen? Haben Sie diesen Mann vorbeilaufen sehen? Ich vermisse ihn seit gestern.«

Ich spreche nasal mit angehaltenem Atem und strecke dem Mann das Foto hin. Er begutachtet es konzentriert.

»Ich beobachte ja so einiges von hier aus, aber ich glaube … darf ich?« Er legt Zettel und Stift zur Seite und nimmt das Foto aus meiner Hand, um es zu betrachten. So stelle ich mir die Finger eines Bergwerksarbeiters vor. »Nein, tut mir leid, heute habe ich ihn nicht gesehen, aber ich kenne diesen Mann. Er trägt immer einen Anzug, hat eine Aktentasche bei sich und besorgt sich verschiedene Flaschen aus der Bar, feine Whiskys, Wodkas. Ist ein Genießer, dieser Mann.«

»Was wissen Sie denn?«

»Nichts. Ich habe Sie ja noch nie gesehen.« Nun schaut er zu mir hoch, und ich muss ihm widersprechen.

»Natürlich haben wir uns schon gesehen, wir haben uns sogar unterhalten, über ein Lied, genau hier an diesem Platz.«

»Wie bitte?« Er denkt nach. »Ich erinnere mich wirklich an alles, ich bin nicht so lädiert, wie ich aussehe.« Er lacht.

Unverschämt. Ich ziehe ihm das Foto wieder aus den Fingern. Während ich es angewidert an meiner Hose abwische, fällt mein Blick auf das Papier neben ihm.

»Was ist das?«

»Eine Zeichnung.«

»Das sehe ich, aber wie nennt man das, diese Technik mit Kuli und Schraffierung?«

»Das weiß ich nicht. Ich mache das einfach so. Vielleicht Comic?«

Eine Frau mit Hut, ein Schmetterling, Sonnenbrille.

»Woher haben Sie diese Motive?« Er weiß es. Meine Augen starren auf das Papier. »Was zeichnen Sie da? Was ist das, was passiert hier?«

Grillparty, Beluga.

»Ist alles in Ordnung mit Ihnen?« Der Mann tut, als sei er besorgt.

»Das Lied. Sie sind der einzige Mensch, der mich in letzter Zeit hat ›Summertime‹ singen hören. Von Gershwin, Sie kennen es, sagten Sie. Erzählen Sie mir nicht, Sie erinnern sich nicht mehr. Ich singe das Lied sonst nur, wenn mich niemand hören kann.«

»›Summertime‹? Ja, das kenne ich.«

»Ich habe Sie damals, bevor wir uns unterhielten, nicht wahrgenommen und mich in Sicherheit gewähnt. Nur deshalb habe ich gesungen. Niemand sonst, niemand weiß davon.«

»Keine Ahnung, aber ja, das Lied ist in der Tat ein sehr schönes.«

Das unschuldige Grinsen des Mannes macht mich wahnsinnig. Ich schreie ihn an: »Sie waren das! Sie waren in meiner Wohnung! Sie waren der Schatten in meinem Garten. Sie haben die Musik angemacht, den Liebesbrief überkritzelt, alles zerwühlt, die Zeichnungen, das waren alles sie. Sie haben meine Ehe zerstört. Alles läuft bei Ihnen zusammen. Sie sind schuld.«

Und alles ist anders.

Als der Mann sich mit besorgter Miene erhebt, trete ich einen Schritt zurück, damit ich ihn besser anschreien kann. Und nicht riechen muss.

»Warum haben Sie das getan? Alles fällt auseinander.«

Endlich drehst du mal richtig durch und wirst dich daran erinnern können.

Der Mann kommt näher und nimmt mich in den Arm.

»Nein, lassen Sie das, Sie dreckiger, saufender …«

Ich will ihn wegstoßen. Dann krümme ich mich, um mich zu schützen, wie jemand, der im kalten Wind steht. Seine Arme umschließen mich von der Seite.

»Ich will nicht, dass Sie mich so sehen. Wissen Sie, ich bin eigentlich sehr kontrolliert.«

Die letzten Wochen sprudeln aus jedem Millimeter meines Körpers.

Befreiend ist das. Wie der natürliche Lauf des Lebens. Du bemerkst nicht einmal mehr den Gestank des Mannes. Du bist genauso dreckig wie er. »Die Ganzheit und Sinnhaftigkeit kann nur aus dir selbst kommen. Aber du weißt das doch alles. Zeit zu gehen«, *sagt der obdachlose Mann. Oder sagst du das selbst?*

Ich weiche aus ins Leere. Dort wackelig stehend wie ein Hund, der zuvor in einen Bach gefallen ist, lecke ich meinen Schmutz von mir.

Zu Hause angekommen tickt die laute Uhr. Im Standbild der Lounge schaue ich mich um: Die verlogene Einrichtung steht da und tut so, als passiere nichts. Fenster und Türen sind zu, die Bilder an den Wänden perfekt parallel zueinander, die Vorhänge sauber. Und über alles fegt die Projektion des Erinnerungsfilms.

Die Vergangenheit loszulassen würde bedeuten, deine Identität loszulassen. Genauso wie das Loslassen deiner Sehnsucht dein Scheitern bedeutet. Du reproduzierst immer wieder die Bilder von gestern. Doch Bild und Objekt entsprechen einander nicht mehr. Finde neue Motive für deine Bilder. Weiße Leinwände, frische Farben, alles vollschmieren. Die Bilder beginnen jetzt.

Die tiefeingesogene alte Luft, die ich angehalten habe, strömt aus mir heraus, und ich beginne, nach etwas zu suchen. Nach einem Hinweis, irgendetwas. Die Schränke, die Schubladen, ich öffne sie und räume alles aus. Da sind Teller, Champagner-gläser, Stoffservietten und Tischdecken, die immer so schön das Schauspiel verdeckt haben.

Neue Leinwände!

Der ganze Kram hier, das muss alles raus. Die Lifestyle-Zeit-schriften, die Designermöbel, die Bilder, das geblümte Teeser-vice, der Schrank, die Pralinen, die doppelten Wände und Kulis-sen, alles demontieren. Was sollst du noch mit dem ganzen Zeug anfangen? Reiß es aus seiner Ordnung und aus deiner Fantasie. Diesmal irreparabel.

Was als Nächstes? Ein Messer aus der Küche für die Polster? Das Schlafzimmer? Nein, zuerst die Bibliothek, die ist längst überfällig. Im Türrahmen bleibe ich stehen, als sei ich gegen eine Glasscheibe gelaufen. Die Standuhr liegt auf dem Boden, ihr Glas zerschlagen, das Holz zersplittert.

Du hast die alte Standuhr längst gestürzt.

//DAS ENDE IN DER MITTE
//Nacht: Achim//

Ich renne immer noch im Rausch, der zum Teil vom Whiskey, zum Teil von meiner Situation und zum Teil vom Rennen kommt. Mit einer mega Entschlossenheit erreiche ich die Alt-stadt, hier irgendwo in der Nähe wohnt die Kleine. Weiter geht's, ganz nach dem Bauch, die Strategie ist mir jetzt erstmal egal. Da ist das Chuches, dessen Türen mittlerweile geschlos-sen sind, da die Boutique, neben der der Penner saß, dann stolpere ich erstmal bescheuert in einen Busch. Dahinter ent-decke ich die weiße Villa, an der ich damals vorbeigefahren bin, als die Kleine neben mir im Auto saß und alles anfing.

Dann rechts. Oder links? Nein so, und ein paar Häuser weiter stehe ich vor ihrem Gebäude. Glaube ich. So eine Scheiße. Hier saßen wir aufeinander im Auto und haben uns zum ersten Mal geküsst. Ich laufe durch ein Stahltor zu einer Haustür und starre auf die Klingelschilder, deren Buchstaben zu komischen Zeichen verlaufen. Ich denk mir nur, bin ich so besoffen? Wie heißt die denn noch mal mit Nachnamen, so eine Scheiße, ich muss sie finden, jetzt sofort. Ich drücke alle Klingeln auf einmal.

»Ja hallo?«, dröhnt es aus der Sprechanlage.

»Hallo, ich … pffff … tschuldigensie die Schtörung, ich such eine …«

»Ich kann Ihnen nicht helfen.«

Dann die nächste Stimme.

»Hallo?«

»Hey, die blöde Kuh eben hat einfach aufffgelegt, sehr unhöflich. Ich suche ein Mädchen, eine junge Frau, puuh, hübsch, groß, schlank, Megahammersupermodel. Wow, ist mir schlecht.«

»Sie sind betrunken. Verschwinden Sie oder ich rufe die Polizei. Das Gesindel hier, immer schlimmer wird's, wo bleibt endlich die Gentrifizierung? Jetzt klingeln die Penner schon bei mir an der Tür.«

Aufgelegt.

»Hallo, wer ist denn da?«, fragt die dritte Stimme, und ich will endlich Hilfe, verdammt noch mal.

»Hören Sie, ich sitz mega in der Scheiße. Ich werd bespitzelt, ja, ich hab 'nen Chip im Kopf, der horcht mich aus, ganz ehrlich jetzt. Das bilde ich mir doch nicht ein, ich hab deswegen meinen Job verloren. Die wollen mir was anhängen, die Schweine. Und jetzt such ich meine große Liebe, und keiner macht was, verdammte Scheiße!«

»Das klingt ja grauenhaft. Gehen Sie zu einem Psychiater.«

Knistern. Nacht-Stadt-Stille.

Das geht gar nicht, keiner hört mir zu. Ich sammle meine gesamte Stimmkraft und brülle in den Nachthimmel: »Wo bist du?«

Ein Fenster öffnet sich.

»Ey, verschwinde hier, es gibt Leute, die wollen schlafen.«

»Wo bist du und wo bin ich? Ich will hier raus. Ich will in deine Welt.«

»Geh woanders heulen, ich hab die Polizei gerufen!«

Was für eine Scheiße, das muss der Whisky sein. Ich höre Sirenen und plötzlich fühle ich mich fast nüchtern. Ich war's nicht! Dann renne ich weg. Ich denk mir nur: Ich muss mich zusammenreißen, ich darf jetzt nicht zum Weichei werden. Ich komme wieder am Chuches vorbei. Dann bleibe ich stehen.

Da sitzt er, der Penner von neulich, und beobachtet dich.

Ich mach ein paar torklige Schritte auf ihn zu.

»Hallo«, sag ich nur.

»Hallo. Was treiben Sie hier mitten in der Nacht, räudig und ohne Hemd?«

»Dasselbe könnte ich dich fragen.«

Ich setze mich vor ihn, mit Sicherheitsabstand, klar.

»Ich suche ein Mädchen.«

»Tun wir das nicht alle?«

»Sehr witzig.«

»Wieso suchen Sie das Mädchen?«

»Weiß ich selbst nicht.«

Vielleicht liebst du sie?

»Vielleicht, weil ich sie liebe.«

Pause.

So eine Scheiße, hab ich das eben echt gesagt?

Jetzt hast du erst richtig Angst.

»Ist ja auch erstmal egal«, fahre ich fort. »Kracht eh alles zusammen.«

»Es ist ganz normal, dass die Gefühle genau dann ausbrechen, wenn alles zusammenzubrechen scheint.«

»Du hast ja keine Ahnung, das ist hardcore, was hier abgeht. Ich werd bespitzelt, krieg Drohnachrichten, mein Unternehmen dreht krumme Dinger, ganz ehrlich, wie in 'nem Agentenfilm. Glaub ich zumindest. Ich weiß nicht mehr, was wahr ist und was nicht …«

Schweigen.

»Ich muss dich was fragen.«

»Bitte sehr.«

»An dem Tag, an dem wir uns hier gesehen haben, war ich krankgeschrieben und jemand hat meinen Besuch in der Bar bei meinem Boss verpetzt. Du hast damals mein Smartphone gefunden, das ich verloren hatte.«

»Ich weiß nicht, was Sie meinen.«

»Na, das megageile neue Handy. Wenn es mir aus der Hosentasche gefallen ist, wieso hatte es keinen einzigen Kratzer?«

»Keine Ahnung.«

»Du hast es mir nicht geklaut? Und irgendwas daran gehackt oder meine Nummer rausgefischt und mir abstruse smsen geschickt? Oder mich verpetzt?«

»Äh … Hören Sie, ich kenne Sie nicht. Weder irgendein Mädchen noch ich sind verantwortlich für Ihre Probleme.«

Ich halte mein Brain fest, damit es nicht vollends zerläuft.

»Wir kennen uns doch. Ich wollte dir noch Money geben.«

»Nein, Mann, was ist los mit dieser Nacht in dieser Stadt, drehen alle durch?«

»So eine Megascheiße, ich werde paranoid. Was soll ich jetzt machen? Meine Karriere war alles für mich. Ach, vergiss es, Karrierefragen sind garantiert nicht dein Spezialgebiet.«

»Sie haben sich doch schon entschieden.«

»Was meinst du?«

»Sie müssen, nein, Sie wollen sich ändern.«

»Quatsch, ich will genauso bleiben.«

»Ich meine Ihr anderes Ich. Aber womöglich widerstehen Sie dem. Dann werden Sie nach Hause gehen, Ihren Rausch ausschlafen. Und morgen? Morgen ist wieder alles beim Alten.«

Der komische Typ grinst so megaklug.

»Jetzt reicht's aber mal! Ich lass mir doch von einem Penner nicht die Welt erklären, no way.«

Der Penner sieht leer aus.

»Wenn du alles besser weißt, darf ich dich dann noch was fragen: Warum ist jemand, der sich für so schlau hält, auf der Straße und macht nichts. Warum schreibt er keine Bücher, entwickelt ein neues Weltsystem oder findet eine Heilung für Blödheit oder so?«

»Für mich gibt es nichts.«

»Es gibt schöne Dinge, meine Elf, Erfolg, Mädchen. Und all das werd ich wahrscheinlich verlieren.«

»Tja, in dieser schnöden Welt ist Geld nun mal der Indikator für ein erfolgreiches Leben.«

»So eine Scheiße.«

»Es ist Zeit zu gehen«, sagt der obdachlose Mann.

Der Typ ist mir unheimlich. Ich steh auf und laufe davon, ohne ein Wort zu sagen. Einmal noch drehe ich mich unauffällig zu ihm um, um zu checken, dass er mir nicht hinterherläuft. Und da sehe ich: nichts. Egal, wo ich hinschaue, er ist nicht da. Was für ein Phantom.

//DAS ENDE IN DER MITTE
//Nacht: Fiona//

Mitten im Roten Viertel gehen mir die Schritte aus. Ich hab Schmerzen im Bauch. Aber sie tun nicht weh, eher machen sie alles heiß. Ein Blick zur Seite ins Schaufenster.

Das Skelettmädchen in der Glasscheibe lächelt dich an. Es muss beschützt werden. Du kannst das Mädchen fühlen wie das Kind in dir. Das ist übrigens Liebe.

»Liebe« ist so ein kitschiges Wort. Ich stehe hier auf einer Straße, wo Nutten und Freier sich gute Nacht sagen, mein Leben ist im Eimer, aber ich fühle mich leicht wie lange nicht.

Los geht's.

Ich klettere von einer Bank auf eine breite Mülltonne. Ganz schön wackelig, das Scheißding. Ich greife in meine Tasche, hole eine Handvoll Fotoschnipsel heraus, die ich zu Hause produziert habe, und betrachte sie ein letztes Mal in meiner Hand. Dieses Papier hat mir mal alles bedeutet, und jetzt landet es in der Gosse.

»LECKT. MICH. AM. ARSCH!«

Wunderschöner blutiger Konfettiregen aus Schmetterlingen über deinem Kopf. Um dich herum dreht es sich. Der Boden schaukelt. Es rieselt und flattert von allen Seiten. Die Welt ist ein Jahrmarkt.

Ich höre ein Händeklatschen. In der Spiegelung des Schaufensters gegenüber sehe ich Maik, wie er neben dem Skelettmädchen steht und meinem Jahrmarkt zuschaut. Er leuchtet.

»Zeit zu gehen«, sagt der obdachlose Mann.

Als ich mich nach ihm umdrehe, sind er und das Mädchen gar nicht da.

//DAS ENDE IN DER MITTE
//Sonnenaufgang: Maik//

Ich weiß nun, dass ich auf dem richtigen Weg war. Das Gefühl der Einsamkeit hatte sich aufgelöst, doch an ihre Stelle trat ein anderes Loch. Nun war es der Sinn, der fehlte.

Du begegnest dem Chaos und seinen Seelen. Sie erinnern sich. Doch es bleibt abzuwarten, ob die Hoffnung deine Seelen nicht wieder vergessen lässt. Dann hört ihr eure Stimmen nicht und lest eure Nachrichten nicht. Die trügerische Hoffnung hält euch fest im Gefängnis der ewigen Wiederholung. Das kleinste Tröpfchen ringt die schönste Katastrophe nieder. Und schon seid ihr wieder da, wo ihr vorher wart. Und wieder. Es wirklich aus der Wiederholung zu schaffen, ist die Sache des Einzelnen. Zeit zu gehen.

//Kapitel 4: DER ANFANG

//Sonnenaufgang: Achim//

Zurück in meinem Bungalow spüre ich den Löwen wieder. Ich will als Erstes Johannes sagen, was ich von ihm halte, und wähle meine Office-Nummer. Ich will eine Nachricht auf meiner Voicemail hinterlassen, die er morgen abhören wird. Ein Löwe muss Entscheidungen treffen. Irgendwie knistert und rauscht es, aber das ist mir jetzt erstmal egal. »Please leave a message after the tone«:

»Ey, Weichei, Achim hier. Ich weiß, dass du mich verraten hast. Dass du mich bespitzelst und mit dem Boss unter einer Decke steckst. Ich werde gegen das ehrenwerte Unternehmen kämpfen, verabschiede dich schon mal von deinem Job. Ihr werdet alles verlieren, richte dem Boss das aus. Also pass auf, sonst passiert eine Katastrophe. Arschloch.«

Dann ist mein Smartphone dran. Ich schlage das Telefon heftig und mehrfach auf die Fliesen der Theke, bis es auseinanderbricht. Herausfällt die Sim-Karte, die ich mit einer Metallschere in ihre Einzelteile zerschneide. Das Handy selbst werfe ich noch mal auf den Boden. BAAM! Der erste Tritt ist für den Boss. BAAM! Der zweite ist für das ganze Unternehmen. BAAM! Der dritte ist für die ganzen letzten Jahre im Gefängnis. BAAM! Der vierte ist für meine eigene Blödheit. BAAMBAAMBAAM! Das ist für mein Hemd, das jetzt keine Knöpfe mehr hat. Mit mir legt sich keiner an. Ich trete, bis die Handykrümel überall verteilt liegen und ich nur noch Boden unter den Füßen habe.

Als Nächstes sind die zusammengeklebten Skizzen dran. Ich hole sie aus meiner Aktentasche und kopiere sie zweimal. Auf eine Kopie schreibe ich handschriftlich meine Kündigung und stecke sie in einen Umschlag, den ich an den Boss adressiere. Die andere stecke ich in einen weiteren Umschlag, der an den einzigen Menschen geht, dem ich vertraue: Marko. Mit dem Vermerk: »Tu damit, was immer du willst. Aber tu es richtig.«

Der letzte Punkt auf meiner To-Do-Liste ist wirklich der fieseste. Ich dachte immer, ich wäre ein Löwe, der über seine Grenzen gehen kann. Während andere Angst vor äußeren Verletzungen haben, sind die mir erstmal egal. Aber man entwickelt sich wohl nur dann weiter, wenn man etwas tut, was für einen selbst beschissen angsteinflößend ist.

Ich setze mich an den Computer und öffne das Mailprogramm. Da glotze ich erstmal ewig auf den Bildschirm. So eine Scheiße, kann ich das wirklich? Ganz ehrlich, meine Finger kriegen das nicht gebacken, schon gar nicht mehrere auf einmal. Es ist, als wollten sie dauernd auf die falschen Tasten drücken. Ich probiere es mit dem Zeigefinger, der will auch nicht, aber der Daumen, aus irgendeinem Grund kann zumindest mein rechter Daumen irgendwie auf die Tasten drücken und diese abartigen Worte in die Mail schreiben:

»hey kleine ich hab mich im dkch verlirbt.«

Schnell weg damit.

Send.

//DER ANFANG
//Sonnenaufgang: Fiona//

Als ich nach Hause komme, bin ich fast ein bisschen enttäuscht. Kein Scheißgefühl. Keine Reue. Kein Kotzen, kein Blut, und die Ketchupbuchstaben waren nie da. Keine Depri-Attacke. Ich finde keinen Grund für eine Depri-Attacke. Sogar mein Book liegt unversehrt da.

Hab ich den Kreislauf durchbrochen? Oder ist jetzt nur alles kaputt? Ich bin doch jetzt ein anderer Mensch, nicht wahr? Ab jetzt höre ich meinen Stimmen zu. Ab jetzt werde ich nichts mehr vergessen. Oder geht jetzt alles wieder von vorne los?

Ich hab was zu essen mitgebracht. Sachen, die ich früher gerne hatte. Ich weiß nicht genau, was ich damit machen soll. Vielleicht werde ich mich erstmal nur langsam an ihren Duft und an ihren Anblick gewöhnen.

Ich lege die Sachen auf meinen Fußboden.

Fade out.

//DER ANFANG
//Sonnenaufgang: Aline//

»Hab ich's doch gewusst.«

»Was hat sie sich auch dabei gedacht?«

»Wie egoistisch und kindisch kann man sein?«

»Ich hätte ihr gleich sagen können, dass sie in einer Fantasiewelt lebt.«

Das werden sie denken. Und sagen werden sie: »Na ja, jetzt kannst du ja wieder normal werden.«

Und ich werde denken: Ich weiß, es ist eine dumme Idee. Ich liebe dumme Ideen. Mein Leben basiert auf dummen Ideen, die nur für mich alleine Sinn machen müssen. Weniger akzeptiere ich nicht. Endlose Liebe ist dumm und macht gleichzeitig Sinn. Jetzt, ohne ein Objekt, das ich lieben kann, ist die Liebe immer noch da.

Und sagen werde ich das auch.

Habe ich es jetzt geschafft? Oder muss ich wieder vergessen? Noch erinnere ich mich daran, wie ich das ganze Chaos hier verursacht habe. Es verzückt mich. Das Chaos ist das Einzige in diesem Haus, was so wirklich von mir stammt. Um mir sicher sein zu können, dass ich nichts vergesse, tue ich etwas, was mir schreckliche Angst bereitet. Ich hole das Telefon und wähle. Eine Dame hebt ab: »Guten Morgen. Mein Ehemann ist weg. Ja, schon über vierundzwanzig Stunden. Ich mache mir Sorgen, dass er einen Unfall verursacht und sich oder andere verletzt. Nein, nicht mit dem Auto, zu Fuß erstmal, soweit ich weiß. Er ist möglicherweise betrunken und hat sich nicht unter Kontrolle. Ja, ich vermute … das ist schwer … er ist wohl nicht zurechnungsfähig. Er ist AL.KO.HOL.abhängig.«

Die Morgensonne flutet den Raum. Diesen goldenen Moment will ich wirklich nicht vergessen. Ich muss ihn festhalten und dafür sorgen, dass ich mich immer an meine innere Stärke erinnere. Ich gehe zur einzigen noch geschlossenen Schublade, sie gehört zu dem kleinen Biedermeierschränkchen, das aus meinem Elternhaus stammt. Mein Mann findet – nein, fand es immer schrecklich. Ich öffne die Schublade und hole ein Album mit alten Fotos und Briefen heraus. Ich wähle ein Selbstportrait aus, auf dem ich jung und voller Zuversicht bin und stolz in die Kamera schaue. Die Zukunft voller Möglichkeiten, so soll es wieder sein. Ich greife in das Schränkchen, suche einen Kugelschreiber aus. Damit zeichne ich auf die Rückseite des Fotos: meine Sil-

houette mit Hut, einen wehenden Schal. Dann finde ich einen alten Liebesbrief meines Mannes. Um mich für immer zu erinnern, schreibe ich über die Schrift mit einem dicken Rotstift eine Nachricht an mich selbst:

»Die Liebe ist ein Schmetterling …«

OUTRO

»So junger Mann, es gibt Frühstück.«

»Krankensista! Cool, Sie zu sehen!«

»Und zum Nachtisch gibt es Ihre Medikamente.«

»Jajajaja, wenn Sie meinen, geben Sie mir schon das Zeug. Sie sind doch meine fürsorgliche Freundin.«

Die Frau vom Krankenhaus und ich sind down, obwohl sie ein bisschen verrückt ist und immer von Gott spricht. Sie ist ober die Nette. Sie sorgt dafür, dass ich den Tee in meiner Tasse bekomme, die mir Mona vom Treff gebracht hat.

»Ihnen kann ich ja nicht mal die Substitute ausschlagen. Sie kümmern sich so krass um mich, fast wie 'ne Mom.«

»Kann ich das bitte schriftlich haben? Immerhin, ich merke an Ihren dämlichen Scherzen, Ihnen geht's besser. Bald können Sie in die Reha.«

»Ja? Echt geil. Das liegt daran, dass ich ein undestroybarer Chabo bin, wissen Sie? Kein anderer hätte so einen Sturz von neuntausendvierhundertzweiundfünfzig Stockwerken überlebt.«

»Das stimmt. Nun ja, auch wenn es nur vier Stockwerke waren. Trotzdem, Sie wissen, dass das ein Wunder war. Wenn Gott Sie mal nicht beschützt und einen Plan mit Ihnen hat, dann weiß ich es auch nicht.«

»Klar, Mama, der Alte liebt mich. Nur was mach ich nach der Reha? Draußen sollte schon jemand auf mich warten. Ein Zuhause. Sie haben nicht zufällig noch 'ne sexy Tochter, die ich kennenlernen könnte? Die soll so sein wie Sie, nur etwas jünger.«

Wir lachen uns einen Ast.

»Nein, so eine Tochter habe ich leider nicht. Aber ...« Die Frau macht sich groß und holt einen fetten Umschlag raus.

»Ich habe hier einen Brief für Sie. Einen ganz schön großen. Hier.«

Die Frau legt den Brief auf meine Bettdecke, stopft mir meine Medikamente rein, stellt das Frühstück mit der Tasse hin und zieht ab. Mir geht es wirklich besser. Mein Kopf fühlt sich zwar immer noch an wie eine Ghettobaustelle, an die dauernd 'ne Abrissbirne und ein Schlagbohrer ballern. Aber heute bin ich cool drauf. Was steckt wohl in dem Brief? Ich reiße den Umschlag auf und schütte einen Haufen Papiere und einen Schlüssel auf meine Decke. Ich verwüste erstmal alles, die Hälfte fällt auf den Boden, keine Ahnung, raff ich nicht. Doch da, da ist was, ein Papier mit Handschrift drauf: »Tiger …«

Scheiße Mann, der Brief ist von Maik, dem Arsch. Wer soll denn die Sauklaue lesen können? Der muss es mir auch immer schwermachen, selbst wenn ich kurz vorm Abnippeln bin. Also:

»Tiger,

es kam dir vielleicht vor, als wäre ich nicht für dich da gewesen. Aber das stimmt nicht. Ich bin da, ohne Unterbrechung. Auch wenn ich wegmuss. Ich habe dich über meine Herkunft angelogen und mich in vielen Dingen geirrt. Wir machen das jetzt neu, allesamt durchbrechen wir den Kreislauf und das System. Ich habe eine Überraschung für dich. Schau dir die Papiere an und geh ans Fenster. Vor dem blauen Häuschen, in dem die Wachmänner sitzen, steht mein Geschenk für dich. Aber bau keine Scheiße damit, hörst du? Wenn ich dir noch eins vorschreiben darf, dann, dass du damit keine Scheiße baust.

Viel Glück!

Maik«

Komisches Arschloch. Ich versteh nur die Hälfte, aber wusste immer, dass er nicht zu uns gehört. War mir von vornherein klar, bin ja nicht blöd.

Ich muss ans Fenster, sofort. Scheiße, hab ich doch glatt mein kleines Handicap und die Schmerzen vergessen. Irgendwie schaff ich es aus dem Bett, in den Rollstuhl und zum Fenster, wo ich mich gerade hoch genug strecken kann, um hinausschauen zu können. Da ist das blaue Häuschen und davor, da steht ein verfickter scheiß Bus! Das gibt's nicht. Der Penner hat mir doch nicht etwa den verdammten Bus geklaut? Gekauft.

Ich freu mich wie Sau, Arschloch. Egal, wo du jetzt bist: Ich schwör, ich mach was draus. For shizzle, Alter. Eines Tages, da kann ich wieder laufen und so eine Blechkarre fahren. Dann geht's ab. Ich werd an den Strand fahren und mit meinen Füßen im Sand wühlen. Sand und Wasser. Sobald meine Füße wieder fühlen.

Ich falle in meinen Rollstuhl und fahre zurück zum Bett.

Britta Schröder

Zwölfender

»Eines der eigenwilligsten, eindringlichsten Literaturdebüts seit langem.«
Wolfgang Höbel, Der Spiegel

»Ein so erstaunliches wie kühnes Debüt mit einem enormen poetischen Reiz.«
Roman Bucheli, Neue Züricher Zeitung

»*Zwölfender* ist ein faszinierend rätselhafter Roman. Es ist ein existentieller Ernst, der hier vorherrscht, und eine spielerische Leichtigkeit, mit der er sich präsentiert. Mit einem Satz gesagt: Ein richtig dolles Buch.«
Martin Lüdke, Der Tagesspiegel

Britta Schröder
Zwölfender
Roman

Roman
Geb., 156 Seiten
auch lieferbar als eBook:
978-3-86337-047-3
schroeder-works.de
weissbooks.com

weissbooks.w

Vanessa F. Fogel

Hertzmann's Coffee

Roman

Hertzmann's Coffee ist eine große Familien- und Unternehmensgeschichte, eine Geschichte aus New York, Berlin und Caracas, und nicht zuletzt: Eine Liebesgeschichte, bewegend, bildreich und voller Humor.

»*Ein anrührendes und weises Buch.*«   Harald Klauhs, Die Presse, Wien

»*Sensibel und einfühlsam, bildreich und humorvoll – zutiefst bewegende und auch nachdenkliche stimmende Lebensgeschichten.*«
Petra M. Springer, Neue Welt

»*Ein erfrischendes und eindringliches Leseerlebnis, das mich bis zur letzten Seite begeistert hat. **Ich liebe dieses Buch!**«*
Simone Finkenwirth, klappentexterin

Roman
Aus dem Amerikanischen
von Eva Bonné, unter Mitarbeit
von Vanessa F. Fogel
Geb., 311 Seiten
auch lieferbar als eBook:
978-3-86337-043-5
weissbooks.com

weissbooks.w

Ildar Abusjarow

Trolleybus nach Osten

Schön, wild, geheimnisvoll –
Geschichten aus den Landen der Tataren

Ildar Abusjarow aus Balaschicha ist eine neue, überaus kraftvolle »Stimme«,
ein Autor, dessen Geschichten in der kulturellen Tradition der Tataren wur-
zeln, die sich heute in einem russisch geprägten, urbanen Umfeld behaupten müssen. Was ihnen auch gelingt – mit ihrem Eigensinn und ihrem Mut,
mit ihrer Hingabe zu allem, was Natur ist. Hier begegnen wir, unter anderem, einem Mann, der über Friseure und Frisuren räsoniert, einem Schmetterling, der durch das Halbdunkel einer Moschee taumelt, oder einem Mädchen, das »einem Tannenzapfen zwischen den Pfoten eines Eichhörnchens«
gleicht. Durch diese Geschichten weht »frische Luft, die so ist wie die Hand
eines Mörders am Hals eines Pferdes.«

*»Dieses Buch ist wirklich ein Trolleybus – es schüttelt einen durch, und der Ost-
wind zieht durch alle Fenster. Festhalten und Nase plattdrücken!«*

Alina Bronsky

Erzählungen
Aus dem Russischen
von Hannelore Umbreit
Geb., 213 Seiten
weissbooks.com

weissbooks.w

Breece D'J Pancake

Stories

Dieses Buch ist eine Entdeckung. Es entführt uns in die Berge und Täler West Virginias, in spärlich besiedelte Gegenden, hin zu Menschen, die hart arbeiten, rau miteinander umgehen, die trinken, sich prügeln, Opossums jagen und mit ihren alten Autos rücksichtslos durch die Landschaften brettern – und die davon träumen, eines Tages ein besseres Leben zu haben. Bis dahin aber harren sie aus.

»Der geniale Joyce der Dubliners, wiedergeboren am Tresen eines gottverlassenen Diners in West Virginia, furchtsam, hochgradig einfühlsam, ein geladenes Jagdgewehr in der Hand.«
Patrick Roth

»Ein junger Autor mit so ungewöhnlicher Begabung – man ist versucht, seinen ersten Auftritt mit dem Debüt von Hemingway zu vergleichen.«
Joyce Carol Oates

Breece D'J Pancake
Stories

Stories
Aus dem Amerikanischen
von Katharina Böhmer
Geb., 216 Seiten
weissbooks.com

weissbooks.w

Polly Morland

Risk Wise

Von der Kunst, mit Risiken zu leben

Mit einer Nachbemerkung von Alain de Botton
und vielen Farbfotos von Richard Baker
Aus dem Englischen von Katharina Böhmer

Wir leben in einer Gesellschaft, in der die Vermeidung von Risiko ein hohes
Gut ist. Aber, Hand aufs Herz: Wäre es denn so erstrebenswert, in einer Welt
ganz ohne Risiken zu leben? Polly Morland nimmt uns mit auf eine Reise: In
neun Geschichten über ganz normale wie außergewöhnliche Menschen, die
Tag für Tag mit Risiken leben. Die Prima Ballerina der Pariser Oper, deren
Beinen nichts passieren darf; die Familie, die am Fuße des Vesuvs lebt und
täglich mit einem Ausbruch des Vulkans rechnen muss; oder der Fluglotse in
London, der immer eine eventuelle Katastrophe im Blick hat.

*»Polly Morland bietet scharfsinnige Einblicke in unsere gefährliche Gewohnheit,
jegliches Risiko aus unserem Leben zu verbannen. Pflichtlektüre für den Bildungs-
minister!«* The Guardian

Geb., 173 Seiten
auch lieferbar als eBook:
978-3-940888-89-1
pollymorland.com
weissbooks.com

weissbooks.w

Lena Elfrath
Die Liebe ist ein Schmetterling
Roman

© Weissbooks GMBH Frankfurt am Main 2016
Alle Rechte vorbehalten

Konzept Design
Gottschalk+Ash Int'l

Satz
Publikations Atelier, Dreieich

Umschlaggestaltung
Julia Borgwardt, borgwardt design
unter Verwendung eines Motivs von
© thesweetg / photocase.com

Foto Lena Elfrath
© Marc Krause

Druck und Bindung
GGP Media GMBH, Pößneck

Printed in Germany
Erste Auflage 2016
ISBN 9783863371067

Dieses Buch ist auch als eBook erhältlich
ISBN 978-3-86337-099-2

lenaelfrath.de
weissbooks.com